THE FOREVER Marked

LE PRINCE

JAY CROWNOVER

THE FOREVER Marked

LE PRINCE

ROMAN

Traduit de l'anglais (États-Unis) par
NOLWENN GUILLOUD

&H

Titre original :
FORTUNATE SON

Ce livre est publié avec l'aimable autorisation de Donaghy Literary Group.

HARPERCOLLINS FRANCE
83-85, boulevard Vincent-Auriol, 75646 PARIS CEDEX 13.

www.harlequin.fr

ISBN 978-2-2804-7198-5 — ISSN 2271-0256

« Vos efforts ne vous trahissent jamais. »

Lee Tae-yong

(Vous ne pensiez quand même pas que c'était mon chouchou uniquement à cause de sa jolie bouille ?)

À mon lectorat le plus fidèle. Vous vous reconnaissez. Vous qui êtes là depuis le début et m'avez soutenue contre vents et marées, quand d'autres avaient la trouille de mettre le nez dans mes livres. Ce retour aux sources vous est dédié. Vous avez mérité ces histoires par votre loyauté et votre soutien. J'espère de tout mon être que l'attente et la foi que vous avez placée en moi en valaient la peine.

Préface

Bienvenue, vous qui me lisez – peut-être depuis longtemps, peut-être pour la première fois. Je vous présente une nouvelle génération !

Si ceci est votre première incursion dans le petit monde de Jay, je tiens à préciser que ce roman est intimement lié à ma première série, démarrée en 2012 : *Marked Men*. Je fais toujours en sorte que chacun de mes livres se suffise à lui-même. Ceci est donc une histoire à part entière, centrée sur de tout nouveaux protagonistes, et vous n'aurez pas à lire les tomes précédents pour en profiter pleinement. Pour une expérience plus complète, sachez toutefois que plusieurs des personnages que vous allez croiser font partie d'un univers préexistant. Si la curiosité vous titille et que vous souhaitez découvrir cette première génération dans toute sa gloire, vous pouvez la retrouver dans les séries *Marked Men* et *Clash*. Pour être sûre que vous vous y retrouviez, j'ai pris le soin d'inclure un petit diagramme indiquant les liens qui unissent chacun, ainsi que les livres dans lesquels vous retrouverez l'histoire des couples originels.

Si vous me suivez depuis le début, et que vous rêviez de revoir quelques visages familiers… laissez-moi vous dire que vous allez vous régaler ; tout un tas de vos personnages préférés vont passer faire un petit coucou. Cela étant, ce roman se concentre sur l'histoire de leurs enfants, n'espérez donc pas y trouver une suite aux anciennes sagas. Je vous offre quelque chose de neuf, qui, je l'espère, témoignera de l'évolution de ces personnages, ainsi que de l'immense transformation (dans le bon sens du terme !) de mon écriture et de ma technique narrative. J'espère que vous voudrez bien donner leur chance à ces jeunes, et que vous les accueillerez avec tout l'enthousiasme et l'amour que vous avez pu porter à leurs parents.

Un avertissement, tout de même, concernant la chronologie et le cadre de l'action. Ce roman se déroule dans un futur hypothétique, une vingtaine d'années après la fin de *MM/Clash*. Je ne suis pas omnisciente. Je n'ai ni pouvoirs divins ni don de prescience. Je n'ai pas la moindre idée de ce à quoi ressemblera le futur, et je ne saurai être tenue responsable de toute divergence entre la description que j'en ai faite et la réalité. Revisiter des histoires et des personnages tant appréciés est un processus intimidant en soi. S'ajoutait à cela la pression de ne pas vous décevoir après tout ce temps. Je ne pouvais pas écrire un bon roman en étant obnubilée par des détails bêtes, comme ce à quoi pourront bien ressembler les téléphones dans vingt ans ou quel style vestimentaire serait revenu à la mode. C'est pour cette raison que j'ai choisi de rester vague. Je n'ai mentionné aucune marque, aucune école ni entreprise qui n'existait déjà dans les précédents tomes. D'habitude, c'est par ces précisions que j'aime donner corps à mes univers, mais, cette fois, ce n'était tout simplement pas envisageable. Donc si vous ressentez le besoin de me contacter personnellement pour me faire savoir que mon histoire n'était pas assez futuriste à votre goût, ou que vous auriez aimé un cadre plus distinct de la série originale afin de marquer le passage de ces vingt années, je vous ignorerai. Royalement. Je presserai le bouton « Supprimer » si vite que ce sera comme si votre message n'avait jamais existé. Idem pour ce qui est des microdétails comme l'âge exact de ces enfants. J'ai estimé leurs dates de naissance à la louche, en fonction de la chronologie existante, mais il est tout à fait possible que j'aie pris des libertés de quelques mois, voire quelques années, par-ci par-là pour que l'ensemble fonctionne. Je ne vais pas m'en excuser. Et, très franchement, si c'est là le genre de choses qui vous font reposer un livre sans autre forme de procès, ce n'est pas le problème de l'autrice. Vous avez tout à fait le droit à votre opinion, mais comprenez que, quand j'écris un roman, je ne peux pas prendre en compte les préférences de milliers d'entre vous. En définitive, la seule personne que je suis en mesure de satisfaire à chaque fois par mon travail et mes mots, c'est moi-même.

Je n'avais pas pour but d'écrire un ouvrage de science-fiction. J'ai juste fait de mon mieux pour faire naître une histoire dans un paysage qui n'existe pas encore. Vous trouverez peut-être cet avertissement brutal, ou inutile, mais je vous assure – vous qui prenez le temps de lire ceci – qu'après quasi dix ans à faire ce métier, je sais très précisément à quelles critiques m'attendre. J'espère donc faire gagner du temps aux gens qui seraient tentés de les émettre, et m'épargner une migraine par la même occasion.

Et, j'aime autant le dire tout de suite : je ne répondrai pas non plus aux questions ni aux commentaires concernant mon choix de faire apparaître ou non certains personnages des séries originelles dans celle-ci, ni celui de leur donner ou non des enfants. À la révélation de l'arbre généalogique, j'ai déjà dû faire face à des réactions négatives à ce sujet. Pour rappel : tous les couples n'ont pas un désir d'enfants. Et il y en a qui ne peuvent tout simplement pas en avoir. Certains prennent la décision réfléchie de vivre leur meilleure vie à deux, tandis que d'autres sont ravagés par la tristesse de ne pas être en mesure de fonder une famille. Mon écriture a toujours reflété les réalités de la vie, et je n'ai aucune intention de prêter attention aux critiques visant mes choix créatifs. J'ai conscience que vous aimez ces personnages et que vous vous investissez à fond dans leurs histoires, mais c'est moi leur créatrice. Ils sont directement tirés de mon imagination. Ce sont mon cœur et mes doigts qui leur ont donné vie. Ils existent parce que j'ai donné de ma créativité et de mon temps pour les partager avec vous. Malgré tout le respect que je vous dois, je vous demande donc d'accepter que, même si vous avez votre propre idée de ce que vous aimeriez voir arriver à tel ou tel héros favori, en bout de course, c'est une décision qui m'appartient. Car je sais mieux que personne le chemin que prendraient ces gens, et quel genre de vie ils seraient amenés à vivre. Après tout, dans chacun d'entre eux, il y a un peu de moi et des personnes que j'ai pu croiser dans ma vie.

Si c'est votre première fois parmi nous, bienvenue dans le cirque de cette famille en constante expansion. Au programme : de grands cœurs, de fortes têtes et des esprits brillants, le tout saupoudré d'une bonne dose de *bodmod*.

Si vous êtes là depuis le début, merci du fond du cœur.

Sachez que si j'ai bien voulu et pu replonger dans un tel livre, c'est grâce à vous.

Ravie de vous retrouver.

Amour et encre,

Jay

Prologue

« Je ne crois pas que nous soyons faits l'un pour l'autre. »

Ces mots, énoncés d'une voix douce, résonnaient dans mon esprit depuis des heures.

Ce n'est pas comme si la rupture avait surgi de nulle part. Celle que j'étais à peu près sûr d'aimer avait changé, se montrant de plus en plus distante au fil de ces dernières semaines. Je la connaissais depuis toujours. Nous avions grandi ensemble et avions été les meilleurs amis du monde, avant de tomber amoureux. Oui, je la connaissais presque aussi bien que moi-même, aussi n'étais-je pas dupe : quelque chose clochait. Mais je refusais de croire que ce que nous vivions était sur le point de prendre fin.

Je m'étais convaincu qu'elle était simplement stressée et inquiète du fait que nous allions bientôt rejoindre des universités différentes et passer le plus clair de notre temps loin l'un de l'autre. Un amour de jeunesse est déjà suffisamment précaire, et complexe à gérer. Ajoutez la distance, et c'est l'échec quasi garanti. J'avais essayé de la rassurer : tout allait bien se passer. Après tout, j'étais à la fac depuis un an déjà, et rien n'avait changé entre nous, pendant que j'attendais avec une patience toute relative qu'elle termine le lycée. De mon côté, je pensais bêtement qu'elle soumettrait sa candidature dans la même université que moi, histoire que l'on reste ensemble. Nul doute qu'elle y serait acceptée. À aucun moment je n'avais envisagé qu'elle puisse postuler à des facs dans d'autres États. Je ne m'étais pas douté un seul instant qu'elle planifiait non seulement de m'abandonner moi, mais aussi de quitter notre ville natale, et ce, depuis des années. Quand elle m'avait finalement avoué qu'elle partait pour la Californie à l'automne, ça avait été un choc. Pourtant, j'étais resté optimiste quant à l'avenir de notre relation. Aston était mon premier amour, et j'étais prêt à tous les sacrifices pour poursuivre cette vie avec elle.

Pas de bol, le sentiment n'était pas réciproque.

Je n'avais rien vu venir. Brutalement, la gamine adorable qui ne m'avait jamais lâché d'une semelle en grandissant, puis avait ravi mon cœur par sa douceur, sa bonne humeur et son innocence, m'apparaissait comme une complète inconnue, qui n'avait jamais tenu à moi comme je tenais à elle.

Je n'avais eu aucun mal à trouver des arguments quand elle m'avait annoncé qu'elle ne nous pensait pas faits l'un pour l'autre.

Mais comment lutter quand elle avait enchaîné sur le fait qu'elle n'était pas heureuse avec moi, qu'elle avait besoin de changement ?

J'aurais voulu lui répondre qu'on avait simplement besoin d'un peu d'air. Je croyais dur comme fer être capable de la faire changer d'avis, de lui prouver qu'elle et moi, c'était du solide. Seulement, son regard déterminé m'en avait dissuadé. Ce n'était pas une décision prise à la légère. Tout cela était mûrement réfléchi, et elle n'en démordrait pas.

Elle ne voulait plus de moi, et je me retrouvais soudain à la dérive, plus rien n'avait de sens.

Il faut dire que je n'avais pas des tonnes d'expérience en matière de peines de cœur.

J'étais du genre à obtenir à peu près tout ce que je voulais, à exceller dans tout ce que j'entreprenais. J'avais terminé major de promo au lycée, décroché mon premier choix d'université, et une place de titulaire dès mon premier match de football universitaire en prime. Mes parents, eux, ne m'avaient jamais poussé à la perfection. Tout ce qui leur importait, c'était que je sois heureux. Ils n'en demeuraient pas moins extrêmement fiers de mes performances, et la maison débordait des trophées et autres récompenses accumulés au fil des années.

J'étais populaire, apprécié de mes camarades. Au sein de notre petit cercle soudé de cousins et amis de la famille, j'étais parmi les aînés, ce qui faisait souvent de moi la voix de la raison, le mec responsable. Côté séduction, je n'avais jamais eu de problème, toutefois il n'y avait qu'une seule fille que je désirais à mes côtés.

Et, maintenant qu'elle m'avait rejeté, je ne savais plus très bien quoi faire de moi.

C'était la première fois que je me faisais larguer, et je dois dire que je ne le vivais pas très bien… du tout.

Je jetai un coup d'œil à mon téléphone, qui bipait et sonnait non-stop depuis quelques heures. J'avais beau crever d'envie de l'éteindre, une part de moi refusait de croire que je m'étais fait plaquer, et j'espérais voir le numéro de mon ex apparaître à chaque appel. En vain. Ma mère, en revanche, avait tenté de me joindre une vingtaine de fois. Mon père, pas loin de dix. Mon meilleur ami – et incidemment cousin – m'envoyait religieusement un message tous les quarts d'heure.

Je les ignorai tous. Jusqu'à ce que l'unique personne à laquelle j'étais bien incapable de faire la sourde oreille essaye de me contacter. Malgré mes réticences, je n'avais plus le choix, je devais répondre.

— Ry Archer, t'es où, bordel ? Les parents s'inquiètent, ils sont au bord de la crise de nerfs, là.

La voix tremblante, ma petite sœur semblait avoir pleuré. En temps normal, elle était plutôt dure à cuire, mais elle pouvait aussi se montrer hyper mélodramatique et émotive. Une adolescente, en somme. La fille de notre père, aussi. À l'exception du physique, c'était lui tout craché.

En effet, si elle tenait ses cheveux blond platine et ses jolis yeux verts de notre mère, elle avait hérité l'impulsivité et le côté rebelle de papa. Sa franchise brutale et son obstination, également. Fonceuse et haute en couleur, elle non plus n'avait jamais froid aux yeux. Et, tout comme lui, elle ressentait tout à la puissance mille. Nous avions tous les deux grandi dans l'assurance absolue que nos parents nous adoraient. Notre père, surtout, ne s'en cachait pas. Néanmoins, l'inverse était aussi vrai. Si nous avions le malheur de le décevoir ou de faire quoi que ce soit qui lui déplaise, il ne se gênait pas pour nous le faire savoir haut et fort. C'était une ambiance intense et pas toujours simple à gérer, heureusement, notre mère au flegme sans faille savait rétablir l'équilibre du foyer et tempérer les éclats du paternel. Quelque part, je regrettai de ne pas lui ressembler autant que Daire pouvait ressembler à papa, parce que ma propre personnalité détonnait parmi celles du reste de la maisonnée.

Plus d'une fois, j'avais entendu mes grands-parents et mon oncle affirmer que, dans ma façon d'être, j'étais le portrait craché du jumeau de mon père, aujourd'hui décédé. Cette comparaison avait le don de remuer le couteau dans la plaie pour papa, mais même lui ne pouvait nier que je lui rappelais souvent son frère. L'eau avait beau avoir coulé sous les ponts, celui-ci avait laissé un grand vide et lui manquait toujours terriblement. Parfois, ma mère me racontait leurs jeunes années, et je percevais moi-même les similitudes entre mon oncle et moi. Sa mort prématurée était une foutue tragédie pour bien des raisons mais, en ce qui me concernait, j'avais en plus perdu la seule personne à qui j'aurais pu m'identifier au sein de cette famille. J'étais en quelque sorte le mouton noir d'un troupeau qui n'avait déjà pas grand-chose de blanc.

Je serrai le volant un peu plus fort avec un soupir.

J'adorais ma petite sœur de tout mon être. Nous étions extrêmement proches et partagions presque tout. En raison de notre faible différence d'âge, c'était souvent nous deux contre la terre entière, quoi qu'il arrive. Elle était ma personne préférée au monde, ma plus fidèle confidente. Seulement, elle était également la meilleure amie de mon ex. Toutes deux n'avaient que quelques mois d'écart et étaient absolument inséparables. Quand j'avais commencé à m'intéresser à Aston Wheeler, ma sœur s'était élevée contre l'idée de nous voir devenir davantage que de bons amis. Elle ne voulait pour rien au monde se retrouver tiraillée entre nous deux, avoir à choisir un camp ou devoir faire des cachotteries à l'un ou à l'autre. J'avais chassé ses inquiétudes d'un revers de main, persuadé qu'Aston et moi étions faits l'un pour l'autre. Pour moi qui avais grandi entouré d'amour véritable, d'exemples de jeunes passions ayant donné des mariages heureux, sains et durables, traverser toutes les épreuves main dans la main avec mon premier amour était une manière de marcher dans les traces de mes parents.

Je refusais d'envisager que Daire ait pu être au courant avant moi de la direction que prenait mon couple. Qu'elle ait pu me dissimuler une information aussi vitale. Pourtant, j'avais beau examiner la situation sous tous les angles, il était impossible qu'elle n'ait jamais eu vent de ce qui se tramait.

— Je suis parti faire un tour en voiture. Dis à maman et papa de ne pas s'en faire. Ça ira.

Je m'en remettrais. Un jour.

À l'autre bout de la ligne, ma sœur poussa un soupir. Je l'entendais faire les cent pas. Elle ne savait pas se poser. Elle avait besoin d'être constamment en mouvement, et son cerveau tournait toujours à cent à l'heure. Je savais que si je n'arrivais pas à la convaincre que tout allait bien, elle s'aventurerait dans la nuit pour me retrouver, quand bien même elle n'avait pas la moindre idée d'où j'étais parti, ni du temps que j'avais déjà passé au volant.

— Ne me dis pas que ça fait quatre heures que tu roules ? couina-t-elle. T'es encore dans le Colorado, au moins ?

Je jetai un coup d'œil à l'horloge du tableau de bord. Merde, je n'avais vraiment pas vu le temps passer. Non, je n'avais pas encore quitté l'État, mais cela ne saurait tarder. La frontière sud n'était plus très loin. Après être monté dans mon pick-up sans réel but, j'avais inconsciemment pris la direction de la dernière personne auprès de qui on m'aurait soupçonné d'aller chercher du réconfort en cas de coup dur.

— Laisse-moi un peu souffler, Daire.

J'aurais voulu pouvoir fermer les yeux et oublier le monde, le temps de faire disparaître le vide douloureux au creux de ma poitrine. Manque de pot, ce n'était pas une option viable, au volant. Je ne pouvais que secouer la tête et cligner des yeux, tantôt baignés de larmes brûlantes, tantôt asséchés comme le désert.

— J'ai besoin de démêler tout ça dans ma tête avant d'en discuter avec qui que ce soit, et avec toi en particulier.

Daire émit un son étranglé. Je la voyais d'ici porter sa manucure criarde à sa bouche. Ma petite sœur était tout sauf discrète. Avec toute sa quincaillerie aux doigts, et ses innombrables bracelets cliquetant les uns contre les autres, on l'entendait venir de loin. Mais, si elle avait le don de se faire remarquer, elle savait aussi quand faire preuve d'un minimum de retenue. Elle connaissait mes cordes les plus sensibles et savait quand il valait mieux éviter d'en jouer. *Jamais* je n'aurais laissé un de ses appels sans réponse, mais il y avait des limites à ce que j'étais prêt à endurer de sa part, alors que je souffrais déjà tant.

— Je n'étais pas au courant, Ry. Je ne me doutais absolument pas qu'Aston voulait rompre. Elle me semblait bizarre, ces derniers temps, mais je pensais que c'était parce que c'était notre dernière année de lycée, ou parce que Royce lui manquait. Tu sais combien elle est proche de son frère. Mais elle n'a jamais insinué qu'elle n'était pas heureuse avec toi. Promis. Je te l'aurais dit.

J'étais mal de la sentir au bord des larmes.

J'aurais dû l'écouter dès le début, quand elle m'avait prévenu que sortir avec la demi-sœur de mon bon pote Royce était une idée pourrie. Nous étions tous trop proches, nos familles trop liées. L'issue ne pouvait qu'être désastreuse.

Aston avait très mal vécu que son frère décide de suivre sa mère biologique à New York quand celle-ci c'était remariée, l'année passée. Je savais que ce choix avait beaucoup coûté à Royce, qui considérait la mère d'Aston comme la sienne, au même titre que sa mère biologique. Il avait toujours appelé Poppy sa « mère bonus » et n'avait pour elle que de l'amour et du respect. Il était également très attaché à sa sœur. C'est pourquoi sa décision avait été un véritable choc.

Aston Wheeler était la fille d'un couple d'amis extrêmement proche de mes parents. C'était le cas de tout notre groupe, d'ailleurs. Le père d'Aston et Royce travaillait avec mon oncle Rome, gérant plusieurs ateliers de customisation auto et moto dans Denver. De leur côté, la mère biologique de Royce, celle d'Aston et la mienne étaient comme les doigts de la main. Petite, Aston avait été souvent malade, et ses parents s'étaient régulièrement tournés vers ma mère, médecin, qui les avait soutenus et conseillés.

Ma sœur et moi, nos cousins Remy et Zowen, Royce et sa sœur, les filles du collègue de notre père, Glory et Bowe… nous avions tous grandi ensemble. Il y avait aussi Joss et Hyde. Moins souvent là, et un peu plus vieux que nous, ils n'étaient pas pour autant exclus du gang, car nous n'étions pas seulement liés par la force des choses, mais parce que nous avions de réelles affinités et nous aimions tous beaucoup. À mesure que les familles s'étaient agrandies et que le monde avait évolué, des membres du cercle avaient quitté le Colorado, mais nous continuions de nous retrouver durant l'été ou pour les fêtes et faisions toujours en sorte de répondre présents à chaque événement majeur de la vie de chacun.

Certains d'entre nous avaient développé des relations privilégiées, comme Zowen et moi, ou Daire et Aston. Et, bien qu'elle ait toujours été basée à Austin, mon ennemie jurée, Bowe Keller, était elle aussi super amie avec ma cousine Remy. Ce grand réseau d'amitié avait quelque chose de génial, mais dans un groupe de personnalités aussi diverses que marquées, une poignée se devait forcément de clasher et avait par conséquent dû apprendre à se supporter tant bien que mal.

Bon… en réalité, cela ne concernait que Bowe et moi.

De nous tous, nous étions les plus proches en âge, mais c'était notre unique point commun. Dès le berceau, nos relations avaient été tendues. Heureusement pour moi, elle vivait loin, et nous n'avions à nous croiser qu'une ou deux fois par an. Parfois, ce n'était vraiment pas simple de faire semblant de bien nous entendre, sachant qu'il y avait eu au cours de notre histoire davantage que de l'amitié – bien pire, aussi.

Pourtant, aujourd'hui, c'était à elle que je voulais parler.

Je ne comprenais pas très bien pourquoi je tenais tant à partager mon chagrin d'amour avec elle. Tout ce que je savais, c'était qu'à ce moment précis, alors que ma vie me semblait sens dessus dessous, il fallait absolument que je la voie.

Soufflant un coup, j'essayai de rassurer ma sœur :

— Je te crois. Je sais que tu ne serais pas restée sans rien faire et que tu ne l'aurais pas laissée me prendre par surprise, comme ça.

Mais j'avais également conscience qu'elle se battrait jusqu'à la mort pour Aston et qu'elle se trouvait sans doute dans une sacrée impasse, à cet instant.

— J'ai juste besoin d'être un peu seul, OK ? J'appellerai les parents une fois arrivé à destination. Dis-leur de ne pas trop s'inquiéter. Laissez-moi un moment pour me calmer.

Un autre soupir, et le bruit de quelque chose qu'on renverse. La tristesse et la frustration de ma petite sœur étaient palpables, même par téléphone interposé.

— Pas la peine de fuir la maison pour mieux nous cacher tes émotions, Ry. Tu as beau essayer de nous prouver le contraire, on est au courant que tu es humain. Arrête de vouloir toujours te montrer si parfait, merde. Tu as le droit d'être triste et en colère. C'est normal de ressentir tout ça quand on nous brise le cœur. Je sais que tu n'es pas habitué à perdre, mais voilà, considère ça comme ton baptême du feu, et sache que ce n'est pas quelque chose que tu es obligé de surmonter seul.

Encore cette quête de perfection... Eh bien, cette fois, j'avais dû me planter quelque part, ou je ne me serais pas fait larguer de manière si brutale.

Je m'éclaircis la voix, puis, à demi ébloui par le semi qui arrivait en sens inverse, je tapotai le volant du bout des doigts.

— Je ne serai plus seul très longtemps.

Daire avait vu juste : je fuyais mes émotions.

Comme d'habitude.

Il existait cependant une personne auprès de qui je ne m'étais jamais embarrassé de paraître irréprochable, principalement parce qu'elle voyait à travers ma façade et n'hésitait pas une seconde à me descendre en flèche.

— Oh… tant mieux.

Le changement de ton avait été quasi instantané ; ma sœur semblait soulagée. Mais nous étions tellement proches qu'elle donnait parfois l'impression de me connaître mieux que moi-même, et il ne lui faudrait pas longtemps pour comprendre où j'allais, même si n'importe qui d'autre aurait d'emblée écarté une option aussi improbable.

— Bon, eh ben, sois prudent, et n'oublie pas d'appeler les parents quand tu auras le temps. Je vais essayer de les retenir de te harceler pendant un moment. Et, pour ton information, j'ai déjà dit à Aston le fond de ma pensée. J'ai même passé un coup de fil à Royce pour lui demander s'il était au courant, mais elle ne lui avait rien dit non plus. Ni à propos de l'université ni à propos de toi. Je ne sais pas ce qui lui a pris de prendre toutes ces décisions en secret, mais je pense sincèrement qu'à l'heure où on parle, elle souffre autant que toi.

Impossible.

Aston m'avait tourné le dos, et j'étais resté planté là, incapable de mettre un pied devant l'autre. Elle m'avait mis à terre. Privé de mon souffle. Lorsqu'elle s'était éloignée, elle n'avait pas lancé le moindre regard en arrière. Disparue, la gentille et douce Aston qui avait fait de moi ce qu'elle voulait pendant si longtemps. Cette fille qui m'avait arraché le cœur, je ne la reconnaissais pas. Pire : je ne me reconnaissais plus non plus. Être pour la première fois confronté à l'échec et perdre ce qui comptait le plus au monde pour moi me poussait à réagir d'une manière qui ne me ressemblait pas. D'un coup, j'étais devenu de ces gens pour lesquels je n'avais généralement que du mépris.

Excessif.

Irrationnel.

Imprévisible.

Je ne m'étais jamais autorisé à agir de façon si chaotique et insouciante, c'était d'ailleurs pour cette raison que ce genre de personnes m'insupportaient tant. J'étais jaloux, et cette jalousie me bouffait.

Par chance, j'avais plus de treize heures de route devant moi pour rapiécer mon ego et rendosser mon rôle de jeune homme modèle et bien sous tous rapports.

Je roulai toute la nuit, jusqu'au petit matin, ne m'arrêtant que pour faire le plein, ou une pause toilettes. Les kilomètres défilaient au compteur. Bon sang, pourquoi l'État du Texas était-il si vaste et plat ? Quand mon estomac commença à gronder, je fis un arrêt express pour avaler un petit déjeuner de fast-food. En bon sportif, j'évitais en général tout ce qui provenait d'un sachet en papier taché de graisse, mais au diable les règles ! À cet instant, j'étais seul au monde et je n'avais pas à convaincre quiconque de ma prétendue perfection.

Je pris un instant pour envoyer des nouvelles à ma sœur et à mon cousin. Zowen, qui l'avait mauvaise que je ne lui aie pas répondu plus tôt, m'avertit que mon père était déjà passé chez lui, en espérant m'y trouver. Nous étions tous rentrés pour les vacances d'été, alors, le premier réflexe de mes parents avait bien entendu été de penser que je me serais réfugié chez mon oncle. Pourtant, quand il s'agissait d'ordre et de discipline, Rome était encore plus flippant que mon paternel. Après mon père, il était la dernière personne que j'aurais voulu avoir aux basques, en particulier pendant que je me débattais avec mes émotions.

Ancien militaire, il était à présent son propre patron et n'était pas du genre à se laisser balader par quiconque d'autre que son petit bout de femme, ou sa fille aînée au tempérament également bien trempé. Ma cousine Remy était encore plus rebelle que ma sœur, et deux fois plus ingérable. Grande habituée des plans foireux, elle était néanmoins la personne la plus dévouée et loyale que je connaisse. Depuis l'enfance, elle était notre héroïne, et c'était à elle que Daire et moi demandions le plus souvent conseil concernant nos parents, ou la vie en général. Elle faisait partie de ceux d'entre nous qui avaient quitté Denver relativement jeunes, pour tenter leur chance dans le vaste monde. Et nous n'en aurions sans doute pas attendu moins d'elle.

Remy était une grande vadrouilleuse dans l'âme. Un électron libre. Elle était aussi éperdument amoureuse de l'aîné de notre groupe d'amis, le solitaire et fuyant Hyde Bishop-Fuller. Malheureusement, cette passion n'avait jamais été réciproque. Aussi, quand Hyde s'était engagé dans l'armée il y avait quelques années de cela, Remy n'avait vu aucune raison de s'enraciner ici plus qu'ailleurs. Elle avait laissé son cœur en miettes à Denver pour partir à l'aventure.

Elle me manquait à mort, et je savais que Zowen s'inquiétait horriblement à son sujet, mais quand elle se matérialisait enfin, elle semblait plus heureuse et insouciante que jamais. Elle donnait l'impression de finalement tirer un trait sur cet amour impossible. J'avais toujours envié sa décontraction. Rien ne semblait la perturber. Bon, rien, à l'exception de Hyde.

Personnellement, je n'avais jamais été si cool et relax. Je me prenais beaucoup trop au sérieux.

Il était encore tôt, et je n'eus pas à subir les bouchons en entrant dans Austin. Sans surprise, la fille pour laquelle j'avais fait tout ce trajet, rentrait à peine chez elle lorsque je me garai enfin au bout de son allée. Elle ne cilla même pas en me voyant descendre de mon pick-up.

Elle avait ramassé ses cheveux noir et violet en une queue-de-cheval approximative au sommet de sa tête, et ses yeux couleur miel étaient barbouillés de noir – volontairement ou non, je n'aurais su dire. Elle portait un legging rouge façon cuir, et une paire de bottes à lacets noires luisantes, qui lui remontaient jusqu'aux genoux. Son T-shirt, découpé juste au-dessus de son nombril piercé, affichait le logo d'un groupe dont elle était probablement la seule à avoir entendu parler. J'avais toujours trouvé qu'elle semblait tout droit sortie d'un comics, et aujourd'hui ne faisait pas exception.

Enfant déjà, elle était infiniment plus cool que moi. Elle était l'une des rares personnes par qui je me laissais intimider, dans la vie. Elle était également la seule fille que j'avais rejetée par simple précaution, puisque dans mon esprit d'ado, c'était couru d'avance : elle allait forcément finir par me recaler. Elle se rendrait vite compte que j'étais trop ennuyeux, trop prévisible, trop préoccupé par ce que les autres pensaient de moi pour qu'elle me supporte longtemps. La passion de la jeunesse avait bel et bien éclaté entre nous, mais s'était accompagnée d'inquiétudes et d'insécurités immatures. J'avais choisi de la blesser le premier, pour ne pas risquer qu'elle ne me blesse, et je devais vivre avec ce regret depuis.

Au lieu d'entrer dans son adorable mais minuscule maison des années cinquante, située à deux pas de South Congress

Avenue, Bowe attendit que je parvienne à sa hauteur. Croisant les bras sur sa poitrine, elle releva le menton et me toisa.

Je m'attendais à ce qu'elle me demande ce que je fichais, à débarquer à cette heure-ci devant chez elle. J'étais préparé à ce qu'elle cherche la bagarre. J'avais passé la dernière heure de ce trajet sans fin à me blinder, sachant d'avance qu'elle allait me démolir, me poser toutes les questions auxquelles je ne souhaitais pas répondre, puis me renvoyer d'où je venais sans le moindre remords. Après tout, elle avait été claire suite à cet été de triste mémoire où tout avait dérapé : elle ne voulait plus rien avoir à faire avec moi. D'après ma sœur et mes autres sources, elle avait même tout fait pour m'oublier.

— Ça fait un mal de chien, m'entendis-je murmurer.

Toute la façade que j'avais savamment érigée s'effrita d'un coup. Je m'avançai sans réfléchir dans les bras de la fille qui s'était autoproclamée ma pire ennemie.

Elle ne me repoussa pas, pas plus qu'elle ne se moqua de mon *breakdown* total.

Non. Elle ne fit rien de ce à quoi je m'étais attendu.

Bowe Keller était la personne la plus imprévisible que je connaisse. Comment vouliez-vous que je ne m'y perde pas, entre elle, et les sentiments contradictoires qu'elle m'inspirait ?

Tout ce qu'il y avait de sûr, c'était qu'elle était la personne dont j'avais le plus besoin à cet instant.

1

Bowe

La dernière chose que je m'attendais à trouver sur le pas de ma porte, en rentrant d'une répète qui avait duré beaucoup plus longtemps qu'elle n'aurait dû, c'était bien Ryier Archer, visiblement dévasté.

Je n'avais pas tellement de contacts avec la famille Archer, hors fêtes de fin d'année, ou encore quand mes parents me traînaient jusqu'à Denver pour les vacances d'été. Depuis la cata qu'avait été l'été de mes seize ans, je passais de moins en moins de temps avec mes amis d'enfance. J'adorais ma vie à Austin, et j'en voulais pas mal à mes parents de toujours vouloir m'embarquer dans les souvenirs et les amitiés qui constituaient leur passé. Ce que j'aimais, c'était l'instant présent, et devoir lâcher mes propres amis, mes propres loisirs ici, ne m'éclatait que très moyennement.

J'avais passé mon tour lors de leur dernier séjour à Denver, pour Noël, et je comptais bien encore rester à Austin cet été, même s'ils m'avaient fait comprendre qu'ils aimeraient que je les accompagne. J'avais quitté la maison, maintenant, et je m'efforçais de faire mes propres choix, sans me sentir coupable ni ingrate envers eux, qui avaient tant fait pour moi. Ce n'était pas encore gagné.

Plus jeunes de quelques années, mes deux sœurs, Yves et Zola, n'appréciaient pas vraiment que je cesse de coopérer, sachant que cela réduisait à néant leur chance d'elles-mêmes échapper à leur job d'été, ou toute autre activité chiante. Si je ne venais pas, il n'y aurait aucune autre concession.

Après moi, ma mère et mon père avaient eu du mal à concevoir un autre enfant. Ils ne m'avaient jamais rien caché à ce sujet et, quand ils avaient décidé de m'offrir un petit frère ou une petite sœur via une fécondation in vitro, ils l'avaient fait dans la plus grande transparence. Le processus n'avait pas été simple pour notre petite famille. Les choses étaient loin d'avoir marché du premier coup. Par conséquent, les jumelles étaient souvent vues comme le miracle qu'elles étaient et avaient l'habitude qu'on cède à leur moindre caprice. À nos yeux, elles étaient précieuses, spéciales, et on les traitait comme telles. Elles étaient sans doute mon unique faiblesse, les seules capables de me faire revenir sur ma décision d'éviter Denver à tout prix. Ou, du moins, l'unique faiblesse que j'étais prête à admettre.

Plutôt mourir que d'avouer à qui que ce soit quelle autre faille dissimulait mon cœur de glace. Moi-même, je préférais l'ignorer. Malheureusement, elle avait été brutalement remise au jour à l'instant où le garçon qui en était à l'origine s'était planté devant moi comme une espèce de zombie au cœur brisé.

Enfants déjà, Ry Archer et moi étions sur des longueurs d'onde totalement différentes. On était en constante opposition et on se disputait sans arrêt. On se prenait la tête comme on respirait, et ces conflits incessants, petits et gros, comptaient pour beaucoup dans ma réticence à mettre ma vie entre parenthèses pour aller jouer mon rôle d'antagoniste récurrente dans la sienne. Nous étions adultes, à présent ; plus personne ne pouvait nous obliger à nous supporter contre notre gré. Inutile de nous faire du mal pour rien.

On pouvait enterrer le souvenir de cette soirée, où l'un de nos accrochages légendaires à propos d'une broutille avait soudain dérapé. Aujourd'hui encore, je me demandais comment une bête engueulade avait bien pu nous mener à envoyer valser nos fringues et à nous contempler mutuellement, comme si l'autre détenait toutes les réponses aux mystères de l'univers.

Certes, Ry était sexy, intelligent et populaire. Il était aussi têtu comme une mule, pouvait se montrer cassant et avait des idées beaucoup trop arrêtées. Dans le feu de l'action, la température avait grimpé, mais toute espèce de chaleur et d'affection était partie en fumée à la seconde où il avait décidé qu'il regrettait d'avoir laissé les choses aller trop loin. La relation qui nous unissait avait toujours été étrangement plus intime qu'une simple amitié, mais, quand il m'avait activement repoussée pour se mettre en couple avec mon exacte opposée, il m'était apparu que deux ennemis se comprenaient peut-être mieux que n'importe quels amis.

Désormais, je pouvais arrêter de me laisser irriter par sa prétendue perfection. Et mon refus de rentrer dans le rang, de me plier aux règles, n'aurait plus à le déranger non plus.

Parce que si les choses n'avaient jamais été faciles entre nous, lorsqu'il avait commencé à sortir avec Aston Wheeler, ces émotions contradictoires s'étaient muées en quelque chose d'insoutenable au fond de mon cœur. Depuis, je ne m'autorisais à y penser que lorsque j'étais seule et d'humeur particulièrement mélancolique et introspective. Principalement quand je composais ou quand j'écrivais des paroles, donc.

Ry était une excellente source d'inspiration pour ce qui était des chansons tristes.

Pourtant, rien de tout cela n'importait, à cet instant, car le voilà qui semblait à deux doigts de fondre en larmes, ou de s'écrouler à mes pieds. J'attrapais sa petite tête ridiculement craquante à deux mains et plongeai le regard dans ses yeux bleu glacier. C'était sans doute la première fois que Ry Archer osait montrer la moindre faiblesse, la moindre vulnérabilité face à moi. Alors, même si une immense part de moi ne demandait qu'à le chasser loin, loin d'ici, je n'arrivais pas à me résoudre à l'enfoncer davantage. Je l'entraînai donc à l'intérieur et le fis asseoir sur mon canapé de seconde main avant qu'il ne me claque entre les doigts.

Un instant il me regardait, des miettes de cœur plein les yeux, la seconde d'après il n'y avait plus personne, il s'était endormi comme une souche. Étudiant son visage assoupi, je découvris, incrédule, que ses pommettes ciselées étaient barrées de traces de larmes séchées. On parlait d'un garçon tellement inhibé sur le plan émotionnel que je n'étais même pas sûre qu'il sache pleurer. Qui que soit le mec HS dans mon salon, ce n'était pas celui que j'avais si bien appris à rembarrer.

Le Ry qui me filait de l'urticaire, c'était le premier de la classe. Le petit ami idéal. L'athlète médaillé, l'équipier toujours fidèle au poste. Le grand frère adoré. Le cousin super loyal. Le fils vénéré, et l'ami dévoué contre vents et marées. Celui qui n'avait aucun défaut, ne laissait aucune place à l'erreur. Sa rigoureuse obstination à maintenir une façade lisse et parfaite était sans doute ce que je lui reprochais le plus. Je n'avais ni le temps ni la patience pour les faux-semblants.

Il était encore beaucoup trop tôt, mais tant pis ; je tirai mon portable de ma poche pour composer le numéro de Daire, tout en me mettant en quête d'une couverture pour mon invité indésirable.

J'adorais Daire autant que je détestais son frère. Nous étions suffisamment semblables pour qu'elle soit l'une des rares potes de Denver avec qui je gardais le contact, même dans nos périodes les plus chaotiques. On s'appelait plusieurs fois par semaine pour se donner des nouvelles. Elle me racontait également ce qui se passait dans la vie de son frère, même si j'aurais préféré m'arracher les molaires à la petite cuillère que de demander de ses nouvelles moi-même.

Jamais Daire n'avait révélé ce qu'elle savait ou non de notre secret, mais elle était loin d'être idiote et connaissait son frère mieux que personne. J'étais à peu près sûre que, même si Ry ne lui avait rien dit, elle avait très bien compris que si notre relation était devenue si conflictuelle ces dernières années, ce n'était pas seulement en raison de nos habituels différends.

— Tu n'aurais pas pu me prévenir que ton frère allait se pointer sur le pas de ma porte ? Et pas la peine de demander comment il a eu ma nouvelle adresse, je suppose ?

Je ne m'étais même pas embarrassée d'un bonjour et avais commencé l'interrogatoire à l'instant où Daire avait décroché.

J'avais emménagé à South Congress environ un mois auparavant. Le loyer coûtait une blinde, mais j'avais la chance que mes parents puissent m'aider en attendant que mes deux colocataires me rejoignent. Il était prévu qu'elles arrivent aux alentours de la rentrée prochaine, ce qui me laissait la maison à moi toute seule pour le plus gros de l'été. En revanche je regrettais d'avoir fait à Daire et Remy l'honneur d'une visite virtuelle, et surtout de leur avoir donné mon adresse quand elles me l'avaient réclamée. J'aurais dû me douter que Daire communiquerait l'info à son frère, même s'il n'en avait techniquement rien à faire. Elle essayait sans arrêt de nous réconcilier, de nous faire revenir au temps de notre trêve précaire. J'avais cru que les choses se tasseraient quand Ry s'était mis en couple avec sa meilleure amie, mais, à mesure que les années passaient et que le gouffre se creusait, elle avait redoublé d'efforts pour rebâtir entre son frère et moi des ponts depuis longtemps écroulés.

J'entendis ma cadette ricaner et se retourner dans son lit avant de me rétorquer :

— Si je t'avais prévenue, tu ne serais pas rentrée chez toi, et il se serait retrouvé comme une âme en peine devant ta porte, à devoir camper dans son pick-up après avoir roulé toute la nuit. Et puis, je n'ai capté où il allait qu'une fois qu'il arrivait à la frontière. Ce n'est pas comme s'il m'avait exposé tous ses plans, hein. J'ai dû deviner. Il va comment ?

Je jetai un coup d'œil par-dessus mon épaule. Ry et son corps massif prenaient presque l'intégralité de mon canapé. Il était blanc comme un linge, et sa tignasse brune avait visiblement subi de multiples assauts de la part de ses doigts agités. J'aperçus ce qui ressemblait fort à une tache de graisse sur son jean, et un trou près du col de son T-shirt délavé. En gros, la version de Ry Archer la plus destroy et crado que j'aie jamais vue.

— Il est bien arrivé, mais je n'irais pas jusqu'à dire qu'il est en grande forme. On pourrait croire qu'il est passé sous un poids lourd…

J'avais enfin mis la main sur le couvre-lit que ma mère m'avait cousu il y avait quelques Noëls de cela. Il s'agissait d'un patchwork composé de T-shirts de tournée du vieux groupe de mon père. On y retrouvait tous les logos et visuels de ses années sur scène. C'était quelque chose de si personnel, si plein de nostalgie. Même papa en avait eu les larmes aux yeux quand il avait vu le travail et les souvenirs que représentait ce cadeau. J'avais prévu de lui trouver une place de choix dans mon nouveau chez-moi, mais je me laissais sans cesse distraire. L'histoire de ma vie. J'avais du mal à mettre de l'ordre dans mes priorités, et tout, y compris ce qu'il y avait de plus important, avait tendance à passer après ma musique et mes chansons, dans ma tête comme dans mon cœur.

M'approchant du canapé sur la pointe des pieds, je déposai doucement la courtepointe sur le dos de Ry. Il avait choisi son moment. Maintenant que j'étais finalement livrée à moi-même, j'avais tout sauf envie d'avoir affaire à lui.

À l'autre bout du téléphone, Daire poussa un long soupir. Je visualisais presque sa petite moue soucieuse. Cette fille avait tout d'un ange, avec ses cheveux d'un blond quasi blanc et sa peau d'albâtre. Mais elle était la preuve vivante qu'il ne fallait pas se fier aux apparences ; sous ses airs de ne pas y toucher, c'était un vrai petit démon. Elle vivait pour les conneries. Daire n'avait peur de rien, et sa curiosité lui jouait d'ailleurs souvent des tours. Un tel courage et une telle intensité m'inspiraient à peu près autant d'admiration que de crainte.

— Aston a rompu avec lui. Je crois que c'est une première

pour Ry, de se faire rejeter. Il va prendre ça comme le pire des échecs. Je ne suis pas étonnée qu'il craque. Il ne supporte pas de perdre, et je sais d'avance qu'il va trouver le moyen de ramener tout ça à lui et à ses prétendus défauts. À aucun moment il ne va se dire qu'Aston est sans doute en train de traverser ce qui semble être un bouleversement plutôt majeur, ni que la séparation n'est peut-être pas très marrante à vivre pour elle non plus. Il va s'imaginer que tout est sa faute et s'en vouloir à mort pendant des plombes.

Je ravalai l'exclamation qui avait failli m'échapper et traversai la maison en direction de ma chambre. Je n'avais pas eu l'intention de recevoir qui que ce soit avant un moment et la répétition m'avait rétamée. Je n'avais qu'une envie : me glisser sous la couette et pioncer pour le reste de la journée.

— Je n'arrive pas à croire qu'elle l'ait largué. Ils sont tellement pareils, tous les deux, je pensais que c'était pour la vie. Ry a dû se démener. Il lui a fallu une éternité pour obtenir la permission de Royce pour sortir avec sa petite sœur.

Aston Wheeler était tout aussi méticuleuse que lui. Elle était ce qui se rapprochait le plus de la perfection, d'où le fait que je ne la porte pas exactement dans mon cœur. Ou disons que c'était là une justification de plus à la vilaine jalousie que j'avais tendance à nourrir envers elle. Bien évidemment, j'étais trop tête de pioche pour admettre que c'était pour ça que je me montrai si distante et abrupte avec elle quand tout le groupe se retrouvait. Je préférais de loin passer du temps avec son grand frère.

Royce était un artiste, un original. Il était du genre sensible, mais savait montrer les crocs quand il s'agissait de protéger sa petite sœur, dont la santé avait été fragile durant l'enfance. Pour tout ce qui touchait à sa vie – y compris amoureuse –, il était plutôt désordonné et irresponsable, alors, forcément, je me sentais proche de lui. Absolument rien ne justifiait que j'aie tant de mal à tirer un trait sur ce psychorigide de Ry Archer. Si l'univers avait été plus juste, c'était de Royce Wheeler que je serais tombée amoureuse.

Un nouveau soupir au bout du fil.

— Elle ne s'est pas contentée de le plaquer ; elle lui a aussi avoué qu'elle partait étudier en Californie. Qu'elle n'était pas heureuse, et qu'elle ne l'était plus depuis longtemps. Ça ne lui ressemble tellement pas. Ça faisait deux ans qu'ils étaient ensemble, et Ry n'avait pas la moindre idée qu'elle prévoyait de partir à l'autre bout du pays une fois diplômée. Elle ne lui avait rien dit du tout. À mon avis, ça a déboussolé mon frère autant que la rupture à proprement parler. Elle ne m'a jamais confié qu'elle envoyait des candidatures si loin non plus, en fait. Je n'étais au courant de rien. Si je l'avais sous la main, je te jure que…

Je sifflai entre mes dents, tout en retirant mes grolles à grand-peine.

— Je ne l'aurais pas crue capable de faire tant de cachotteries.

Aston semblait si droite dans ses bottes. Je ne l'imaginais pas un instant dissimuler quelque chose d'aussi important, non seulement à son petit copain, mais aussi à sa meilleure amie.

— Elle ne l'est pas, en temps normal. C'est pour ça que je suis persuadée que ça cache quelque chose. Je m'inquiète pour elle. Mais, ma priorité, c'est mon frère. Il passe avant tout, quoi qu'il arrive.

Elle gloussa soudain. Devinant ce qui allait suivre, je dardai un regard noir à l'autre bout de ma chambre vide.

— Tu veux bien m'expliquer pourquoi de toutes ses connaissances, dont ses amis vivant à proximité, c'est chez toi qu'il est allé se réfugier ? Comment se fait-il qu'il ait voulu te rejoindre, Bowe ? Des bras de la fille qu'il était supposé aimer plus que tout, il a couru droit vers toi.

Je me laissai tomber à plat dos sur le lit.

— On se reparle plus tard, Daire, grondai-je presque d'une voix rauque. Je dirai à ton frère de t'appeler quand il se réveillera et sera redevenu lui-même.

Je raccrochai sur son petit rire entendu.

Je balançai mon portable de l'autre côté du lit et me frottai les yeux à deux mains. J'allais m'étaler du maquillage partout, mais, tant pis, je n'avais pas l'énergie de me nettoyer le visage avant de me coucher. Au lieu de ça, je m'enroulai dans ma couette et laissai mes paupières se fermer.

Moi qui avais cru me détacher enfin de toutes les relations compliquées qui m'avaient rongée durant toute l'adolescence… J'adorais mes parents. Mon père était mon héros, et je voulais être comme lui quand je serais grande. C'était lui qui m'avait mis une guitare entre les mains, m'avait appris à jouer et à composer dès que j'avais été à même de comprendre ce qui rendait la musique si magique. À la grande horreur de ma brillante mère, j'avais toujours su que je voulais faire de la musique plutôt que de me lancer dans de hautes études. Après un premier semestre désastreux à l'université, nous avions dû parvenir à un compromis. Je ne m'étais inscrite que pour lui faire plaisir, et nous nous étions toutes les deux finalement rendu compte que c'était une *énorme* erreur.

Ce n'était pas qu'elle refusait que je marche dans les pas de mon père. Seulement, elle avait fait l'expérience des hauts et des bas d'une carrière de musicien professionnel à ses côtés. Elle avait été un soutien de chaque instant quand il n'avait rien, puis quand la quasi-totalité de la planète s'était mise à reconnaître son visage. Elle savait combien il était difficile de fonder une famille et de prendre soin d'un couple quand la moitié du cœur de l'un des partenaires était déjà dévoué à sa musique et à ses mélodies. Elle me rappelait souvent qu'en grandissant, j'avais dû partager mon père avec les personnes qui lui permettaient de vivre de sa passion.

Je pouvais comprendre qu'elle me souhaite un avenir moins compliqué. Elle voulait que j'aie un futur stable. Elle ne voulait pas que je vive les mêmes renoncements, les mêmes privations qu'elle avait dû subir chaque fois que mon père partait sur de longues tournées. Car combien de fois nous étions-nous retrouvées seules, elle et moi, puis, plus tard, elle, moi et les jumelles ? Enfant, j'avais détesté ça. À présent, ces sacrifices prenaient tout leur sens.

Pour moi, rien n'était plus important que la musique, et j'étais prête à tout pour laisser mon empreinte dans ce monde comme mon père avant moi. Je voulais que mes deux parents puissent être fiers de moi, mais ce qui me tenait encore plus à cœur, c'était de réaliser mes rêves et d'accomplir de grandes choses, non pas parce que j'avais un père célèbre, mais parce que c'était ce qui me faisait vibrer.

Ma mère était plus pragmatique, raisonnable, et on se fritait pas mal à ce propos, mais je ne doutais pas une seconde qu'elle continuerait de m'aimer et de me soutenir, quoi que je choisisse de faire de ma vie. De mes deux parents, c'était d'ailleurs elle qui s'était montrée la plus compréhensive quand j'avais commencé à rechigner à me faire traîner à Denver chaque fois que l'occasion de monter y voir leurs vieux copains se présentait. Cette famille qu'elle s'était choisie, et qui lui avait permis de rencontrer mon père, puis de se battre pour leur relation contre vents et marées, lui importait pourtant énormément. Je ne m'expliquais pas qu'ils soient parvenus à rester aussi proches des amis avec qui ils avaient vécu et travaillé alors qu'ils n'avaient que mon âge. Quelque part, je comprenais qu'ils aient envie que leur progéniture connaisse les mêmes amitiés fortes et bénéficie du même genre de réseau de soutien, mais ce n'était pas quelque chose que l'on pouvait fabriquer de toutes pièces.

Avec les jumelles, nous avions nos propres potes ici, à Austin. Je ne vais pas nier qu'il était plutôt cool de savoir qu'en cas de gros pépin ces gens répondraient présent, quelles que soient l'heure et la distance qui nous séparaient, seulement, il n'était pas réaliste de compter sur eux pour nous soutenir et nous aider à trouver des solutions aux challenges du quotidien.

Et puis, c'était Ry qui était de toute façon à l'épicentre des relations qui connectaient tout le monde, au Colorado. Qu'on le veuille ou non, on se retrouvait toujours à graviter autour de lui, ou non loin. Il était lié par le sang à la moitié du groupe et avait toujours été le premier à accueillir les pièces supplémentaires à bras ouverts. Et on était un paquet, de cette deuxième génération. Ry était sympa, sociable. Posé et calme. C'était à lui que tous demandaient conseil, il était leur modèle. Le fait qu'il y ait toujours eu des frictions entre nous me donnait l'impression d'être un peu la laissée-pour-compte de la bande. Difficile de nouer des liens avec les autres, quand ceux-ci passaient leur temps à vanter ses mérites et se laissaient entuber par son numéro de mec parfait. J'avais l'impression d'être la seule personne de la planète à bien vouloir lui mettre le nez dans sa merde. À croire que personne d'autre ne voyait que tout ça n'était qu'une façade et que sous son si joli masque il n'était qu'un ado paumé comme les autres.

Cette année, j'avais cru en être enfin débarrassée. Bye-bye les émotions irréconciliables qui envahissaient tout mon être chaque fois que j'étais obligée d'interagir avec lui. J'avais fini par prendre une décision ferme et sans appel : j'allais mettre toute la distance possible entre nous pour enfin l'oublier et enterrer ce fiasco. L'univers ne manquait pas de mecs à même de m'inspirer des chansons d'amour malheureux. Et pour m'en dégotter un, il me fallait dans un premier temps purger ma vie et ma mémoire de Ry Archer.

Je n'arrivais pas à croire qu'il était en ce moment même endormi sur mon canapé

Je n'arrivais pas à croire que la nana de ses rêves l'avait plaqué après lui avoir caché quelque chose d'aussi énorme que son déménagement dans un autre État.

Je n'arrivais pas à croire qu'elle ait trouvé le courage de lui dire – en face – qu'il ne la rendait pas heureuse. Ça ne lui ressemblait tellement pas.

Je n'arrivais pas à croire que c'était auprès de moi qu'il était venu trouver du réconfort après les mots cruels et les accusations dégueulasses qu'on s'était jetés à la figure la dernière fois qu'on s'était trouvés dans la même pièce. Suite à cette engueulade d'anthologie, j'étais persuadée qu'on avait décidé d'un commun accord de ne plus jamais s'adresser la parole.

Ce qui ne me surprenait pas dans toute cette histoire ? qu'il soit toujours aussi craquant. Même dans cet état pitoyable.

Ces foutus Archer avaient décroché le gros lot, question génétique.

Ils étaient tous grands et beaux comme des dieux. Zowen et Ry avaient hérité la tignasse brune et les yeux bleus d'une pâleur inexplicable de leurs pères respectifs. Si tous deux arboraient un physique d'athlète, Ryier grâce au football américain et Zowen grâce au foot, Ry prenait sa carrière de sportif bien plus au sérieux que son cousin et jouait en équipe universitaire. Zowen, lui, avait abandonné le terrain pour se concentrer sur ses études lorsque ses notes avaient commencé à chuter. Les filles, quant à elles, ressemblaient davantage à leurs mères, à la blondeur délicate. Mais si Remy et Daire n'étaient pas aussi massives et musclées que leurs frères, leur physique n'en demeurait pas moins incroyable. Un seul d'entre eux suffisait à faire tourner les têtes, mais quand ils traînaient tous les quatre ? C'était comme s'ils généraient leur propre champ magnétique, forçant chacun à se focaliser sur eux, et rien d'autre qu'eux. L'effet Archer, c'était vraiment quelque chose.

Ry avait toujours été un beau gosse de compète, et il le savait. Non qu'il soit prétentieux ou imbu de lui-même. Seulement, puisqu'il avait toujours été le meilleur sur tous les plans, il était tout naturel qu'il soit également le plus séduisant où qu'il aille. Une telle confiance en lui aurait dû me faire vriller, mais, comme il n'avait pas tort, je pouvais difficilement le taxer d'arrogance.

Honnêtement, c'était la première fois que je le voyais si *vrai*. Le vernis lisse et brillant qu'il arborait comme une armure avait fini par craquer, mais ça ne l'empêchait pas de rester bien plus mignon que la moyenne. On l'aurait cru tout droit sorti d'une pub pour shampooing, malgré ses cheveux en pétard. Il était habillé n'importe comment et avait l'air de s'être empiffré à 130 sur l'autoroute, pourtant, il avait encore tout de l'apollon de base. Même encroûté de larmes et marqué par la fatigue, son visage donnait l'impression d'avoir été sculpté par un grand maître. Bref, éclaté ou pas, Ry Archer restait le plus beau mec qu'il m'ait été donné de croiser dans ma vie. Et, de le voir apparaître sous un jour plus humain aujourd'hui, je le détestais un peu moins.

Je dus me rappeler à l'ordre : il n'était pas du tout mon genre. Pas plus maintenant que le jour où lui et moi avions terminé sous la couette. Qu'importe la vitesse à laquelle il faisait fondre mon cœur de glace.

Je n'avais jamais très bien saisi comment le fils du propriétaire du studio de tatouage le plus célèbre et important des États-Unis avait pu virer si propre sur lui, si « comme il faut ». Oh ! il était tatoué lui aussi, mais il était très loin d'avoir embrassé cette forme d'expression aussi pleinement que la plupart des jeunes qui avaient grandi dans les studios que nos parents fréquentaient, que ce soit pour le boulot ou le plaisir. Il aurait pu être couvert de merveilleuses pièces éclatantes de couleur qui l'auraient démarqué du lot, même sous son équipement de football. Mais non, il s'était contenté d'orner l'un de ses bras musclés d'un motif tarabiscoté en noir et gris.

Je trouvais ça trop simple, ennuyeux comme la pluie. Mon père, qui s'était fait tatouer aux quatre coins du monde, aimait à me rappeler qu'il était tout aussi malpoli de juger une personne pour son apparence banale que de présumer du caractère et de la personnalité d'une autre d'après la façon qu'elle avait choisi de décorer son corps. Que Ry souhaite ou non profiter dans les grandes largeurs du travail renommé de son père, ce n'était pas mes affaires… mais je ne pouvais m'empêcher d'avoir une opinion. Principalement parce que je ressentais le besoin de remettre en question la moindre de ses actions.

Je ne comprenais vraiment rien à ce garçon.

Pas plus qu'à mes sentiments pour lui.

Parce que si Aston Wheeler avait été son premier amour, qu'il l'avait vue comme la femme de sa vie, j'avais été la première pour tout le reste… et à mes yeux c'était lui le seul, l'unique.

2

Ry

Je n'avais pas la moindre idée de l'heure qu'il était quand je parvins enfin à ouvrir les yeux. J'avais l'impression de m'être fait percuter par un linebacker de cent vingt kilos, ou bien un semi-remorque. À la douleur qui me vrillait la tête, je me serais cru l'un de ces matins où il fallait se lever tôt pour l'entraînement après une soirée un peu trop arrosée. Me frottant les paupières, je me redressai sur ce canapé inconnu et sérieusement défoncé. Je me souvenais avoir craqué à l'instant où j'avais aperçu Bowe, puis c'était le trou noir. Visiblement, elle avait réussi à me traîner à l'intérieur. Et la tâche n'avait pas dû être simple, vu notre différence de taille.

Un seul coup d'œil à la pièce aurait suffi à renseigner n'importe qui. Aucun besoin de connaître Bowe personnellement pour comprendre que c'était là la maison d'une musicienne. Divers types de guitares, électriques comme acoustiques, étaient accrochées au mur ou posées contre le mobilier. Un clavier prenait tout un coin du minuscule salon. Là où aurait dû se trouver une table de salle à manger trônait un ordinateur équipé de divers gadgets visant à ajuster et mixer les sons, ainsi qu'une sélection de casques et de micros qui n'avaient pas l'air donnés. L'ensemble ne dégageait rien de très chaleureux et ressemblait plus à un studio d'enregistrement qu'à autre chose, mais cela avait le mérite de refléter l'immense passion de Bowe.

Depuis l'instant où elle avait su parler, cette fille répétait à qui voulait l'entendre qu'elle allait devenir une superstar.

Je me passai les mains sur le visage, et, alors que je levais les bras, une désagréable odeur m'assaillit les narines. À présent que le brouillard provoqué par mon cœur brisé s'était dissipé, je commençais à regretter de m'être lancé dans cette escapade au beau milieu de la nuit sans le moindre plan, la moindre réflexion. Je n'avais même pas prévu de sac, ni apporté de quoi passer quelques jours loin de chez moi dans un minimum de confort.

Heureusement, j'étais du genre à toujours être préparé à tout, et mon pick-up abritait en permanence une tenue de gym propre. J'aurais donc de quoi tenir, le temps de faire un saut dans une grande surface pour me procurer quelques essentiels. Après avoir récupéré mon sac de sport et vidé la voiture des déchets du voyage, je visitai la maison de Bowe en quête de la salle de bains. À première vue, elle envisageait de partager les lieux avec quelqu'un : deux des chambres étaient encore quasiment vides, et impeccablement propres. Il m'apparut aussi clairement qu'elle continuait de vivre à l'envers lorsque, ouvrant accidentellement la porte de sa chambre, je l'entrevis dormir à poings fermés, allongée en travers de son lit.

Bowe avait toujours été un oiseau de nuit. Elle était de ces gens qui veulent regarder des films toute la nuit et faire la fête jusqu'au petit matin. Impossible de la tirer du lit à une heure décente, et elle assurait qu'elle n'était au sommet de son art qu'à partir du moment où les étoiles brillaient dans le ciel.

Si j'avais été là pour une visite de courtoisie, je l'aurais pourrie d'être rentrée à l'aube, mais le fait est que c'était toujours le même refrain. À l'époque où j'habitais encore chez mes parents, je me levais avec les poules, que ce soit pour l'entraînement, pour étudier ou pour donner un coup de main à Daire dans ses devoirs. Quand Bowe était de passage, je pouvais être sûr que mon rythme et mes horaires habituels seraient foutus en l'air. Officiellement, j'avais toujours mis le fait qu'elle me porte sur le système sur le compte de l'épuisement, mais j'imagine que personne n'était dupe. Même après une bonne nuit de sommeil, cette fille avait le don de m'irriter.

La salle de bains localisée, je pus enfin mettre la douche en route et passer sous le jet d'eau. J'augmentai la température à la limite du supportable et me massai les yeux pour dissiper les dernières bribes de sommeil, laissant le mal-être qui avait bien failli me submerger la veille partir dans les canalisations. Je devais reprendre mes esprits et comprendre ce que j'étais venu faire au Texas, quand j'aurais pu rester à Denver pour arranger les choses avec Aston.

Je savais qu'il n'avait pas dû être facile pour elle de m'annoncer que tout était fini, c'était logique. Je n'étais pas non plus bête : si elle avait caché à tout le monde – y compris son frère – où elle avait choisi de partir étudier, elle avait sans doute ses raisons. Elle ne voulait peut-être plus de notre relation amoureuse, mais nous étions amis depuis toujours et je ne souhaitais que son bonheur. Même si elle ne m'aimait plus, il fallait qu'elle puisse encore me faire confiance. Elle souffrait sans doute tout autant que moi, simplement d'une autre manière. Je ne voulais pas qu'elle croie que j'étais capable de laisser en plan qui que ce soit ayant potentiellement besoin de mon soutien, même si cette personne venait de m'arracher et de me piétiner le cœur.

Cela n'avait aucun sens ; au lieu de répondre présent auprès d'Aston pour lui assurer que tout s'arrangerait, je m'étais précipité chez *la* personne qui n'éprouverait aucune pitié pour le pauvre type que j'étais. Je me souvenais vaguement avoir passé la nuit à chercher en vain ma respiration, jusqu'à ce que je voie enfin Bowe. Je m'étouffais sur mes propres émotions, mais à la seconde où elle avait posé la main sur ma joue, et que son regard couleur miel avait happé le mien, les griffes invisibles qui me labouraient les entrailles m'avaient semblé moins acérées. N'était-il pas absurde qu'elle soit la seule personne à pouvoir à la fois me rendre dingue et m'apaiser sans le moindre effort ? J'avais toujours eu le sentiment qu'elle s'amusait avec moi, que je n'étais rien d'autre qu'un jouet qu'elle remontait chaque fois qu'elle avait besoin d'une distraction, pour ensuite me reposer sur mon étagère et oublier mon existence selon son bon vouloir. C'était l'une des principales raisons pour lesquelles notre relation était toujours à deux doigts d'exploser.

Je sortais à peine de la douche quand la sonnette retentit, suivie d'une rapide série de coups frappés à la porte d'entrée. Je patientai une minute, au cas où Bowe réagirait, mais je n'entendis aucun mouvement du côté de sa chambre. Je ne mentais pas quand je disais qu'elle était impossible à réveiller, et pourtant la personne à la porte insistait sérieusement.

Grommelant, j'enfilai un pantalon de jogging, me frottai les cheveux dans une serviette, et me dirigeai d'un pas lourd vers l'entrée. À en croire mon téléphone, il était déjà tard dans l'après-midi, ce qui expliquait que je me sente si désorienté, sans parler des grondements de mon estomac. Jamais je ne restais si tard au lit, quelles que soient les circonstances.

Je ne pris pas la peine de vérifier qui se tenait derrière la porte avant de l'ouvrir ; le père de Bowe ne l'aurait pas autorisée à vivre seule sans une batterie de mesures de sécurité en place. Elle avait forcément l'une de ces sonnettes à enregistrement vidéo doublée d'un système d'alarme, je courais donc assez peu de risque de me faire trucider en répondant à la porte.

Si les yeux étaient des poignards, néanmoins, le regard que me lança le visiteur aurait suffi à m'envoyer six pieds sous terre.

Rabattant ma serviette autour de mon cou, j'adressai un coup d'œil interrogateur au mec extrêmement tatoué qui me toisait d'un air mauvais.

— Que puis-je pour vous ?

C'était l'exemple typique du genre de gars qui tournaient autour de Bowe. Grand, fin. Il avait les deux bras tatoués jusqu'aux phalanges. Ses cheveux coupés et coiffés de manière volontairement bordélique présentaient un drôle de mélange de racines noir de jais et de mèches lavande. Plusieurs grosses boucles d'oreilles étiraient ses lobes, et il avait plus de bagues aux doigts qu'un multiple champion du Super Bowl. Il était très loin d'être laid, mais il tenait tant du cliché du « zicos » que je dus réprimer un rire. Il ressemblait à tous les gus avec qui Bowe avait pu flirter depuis qu'elle était assez vieille pour s'intéresser aux garçons. Les trois quarts du temps, on aurait cru de pâles copies de son père. Chaque fois que je lui avais demandé pourquoi elle s'acharnait à sortir avec ces vulgaires cosplayeurs alors que cela ne semblait jamais durer très longtemps avec eux, elle avait démarré au quart de tour.

— T'es qui, toi ? aboya froidement l'inconnu tandis que j'essuyais ce qui restait d'eau dans mon oreille sur un coin de serviette.

Constatant que ce n'était pas suffisant, je penchai la tête de côté et me tapotai le pavillon, pendant que le type faisait courir un regard noir sur ma silhouette à peine couverte, mesurant sans doute combien elle était différente de la sienne.

Il était grand, mais je tenais plus du géant, comme mon oncle Rome. Zowen et moi faisions cinq centimètres de plus que tous les autres hommes de la famille, à l'exception du frère aîné de mon père.

Je n'avais jamais été maigrichon non plus. J'avais commencé le sport très jeune et avais hérité de solides gènes. J'avais toujours été affûté, mais, à mesure que j'avais pris le football et ma santé plus au sérieux, j'étais devenu sacrément gaulé. J'en avais conscience. Et je n'avais pas besoin de me montrer torse nu pour que les autres le remarquent.

Ce type me battait en termes de quantité de tatouages, mais personne ne m'arrivait à la cheville en ce qui concernait la qualité. Tout mon corps n'était pas encré de souvenirs que je tenais à continuer de faire vivre sur ma peau, mais, lorsque j'avais eu l'âge, j'avais demandé à mon père et à son meilleur ami et associé, Nash Donovan, de me tatouer une pièce complexe et détaillée, qui leur avait pris un certain nombre de sessions. Au départ, j'avais vu cela comme une façon d'essayer de comprendre le paternel, un moyen de découvrir ce qui faisait sa passion. Au final, c'était l'une de nos rares expériences communes qui avait paru nous rapprocher, et ce cadeau qu'il m'avait fait resterait avec moi pour la vie. Même si l'art du tatouage n'avait jamais revêtu une aussi grande importance pour moi que pour la plupart de mes proches, il me semblait à présent mieux saisir ce que tout le monde pouvait y trouver de si spécial ; une pièce avait le pouvoir de révéler au monde qui était une personne sans même le moindre mot.

Comme nous continuions de nous mesurer du regard, le visiteur se racla la gorge, basculant son poids d'un pied à l'autre.

— Je t'ai posé une question, insista-t-il. C'est la première fois que je te croise, alors que je passe le plus clair de mon temps libre avec Bowe.

Je redressai la tête et m'ébrouai, projetant de l'eau partout.

— Vous êtes ensemble, toi et Bowe ?

Auquel cas, pas étonnant qu'il meure d'envie de m'arracher la tête à mains nues et ne s'embarrasse pas de le cacher.

Il commençait à acquiescer quand une voix rauque à l'accent texan traînant s'éleva derrière moi.

— Non, on n'est pas ensemble. C'est seulement un ami, il fait partie du groupe.

Bowe m'écarta sans ménagement pour jeter un coup d'œil par l'encadrement.

— On peut savoir pourquoi tu ouvres ma porte à moitié à poil, Archer ? Et toi, Nyle, qu'est-ce que tu fous là ? On n'a rien prévu, aujourd'hui, que je sache.

Ses cheveux colorés formaient un nid emmêlé au sommet de sa tête, et elle portait les mêmes vêtements que lorsque j'avais débarqué sans prévenir, si tôt ce matin. Elle était totalement je-m'en-foutiste en ce qui concernait son apparence. C'était agaçant, elle était pourtant si jolie. D'un autre côté, je trouvais super mignon que, même toute froissée et endormie, elle ait toujours l'air aussi cool. Cela me rappelait que, en d'autres temps et d'autres lieux, c'était à cause de moi qu'elle avait eu tant de nœuds dans les cheveux.

Le souvenir de leur douceur sous mes doigts, de ses mèches fluo caressant ma peau d'une manière sexy à en crever, était encore vif. Les mots durs avaient laissé place à nos respirations haletantes en un clin d'œil. J'avais été submergé, ignorant comment gérer des sentiments aussi forts pour une fille qui vivait aussi loin et était si différente de moi. Je n'étais pas sans savoir que les opposés pouvaient tout à fait s'attirer ; mes parents étaient l'exemple parfait de deux personnalités on ne peut plus différentes qui parviennent à un parfait équilibre. Mais, pour moi, tomber amoureux d'une personne avec qui je n'avais rien en commun n'avait aucun sens. Ça me paraissait représenter beaucoup plus de boulot que nécessaire.

Son coude vint me cueillir au creux des abdos, m'arrachant une toux surprise tandis qu'elle levait vers moi un regard furibond. Je recommençai à me frotter la tête dans ma serviette et tournai les talons.

— Je sortais de la douche quand j'ai entendu frapper. Comme ça insistait, je me suis dit que c'était important, alors je suis venu ouvrir, précisai-je avec un haussement d'épaules. Comment j'aurais pu deviner que ce n'était qu'un de tes nombreux admirateurs ? Aucun intérêt, franchement.

La petite pique la fit jurer entre ses dents. Pourtant, ce n'était pas faux. Où qu'elle aille, les mecs se jetaient à ses pieds. C'était en partie dû à son aura de jolie rock star un peu rebelle, mais son côté reine inaccessible comptait aussi pour beaucoup. Rien ne nous fait jamais plus envie que ce que l'on ne peut obtenir, et Bowe était une experte au jeu du « on ne touche qu'avec les yeux ».

— Mais merde, Bowe, c'est qui ce bouffon ? On s'est vus hier soir, et tu n'as pas parlé de recevoir quelqu'un chez toi.

Riant dans ma barbe, je regagnai la salle de bains, prenant soin de laisser la porte entrouverte pour ne pas manquer une miette de cette conversation.

Ils ne devaient pas être amis depuis longtemps. Sinon, ce type aurait su que Bowe détestait plus que tout au monde se sentir acculée ou subir des interrogatoires en règle. Elle aimait à penser qu'elle ne devait d'explications à personne. Et surtout pas à un mec qui n'était pas le sien… même si celui-ci ne demandait clairement pas mieux que de le devenir.

— Exactement. On s'est vus pas plus tard qu'hier soir. Alors qu'est-ce que tu fiches à frapper comme une brute à ma porte ? Y a pas répète, aujourd'hui, et de toute façon, ça ne serait même pas l'heure. On ne s'était pas donné rendez-vous non plus, donc aucune raison de te pointer ici.

Le ton était glacial. J'imaginai très bien la façon dont elle avait dû redresser le dos et carrer les épaules sous le coup de la crispation. Bowe Keller ne se laissait pas marcher sur les pieds, elle rendait coup pour coup.

Le musicien tatoué toussota. Même d'où j'étais, le cliquetis de ses diverses chaînes et autres accessoires me parvint jusqu'aux oreilles lorsqu'il se dandina, mal à l'aise.

— Je pensais que tu ne m'en voudrais pas de passer. On aurait pu aller manger un morceau tous les deux, si tu veux. On répète non-stop, en ce moment. On y passe des heures. C'est le premier jour depuis des semaines qu'on peut enfin souffler. Je me suis dit que ça te ferait du bien. Je ne me doutais pas que tu aurais de la compagnie.

Il émit un petit bruit exaspéré et, soudain, le ton pacifique laissa place à la hargne. Il aurait fallu que quelqu'un l'avertisse : essayer de faire culpabiliser Bowe parce qu'elle accueillait un autre homme sous son toit, c'était signer son arrêt de mort… mais il était tellement plus drôle de l'écouter creuser sa propre tombe. J'aurais payé cher pour une place au premier rang de ce carnage.

— D'où tu connais un blaireau pareil, d'ailleurs ? C'est pas exactement avec ce genre de mecs que tu traînes, d'habitude.

J'éclatai de rire face au miroir. Rien que pour ce moment, je ne regrettai plus d'avoir passé la nuit sur la route.

— Déjà, on est encore loin d'être assez potes pour se rendre visite à l'improviste. Ensuite, tu crois sincèrement que j'ai envie de passer ma seule journée de repos depuis une éternité avec quelqu'un que je vois déjà tous les quatre matins ? Et puis qui t'es pour me dire qui j'ai le droit ou non de faire entrer chez moi ? Ma vie privée ne te regarde pas. On joue ensemble et on se fréquente parce qu'on fait partie du même groupe, c'est tout. Qui je connais et comment, c'est vraiment pas tes oignons.

J'aurais pu parier qu'à cet instant ses sourcils étaient venus former un V sévère au-dessus de son petit nez, son regard intense étincelant de colère. Elle était jolie quand elle s'énervait. Un peu flippante aussi, malgré sa petite stature. Son attitude et son charisme gigantesque la faisaient toujours paraître beaucoup plus grande quand elle s'emportait. Pourtant, elle m'arrivait à peine à l'épaule depuis sa dernière poussée de croissance, à seize ans.

— Et c'est pas un blaireau. Pour qui tu te prends, à juger quelqu'un dont tu ne sais rien ? Je déteste les gens qui critiquent en se croyant supérieurs. Donc, je suis occupée, Nyle. On se verra à la prochaine répétition. Et ne t'avise plus de t'inviter chez moi comme ça. Si ça se reproduit, je ne serai pas aussi sympa que Ry en te découvrant derrière ma porte.

Je l'entendis alors claquer ladite porte, comme un point final à la discussion. Enfilant mon T-shirt, je passai la tête dans le couloir, pile à temps pour la voir se diriger d'un pas contrarié vers la cuisine. Celle-ci était minuscule, mais ultramoderne et rangée. Mon estomac se manifesta de nouveau, me rappelant que je n'avais rien mangé depuis mon casse-croûte dégoulinant de graisse, il y avait des heures de cela. Il était temps que je fasse un repas digne de ce nom, ainsi qu'un tour au supermarché pour remplir les placards.

J'emboîtai le pas à Bowe et souris en la voyant repousser une mèche de cheveux de son front d'un geste nerveux, tout en s'envoyant une grande gorgée de lait à même la brique qu'elle venait de sortir du frigo.

— Va te coiffer un peu et change de fringues. J'ai faim, et il faut que je m'achète deux ou trois trucs, dont des caleçons. Je n'ai rien pris en quittant Denver.

Elle me toisa de derrière sa brique de lait, et je ris : une fine moustache blanche lui ourlait les lèvres, qu'elle essuya vite d'un revers de main.

— Pourquoi je t'accompagnerais ? Toi non plus je ne t'ai pas demandé de venir pourrir ma seule journée off.

Puis, haussant un sourcil noir comme la nuit :

— D'ailleurs, tu comptes rester planqué ici longtemps ?

— Aucune idée. Mais je ne suis pas pressé de rentrer.

Elle referma le réfrigérateur avec un soupir, et plus de brutalité que nécessaire.

— Faudra bien que tu y retournes et que tu la revoies à un moment ou un autre. Imagine qu'elle parte sans que tu n'aies eu la possibilité de lui dire au revoir ni de crever l'abcès ? Franchement, tu serais mal. Je comprends que tu sois en colère et à côté de tes pompes, que ça fasse un mal de chien, mais vous vous connaissez depuis trop longtemps pour laisser cette histoire se terminer en cacahuète.

Ce fut mon tour de lever un sourcil perplexe.

— Vraiment ? Parce que je te connais depuis plus longtemps qu'Aston et, la dernière fois qu'on s'est vus, tu es partie sans un mot ; depuis tu refuses de me voir, et même de remettre les pieds à Denver. Tu ne réponds aux messages que si je menace de prévenir tes parents que tu es injoignable, et jamais tu ne décroches quand j'appelle. Comment tu peux me dire que je dois à Aston de tourner la page proprement, alors que tu estimes ne rien me devoir à moi ?

C'était l'une des choses qui me rongeait : qu'elle ait tiré un trait sur moi si facilement, après tout ce que nous avions vécu ensemble, le bon comme le mauvais.

Un lourd silence s'installa tandis que nous nous défiions mutuellement du regard. Il y avait tant de choses entre nous que j'avais parfois l'impression que tous les mots du monde ne suffiraient pas pour décrire ce qui nous liait. La manière dont nous nous regardions, en revanche, en disait très long.

Ma mère m'avait un jour dit que si l'on pouvait cacher ce qu'il y avait dans notre cœur, nos véritables sentiments se reflétaient toujours dans nos yeux. Que Bowe pouvait-elle bien voir dans les miens ? Parce que je savais ce que je lisais dans les siens :

Le désir.

Les regrets.

La confusion.

La frustration.

Et il n'y avait pas si longtemps encore, j'aurais juré voir bouillonner dans le tréfonds de ses iris ambrés ce qui ressemblait à de l'amour… et de la haine.

— Tu le dois à Aston parce que tu l'aimes, et qu'elle t'a aimé. Moi, c'est différent. Nous ne sommes rien l'un pour l'autre… On n'est pas amis. On n'est pas de la même tribu. Et on n'est pas amoureux. Tout ce qu'on est, c'est deux personnes qui ne peuvent visiblement jamais échapper l'une à l'autre, vu que nos parents nous forcent à passer du temps ensemble. Ça me gave.

Elle me passa devant avec un soupir agacé et une démarche théâtrale, mais je savais que ce n'était que de la gueule. Ma question l'avait un peu secouée.

— Je viens avec toi, mais uniquement parce que j'ai faim et que je veux m'assurer que tu ne te ravitailles pas pour un siège. Tu n'es pas le bienvenu chez moi, Ry. Je veux bien t'accorder refuge un temps, mais je n'ai pas l'intention de t'héberger indéfiniment.

Accoudé au plan de travail, je la regardai disparaître dans la salle de bains et confiai mon secret aux murs de la cuisine dans un murmure.

— Tu as toujours été mon refuge.

Bien qu'elle n'en ait pas conscience, ou refuse de le reconnaître, elle avait toujours été l'unique personne sur qui je pouvais compter pour me remonter le moral. Quand j'étais au bout du bout, à sec, il n'y avait qu'elle qui soit capable de refaire le plein. Parfois, c'était du poison qu'elle versait dans le réservoir, mais j'avais fini par m'y accoutumer. Cet arrière-goût amer, c'était du Bowe tout craché, ce qui la démarquait de tout le miel que les autres avaient à offrir.

C'était ce qui faisait qu'elle s'était insinuée en moi comme nulle autre.

3

Bowe

Éberluée, je regardai Ry engloutir son deuxième burrito de petit déjeuner. On était plus près de l'heure du dîner que du petit déj, mais il avait insisté pour s'envoyer un truc plein de bacon et de piments verts qui dégoulinait de fromage. Il était du genre gros mangeur, mais avait davantage l'habitude de se gaver de bouffe triste et fade pour remplacer toutes les calories qu'il brûlait. Il n'y avait que pendant les fêtes, lorsque tout le monde était réuni, qu'il s'autorisait le moindre écart. Ou quand il se laissait aller à boire quelques verres de trop. Et, quand le *bad boy* que Ry réprimait tout au fond de lui échappait à son contrôle, ça pouvait vite mal tourner. Pour en avoir fait les frais, je pouvais témoigner qu'il devenait une tout autre personne quand il se lâchait.

— On bouffe pour oublier, Archer ? lançai-je en pointant une fourchette moqueuse dans sa direction.

Assis face à moi à la table d'un petit tex-mex du quartier, il me fusilla du regard.

— Si tu continues à te goinfrer comme ça pendant ton séjour ici, tu vas souffrir quand il va falloir se remettre à l'entraînement, insistai-je, avant de demander, curieuse : D'ailleurs, vous avez des vacances d'été en tant que footballeurs universitaires, ou tu fais ton vrai rebelle et tu sèches ?

Le sport, ce n'était pas vraiment mon truc. Le meilleur ami de mon père, qui était également mon parrain, avait lui aussi été une star de l'équipe universitaire en son temps et s'était démené tant qu'il pouvait pour éveiller en moi un semblant d'intérêt pour le football. Puis sa première fille était née et avait heureusement pour moi repris le flambeau familial. Certes, Glory avait choisi de pratiquer le patinage artistique plutôt que de tâter du ballon, mais mon oncle Rowdy était tout aussi fier et enthousiaste de la voir évoluer sur la glace que d'encourager Ry sur le terrain.

Mes cousins étaient eux aussi plutôt sportifs. Tous deux étaient bien plus jeunes que moi, puisque, comme ma mère aimait à le dire, mon oncle Asa avait « mis une éternité à se ranger ». L'un de ses garçons avait l'air d'envisager le football plutôt sérieusement et marchait dans les pas de Ry. L'autre… Disons qu'à mon avis il faisait surtout ce qu'il pensait susceptible de lui apporter la popularité et le succès auprès d'un max de filles. J'avais entendu mes parents s'inquiéter un peu à son propos ; il n'était pas le fils d'Asa pour rien et avait de la chance d'avoir ses entrées dans la police, vu que sa mère était de la maison. Je trouvais ces petits gars super mignons et fun, mais ils étaient plus proches en âge des jumelles et, lorsqu'on se voyait, ils passaient le plus clair de leur temps tous les quatre.

Ry s'essuya les lèvres et s'affala contre le dossier de son siège terracotta.

— J'étais censé rester là-bas pour animer un camp d'été

destiné à nos futures recrues avec quelques autres gars et l'un des entraîneurs adjoints. L'entraînement d'été ne commence pas avant juin. On nous recommande de nous inscrire à quelques cours sur la période des vacances, histoire d'alléger notre emploi du temps pendant la saison, qui est toujours chargée et nous demande beaucoup d'investissement, mais cet été j'avais décidé de passer ce temps libre avec Aston, avant qu'on soit tous les deux submergés par l'université et tout le reste. Ça ne va pas m'empêcher d'avoir un emploi du temps blindé, au final, vu que je me spécialise en chimie, cette année. Mais je m'étais dit qu'on pourrait se faire un petit séjour à New York pour rendre visite à Royce avant le début des cours, vu que ça commence à faire un moment qu'on ne l'a pas vu, ni l'un ni l'autre. Il y en a qui vont sans doute m'en vouloir de les avoir plantés pour le camp d'été, mais ils s'en remettront.

J'attrapai mon verre de thé glacé après avoir reposé ma fourchette dans mon assiette.

— T'as l'intention d'appeler tes parents pour leur faire savoir que tu es bien arrivé, sinon ? Daire m'inonde de messages depuis ce matin. Elle a réussi à les contenir jusque-là, mais tu connais ton père. Si tu le laisses mariner trop longtemps, il va se pointer ici pour te demander des comptes. Il va l'avoir mauvaise que tu aies inquiété ta mère, et surtout que tu te sois barré sans rien lui dire à lui. Tu sais à quel point il se montre protecteur envers ta sœur et toi.

Nos pères avaient grandi ensemble. Ils étaient restés hyper proches et se ressemblaient énormément sur beaucoup de points. Le mien était un peu plus coulant, mais l'un comme l'autre auraient déplacé des montagnes et surmonté tous les obstacles pour leurs familles respectives. Quoi que mon père fasse, les jumelles et moi demeurions sa priorité numéro un, et je savais qu'il en allait de même pour celui de Ry. Et, en parlant de lui, je n'avais jamais vraiment compris pourquoi Ry se mettait tant la pression, à vouloir tout réussir et être si parfait. Son daron ne donnait pas l'impression d'en avoir quoi que ce soit à faire de la réussite et des récompenses. Il n'était pas du genre à se vanter pour un rien, ni à vivre à travers les exploits de ses enfants. Ce n'était pas lui qui poussait Ry à tant entreprendre ni à travailler si dur. Au contraire, il était toujours là pour s'assurer que son gamin tenait le coup, prêt à lui offrir un coup de pouce quand il flanchait. La dynamique entre eux était particulière, même si j'aurais peiné à dire en quoi. En tout cas, j'aurais mis ma main à couper que ça n'était pas étranger à la dichotomie entre les deux facettes de Ry.

Repoussant son assiette, celui-ci tapota son ventre ridiculement plat.

— Je passerai un coup de téléphone à ma mère quand on rentrera. Je vais avoir besoin d'un jour ou deux pour me préparer à la soufflante que mon père me réserve pour ce manque de considération.

Un sourire narquois au coin des lèvres, il haussa un sourcil.

— Et toi, tu comptes dire à tes parents que je squatte chez toi ? Tes admirateurs ne me font pas peur, mais ton père, si. Il n'appréciera peut-être pas des masses d'apprendre que tu héberges un mec, même si le mec en question se trouve être un ami d'enfance.

Je levai les yeux au ciel.

— Quand mes parents ont accepté de me laisser prendre

une année sabbatique, on a convenu que j'aurais mon propre chez-moi. Ils n'ont pas leur mot à dire sur qui j'accueille ou non sous mon toit.

L'idée de faire la police ne leur aurait même pas traversé l'esprit. Ils me faisaient plutôt confiance. Mon manque de retenue vis-à-vis du joli garçon face à moi mis à part, je n'étais pas du style à faire des choix discutables.

Sa moue se fit un peu condescendante.

— Ah ouais ? Et qui paye le loyer tant que les deux autres chambres restent inoccupées ? Parce que même en bossant, ou en réussissant à décrocher un concert ici et là, tu ne me feras pas croire que tu as les moyens pour une baraque de cette taille pour toi toute seule.

Eh merde. Ce mec était beaucoup trop observateur et perspicace. Rien ne lui échappait jamais. Pas même un détail aussi insignifiant que deux pièces vides.

— Ça ne te regarde pas, qui paye.

Il croisa les bras avec un petit rire et s'accouda à la table.

— Ils étaient peut-être d'accord pour que tu vives seule comme une grande, mais, tant qu'ils payent tes factures, ils ont tout à fait le droit de passer à l'improviste. Je ne dis pas qu'ils vont le faire, tes parents sont bien trop cool pour ça, mais on ne peut jamais être sûr de rien. Penses-y, si tu as l'intention de laisser beaucoup de maigrichons punk rock à grande gueule se pointer comme des fleurs chez toi. Tu devrais aussi songer à débarrasser les pièces communes de ton bazar avant l'arrivée de tes colocs. On se croirait dans un studio d'enregistrement, pas une maison.

Je lui jetai l'emballage de ma paille à la figure avec une grimace.

— J'avais l'intention de trouver une place pour chaque chose avant qu'elles n'emménagent. Mais ce ne sera pas avant fin juillet, de toute façon. Et puis, ne fais pas comme si tu ne m'avais pas entendue. Ce mec s'est invité tout seul, et je n'avais aucune envie de le laisser entrer. C'est notre bassiste. En fait, c'est le frère de notre claviériste, qui est une super pote. Peut-être qu'il a sorti les crocs parce qu'il ne s'attendait pas à te trouver là. Je pense que pas mal de gens seraient intimidés de te tomber nez à nez avec toi au détour d'une porte… surtout à moitié à poil.

J'avais tout à fait conscience que ce n'était pas là que se situait le problème, mais j'espérais pouvoir faire comme si, pour éviter les complications dans le groupe. Nyle cherchait à me faire comprendre avec de plus en plus d'insistance qu'il aimerait voir notre vague amitié évoluer vers quelque chose de plus intime, ces derniers temps. Manque de pot pour lui, je refusais de sortir avec les mecs avec qui je jouais. J'avais vu trop de groupes capoter quand les histoires de cœur entre les membres avaient dégénéré et pris le pas sur la musique. Ça ne m'intéressait pas. Tout ce que je voulais, dans la vie, c'était écrire des chansons et créer un truc extraordinaire. L'amour et les petits amis n'étaient pas au programme. Plus jeune, j'avais touché ces rêves idiots du doigt et m'y étais brûlée. À l'époque, c'était Ry qui avait craqué l'allumette et allumé le brasier. Ce garçon était chaud comme la braise. Et pas seulement dans le bon sens du terme.

— Tu parles. Juste avant que tu n'arrives, il s'apprêtait à se présenter comme ton copain. Tu as intérêt à lui remettre les idées en place vite fait.

La tête légèrement penchée de côté, il me considéra un

moment en silence. Quand il reprit la parole, sa voix de basse s'était faite étonnamment sérieuse, ne présentant plus aucune trace du sarcasme et du ton mordant avec lesquels il s'adressait d'habitude à moi.

— Tu as réussi à convaincre ta mère de te laisser prendre une année sabbatique, mais qu'est-ce que tu comptes faire si ton groupe ne perce pas, ou que tu ne parviens pas à réaliser tes rêves dans le temps imparti ? Tu n'as pas peur de prendre du retard sur tout le monde ? Tu ne crains pas de devoir retourner à la fac avec la plèbe, si la musique ne marche pas comme prévu ?

Toutes ces questions, je les avais déjà entendues. Ma mère en avait même bien d'autres sous le coude, et me les avait posées en boucle quand je lui avais dit que je n'avais pas l'intention de remettre les pieds à l'université après ce premier semestre. Ce n'était pas pour moi. J'avais essayé pour lui faire plaisir, avec le succès que l'on sait. À présent, je n'avais plus le choix ; ma carrière dans la musique devait marcher.

— Tout le monde ne planifie pas sa vie dans les moindres détails comme toi, Archer. Il y a des gens qui, contrairement à toi, ne refusent pas d'essayer des trucs par peur de l'échec. Qui dit que j'aurai pris un quelconque retard si je décide un jour de reprendre des études ? On croise des étudiants de tous âges et de toute sorte, aujourd'hui. Enchaîner avec l'université directement après le lycée n'a jamais été une obligation. Il y a tant d'autres options. Même si des personnes comme toi sont incapables de les envisager.

Comme lui *et ma mère*, pour être honnête.

— De toute façon, je n'arrêterai jamais la musique, poursuivis-je en le gratifiant d'un regard noir. Au pire, elle sera reléguée au rang de passe-temps, mais je n'abandonnerai pas. J'imagine que c'est la même chose pour toi et le football, non ?

D'aussi loin que je me rappelais, il y avait toujours joué. Il avait toujours un entraînement, ou un match. Il y avait l'air aussi dévoué que je pouvais l'être à la composition et à la scène. C'était le seul trait que nous avions en commun, du moins à ce qu'il me semblait. Il haussa ses larges épaules et me renvoya mon emballage de paille.

— Je suis bon à mon poste. Je l'ai toujours été. C'est pour ça que je continue de jouer. Toi tu es douée pour la musique, et c'est pour ça que tu persévères aussi, non ?

Outrée, je secouai la tête, avant de porter la main à mes lèvres pour en décoller une mèche violette, que mon violent mouvement de recul avait fait adhérer à mon gloss.

— Je persévère parce que c'est une part de moi-même. Si je ne suis pas en train de composer ou de jouer d'un instrument, je me sens vide. Je ne suis jamais aussi heureuse que lorsque je me produis sur scène et que j'ai l'occasion de partager mes créations avec une foule tout aussi passionnée que moi. Je suis musicienne. C'est ce que je fais, ce que je suis. De la même manière que tu te définis comme joueur de football, non ? N'est-ce pas une immense part de ton identité ?

Le long regard dénué d'expression qu'il me lança finit par me mettre un peu mal à l'aise. Lorsqu'il brisa enfin le silence et le contact visuel, ce fut pour m'annoncer qu'il avait terminé et qu'il se chargeait de l'addition. Il devait encore passer au supermarché. Combien de temps comptait-il encore rester ? Impossible de lui soutirer une quelconque réponse, ce qui me donnait à penser qu'il ne le savait même pas lui-même.

« Incertitude » et « Ry Archer » n'était pas une association que j'aurais faite spontanément, mais ce n'aurait non plus été la première fois que ce garçon me surprenait. En chemin pour regagner le pick-up, je jetai un coup d'œil à mon téléphone. Deux messages étaient arrivés coup sur coup.

Le premier était de Joey, la sœur de Nyle, qui tenait à être informée de tous les détails croustillants concernant Ry. De toute évidence, son frère n'avait pas perdu une seconde pour lui parler de mon visiteur surprise. Je l'ignorai pour le moment et me concentrai sur le suivant, envoyé par Daire. Comme je m'y attendais, ses parents menaçaient de sauter dans le premier avion pour Austin s'ils n'avaient pas très vite des nouvelles de Ry en personne. Elle me prévenait également que leur père avait contacté le mien, ce qui signifiait que je risquais de voir mes parents débarquer plus tôt que prévu si Ry ne se mettait pas un coup de pied au cul.

Je lui répondis qu'il avait promis d'appeler sa mère avant la fin de la journée. Pour faire bonne mesure, j'envoyai même une photo de lui, prise au vol tandis qu'il patientait debout devant la benne de son pick-up, m'observant de derrière ses lunettes de soleil. Avec un peu de chance, la preuve qu'il était bel et bien vivant suffirait à tenir toute l'équipe des darons à distance jusqu'à ce que leur précieux garçon se ressaisisse et rendosse son rôle d'hyper perfectionniste responsable et autoritaire.

— Je joue au football, mais ce n'est pas ce que je suis. Je n'ai rien dans la vie qui me définisse comme la musique te définit, Bowe.

Déstabilisée par cette soudaine confession, je m'arrêtai net.

Lunettes baissées, il me regardait à présent avec une expression indéfinissable.

— Très franchement, je me demande si je ne suis pas bêtement mort de l'intérieur, continua-t-il d'une voix un peu creuse, dégoûtée. La plupart du temps, je ne sais même pas qui je suis, à quoi je sers. Au moins, sur un terrain je sais ce qui est attendu de moi. Je n'ai pas à me poser de questions et, si je ne me montre pas à la hauteur, je vois immédiatement ce qui cloche.

Parlait-il de sa rupture récente, ou me faisait-il une crise existentielle au beau milieu de ce parking ? Je sortis mes propres lunettes de soleil de mon sac avec un soupir. Hors de question qu'il voie à quel point ses paroles m'affectaient. Peu de gens sur terre auraient plaint un gars comme Ry. À première vue, ce mec avait tout pour lui, mais c'était paradoxalement parce que tout lui tombait tout cuit dans le bec qu'il avait si souvent l'impression de ne rien mériter de ce qui lui arrivait.

C'était donc pour ça qu'il bossait comme un acharné ? !

— Tu n'es pas vide ! T'es plein de burrito au bacon et de piments, dis-je en me dirigeant vers la portière passager. Et il paraît que tu as besoin de caleçons propres, alors occupons-nous déjà de régler les trucs à notre portée. On s'inquiétera des grands questionnements quand tu auras terminé de digérer cette rupture. Parce que tout paraît toujours plus insurmontable quand on se trimballe le poids du désespoir sur les épaules.

Une fois installé au volant, Ry refit glisser ses lunettes au bout de son nez et tourna la tête vers moi.

— Comment tu peux l'affirmer avec autant de certitude ? Tu as déjà dû regarder la vie sous le prisme d'un cœur brisé ?

Tu as déjà eu assez de sentiments pour quelqu'un pour finir dans cet état ?

Il me posait la question avec une réelle curiosité, et comment lui en vouloir ? Ce n'était un secret pour personne, je m'en étais même assez vantée : pendant que les gens de mon âge passaient leur temps à draguer tout ce qui bouge, moi j'essayais de convaincre mon père de m'acheter une nouvelle gratte, ou de m'embarquer en tournée. Je n'étais encore jamais tombée amoureuse, ou, du moins, je n'avais rien laissé paraître la seule fois où ça m'était arrivé.

Je repoussai ses lunettes de soleil sur ses yeux bleu glacier de la pointe de l'index. Percevant la chaleur qui irradiait de sa peau, je m'éclaircis la voix avec gêne. Un tic musculaire lui agita la joue lorsque j'abaissai la main et me carrai de nouveau dans mon siège, à cran.

— Je n'irai pas jusqu'à dire qu'on m'a déjà brisé le cœur, mais il a déjà récolté quelques bosses, oui. Un jour que je n'avais pas pris suffisamment de précautions, quelqu'un l'a un peu malmené.

Je fixais un point devant moi, à travers le pare-brise, mais je sentais son regard posé sur moi.

— Allons-y, repris-je. J'ai des trucs à faire à la maison et, toi, tu dois appeler ta mère.

Je n'avais aucune envie de poursuivre cette conversation.

Ça suffisait, l'interrogatoire.

Je ne voulais pas risquer qu'il apprenne que l'unique fois où mon romanticomètre avait basculé de l'amitié à l'amour, c'était ce fameux été, quand j'avais oublié à quel point je le détestais et à quel point nous étions différents.

Cet été-là, je lui avais permis de me voler mon tout premier baiser et m'étais laissé aveuglément emporter sur un chemin d'exploration et d'expérimentations sans retour. Comme je le disais, tout ça était également tout nouveau pour lui. On ne savait ni l'un ni l'autre ce qu'on faisait, ou jusqu'où ça irait. Entre nous, ça avait toujours fait des étincelles, mais je crois qu'aucun de nous n'était prêt pour ce qui s'était passé quand ces braises microscopiques s'étaient embrasées et avaient tout ravagé sur leur passage, nous compris.

Jamais je n'oublierais cet été. Ni la manière dont mon jeune cœur, si fragile, encore intact, s'était imperceptiblement fissuré quand j'avais appris que Ry sortait tout à coup avec une autre fille. Une fille qui ne lui avait pas toujours couru après, attendant patiemment qu'il la remarque. Une fille qui n'avait rien de simple et facile.

Non. Cette fille était tout l'inverse de moi. Elle aussi, il la connaissait par cœur. Et jamais il n'aurait songé à la jeter comme une vieille chaussette. Et pour avoir moi aussi grandi avec elle, je pouvais difficilement nier qu'ils étaient parfaitement assortis. Bien plus que nous ne l'aurions jamais été, qu'importe notre attirance l'un pour l'autre.

Il avait raison : ça faisait un mal de chien.

Mais, si se faire piétiner le cœur n'est pas une partie de plaisir, je m'étais vite relevée.

J'avais tout mis en œuvre pour l'oublier et m'étais promis que jamais, au grand jamais, je ne lui donnerais plus l'occasion de me refaire autant de mal.

Merci pour cette importante leçon de vie, Ry Archer.

4

Ry

— Désolé, maman. Je ne voulais que tu te fasses du souci. Je sais que c'était irresponsable de ma part et que ça ne me ressemble pas.

Je me passai la main sur le visage avec un soupir, les yeux perdus dans l'obscurité qui enveloppait le minuscule jardin de Bowe. Le brouhaha de la grand-rue à quelques pâtés de maisons de là et les cricris d'un insecte résonnaient en toile de fond. Mais ce que j'entendais, moi, c'étaient les efforts de ma mère pour garder son calme à l'autre bout du fil.

Chez nous, ma mère incarnait l'autorité. C'était elle qui dictait les règles et veillait à ce qu'elles soient appliquées. C'était elle qui distribuait les sanctions et nous mettait face aux conséquences de nos actions quand on déconnait, Daire et moi. Le paternel était trop peu conventionnel pour tout ça, lui qui n'en faisait toujours qu'à sa propre tête. Il aurait plutôt eu tendance à encourager les comportements qui rendaient ma mère chèvre. Cette allergie à la conformité l'avait conduit à être bien plus cool avec nous lorsque nous étions enfants. Non qu'il tolère n'importe quoi, mais il n'était pas très porté sur les réprimandes. Il préférait nous voir apprendre de nos erreurs et découvrir seuls le moyen de ne plus les reproduire à l'avenir. Il m'avait souvent dit que l'expérience était notre plus grande professeure.

Ma mère était également une vraie héroïne.

Son quotidien, c'était de sauver des gens. Elle était d'une intelligence rare, et je ne connaissais personne qui sache faire preuve de plus d'empathie. Sa profession était exigeante et l'avait souvent appelée à rater des événements importants, mais je n'avais jamais eu l'impression de manquer de son temps ou de son attention. Quand elle était à la maison, elle était toute dévouée à sa famille, au point parfois d'en devenir étouffante. Ces deux types d'éducation radicalement opposés avaient, je suppose, couvert toutes les bases, tous nos besoins.

Elle poussa un soupir, et je la visualisais parfaitement, en train de choisir ses mots avec précaution. De nature aussi réfléchie que prévenante, elle faisait toujours passer les autres avant elle et détestait blesser les gens. Elle était aussi perfectionniste à l'extrême. À bien y réfléchir, je lui ressemblais sans doute plus que je ne le croyais. Elle devait avoir très envie de m'engueuler parce que j'étais parti sans rien dire et ne m'étais pas pressé pour me manifester, mais elle avait conscience que je me débattais avec une tonne d'émotions nouvelles, et marchait donc sur des œufs.

— Tu te rends compte de tout ce qui aurait pu t'arriver tout seul sur la route, au milieu de la nuit ? Tu aurais pu tomber en panne au beau milieu de nulle part. Imagine que tu aies eu un accident ? Ton père et moi ne savions même pas que tu étais parti. Nous n'aurions rien pu faire pour toi si tu avais eu un problème. Je ne t'en veux pas d'avoir ressenti le besoin de changer d'air pour prendre un peu de recul. Je suis simplement heurtée que tu n'aies pas songé à l'inquiétude des gens qui t'aiment quand ils s'apercevraient de ta disparition. Ta pauvre sœur… Tu as conscience qu'elle était en larmes jusqu'à ce que tu daignes enfin décrocher ? Sans parler de ton cousin.

Elle soupira de nouveau.

— Ton père a bien failli en venir aux mains avec ton oncle quand il est allé demander à Zowen s'il savait où tu te cachais. Tu dois des excuses à un paquet de gens, Ry.

— Je sais, affirmai-je avec un hochement de tête dans la nuit. Je n'ai pas réfléchi. Tout ça m'est tombé dessus par surprise, et j'ai tout de suite voulu mettre autant de distance que possible entre Aston et moi. Je ne voulais pas dire ou faire quoi que ce soit que je puisse regretter. J'appellerai papa et Rome demain. Je calmerai aussi le jeu avec Zowen. Ne t'inquiète pas.

Elle laissa échapper un petit rire.

— Je suis ta mère. C'est mon boulot de m'inquiéter. Peu importe ton âge, je continuerai de m'inquiéter jusqu'à ma mort. Tu restes mon bébé.

Calant le coude sur le genou, je me penchai en avant, le regard plongé dans les ténèbres devant moi.

— Maman…, commençai-je, laissant le mot en suspens le temps de mettre avec peine un peu d'ordre dans mes pensées embrouillées. Tu es médecin.

Il y eut une seconde de silence au bout de la ligne.

— Effectivement, lâcha-t-elle, clairement confuse. Depuis un bail. Je ne suis pas moins ta mère pour autant. Je ne comprends pas ce que tu entends par là ?

Je m'ébrouai, un peu perdu moi aussi.

— Je ne suis pas très sûr de savoir. Je réfléchissais simplement au fait que toi, tu es médecin. Papa, lui, est un artiste. Ce ne sont pas juste vos professions, c'est une part de qui vous êtes. Personnellement, je ne crois pas avoir quoi que ce soit de ce genre en moi, et ça craint. D'autant que je n'ai pas la moindre idée de comment procéder pour trouver ce qui me définit.

Une minute se passa de nouveau en silence. Cette fois encore, ma mère prenait le temps de choisir ses mots, afin d'éviter que ses paroles ne fassent plus de mal que de bien. Quand elle me répondit, ce fut d'une voix douce et apaisante. La même qu'elle utilisait pour me rassurer à l'époque où j'avais encore peur du noir ou des monstres sous mon lit.

— Tant de choses constituent mon identité. Je suis médecin. Je suis mère. Je suis aussi une épouse. Une tante. Une amie. Une fille. Un soutien. Ce sont autant de pièces de puzzle qui, une fois assemblées, font que je suis moi. Quand j'avais ton âge, je ne les avais pas encore toutes en ma possession. Je les ai collectées au fil de ma vie et de mes expériences. En grandissant, en apprenant des autres, en leur dispensant des leçons, aussi. Tu as déjà certaines de ces pièces, Ry. Ne sois pas si pressé de toutes les réunir. Je sais que tu tenais beaucoup à Aston et que tu envisageais les choses de manière sérieuse, avec elle, mais vous êtes encore jeunes. Tu auras encore l'occasion de vivre tant d'expériences. Être le petit ami de quelqu'un n'en est qu'une parmi d'autres. Quand tu auras guéri de ce petit bobo, tu t'en rendras mieux compte.

Je laissai échapper un petit rire rauque. Étonnamment, je n'avais pas repensé à Aston depuis ma conversation avec Bowe et sa question concernant le football, qui tournait à présent en boucle dans ma tête. Est-ce qu'évoluer sur le terrain me rendait heureux, est-ce que je m'y épanouissais ? Ou continuais-je par pure habitude ? Cette envie de devenir un sportif de haut niveau découlait-elle d'un réel besoin de me dépasser, ou ne savais-je bêtement rien faire d'autre ?

C'était le même problème qu'avec Aston, au fond.

Était-il possible que je me sois convaincu de tomber amoureux d'elle parce que c'était ce qu'il y avait de plus logique à faire plutôt qu'en raison de réels sentiments ? Maintenant que j'avais tout le loisir de me pencher sur notre relation de manière objective, je n'étais plus sûr de rien.

— Ouais. Je verrai, je suppose. Je ne tarderai pas trop à rentrer. Je vous préviendrai, quand j'aurai décidé de reprendre le chemin de la maison et je vous tiendrai au courant sur la route, promis.

Son soulagement fut audible.

— Super. J'avais peur que tu laisses complètement tomber l'entraînement d'été. Tu te donnes à fond depuis trop longtemps pour abandonner maintenant.

Ma carrière de sportif n'enthousiasmait pas particulièrement ma mère, car on se blessait souvent, au football. Mais elle aurait détesté me voir tout arrêter sans raison. Parce qu'elle n'avait pas tort : j'avais consacré toute mon adolescence à devenir le meilleur joueur possible.

— Je sais. Je ne compte pas tout gâcher parce que mon cœur est un peu amoché.

J'étais bien trop buté pour ça, qu'importe à quel point j'étais perdu dans ma vie à ce stade.

— Hum… amoché, alors ? Pas brisé ?

Je jetai un coup d'œil par-dessus mon épaule avec un petit rire. Bowe était assise dans le salon, une guitare à la main. Un énorme casque vissé sur la tête, elle était absorbée par ce qu'elle jouait, et je pouvais l'admirer tout mon soûl par la porte vitrée.

— Ouais. Je pense qu'il est juste un peu meurtri. Je ne me rendais pas compte qu'il y avait une différence, jusqu'à ce qu'on me l'explique. Si mon cœur était réellement brisé, il ne fonctionnerait tout bonnement plus. Or il semble très bien fonctionner dans certaines conditions.

Comme quand Bowe avait approché la main pour me remonter les lunettes sur le nez. Il s'était mis à battre si fort que j'avais cru qu'il allait bondir hors de ma poitrine.

— Bon, voilà qui fait plaisir à entendre. Jay et Ayden sont au courant que tu dors chez Bowe, alors sois sage. Je dois t'avouer que je suis étonnée que tu aies choisi d'aller noyer ton chagrin à Austin. Toi et Bowe ne vous êtes jamais très bien entendus ! C'est rigolo, c'est bien la seule petite fille qui ne t'a pas adoré au premier regard. Il lui a fallu du temps pour apprendre à t'apprécier. Je pensais que vous vous étiez perdus de vue à partir du moment où elle a cessé de monter dans le Colorado pour les vacances d'été.

Je me relevais avec un grognement.

— C'est le cas, mais elle a toujours gardé contact avec Daire. Je ne sais pas trop ce qui m'est passé par la tête. À Denver, tout le monde est aussi proche de moi que d'Aston. Je savais que quand les copains apprendraient qu'on avait rompu, ils ne sauraient pas qui consoler en priorité. En plus, ils auraient voulu savoir *pourquoi* on se séparait si soudainement. Et comme c'est une question à laquelle je suis bien incapable de répondre moi-même, j'ai décidé de me retrancher de l'équation. Bowe se fiche autant de moi que d'Aston. Il n'y avait aucun risque qu'elle prenne parti ou me passe sur le gril. Je savais que, quelles que soient les circonstances, elle serait juste soûlée de me voir. J'ai débarqué sans prévenir, mais même si ça l'a gonflée, elle ne m'a pas claqué la porte au nez. J'ignorais ce que je faisais quand j'ai pris le volant, venir ici me semblait la seule solution rationnelle.

Ma mère émit un son étouffé, que je n'aurais su identifier. Lorsqu'elle reprit, j'eus, la nette impression qu'elle se retenait de rire.

— Je vois. Bien, n'hésite pas à nous rappeler s'il te faut quoi que ce soit. J'aurais mille autres choses à te dire, mais je sais que tu es sincèrement désolé d'avoir contribué à ma nouvelle poussée de cheveux blancs. N'oublie pas que si ton père et moi te faisons confiance, c'est parce que tu ne nous as jamais donné de raison de nous faire du souci. Quoi qu'il advienne dans ta vie privée, nous serons toujours de ton côté. Mais si nous te soutenons dans tous les choix que tu feras pour ton futur, ne crois pas que nous n'y trouverons jamais à redire…

J'éclatai de rire.

— Maman, je n'ai strictement rien à voir avec tes cheveux blancs.

Elle exagérait. Ses cheveux, comme ceux de ma sœur, étaient d'un blond si pâle que, selon l'éclairage, ils pouvaient paraître d'un blanc immaculé.

— À bientôt. Dis à papa que je l'appellerai demain.

Alors que je raccrochai, elle me lança qu'elle m'aimait. Jamais elle ne terminait un appel ou me laissait sortir de la maison sans me le rappeler. J'avais entendu ces mots si souvent qu'ils entraient souvent par une oreille pour aussitôt ressortir par l'autre, mais, ce soir, ils avaient une saveur particulière. Il n'est jamais bon de prendre l'amour de quelqu'un pour acquis. On ne peut jamais être sûr que cet amour ou la personne qui vous l'offre sera encore présent la prochaine fois que vous en ressentirez le besoin. Il devrait être traité comme un trésor, fragile et inestimable. Pas comme une ressource infinie. J'envoyai donc un rapide message à ma mère pour lui répondre que je l'aimais aussi, avant de retourner à l'intérieur.

Je marquai un temps d'arrêt en entendant ce que Bowe était en train de jouer.

En la voyant, et connaissant son père, on aurait pu croire qu'elle avait un penchant pour le heavy metal, ou des sons lourds et agressifs de type punk rock. Mais, si elle s'était essayée à ce genre de musique lorsqu'elle était plus jeune, elle avait fini par arrêter son choix sur des sons plus alternatifs, indé, qui reposaient davantage sur ses textes. Du peu que j'en avais entendu chaque fois que Daire m'avait forcé à écouter ce sur quoi Bowe travaillait, ses chansons étaient plutôt mélodiques et sombres. Ses paroles, toujours très personnelles, reflétaient ce qu'elle avait en tête et ce qui se passait dans le monde au moment de l'écriture. Même si je peinais à la comprendre et que je la voyais comme une extraterrestre, prêter une oreille attentive à ses compositions m'offrait un meilleur aperçu de la personne qu'elle était.

Je me rendis à la cuisine pour récupérer une bouteille d'eau. J'aurais bien proposé à Bowe de lui en rapporter une, mais je doutais qu'elle m'entende avec son gros casque. Je choisis de lui envoyer un message à la place, puis attendis une éventuelle réponse non loin du frigo. Un instant plus tard, à ma grande surprise, elle posait sa guitare et venait se poser de l'autre côté du comptoir qui séparait le salon de la cuisine. Je lui lançai une bouteille, qu'elle rattrapa tant bien que mal. Me voyant sourire de sa légère maladresse, elle me fit une grimace.

— Je ne suis pas un de tes coéquipiers. Je ne peux pas rattraper tout ce que tu me balances comme si c'était une seconde nature.

Dévissant le bouchon, elle m'adressa un regard interrogateur.

— Tout est OK, chez toi ? Rassure-moi, ton père n'a pas prévu de débarquer pour te ramener par la peau des fesses ?

Elle écarquilla les yeux avec une terreur feinte.

— Il ne va pas demander à mon père de s'en charger, au moins ?

La question m'arracha un petit rire.

— Ton père est bien trop sympa pour ça.

— C'est vrai. Mais pas ma mère. Et, elle, elle est prête à faire absolument tout ce que la tienne lui demanderait.

Ce n'était pas faux. Nos deux mères avaient clairement transcendé le concept de « meilleures amies ». Elles étaient comme deux sœurs et ne bougeaient pas un petit doigt sans que l'autre soit mise au courant, quelle que soit la distance qui les séparait. Même la vie de famille et leurs carrières prenantes n'avaient pas réussi à leur faire perdre leur complicité.

Je m'appuyai à mon tour sur le comptoir, face à elle, et pianotai sur le plan de travail.

— Tu ne te demandes pas comment nos parents ont réussi à rester aussi bons amis ? Tu ne trouves pas ça bizarre qu'ils aient gardé le contact et fassent toujours plein de choses avec des gens qu'ils ont connus quand ils avaient notre âge ? J'aurais cru que ce genre de liens s'effritait avec le temps et à mesure que nos vies prenaient des directions différentes. Je me suis souvent demandé ce qui s'est passé dans leur jeunesse pour qu'ils soient si déterminés à préserver cette amitié et croient qu'il serait normal que leurs enfants soient tout aussi soudés.

Bowe haussa une épaule. Suivant le mouvement, le col de son T-shirt trop grand lui glissa sur le bras. Je m'interdis de laisser mon regard vagabonder, mais mes yeux n'avaient que faire des ordres, et je me trouvais incapable de les détacher de la courbure sexy et élégante de sa clavicule. Avec sa jolie couleur de peau dorée qui faisait si bien ressortir ses yeux, elle avait l'air tout droit sortie d'un bain de miel et, une fois de plus, je mourais d'envie de la goûter.

— Mes parents ont tous les deux eu une enfance de merde. Des deux côtés, mes grands-parents sont des ordures. Avec les jumelles, on n'a jamais eu le droit d'avoir le moindre contact avec eux. À mon avis, quand ils étaient jeunes, nos parents n'ont pu compter que sur leurs potes. Ils se sont fabriqué une famille de toutes pièces parce que les leurs valaient que dalle.

— Pas bête. Daire et moi, on voit souvent mes grands-parents paternels, en revanche, on n'a de contact avec les parents de ma mère qu'une ou deux fois par an. Ils sont tellement coincés. C'est jamais très drôle.

Arrachant mon regard à sa peau nue, je m'éclaircis un peu la voix.

— Mais je t'ai suffisamment interrompue. Comme tu as eu l'amabilité de me le rappeler, je n'étais pas invité. Je m'en voudrais d'être dans tes pattes ou de te faire perdre ton temps. Reprends ce que tu faisais. Je jouerai à un truc sur mon téléphone et ne te dérangerai pas.

Le regard fuyant, elle se mit à tripoter la pointe de sa queue-de-cheval.

— Tu as entendu ce que je jouais ?

Elle semblait nerveuse, ce qui ne lui ressemblait pas, surtout concernant la musique.

— Juste la fin.

— Qu'est-ce que t'en penses ? C'est la première fois que je compose des morceaux avec un groupe. D'habitude, c'est juste moi et ma guitare. Devoir prendre en compte les instruments et les opinions des autres membres, c'est vraiment autre chose.

À son tour, elle tapota des doigts sur l'îlot.

— J'ai toujours voulu faire partie d'un groupe, comme mon père, mais je ne me rendais probablement pas compte à quel point c'est compliqué.

Je relevai le menton et la considérai d'un air pensif.

— Ça sonnait bien, même si je n'ai entendu que ta partie. Mais bon, j'aime généralement bien ce que tu fais. Il faudrait que j'entende la chanson en entier, ou ce que ça donne avec tout le groupe pour te dire si l'ensemble me plaît ou non. T'es super jolie et salement douée. Tu dégages un truc qui donne aux gens l'envie de te regarder et de t'écouter, quoi que tu aies à dire. Tu captives l'attention sans le moindre effort. J'ai du mal à comprendre pourquoi tu veux faire partie d'un groupe. Tu as ce qu'il faut pour réussir en solo.

Elle sembla ruminer un moment mes paroles, avant d'ouvrir

des yeux ronds. Comme saisie d'une subite inspiration, elle tendit le bras au-dessus du comptoir et m'attrapa par le biceps.

— Si tu es encore là lors de la prochaine répète, tu n'auras qu'à m'accompagner. Pas besoin de rester longtemps. Le temps d'écouter deux ou trois chansons, c'est tout. Ce ne serait pas la première fois que je ramènerais des amis pour avoir leur opinion, mais toi, au moins, je suis sûre que tu me donneras une appréciation honnête. Tu ne me diras pas ce que j'ai envie d'entendre pour éviter de me vexer. Je t'en supplie, Ry. J'ai vraiment besoin d'un avis extérieur avant qu'on se retrouve à jouer devant un vrai public. On a déjà fait quelques petits concerts ici et là, mais à la fin du mois on doit faire la première partie d'un groupe assez connu dans le coin. Je n'ai aucune envie qu'on se tape la honte. J'ai peur de me planter avant même d'avoir réellement débuté ma carrière.

Je n'en croyais pas mes oreilles. Je n'aurais jamais imaginé qu'elle me faisait autant confiance. Par le passé, elle avait toujours semblé se foutre royalement de mon opinion, quel que soit le sujet. Comme la fois où je lui avais dit que coucher ensemble n'était peut-être pas une si bonne idée, et qu'elle m'avait traité d'abruti, balayant tous mes arguments, par exemple.

— Pas de problème. Je viendrai vous écouter. Je n'avais pas prévu de rentrer à Denver tout de suite, de toute façon.

Elle se mit à sautiller sur place en battant des mains, l'air plus radieux que je ne lui avais vu depuis longtemps.

Je n'avais plus qu'à espérer que le reste du groupe ne soit pas pourri, parce que je n'avais vraiment pas le cœur de piétiner l'enthousiasme et les rêves de Bowe. Elle avait suffisamment à me reprocher. Je n'avais aucune envie de lui fournir des raisons supplémentaires de m'en vouloir, pas quand il me semblait enfin que la distance qu'elle avait délibérément mise entre nous commençait à s'évaporer.

La dernière chose que je souhaitais, c'était la voir de nouveau se retrancher hors de portée. Je pris soudain conscience que je ne devrais pas avoir tant de facilité à me rapprocher d'une fille alors même que j'étais censé en oublier une autre.

Et pourtant, c'était exactement ce que j'étais en train de faire.

5

Bowe

— Il est si grand… si musclé… et beau…

Je répondis aux coups de coude de ma claviériste par un regard assassin. Elle avait les yeux fermement rivés sur Ry, qui était appuyé sagement contre le mur du fond de notre petite salle de répétition pleine à craquer. Il y avait des instruments et des amplis dans tous les coins. L'un des murs était occupé par un vieux canapé sur lequel je ne me serais pas assise pour tout l'or du monde, tandis que du matériel d'enregistrement de récup était entassé le long d'un autre. Nous y tenions à peine à quatre. Avec Ry en plus, le manque d'espace devenait soudain suffocant. J'avais l'impression de ne pas pouvoir faire un geste sans percevoir son regard ou sa présence imposante.

— Comment est-ce que tu as pu me cacher un ami d'enfance aussi bien gaulé ? Je croyais que j'étais ta meilleure pote ?

Je fusillai de nouveau Joey du regard en ajustant la sangle de ma guitare sur mes épaules. Nous étions bonnes amies, elle et moi. Nous nous étions connues au lycée, et elle était l'une des rares personnes avec qui j'avais gardé contact après avoir décidé d'abandonner la fac et de me lancer à plein temps dans la musique. Mais je n'aurais pas été jusqu'à dire qu'elle était ma meilleure amie. Ce titre était réservé à un autre membre de la famille Archer. Le plus rebelle et insaisissable de tous.

J'aimais Remy Archer de tout mon cœur. Elle était tout ce que j'aspirais à devenir, et je l'admirais plus que toute personne au monde. De deux ans mon aînée, elle n'avait jamais paru se formaliser que je passe mon temps à la suivre et à vouloir accaparer son attention, plus jeune. Sa façon de vivre selon ses propres règles et de se foutre éperdument de ce que les autres pouvaient bien penser d'elle me fascinait. Sa fraîcheur et son enthousiasme étaient communicatifs, et sa manière unique d'appréhender le monde transformait chaque instant à ses côtés en une expérience passionnante. Quand j'avais décidé de ne plus aller dans le Colorado pour les vacances, elle seule avait presque réussi à me faire changer d'avis. Il n'y avait qu'elle qui m'ait pleinement soutenue quand j'avais décidé de quitter l'université. On se téléphonait au moins une fois par semaine, où qu'elle soit. Et j'avais pris l'habitude de la voir débarquer sans prévenir à Austin quand ça lui chantait. Mes parents avaient été jusqu'à garder une chambre d'amis prête rien que pour elle, quand je vivais encore chez eux.

Elle était l'unique personne pour qui je n'avais aucun secret. La seule à savoir que Ry et moi partagions plus qu'une amitié d'enfance tourmentée.

— C'est un joueur de football. C'est son job d'être grand et baraqué, me moquai-je. Et, t'inquiète, il le sait, qu'il est beau gosse. Les gens le lui rappellent au quotidien, et jamais il ne fait mine d'être étonné. Je doute que le mot « humilité » fasse partie de son vocabulaire.

— Mmm…, fit-elle en nous regardant tour à tour, Ry et moi, avec une curiosité non dissimulée. Et donc, tous les deux, vous êtes seulement amis ? Parce que d'après Nyle, quand il est passé chez toi l'autre jour, ça avait l'air de tout autre chose.

Après avoir décoincé une mèche de cheveux de ma sangle et pincé quelques cordes, je me penchai pour brancher ma guitare à l'ampli.

— Le prends pas mal, mais ton frère n'est pas le couteau le plus affûté du tiroir. Il n'a pas l'air de vouloir intégrer que je ne cherche rien d'autre que de l'amitié, et notre bonne entente au sein du groupe. Je serais toi, je n'accorderais pas tant de crédit à son avis.

Joey me logea un autre coup de coude dans les côtes et baissa d'un ton. Son frère avait subitement relevé la tête, comme s'il avait compris qu'on parlait de lui.

— T'es dure… Il t'aime vraiment bien. Et il a l'habitude que ce soient les filles qui lui courent après. Quand c'est à lui de faire le boulot, il ne sait plus comment s'y prendre et devient vite relou. Je ne crois pas qu'il pensait à mal.

Je lui fis signe de s'installer au clavier avec un soupir exaspéré.

— J'ai surtout peur de la manière dont ce genre de chose pourrait affecter le groupe. Il va falloir que tu lui dises que je ne suis vraiment pas intéressée, et que je n'ai aucune intention de sortir avec une personne avec qui je bosse.

— OK, très bien. J'essayerai de lui faire rentrer ça dans le crâne, promit-elle, avant de pointer un ongle coloré en direction de Ry, qui nous regardait discuter, un air de profond ennui sur son bien trop joli visage. Mais bon, le fait que tu héberges un mec de ce calibre et que tu l'amènes en répète avec toi a de fortes chances d'avoir plus d'impact sur Nyle que tout ce que je pourrais lui dire.

Une moue aux lèvres, je jetai un bref coup d'œil en direction de Ry, en considérant ce que me disait Joey.

Franchement, pourquoi fallait-il que ce mec ait décroché tous les gros lots ?

Il était intelligent.

Il était gentil, prévenant.

Il avait un excellent esprit d'équipe.

Il avait un corps de rêve.

Il avait des traits proches de la perfection.

Il se donnait toujours à fond.

Le seul plan sur lequel il y aurait encore eu du boulot, c'était celui de la personnalité, mais, comme c'était visiblement à moi et rien qu'à moi qu'il réservait son côté irritable et contrariant, ce défaut ne sautait pas aux yeux de qui que ce soit.Aucun de mes amis ne lui arrivait à la cheville, c'était certain. Mais plutôt crever que de lui faire le plaisir d'admettre que c'était ce que je pensais de lui. Enfin bref, tout ça ne m'aidait pas à faire comprendre aux autres pourquoi je n'étais pas aussi subjuguée que la majorité de la population par sa petite personne.

Une fois accordée, et assurée que tous les niveaux étaient OK, je vérifiai que tout le monde était prêt à entamer les premières chansons de la setlist prévue. Joey et Nyle acquiescèrent, et notre batteur, qui se faisait appeler Driver, pointa une baguette dans ma direction avant de lancer le décompte de la première mesure d'une voix tonitruante.

Tout démarra parfaitement. Le morceau se déployait sans accroc. Il sonnait comme lors des centaines de répétitions précédentes. Mes paroles sur le thème d'un amour perdu emplirent l'espace, et Nyle vint y ajouter des chœurs. D'habitude, nos deux voix se mariaient bien, et les harmonies se faisaient sans effort. Pourtant, aujourd'hui, non seulement Nyle chantait faux, mais il attaqua en avance sur le refrain, et en retard sur le pont. On eut toutes les peines du monde à aller jusqu'au bout, et quand la torture arriva enfin à son terme, j'eus presque honte de croiser le regard de Ry.

Je l'avais fait venir pour obtenir un avis honnête, mais il n'avait pas à me le donner pour que je comprenne qu'on faisait de la merde, à cet instant. Lorsque je me raclai la gorge, le son résonna dans le micro. Ry haussa un sourcil et se redressa un peu. Il ne dit rien, toutefois, ce n'était pas nécessaire. Dans ses yeux, je voyais défiler mille pensées.

— Bon… On va dire que c'était l'échauffement. On reprend depuis le début, OK pour tout le monde ?

Jetant un coup d'œil par-dessus mon épaule, je vis que Nyle fixait Ry du regard alors même que le reste du groupe le dévisageait lui.

— Il faut qu'on se concentre un peu plus. Il ne nous reste pas des masses de temps avant le concert. Je sais que ce n'est qu'une première partie, mais elle pourrait nous ouvrir de bien plus grandes portes. Et puis, on ne sait jamais qui peut se trouver dans le public.

Rappel subtil qu'il y avait de grandes chances que mon père pointe le bout de son nez pour assister à ma première réelle scène rémunérée. Non que j'attende de lui qu'il nous offre un contrat dans sa maison de disque ou se serve de ses relations pour promouvoir le groupe, simplement, je refusais de présenter une performance qui puisse le décevoir, ou dont il pourrait avoir honte. Et peut-être, peut-être qu'avec un peu de chance, si je me montrais à la hauteur, ma mère croirait enfin en moi et me soutiendrait dans mes projets. D'un mouvement de tête, je donnais le top à Driver.

— Lance le décompte.

La mine un peu irritée, il désigna Nyle de la pointe de sa baguette.

— Et toi, foire pas tout, cette fois.

Le bassiste baissa les yeux et gratta les cordes de son instrument d'un geste rageur, avant d'opiner de mauvaise grâce tandis que Driver relançait le morceau.

Cette fois-ci, on réussit à terminer cette première chanson, ainsi que la suivante, sans gros incident. Ce n'était pas mauvais, mais rien ne sonnait aussi bien que d'habitude. Un problème demeurait, sans que je parvienne à identifier ce qui clochait. Nous n'étions pas à contretemps, et personne n'avait fait de fausse note, pourtant, les chansons semblaient plates, voire un peu creuses.

Comme on entamait la troisième, une ballade plus lente et chargée de pathos à propos d'un couple qui, malgré tous ses efforts, n'était pas fait pour durer, je croisai le regard de Ry. Brusquement, toute l'émotion et les sentiments qui avaient manqué aux deux morceaux précédents explosèrent à la puissance mille dans chaque mot qui sortait de ma bouche. Aucune de mes chansons n'avait encore pris cette dimension. Elle était soudain pleine de texture. De vie.

Pour la première fois, je chantais pour quelqu'un.

Pour la première fois, la personne qui m'avait inspiré ces paroles m'entendait les prononcer.

Cette expérience était inédite et me bouleversa.

Ry se décolla du mur et s'avança un peu. Une expression que je ne lui connaissais pas se dessina sur son visage. Une expression si intense que j'en loupai l'accord suivant. Ce fut mon tour d'être en retard sur le pont, ce qui fit partir la chanson totalement en cacahuète. Je plaquai la main sur le manche de ma guitare, lui arrachant une plainte stridente. Coupant le son de l'ampli du bout de la chaussure je secouai la tête.

— Désolée. C'est ma faute. Et si on faisait une petite pause. Je crois qu'on en a tous bien besoin.

Je me glissai hors de la sangle de ma guitare et amorçai un mouvement en direction de Ry.

Je n'avais pas fait un pas que Nyle m'attrapa vigoureusement par le poignet. Levant les yeux vers lui, je fis un mouvement pour me dégager le bras, afin de lui signifier de me lâcher.

— Viens, on va boire un truc, dit-il. J'aimerais qu'on parle du pont de la dernière chanson. Je pense qu'il y a moyen de l'améliorer.

Il avait raffermi sa prise sur mon poignet, me forçant à me servir de mon autre main pour détacher ses doigts un à un.

— On en parlera plus tard. Et ne m'agrippe plus jamais comme ça. J'aime pas ça, fulminai-je en frottant mon bras douloureux.

Il leva les mains en signe de capitulation, le visage déformé par une moue mauvaise face à l'approche de Ry. Ce dernier souleva mon poignet, que je n'avais cessé de masser. Adressant un regard à la fois glacial et brûlant de rage à Nyle, il passa un pouce délicat sur ma peau rougie.

— T'es musicien. Tu devrais savoir que c'est toujours une mauvaise idée de malmener les mains de quelqu'un, non ?

La tension était en train de monter en eux. L'atmosphère devenait irrespirable. Si je ne faisais pas sortir Ry de la salle, la situation risquait clairement de mal tourner. Et notre répète serait gâchée. Si nous voulions être prêts pour le concert, nous ne pouvions pas nous permettre de perdre de temps. Ry devait s'en aller, même s'il allait être difficile de l'en convaincre, maintenant que Nyle avait commencé à se montrer possessif et à poser ses pattes partout.

Je le pris donc par la main et lui tirai sur le bras jusqu'à ce qu'il me suive dehors. La salle de répète faisait partie d'un bâtiment qui servait d'entrepôt à mon père. Il avait converti plusieurs pièces vides en espaces de répétition pour les divers groupes de son label, ainsi qu'à tout musicien en quête d'un endroit où jouer sans risquer de s'attire les foudres du voisinage. Il était situé un peu à l'écart du centre d'Austin, dans une zone en grande partie industrielle, aussi le parking était-il quasiment désert quand je traînai Ry jusqu'à son pick-up.

J'avais accepté de faire le trajet aller avec lui, pensant qu'il resterait jusqu'à la fin de la répétition, ou que, s'il s'ennuyait et décidait de partir, Joey pourrait me ramener. Je n'aurais pas cru qu'il s'avérerait être une telle distraction que je devrais l'éjecter. J'oubliais toujours à quel point il impressionnait les gens, et la manière dont il semblait toujours occuper tout l'espace, même quand il s'efforçait d'être discret.

— Il faut que tu t'en ailles. Cette répète est un désastre.

Je me passai machinalement la main dans les cheveux, et pestai quand une vive douleur irradia mon poignet.

— Je n'ai pas le temps pour vos poussées de testostérone. Si on joue aussi mal qu'aujourd'hui lors de cette première partie, je ne pourrai plus jamais regarder mon père dans les yeux.

Ry saisit de nouveau ma main meurtrie.

— Hum. Je ne m'inquiéterais pas pour toi. Tu gères. En revanche, je n'en dirais pas autant du reste du groupe. Il est clair qu'ils ont plus besoin de toi que tu n'as besoin d'eux.

L'intérieur de mon poignet s'embrasa sous le doux contact de ses doigts. Mes yeux s'arrondirent comme des soucoupes lorsqu'il le porta à son visage, ses lèvres à un souffle de ma peau. Mon cœur s'emballa. Nul doute que Ry sentait mon pouls bondir sous sa main.

— Pourquoi tu ne jouerais pas toute seule ? C'est toi qui as écrit et composé ces chansons. Tu pourrais tout à fait monter un projet solo.

Il déposa un baiser imperceptible à l'endroit même où mon pouls palpitait de manière erratique, me figeant sur place. Puis il me relâcha la main et fit un pas en arrière, presque comme s'il avait tout autant besoin que moi de prendre un peu de distance.

Je me frottai le poignet contre le sternum ; derrière, mon cœur donnait l'impression de vouloir s'échapper de ma poitrine. Des orteils au sommet du crâne, mon corps tout entier frémissait, ce n'était pas juste qu'il arrive si facilement à me mettre dans cet état ; il aurait mérité que je lui flanque un bon coup de pied dans les tibias. J'avais passé des années loin de lui, à me dire que j'étais immunisée contre ce charme et cette belle gueule. Il était si facile de croire à ces mensonges quand il était à mille kilomètres de là. À présent qu'il se tenait devant moi, j'avais l'impression de m'être pigeonnée toute seule.

— Je te l'ai dit, mon père fait partie d'un groupe. C'est une personne que j'admire, et j'ai toujours trouvé super cool qu'il ait cet autre réseau de soutien, dans sa vie. Il a parcouru le monde entier avec ces gars. Ils partageaient une vision commune. C'est important pour moi de connaître ce genre de sentiment. Je veux partager ma passion avec des gens qui la comprennent… qui *me* comprennent.

Et puis, je crevais de trouille. Se produire en solo, c'était accepter que tous les yeux soient rivés sur toi, rien que toi. Si tu te plantais, si tu faisais un bide, si le public détestait ta musique… tu ne pouvais t'en prendre qu'à toi-même. Si tu échouais, personne ne serait là pour te relever. J'adorais jouer pour un public, mais je n'étais pas certaine d'avoir ce qu'il fallait pour commander la scène à moi toute seule.

Ry me dévisagea, puis appuya le dos contre le pare-chocs avant de son véhicule. Les bras croisés sur son torse large, il me regarda suffisamment longuement en silence pour que je commence à gigoter de malaise.

— Personne ne te force à emprunter le même chemin que ton père. Tu peux tout à fait paver ta propre route, et je suis persuadé qu'il sera tout aussi fier de toi.

Tortillant mes cheveux au bout de mes doigts, je m'empressai de changer de sujet.

— Je t'ai demandé de venir pour me dire ce que tu pensais de notre musique, pas de mes choix de vie. Je sais qu'on a pas mal tâtonné, mais globalement, qu'est-ce que tu en dis ?

Il se tut un long moment. Une chose était sûre : il n'allait pas me faire de cadeau, néanmoins, je ne m'attendais pas à ce qu'il marche autant sur des œufs lorsqu'il me répondit enfin.

— Les chansons sont super. Je crois que les paroles parlent à beaucoup de monde et tu as une voix fantastique. Pour une fille qui n'a jamais eu le cœur bisé, tu écris un nombre surprenant de chansons d'amour, en revanche, c'est étonnant. Le truc, c'est que…

Il marqua une pause et pencha légèrement la tête de côté, le regard toujours rivé sur le parking vide, plongé dans le noir.

— … elles sonnent toutes un peu pareil. Le tempo. Les pulsations. Le rythme. J'ai l'impression que tu as tout simplifié pour que le reste du groupe suive, et ça donne des morceaux un peu génériques.

Je ne pus retenir une exclamation.

— Aucun des amis à qui j'ai demandé un avis ne m'a jamais dit ça.

Mon cœur s'affola de nouveau, mais pour une tout autre raison.

Ry eut un haussement d'épaules. Comme s'il n'avait pas parfaitement conscience d'avoir réduit ma confiance en moi à néant.

— Tu voulais une opinion sans fard. Les morceaux sont très bien, c'est juste que quand vous les jouez en tant que groupe…

De nouveau, il laissa sa phrase en suspens et fit une petite moue.

— Je pense honnêtement que tu peux faire mieux. Ton groupe, je sais pas, mais toi, c'est une certitude.

Je fis un pas en arrière et lui montrai son pick-up.

— Il est temps pour toi de rentrer, Ry, aboyai-je. Et quand je dis « rentrer », j'entends « chez toi », à Denver. Je n'aurais pas dû te demander ton aide.

— Et pourtant, tu l'as fait.

Je soufflai, frustrée, et tentai de maîtriser la colère, ainsi que la panique qui s'élevaient furieusement en moi.

— De toute façon, qu'est-ce que tu connais à la musique ?

Il s'écarta de son camion et courba légèrement le dos pour amener les yeux au niveau des miens.

— Pas grand-chose. C'est d'ailleurs pour ça que je ne peux que te décrire ce que j'entends. Si tu as davantage confiance en l'opinion de tes autres amis, ça me va aussi. Il en faut plus pour me vexer. En revanche, ne va pas croire que je te dis n'importe quoi dans le seul but de te blesser. Je sais quelle importance tu accordes à ta musique. Je ne jouerais pas avec toi comme ça... Et si tu t'imagines que je vais te laisser me chasser pour avoir dit la vérité, tu as tort, poursuivit-il en faisant sauter les clés qu'il avait tirées de sa poche dans sa paume. Je vais vous laisser répéter en paix, mais je reviendrai te chercher dans une poignée d'heures. Cet endroit craint un max.

— Pas la peine. Joey me ramènera à la maison. Je n'ai vraiment plus envie de te voir, là.

Un grand sourire aux lèvres, il vint me tapoter le bout du nez d'un doigt.

— Ben tiens. La dernière fois que tu m'as annoncé ne plus avoir envie de me voir parce que je t'avais mise en rogne, tu as disparu des radars pendant deux ans et fait comme si je n'existais plus. Je repasserai te chercher.

Je jetai un regard noir à son dos musclé tandis qu'il contournait le pick-up pour aller s'installer au volant.

Il était toujours impossible d'avoir le dessus dans une dispute, avec lui.

Et il était à cet instant très, très difficile pour moi d'admettre qu'il avait probablement raison à propos de mes chansons.

Elles se ressemblaient, elles étaient basiques. Elles n'avaient rien à voir avec la façon dont je les jouais seule. Je pensais les avoir adaptées aux autres instruments, mais Ry n'avait peut-être pas tout à fait tort, il était possible que je les aie simplifiées à l'extrême pour qu'elles soient plus simples à jouer. Elles avaient perdu en profondeur comme en intensité.

Et peut-être était-ce pour cette raison qu'il n'avait pas semblé se rendre compte que chacune d'elles parlait de lui.

6

Ry

— J'ai croisé Aston, aujourd'hui.

Je dévisageais mon cousin à l'écran. À son expression, je compris qu'il n'était pas certain de bien faire en partageant cette information avec moi.

Zowen et moi nous ressemblions beaucoup. On aurait pu nous prendre pour deux frères, si ce n'était que sa mère lui avait transmis ses yeux vairons. En raison de cette hétérochromie héréditaire, il présentait un œil bleu hiver comme le mien, et un autre d'une teinte caramel, quelques nuances plus claires que l'œil marron chocolat de sa mère. Il faisait également quelques centimètres de moins que moi, mais puisqu'il était un peu plus jeune, il avait encore le temps de me rattraper.

— Ah ouais ? Où ça ?

J'étais véritablement curieux de le savoir, car ma sœur, elle, ne l'avait pas vue depuis notre rupture, alors qu'elles étaient habituellement inséparables.

— Ma bécane avait besoin d'une révision, donc je suis passé au garage, et elle était aux pièces et accessoires. Elle m'a dit qu'elle comptait bosser tout l'été, avant de partir à la fac.

Le père de Zowen et celui d'Aston et Royce étaient associés. Ce dernier tenait un garage où il customisait des voitures, ainsi qu'un atelier de personnalisation de moto. Mon oncle Rome, qui était un fana de Harley, avait fait grimper ses deux enfants à l'arrière de sa moto dès leur plus jeune âge. Son fils avait maintenu la tradition et préférait lui aussi les deux-roues, mais sa passion, c'était la vitesse plus que la balade. Il roulait sur un engin de mort étranger qui donnait parfois l'impression d'être capable de franchir le mur du son. Il passait beaucoup de temps à l'atelier, c'est pourquoi il n'était pas si incongru qu'il y ait rencontré Aston. Celle-ci y travaillait à temps partiel depuis une éternité, tout comme son frère, avant qu'il ne parte vivre avec sa mère. Si je n'avais pas été obnubilé par la colère que j'avais provoquée chez Bowe un peu plus tôt, j'aurais deviné de moi-même que c'était là qu'ils s'étaient croisés.

— Comment elle va ?

J'étais appuyé contre mon volant, le téléphone dans une main. Ne sachant pas à quelle heure Bowe sortirait, j'avais décidé de l'attendre sur le parking, plutôt que de rentrer à la maison. Je savais très bien qu'elle ne m'appellerait pas pour me prévenir quand elle aurait terminé cette répétition catastrophique. Et, après la manière dont ce clown aux cheveux mauves l'avait empoignée, je préférais ne prendre aucun risque.

Zowen haussa les épaules et redressa sa casquette sur son front.

— Elle avait l'air triste. Plus que toi, en tout cas.

— Qu'est-ce que c'est censé vouloir dire ? demandai-je, perplexe. C'est moi qui me suis fait larguer, je te rappelle. Pourquoi elle serait plus dévastée que moi ?

— Bah, je sais pas. Tu n'as pas franchement l'air d'un mec qui doit tirer un trait sur l'amour de sa vie. T'aurais même plutôt l'air en joie. On dirait qu'Austin, ou plutôt une certaine personne à Austin, te réussit plutôt pas mal. T'avise pas de déconner avec Bowe pour essayer d'oublier Aston, me prévint-il, l'œil accusateur. Remy te truciderait si elle apprenait que tu profites d'être là-bas pour jouer avec le cœur de sa petite protégée.

— Non, non, le rassurai-je. Je ne suis pas là pour ça. Bowe et moi, on a des histoires à régler, ça date d'avant Aston. Je ne sais pas pourquoi, mais quand Aston m'a dit qu'elle ne nous pensait pas faits l'un pour l'autre et qu'elle m'avait caché vouloir aller vivre à l'autre bout du pays, ça m'a fait réfléchir. Il est temps de me retrousser les manches et de réparer certains pans de ma vie que j'avais laissés à l'abandon après les avoir volontairement abattus. J'ai besoin de mettre les choses à plat avec Bowe avant de pouvoir discuter avec Aston. Ce que je voulais, c'était éviter qu'une sale dynamique s'installe à Denver, puisqu'on va forcément se voir, cet été. Tu veux bien essayer de retenir Remy si elle décide de venir en découdre ? Dis-lui que je suis à Austin pour panser mes plaies, pas pour en infliger.

— Parce que tu crois que qui que ce soit a le pouvoir d'arrêter ma sœur quand elle s'est mis quelque chose en tête ? s'exclama Zowen avec incrédulité. Allons, tu la connais mieux que ça. Le plus sage, c'est de ne pas brusquer Bowe, pour qu'il ne lui prenne pas l'envie d'appeler la cavalerie. Tu sais comme moi que si Remy se pointe, elle va foutre la merde comme elle sait si bien le faire, et la situation ne pourra que s'envenimer. Jamais elle te laissera reconstruire une relation que tu as déjà torpillée. Au fait, quand est-ce que tu rentres ? Ton père est vert que tu te sois barré sans rien dire à personne. Tu l'as appelé ?

Je laissai échapper un grognement.

— Ouais.

Cela avait été l'une de ces conversations durant laquelle il n'avait pas dit grand-chose, mais avait tout de même réussi à me faire sentir tout petit. Mon père savait me donner l'impression que je ne déployais pas mon plein potentiel comme personne. Pour cela, il n'avait même pas besoin d'émettre la moindre critique. Il se contentait me laisser faire mes propres choix en silence, sans jamais les remettre en question, ce qui avait le don de me perturber. Son but n'était pas que je me sente incompris, ou pas apprécié à ma juste valeur, simplement, nous étions deux personnes totalement différentes et n'opérions pas sur la même longueur d'onde.

— Désolé que tu aies eu à subir sa colère de plein fouet. Il sait qu'en temps normal je te raconte tout, alors je suppose qu'il a cru que tu me couvrais quand tu lui as dit que tu ne savais pas où j'étais passé.

Zowen éclata de rire et pointa un doigt face à la caméra.

— Pendant un instant, j'ai bien cru qu'ils allaient se mettre sur la tronche, avec mon père. Il m'accusait de mentir et ne voulait pas en démordre. C'était ouf. Tu les imagines en train de se battre, tous les deux ?

— Ha ha, pas une seconde. Ta mère ne les laisserait jamais faire.

La femme de Rome était une minuscule boule de nerfs, et il était clair que c'était elle qui faisait la loi dans la famille. À présent, Zowen aurait pu lui manger sur la tête tant leur différence de taille était comique, pourtant, depuis tout petit, c'était sa réaction qu'il craignait le plus quand il risquait de se faire pincer après s'être laissé convaincre de participer à l'une des nombreuses bêtises de Remy.

— Tu sais, s'il réagit aussi mal, c'est parce que tu n'as jamais fait de conneries. T'as toujours été le môme parfait ; il n'a pas su comment gérer quand tu t'es brusquement mis à te comporter comme lui à son âge. Mon père m'a dit qu'il n'était pas rare pour Rule de faire le mort pendant des jours, voire des semaines quand il était plus jeune. Ados, Nash et lui n'étaient pas exactement des anges, alors je suis sûr qu'il a envisagé le pire. Tu aurais dû causer plus de problèmes à une époque, il serait moins relou aujourd'hui.

— Il m'en veut d'avoir inquiété ma mère.

Ce que je pouvais comprendre. En revanche, je doutais fort qu'il craigne que je marche dans ses traces et commence à me rebeller contre le monde entier. Nous ne voyions pas toujours les choses du même œil, mais j'aimais à penser qu'il me connaissait mieux que ça. Je n'étais pas du genre à braver les interdits pour braver les interdits. Il n'y avait qu'une personne qui me faisait ruer dans les brancards, et, pour ne pas changer, j'avais réussi à l'énerver.

— Certes. Mais il ne faisait pas vraiment le fier non plus. Je pense qu'il sait que tu es totalement capable de te débrouiller dans le vaste monde, mais il faut avouer qu'en ce qui concerne les choses moins prosaïques, comme les émotions et les sentiments, tu n'es pas très doué. Tu gardes tout ça enfoui tellement profondément que, quand ça finit par sortir, on croirait un robot qui a pété un fusible.

Tête penchée de côté, il réajusta sa casquette, visiblement embarrassé par ce qu'il venait de m'avouer.

— Ne le prends pas mal, hein.

Ce n'était pas la première fois qu'il me comparait à un robot, donc je ne m'en offusquai pas particulièrement. Je choisis de revenir au sujet qui me préoccupait.

— Tu ne m'as pas répondu : pourquoi Aston aurait l'air plus triste que moi ? Je ne vois pas comment c'est possible, après tout, c'est elle qui a voulu cette rupture.

Zowen se passa la main sous le menton et détourna le regard de la caméra.

— C'est quelqu'un de si tranquille. Elle prend les choses comme elles viennent, elle a toujours l'air contente. Rien à voir avec des filles imprévisibles et déjantées comme Remy et Daire. Pourtant, quand elle m'a vu débarquer à l'atelier, elle s'est barrée comme si elle me devait de l'argent. Quand je l'ai retrouvée et lui ai demandé comment elle allait, j'ai cru qu'elle allait fondre en larmes. J'ai essayé de lui poser des questions sur son départ pour la Californie, tout en évitant soigneusement de faire allusion à toi, mais j'ai à peine pu lui tirer une phrase cohérente. Quand je lui ai demandé si elle avait hâte de déménager, elle m'a répondu qu'elle *n'avait pas le choix*. Vraiment une conversation très chelou. Elle ne semblait clairement pas elle-même. Elle ne m'a même pas demandé de tes nouvelles. Je sais que vous êtes fraîchement séparés, et tout, mais on est tous potes depuis toujours. Je trouve ça super bizarre qu'elle ne m'ait pas demandé comment tu tenais le coup, sachant qu'elle venait de te piétiner le cœur.

Je fronçai les sourcils. À mesure que mon cousin parlait, je sentais les plis de mon front se creuser.

— Tu as raison, ça ne lui ressemble pas.

Et, quand elle m'avait parlé d'intégrer une université de la côte Ouest, elle n'avait pas précisé une quelconque obligation.

— Je demanderai à Daire de prendre de ses nouvelles et d'essayer de comprendre ce qui se passe.

Avec un soupir, Zowen retira sa casquette, relâchant une mèche de cheveux rebelle sur son œil bleu.

— Ces meufs qui nous font nous faire du souci, je te jure… C'est épuisant. Un vrai job à plein temps.

Je laissais échapper un petit rire, quand mon regard fut attiré à l'autre bout du parking. La porte principale du bâtiment abritant la salle de répétition venait de s'ouvrir. La fille aux couettes rouge pétant qui jouait des claviers fut la première à sortir. À sa suite, le batteur latino. Ce mec était balèze et couvert de tatouages assez impressionnants. J'aimais tout particulièrement l'oiseau maya qui ornait son cou. Avec Bowe, il était le seul membre du groupe qui vaille son pesant de cacahuètes. Sa forte personnalité et sa passion au moins égale se ressentaient immédiatement, quand bien même il était planqué derrière sa gigantesque batterie.

Aucune trace de Bowe et du mec aux cheveux mauves.

— Mon père te répondrait que si on aime tant les femmes de notre entourage, c'est parce qu'elles nous forcent à nous dépasser. Et les efforts que l'on fait pour elles nous sont rendus au centuple.

Amusé, je tendis la main vers la poignée de la portière.

— Il est du même avis concernant l'entraînement. Il me dit

toujours que si je veux être récompensé pour l'ardeur que je mets au travail, il faut que je douille, il ne faut pas que ce soit trop facile… Bon, il faut que je te laisse.

La personne qui me demandait le plus d'efforts et d'attention émergeait enfin du bâtiment, ce connard punk rock de mes deux sur les talons. De toute évidence, elle était toujours énervée après lui, mais cela n'empêcha pas celui-ci de continuer à lui tenir la jambe alors qu'elle refermait la porte à clé.

— Je te tiens au courant, au cas où Daire découvrirait ce qui se passe avec Aston, et je t'appellerai quand je déciderai de rentrer dans le Colorado.

— Ouais, et puis tu penseras à me parler de cette histoire de choses à régler avec Bowe. J'ai l'impression que tout le monde se fait des cachotteries, tout d'un coup. J'aime pas ça.

Je mis fin à l'appel vidéo sans prendre la peine de lui répondre. La semelle de mes baskets ne faisait aucun bruit sur le bitume tandis que je m'avançais vers Bowe, qui traversait à présent le parking, le bassiste pendu à ses basques. Tous deux tournèrent la tête lorsque je l'appelai par son prénom. Bien qu'il fasse noir et que l'éclairage laisse à désirer, je crus apercevoir une lueur de soulagement dans le regard de Bowe. Celui du musicien, en revanche, laissait peu de place au doute : s'il avait pu m'arracher les tripes pour s'en servir comme chaîne de portefeuille, il l'aurait fait.

— Vous avez fini ? Je te ramène ?

Comme je me plantai devant eux, je vis Bowe relâcher le souffle qu'elle contenait.

Mais, avant qu'elle n'ait pu dire quoi que ce soit, le gars qui lui collait le train se manifesta.

— Je te reconduirai, moi, Bowe. Tu ne disais pas que tu avais la dalle ? Allons manger un morceau, et je te déposerai chez toi après.

La concernée leva les yeux au ciel, réfrénant visiblement avec peine son envie de lui arracher la tête avec les dents.

— Non merci, ça ira. Puisque Ry est là et qu'il ne connaît pas bien Austin, je vais lui montrer la route. Salut, et bonne soirée.

Elle serra les poings et s'avança dans ma direction. Le tic qui agitait ses joues empourprées témoignait de ses efforts pour ne pas s'emporter.

— On se voit demain, de toute façon, Nyle. Et la répète aura intérêt à être meilleure que celle d'aujourd'hui. Parce qu'il n'y a pas moyen que le groupe de ce soir fasse la première partie de qui que ce soit. On se ferait huer.

J'eus un sursaut en la sentant m'agripper le bras. Impossible de lire son expression, mais tout dans son langage corporel me suppliait presque de l'entraîner loin de ce type.

— Allons-y.

Je me laissai tirer jusqu'à mon pick-up. Le regard incendiaire de Nyle me chauffa la nuque tout du long. Parvenue à hauteur de la porte passager, Bowe me lâcha le bras et me fit face.

Comme j'allais lui demander si tout allait bien, si je pouvais faire quoi que ce soit pour elle, elle m'attrapa par le col du T-shirt et m'attira à hauteur de son visage.

— Ne va pas t'imaginer des trucs, Ry. Je suis à court d'idées, il ne me reste plus qu'une seule solution pour me débarrasser de ce mec.

Je ne m'étais pas attendu à ce que ses lèvres s'écrasent sur les miennes.

Elle était la première fille que j'avais embrassée, mais ce lointain baiser mouillé et désordonné me semblait appartenir à une autre vie. À l'époque, c'était elle qui m'avait embrassé parce qu'elle avait perdu un pari. Par la suite, au cours d'une dispute futile, j'avais tenté de la faire taire en plantant à mon tour un baiser sur sa bouche, auquel elle avait répondu par une gifle. Très vite, on en était venus à conclure la majorité de nos engueulades par une session de patins. Chaque baiser nous poussant un peu plus loin sur une pente plus glissante que ce à quoi nous étions préparés.

Coucher avec Bowe alors que nous n'étions encore qu'adolescents était à la fois mon plus beau souvenir et mon plus grand regret. Je m'étais souvent demandé ce qu'il se serait passé pour nous si nous avions patienté, si nous étions parvenus à maîtriser nos pulsions le temps d'apprendre à gérer les sentiments complexes et déroutants que nous nous inspirions l'un l'autre. Aurions-nous posé les fondations de la relation d'une vie, comme nos parents avant nous ?

Dans l'intervalle, nous avions tous deux gagné en expérience et en habileté. Pourtant, j'avais l'impression de revivre ce premier baiser, car mon corps ne s'était embrasé comme ça qu'une seule fois… avec elle. Elle me faisait oublier où j'étais, qui j'étais, qui je croyais être. Il n'y avait plus que la manière dont nos souffles s'entremêlaient, la douceur de ses lèvres, offertes, sous les miennes. Il y avait moins de fraîcheur, plus de piquant que la première fois dans son baiser, mais mon pouls effréné, les battements anarchiques de mon cœur résonnaient à l'identique. C'était une sensation à la fois incroyablement familière et inédite. Comme si elle avait éveillé tous les meilleurs souvenirs de nous deux. Et, alors qu'ils emplissaient tout mon esprit, je me trouvais incapable de me rappeler les mauvais.

Je sentis sa poigne se resserrer sur mon T-shirt, et un léger soupir s'échappa de ses lèvres quand je me fis plus entreprenant, avide d'en goûter plus. Comme mue par son propre instinct, ma langue vint caresser la fente de ses lèvres. Je voulais que nos bouches fusionnent. Sentir sa chaleur, et la pression humide de sa langue épousant la mienne. Bowe eut un sursaut et, une seconde plus tard, elle me repoussait d'une main sur la poitrine avec assez de force pour me déséquilibrer.

Autrefois, je l'avais envoyée balader par mes mots. Aujourd'hui, elle me rendait la pareille, physiquement. Ce n'était pas un sentiment très agréable, et je saisis enfin pourquoi elle m'en avait tant voulu quand j'avais tout gâché.

Désorienté, je me trouvais pris entre passé et présent, coincé entre le souvenir et la réalité. À l'époque, c'était moi qui l'avais surprise en lui volant un baiser au moment où elle s'y attendait le moins. Là, on pouvait dire qu'elle avait pris sa revanche.

Alors que je la dévisageais sans comprendre, elle regarda par-dessus son épaule et un sourire satisfait se dessina sur ses lèvres. Jetant un coup d'œil à mon tour, je vis que le parking s'était vidé, nous étions seuls. Elle était sans doute soulagée de s'être débarrassée de son bassiste collant.

En tournant la tête pour lui demander de m'éclairer sur ce qui venait de se passer, je ne m'attendais pas à ce qu'elle vienne brutalement enserrer ma mâchoire inférieure d'une main. Aïe.

— C'était quoi, ça, Archer ? Il y a deux jours, tu étais encore en couple et, là, tu es censé avoir le cœur en miettes. Je t'ai prévenu qu'il ne fallait pas que tu te fasses des idées. J'étais coincée, j'ai fait ce que j'avais à faire. Toi, en revanche, tu as abusé de la situation, gronda-t-elle en enfonçant les doigts dans mes joues pour mieux me secouer la tête. Pourquoi est-ce que tu te montres si bien élevé avec littéralement tout le monde, sauf moi ?

Relâchant sa prise, elle porta la main à ses lèvres. Je n'aurais su dire si elle essayait de s'essuyer pour éliminer les dernières traces de ce baiser ou si elle cherchait au contraire à le retenir un peu.

— Je ne sais pas pourquoi je ne me comporte différemment qu'avec toi.

Mais c'était l'une des raisons qui m'avaient spontanément poussé en direction d'Austin à la seconde où je m'étais trouvé perdu, à tout remettre en question.

Peut-être que passer un peu de temps avec Bowe me permettrait de découvrir la réponse à sa question. Et peut-être cela m'aiderait-il à déterminer si j'étais le Ry que tout le monde voyait, ou celui pour qui l'embrasser de nouveau était mille fois plus important que de participer au Super Bowl.

7

Bowe

Un petit cri m'échappa des lèvres quand je sentis qu'on m'enlevait le casque des oreilles. J'étais seule dans le studio d'enregistrement de mon père, depuis des heures déjà. Je savais qu'il ne serait pas occupé, aujourd'hui, c'est pourquoi j'avais décidé de profiter du matériel haut de gamme disponible ici, plutôt que de bosser chez moi, sur mon installation plus sommaire.

Une main sur mon cœur affolé, j'adressai un regard noir à mon père, qui se laissa tomber dans le fauteuil en cuir hors de prix, devant l'ordi et la table de mixage.

Contrairement à la plupart des jeunes de mon âge, je n'avais pas un petit temps partiel standard. Mon argent, je le gagnais en créant des sons, que je vendais à d'autres musiciens en herbe qui n'avaient pas nécessairement mon talent pour la composition. Ça rapportait pas mal, et c'était globalement suffisant pour me maintenir à flot. Ça me permettait également de moduler mon temps de travail, de m'essayer à différents genres, différentes sonorités, ainsi que d'interagir avec des musiciens de tous horizons. Ce n'était pas avec ça que je risquais de devenir riche et célèbre, mais ça m'autorisait à consacrer mon temps libre à mon groupe et à l'écriture.

Avec un petit rire, mon père me fit une pichenette sur le nez. C'était un geste complice qu'on partageait depuis que j'étais toute petite, et qui ne manquait jamais de me faire glousser. En guise de réponse, je remuai le bout du nez, avant de me le frotter. Ça chatouillait !

— Qu'est-ce que tu fais là ? J'ai vérifié le planning et personne n'était censé utiliser le studio, aujourd'hui.

Il se renversa sur le siège et étendit ses longues jambes devant lui. Il avait beau passer moins de temps sur scène devant un parterre de fans hurlant son nom, il avait toujours l'air d'une rock star. Il avait les cheveux bruns, un peu trop longs. Un jean noir un peu trop serré et déchiré ; plus que le mien, même. Et, outre son alliance à la main gauche, il arborait toute une collection de bagues. La majeure partie de sa peau visible était recouverte de tatouages de toutes sortes. Son chemin de vie était tracé sur son épiderme, et je trouvais ça magnifique. Sur son T-shirt délavé, une valkyrie hurlante plongeait une épée enflammée dans une pile de squelettes. Il me semblait me rappeler que c'était un T-shirt de groupe, que je lui avais probablement emprunté une ou deux fois quand il n'était pas là, d'ailleurs. Qu'importe l'occasion, il avait toujours été le parent le plus cool de l'école, et pas seulement parce qu'il était bel homme. Son côté moins conventionnel, plus alternatif le distinguait forcément d'un homme qui trimait quarante heures par semaine pour une grosse boîte afin de nourrir sa famille. Il avait la classe et, à mes yeux, il était bien plus intéressant et talentueux que la plupart des papas.

J'avais toujours voulu devenir comme lui en grandissant, et à présent que j'étais assez vieille pour prendre mes propres décisions dans la vie, mes objectifs n'avaient pas beaucoup changé.

— Je t'ai vue entrer sur les écrans de sécurité. Tu n'étais pas passée à la maison depuis un bail et, avec ta mère, on ne veut pas s'imposer ni se montrer trop étouffants en passant à l'improviste. On attendait une invitation, mais comme tu n'as pas l'air pressée de nous en adresser une, je me suis dit que j'allais venir te dire faire coucou et prendre de tes nouvelles. Et puis, ajouta-t-il en remuant les sourcils, Rule m'a demandé de checker comment allait Ry. Je n'aurais jamais cru qu'il s'en ferait un jour autant pour ses mômes, lui qui était intenable, plus jeune.

— Ha ha, m'esclaffai-je en dégageant une mèche de cheveux de mon casque. Tu avais aussi l'option de l'appeler. C'est ce qu'a fait oncle Rowdy, d'ailleurs. Du coup, il est passé le prendre tout à l'heure pour une session de football et autres trucs de mecs. Ry avait l'air content de le voir.

Rowdy St. James, le meilleur ami de mon père, avait emménagé à Austin avec sa femme et leurs deux enfants à peu près à l'époque de la naissance des jumelles. Rowdy, qui travaillait avec le père de Ry et leur copain de lycée Nash Donovan, avait proposé de s'installer au Texas quand Rule et Nash avaient décidé d'étendre leur chaîne de studios à d'autres États que le Colorado. Leur choix s'était porté sur Austin, ville branchée remplie d'étudiants et de jeunes cadres dynamiques. La vie nocturne y était incroyable, et la plupart des studios fermaient beaucoup plus tard que dans le Colorado. Bien sûr, le fait que ce soit là qu'étaient établis mes parents avait pas mal joué. Et, comme Rowdy et sa splendide femme avaient tous deux grandi dans une petite ville non loin, ça avait été un peu comme un retour aux sources, pour eux.

J'étais amie avec leur fille, Glory, mais sa carrière de patineuse de haut niveau ne lui laissait pas beaucoup de temps libre. Elle me rappelait un peu Ry dans son dévouement à son sport. Ils avaient la même détermination farouche, la même volonté de parvenir au sommet. Elle était un peu trop enragée à mon goût, mais on passait quand même un peu de temps ensemble quand son emploi du temps de ministre le lui permettait. J'avais entendu dire qu'elle tentait de se qualifier pour les prochaines sélections olympiques, ce qui expliquait pourquoi je ne l'avais pas vue depuis un moment.

— J'avais l'intention de lui passer un coup de fil, mais Rule m'a dit d'éviter. Il veut que je vérifie que son fils se porte bien, sans lui donner l'impression de lui coller au train. Et puis, je ne voulais pas mettre un coup de pression au gamin. J'ai beau le connaître depuis l'époque où il trottait en couche-culotte, je ne suis pas pour autant enthousiasmé de savoir qu'il squatte chez ma fille. Je sais que tu es plus ou moins adulte, maintenant, mais l'idée de mon bébé seul en compagnie d'un homme, ça fait bouillonner mon instinct paternel, me confia-t-il, un sourire penaud aux lèvres, avant de poursuivre en faisant tourner le gros anneau de platine et diamants qu'il portait au pouce. Pourquoi tu ne l'inviterais pas à dîner ici, un de ces quatre ? Ça ferait plaisir à ta mère de vous voir tous les deux, et je suis persuadé qu'Yves et Zola seraient plus que ravies de la distraction. Tu les connais, elles tournent en rond en été.

Je levai les yeux au ciel. Les jumelles ne tenaient pas en place quand arrivaient les grandes vacances. Quand on n'allait pas à Denver, elles partaient en colo ou s'inscrivaient à des activités sportives, mais cette année elles étaient en âge de se trouver un job d'été, et j'aurais cru qu'elles seraient moins souvent à la maison. Apparemment, elles y passaient encore suffisamment de temps pour que papa ait besoin d'un break.

— Je lui demanderai si ça lui dit. Il en a probablement marre des plats à emporter. Je crois qu'il n'a pas l'habitude des portions texanes. En tout cas, il est allé faire un footing hier, même s'il est techniquement en vacances et qu'il n'est pas censé s'entraîner, et une chose est sûre : il a du mal avec la chaleur du coin. Il n'a pas encore décidé quand il rentrerait à Denver, mais j'ai cru comprendre qu'il resterait bien pour nous voir jouer notre première grosse scène.

Sans que je sache très bien pourquoi, l'idée que Ry assiste à notre concert me faisait presque autant flipper que de savoir que mon père serait dans la foule.

L'ambiance était un peu bizarre entre nous depuis notre baiser sur le parking de la salle de répète. Si je n'avais pas été si à l'ouest et vénère à cause de Nyle, jamais mes lèvres n'auraient approché les siennes. C'était trop dangereux, et je le savais. Je me rappelais très bien à quelle vitesse un simple baiser avec lui avait le potentiel de dégénérer. Sous la pression de ses mains, de sa bouche, je perdais la tête en un temps record.

Le seul point positif que m'avait valu cette décision impulsive, c'était que Nyle avait enfin bien reçu le message. Depuis cette soirée, il était d'une humeur de chien aux répétitions, mais, au moins, il avait cessé de s'acharner à me faire des avances. Dommage qu'il ne soit pas capable de me voir comme une simple amie, parce que je l'aimais vraiment bien, moi. Il ne m'intéressait tout simplement pas sur le plan romantique. Et ce n'avait jamais été aussi clair que depuis que Ry s'était pointé sur le pas de ma porte.

Il avait toujours été le seul à me donner cette impression d'être à l'étroit dans ma propre peau, d'avoir le souffle coupé en sa présence. Aucun autre garçon ne me provoquait ces démangeaisons dans les doigts ni n'excitait autant ma curiosité et mon intérêt quand d'autres parties de mon anatomie habituellement indifférentes s'éveillaient et s'échauffaient soudain. En même temps, c'était logique. Il était super beau : il n'y avait rien de surprenant à ce qu'il m'attire. Ce que je ne pigeais pas, c'était pourquoi il était le seul mec que j'avais jamais désiré. Il m'avait fallu embrasser un bon nombre de crapauds avant que je ne me rende compte que seules les lèvres de Ry provoquaient ce frémissement sous ma peau. Mais j'avais beau être déterminée à prouver que j'étais capable de ressentir quelque chose pour quelqu'un qui ne soit pas lui, ma quête s'était jusque-là – et à ma grande frustration – soldée par échec sur échec.

— Comment se passent les répétitions ? La fébrilité commence à se faire sentir à l'approche du jour J ? Je me rappelle encore combien j'étais stressé avant notre premier gros concert. Je crois bien que j'ai dégobillé trois fois avant de monter sur scène. En revanche, dès la fin de notre set, j'avais compris que je ne voulais plus jamais rien faire d'autre. Rien ne vaut de jouer devant une salle comble, conclut-il, en se tapotant le cœur.

Je retirai le casque qui pendait à mon cou et me concentrai sur les fils du genou volontairement élimé de mon jean.

— J'ai super hâte, seulement… Je commence à me demander si on est vraiment au niveau.

Toutes nos répétitions depuis les remarques mortifiantes de Ry sur la médiocrité de notre performance m'avaient laissé un goût amer.

Mon père se redressa avec une petite moue.

— Pourquoi donc ? Tu n'as pourtant jamais douté de ta musique et de ton style personnel. Tu as toujours su le message que tu souhaitais transmettre à travers tes morceaux. Qu'est-ce qui a changé ?

Devais-je vraiment lui dire la vérité ? En tant que musicien, il comprendrait ce qui me travaillait, mais il était également mon père et pouvait se montrer excessivement protecteur. Je ne voulais pas qu'il en veuille à Ry d'avoir fait preuve d'honnêteté alors que c'était précisément ce que je lui avais demandé.

— J'ai amené Ry à une répète. Le moins qu'on puisse dire, c'est qu'il n'a pas été ébloui. Certes, on n'a pas franchement fait des étincelles, ce soir-là, mais ses réflexions à propos de notre son m'ont tapé sur les nerfs. Mais bon, c'est un peu son passe-temps favori depuis toujours : me taper sur les nerfs.

— Hum… Les critiques, ça fait partie du jeu, ma puce. La chanson parfaite n'existe pas. Certaines personnes l'adoreront, et elle révolutionnera leur vie. D'autres vont la détester et te dire que tu ne devrais plus jamais t'approcher d'un micro. Tu as les fans de la première heure qui te soutiendront quoi qu'il arrive, et ceux qui se désintéresseront à mesure que tu grandis et que tu évolues. Il faut apprendre à écouter les remarques négatives, sans pour autant les prendre trop à cœur.

Un sourire canaille au coin des lèvres, il vint replacer une mèche violette derrière mon oreille.

— Il est possible que j'aie moi-même cogné un ou deux critiques avant d'intégrer la leçon. Je sais qu'il est compliqué de séparer une chose dans laquelle tu as mis tout ton cœur et toute ton âme du reste de ta vie, de ne pas laisser la perception des gens avec qui tu la partages affecter ton estime de toi. Mais t'es une dure à cuire et tu rêves de tout ça depuis gamine. Tu verras qu'avec un peu d'expérience, tout roulera pour toi.

Je trouvai enfin le courage de lever de nouveau les yeux vers lui.

— Ry n'a pas dit qu'on était mauvais ; il trouve juste que je me débrouille mieux sans eux. Il m'a accusée d'avoir composé des chansons faciles à jouer dans le seul but de pouvoir me produire au sein d'un groupe.

— Eh ben, fit mon père en se réadossant à son siège, le faisant osciller, avant de croiser ses doigts tatoués sur son ventre plat. Le môme a hérité du tact de son père, on dirait.

Je haussai les épaules avec un petit rire.

— Possible. À ceci près que Rule inflige le fond de sa pensée à tout le monde sans distinction. Ry, lui, ne réserve ce traitement qu'à moi.

Super lourd, non ?

Il émit un bruit que je n'aurais su décrypter, puis adopta un air songeur.

— Je dirais que ça veut dire que tu as quelque chose de spécial. C'est un malin, ce Ry. Je ne suis pas surpris qu'il ait remarqué qu'il n'y en avait pas deux comme toi. Mais n'oublie pas que c'est loin d'être un expert en ce qui concerne la musique. Son truc, c'est le football. Son expertise ne s'étend pas à ton domaine, donc mieux vaut prendre son avis avec des pincettes. Sauf si tu es sûre qu'il n'a que ton intérêt à cœur.

Je laissai tomber le menton avec un grand soupir et me frappai légèrement le front du poing.

— Sur le coup ça m'a tellement soûlée, mais maintenant j'y pense en boucle. Ces morceaux, je ne les ai pas écrits comme ça, à la base, c'est vrai. Comme on les joue maintenant, je trouve qu'il leur manque quelque chose. C'est comme si on leur avait arraché le cœur, en quelque sorte. Je ne sais pas si une personne lambda s'en apercevrait. Je me demande même comment Ry a pu le ressentir. Mais maintenant qu'il me l'a fait remarquer, tout sonne tellement creux. Et la réverbe me casse les oreilles.

Mon père écarta le bras avec lequel je tentais vainement de me remettre le cerveau à l'endroit et me pressa la main.

— Faire partie d'un groupe appelle beaucoup de concessions. Tu t'es chargée de tout composer, ce qui veut dire que les autres membres s'efforcent juste d'imiter ce que tu voudrais entendre. Essaye peut-être de leur demander s'ils ont des idées. S'ils ont l'occasion d'y mettre leur patte, les chansons leur parleront peut-être davantage.

Puis, il fronça les sourcils et me considéra avec sérieux.

— À moins que Ry n'ait raison, et que vous ne soyez pas faits pour jouer ensemble. Un groupe devrait être un peu comme une famille. C'est avec ces gens que tu passeras le plus clair de ton temps. Ils devront partager tes succès comme tes échecs. Ce sont eux qui t'encourageront à te dépasser et seront toujours là pour te rattraper si tu trébuches en chemin. Si ces personnes ne t'aident pas à t'améliorer et ne t'encouragent pas à devenir la meilleure musicienne possible, dans ce cas, je ne peux qu'être d'accord avec le petit Archer. Tu vaux mieux que ça.

Je ne pus m'empêcher de ricaner.

— Tu l'as vu dernièrement, le « petit Archer » ? Il a encore grandi et pris du muscle, cette année. Il est plus grand que toi. Il a une saison entière de football universitaire dans les jambes, il ne vit que pour l'entraînement et la muscu. C'est une vraie bête, maintenant… plus un enfant.

Je n'aurais pas cru ça possible, mais les sourcils bruns de mon père montèrent encore d'un cran sur son front.

— Ne qualifie plus jamais un homme de « vraie bête » devant moi. Mon cœur ne le supportera pas, et je vais me retrouver à venir frapper à ta porte au milieu de la nuit pour m'assurer qu'il ne se passe rien de douteux.

Je n'aurais su dire s'il était sérieux ou non, aussi je choisis de le rassurer.

— Tu sais très bien qu'entre Ry et moi, c'est pas le grand amour. Rappelle-toi, avec maman vous m'avez rendu la vie impossible quand je vous ai annoncé que je ne voulais plus aller à Denver ni passer du temps avec les enfants de vos potes. Je me suis ingéniée à vous dire que je ne le regretterais pas, mais impossible de vous convaincre. Et puis, j'ai déjà essayé de le foutre dehors et de le renvoyer chez lui, mais comme je te l'ai dit, c'est un sacré morceau. Il ne bougera pas avant d'avoir décidé qu'il était prêt.

Il fit de nouveau la moue.

— Vous avez passé de super moments à vous courir après, quand vous étiez petits, pourtant. On ne pouvait pas vous séparer, même si vous passiez votre temps à vous disputer. Si tu t'endormais près de lui et qu'on tentait de te déplacer, tu hurlais à la mort. C'était craquant. C'est en grandissant que vous avez commencé à vous friter pour de vrai. Ry est pourtant un garçon gracieux de nature. Je n'ai jamais très bien compris pourquoi vous vous hérissiez tant mutuellement, vous êtes toujours sur la défensive l'un avec l'autre. Ta mère dit que c'est parce que tu lui rappelles trop sa sœur, mais je ne suis pas convaincu.

Évidemment, la vraie raison était ailleurs. Mais je n'allais pas lui avouer à quel point Ry et moi nous connaissions par cœur. Ni qu'en grandissant, ce n'était plus seulement dormir que l'on faisait dans le même lit. J'imaginais très bien l'expression d'horreur qui se peindrait sur son visage, et à quelle vitesse il irait trouver Ry pour lui toucher deux mots. Il l'avait dit lui-même : pour lui, j'étais seulement en passe de devenir adulte. Dans sa tête, j'étais encore une petite fille.

— Certaines personnes ne sont simplement pas faites pour s'entendre. On n'était pas destinés à devenir aussi amis que maman et toi pouvez l'être avec les Archer, c'est tout.

Claquant la langue, il se saisit du casque que j'avais reposé. Je le laissai me le replacer sur la tête avec un demi-sourire. Il le maintint écarté, le temps de m'étudier un peu plus longuement.

— C'est marrant, le destin. Tu penses que tu sais ce que l'avenir te réserve, et, BAM ! surgie de nulle part, la surprise de ta vie te tombe dessus. Parfois, cette surprise se trouve être la meilleure chose qui puisse t'arriver. Parfois, c'est juste une merde sans nom. Si tu veux, tu peux m'envoyer l'enregistrement d'une de vos répètes. Je serais ravi d'y jeter une oreille et de te dire ce que j'en pense.

Je secouai la tête entre les deux écouteurs.

— Certainement pas. Je veux que tu nous entendes en *live*.

Je n'avais jamais aimé lui faire écouter mes morceaux tant que je n'étais pas cent pour cent satisfaite. J'avais trop peur qu'il me fasse des suggestions, et de me sentir obligée de les suivre, non seulement parce qu'il était mon père, mais parce qu'il faisait partie des musiciens que j'admirais à mort. Je refusais de perdre de vue qui j'étais dans mes efforts pour devenir une artiste dont il serait fier.

Il laissa retomber le casque sur mes oreilles, puis se leva et vint me planter un léger baiser sur le crâne. Comme je ne l'entendais plus, il me mima une fourchette allant de l'assiette à sa bouche, rappel silencieux de traîner Ry à la maison pour un dîner avec ma mère.

Opinant du chef, je retournai à ma console.

Comme toujours, je me sentais mieux après cette petite discussion avec mon père. Pourtant, au milieu de tous les conseils et les encouragements qu'il m'avait prodigués, il y avait une phrase qui m'avait davantage marquée.

Sauf si tu es sûre qu'il n'a que ton intérêt à cœur…

L'avis de Ry n'aurait pas dû tant m'importer ; il n'y connaissait strictement rien, en matière de musique. Je n'avais pas pour habitude de m'attarder sur les commentaires qui ne me plaisaient pas, concernant mes compositions. J'avais développé une estime de moi-même en téflon. Mon père avait fait en sorte que je sois blindée, avant de me produire sur scène.

Mais, d'un autre côté, je savais que Ry ne me ferait aucune remarque blessante gratuitement. La vérité pique toujours bien plus venant d'une personne pour qui on compte vraiment.

Je ne savais que penser de cette révélation, ni du fait que je me surprenais toutes les deux minutes à me porter les doigts aux lèvres, me remémorant ce que j'avais ressenti en l'embrassant après toutes ces années.

C'était si bon.

Bien trop bon pour ma tranquillité d'esprit.

8

Ry

Il faisait froid dans cette patinoire, mais pas plus que n'importe quel soir d'automne dans le Colorado, au fond. Cela ne m'empêchait pas de me frotter les mains pour réchauffer mes doigts engourdis. J'avais été surpris que l'ami et partenaire en affaires de mon père, Rowdy St. James, passe sans sa fille Glory, l'autre jour. Aujourd'hui, je la revoyais pour la première fois depuis plus d'un an. En termes d'âge, elle se situait entre Daire et Bowe, et puisqu'elle avait fréquenté la même école que nous avant que sa famille ne déménage pour le Texas, je l'avais toujours considérée comme une deuxième petite sœur. Ma petite sœur de cœur. C'était avec elle que j'avais le plus en commun, sachant que nous pratiquions tous les deux le sport à haut niveau. Elle n'était sans doute pas aussi perfectionniste que moi, mais c'était peut-être dû au fait qu'elle soit déjà parmi les meilleures dans sa discipline. Moi, je me battais encore pour y arriver. Et elle ne semblait nourrir aucun doute quant à ce qu'elle visait et tout ce qu'elle avait sacrifié pour en arriver là.

À cet instant, je ne pouvais pas en dire autant.

— Tu es sûre que tu ne peux pas te libérer pour venir au

concert de Bowe avec moi ? Je pense qu'elle apprécierait qu'on vienne en force pour la soutenir.

Je pris la bouteille qu'elle me tendait, puis la regardai rejeter sa longue tresse noire par-dessus son épaule. Glory était un parfait mélange de ses parents. Sa mère était latino-américaine, tandis que son père avait tout du beau gosse blanc américain classique, tant qu'on fermait les yeux sur son abondance de tatouages et son style rétro particulier. Glory avait les cheveux bruns et la peau dorée. Elle était menue, comme la plupart des patineuses artistiques, mais ne manquait pas pour autant de formes. Ses yeux présentaient un mélange curieux de bleu-vert et de marron profond que beaucoup aurait décrit comme « noisette », mais le qualificatif était à mon avis loin de leur rendre justice. Dotée d'un sens de l'humour plutôt cynique, elle ne prêtait pas toujours beaucoup attention à ce qui se passait autour d'elle. Elle était si focalisée sur sa carrière de championne du monde et de médaillée d'or qu'elle en oubliait parfois d'être une jeune femme. Souvent, elle paraissait bien plus vieille que son âge et elle n'avait pas la moindre idée du nombre de cœurs brisés qu'elle laissait dans son sillage.

Il était sans doute bon que son petit frère soit son exact opposé. Un peu comme avec Daire et moi. Elio était le petit rigolo du groupe. Il ne prenait rien très au sérieux, et considérait que tout et tout le monde pouvait être sujet aux blagues et aux tours pendables. J'étais trop vieux pour que l'on se soit croisés à l'école, mais Daire, qui n'était qu'une classe au-dessus de lui, avait souvent râlé de ses âneries. Elle aimait à faire croire qu'il la gonflait au plus haut point, mais, de nous tous, c'était elle qui avait été le plus affectée quand les St. James étaient partis pour le Texas, et elle encore qui était la plus heureuse chaque fois que Rowdy trouvait un prétexte pour remonter à Denver avec sa petite famille.

Glory fit courir ses ongles pailletés sur le rebord du banc dur où nous nous étions assis, sur le bord de la patinoire. Je lui avais envoyé un message pour la prévenir que j'étais en ville, après que son père m'avait fait savoir qu'elle s'entraînait pour une grosse compète. Lui ne l'avait pas vue depuis deux semaines, alors si je voulais passer un moment avec elle avant de repartir, il allait falloir que je la retrouve à son entraînement. Il était de toute évidence très fier, mais semblait aussi craindre qu'elle ne se donne trop. Mon père disait la même chose de moi.

Le regret dans sa voix semblait sincère quand elle me répondit enfin.

— Impossible. Je dois filer mon programme complet tous les soirs sans exception, ces deux prochaines semaines. Une de mes pirouettes me donne du fil à retordre et je dois m'assurer de la passer, sans quoi je suis foutue. J'ai quand même pris le temps d'aller assister à l'une de ses répétitions quand elle me l'a demandé. Je lui ai dit que le groupe était super et qu'elle allait faire un carton. En revanche, je suis rentrée chez moi à 3 heures du matin. Sachant que je me lève à 5 heures pour aller faire un peu de renforcement musculaire avant l'entraînement, j'ai cru crever, le lendemain, fit-elle en jouant avec sa bouteille d'eau. Elle m'a semblé nerveuse. Je sais à quel point ce concert compte pour elle, mais j'ai trouvé ça bizarre. Elle qui est toujours si confiante. Elle n'a jamais douté qu'elle deviendrait une star. Elle en est peut-être même plus persuadée que je ne le suis de me qualifier un jour pour les Jeux.

Faisant craquer le plastique entre mes paumes, je contemplai la surface lisse de la glace

— Elle a confiance en elle et en ses capacités. Mais je me demande si, en son for intérieur, elle croit autant en son groupe. C'est pour ça que j'espérais que tu pourrais répondre présente.

Glory émit un petit « hum », puis concentra son regard sur moi.

— Je ne sais pas si tu t'en rends compte, mais depuis le temps que nous sommes amis, tu ne m'as jamais demandé, ni à moi ni aux autres, d'ailleurs, de venir t'encourager lors d'un match. Que ce soit au lycée, ou lorsque tu as participé à ce match de championnat l'année dernière. En revanche, chaque fois que c'était possible, tu t'es débrouillé pour venir me voir patiner. Et je sais que tu as assisté à plus de matchs de foot de Zowen qu'il n'en a vu des tiens. Et, là, tu t'efforces de rallier les troupes pour t'assurer que Bowe ne monte pas sur scène sans soutien. Tu t'es déjà demandé pourquoi tu t'inquiètes davantage des autres que de toi-même ?

L'indignation manqua de me faire lâcher la bouteille d'eau vide.

— On est potes. On a tous grandi ensemble. On se connaît mieux que quiconque. C'est normal qu'on se soutienne mutuellement, non ? C'est pas ce que font les amis ?

— Évidemment. Mais est-ce qu'on doit le faire au détriment de nos propres priorités et besoins ? Combien de fois Aston est-elle venue te voir jouer, Ry ? Elle a été ta petite copine pendant deux ans. Tu lui as offert tout ce qu'elle pouvait attendre d'un mec. Qu'est-ce qu'elle t'a donné en retour pendant cette période ? lança-t-elle en fronçant le nez, faisant danser les adorables taches de rousseur qui y avaient élu résidence. Qui est là pour te soutenir lorsque c'est ton tour d'en avoir besoin ?

Je compressai ma bouteille jusqu'à ce qu'elle ne forme plus qu'un petit cube, sur lequel se refermèrent mes doigts dont les jointures blanchirent.

— Donc tu as su qu'Aston et moi avions rompu ? Les nouvelles vont vite. C'est ma sœur qui te l'a dit ?

D'un mouvement de tête qui fit glisser ses cheveux noirs derrière son épaule, elle me signifia que non.

— C'est Royce qui m'a appelée. Il m'a demandé de prendre de tes nouvelles, puisqu'il avait appris que tu étais à Austin. Je lui ai dit que je n'avais pas le temps, mais je savais que Bowe saurait prendre soin de toi. Comme toujours.

Elle plongea ses extraordinaires yeux marron et bleu-vert dans les miens.

— Je n'ai jamais compris ce que toi et Aston faisiez ensemble. Je ne me suis d'ailleurs pas gênée pour lui faire la remarque quand vous avez commencé à sortir tous les deux. Mais aucun d'entre vous n'a voulu tenir compte des avertissements.

— Qu'est-ce que tu racontes ? grondai-je. Tout le monde trouvait que nous étions un couple parfait.

Moi le premier.

— Justement. Toi et Aston êtes trop bien assortis. Se mettre en couple, choisir de donner de son temps et son énergie à une personne, de lui faire une place dans sa vie, c'est aussi espérer qu'elle nous rende meilleurs, qu'elle nous apporte quelque chose que l'on n'a pas déjà. Toi et Aston, vous êtes tellement pareils, c'était comme vous contempler dans un miroir… Vous n'aviez rien à apprendre l'un de l'autre. Avant que tu ne lui proposes de sortir avec toi, aucun de vous deux n'avait jamais montré de signes d'intérêt pour l'autre. Et du jour au lendemain, BAM !

vous étiez amoureux et planifiiez tout un avenir, complètement fou et irréaliste, ensemble. C'était un peu curieux, mais tout le monde a un grand respect pour toi et croit que tu as toutes les réponses, alors personne n'a vraiment remis ça en question. Il aurait peut-être fallu.

Elle pencha la tête de côté et me gratifia d'un regard entendu.

— Tu t'es toujours demandé pourquoi Daire et ton père se ressemblent autant, et ce qui fait que tu as du mal à créer du lien avec lui. Peut-être est-ce parce que tu tiens tellement de ta mère. À en croire la mienne, tes parents ne pourraient pas être plus différents l'un de l'autre. Ton père se fiche royalement de ce que les autres peuvent bien penser. En revanche, quand elle avait ton âge, ta mère avait tendance à faire des pieds et des mains pour contenter les autres, y compris ceux qui le méritaient le moins. Il se pourrait bien que tu te cherches dans l'ombre du mauvais parent.

Je plantai un index taquin au milieu de son front, et lui repoussai doucement la tête.

— Depuis quand est-ce que tu es experte en matière d'amour et de couple ? La seule relation sérieuse que tu aies jamais eue, c'est avec tes patins à glace.

Il m'était plus facile de la charrier que d'admettre qu'elle avait peut-être mis le doigt sur la raison qui faisait je restais perdu, en dépit de tous les efforts que je déployais pour évoluer.

Glory haussa une épaule élégante. Chez elle, même ce geste nonchalant semblait gracieux et fluide.

— Je suis attentive. Quand on doit jauger ses adversaires, prendre la mesure de leurs forces et leurs faiblesses, on apprend à étudier les gens. Et puis bon, tu sais que je ne suis pas forcément à l'aise avec les personnes de mon âge. Les interactions, ce n'est pas trop mon fort, alors j'observe et j'enregistre. Je tente de reproduire ce qui passe pour la réaction correcte en fonction chaque situation. Il faut aussi dire qu'Aston vient volontiers se confier à moi, quand elle est triste. Sans doute parce que je n'ai pas grand-chose à lui répondre. J'étais au courant qu'elle traversait une période difficile avant que vous ne vous sépariez, tous les deux. Elle semblait attendre que quelqu'un lui donne la permission de rompre avec toi. Du coup je lui ai dit qu'elle n'avait qu'à le faire. Elle ne rendait service à personne en s'imposant de poursuivre une relation qui ne la rendait pas heureuse.

Laissant tomber sa bouteille d'eau pour entrelacer les mains, elle détourna le regard et reprit :

— Je peux me tromper, mais je pense que si vous prenez un jour le temps d'avoir une réelle discussion sur les raisons qui vous ont poussés à vous mettre en couple, et celles qui ont mené à votre rupture, vous allez vous rendre compte que vous avez tous les deux des sentiments pour quelqu'un d'autre, et que les deux personnes que vous vous escrimiez désespérément à faire fonctionner en tant que couple n'avaient rien à voir avec qui vous êtes réellement.

Je rejetai le torse en arrière, comme si ses mots m'avaient percuté de plein fouet

— Qu'est-ce que tu racontes ?

Bien sûr, il y avait eu d'autres filles avant Aston. Mais aucune qui ne compte vraiment. Enfin… à l'exception de Bowe. À présent encore, elle semblait occuper la place la plus importante à mes yeux. J'aurais sans doute dû essayer de comprendre pourquoi avant ce jour.

Glory lissa sa longue tresse avec un soupir.

— Pardon. C'était malpoli. Tu me connais, parfois, je parle sans réfléchir. Tout ce que je veux dire, c'est que ce n'est pas pour rien que tu es venu à Austin dès que tu t'es retrouvé célibataire. De même que si Aston ressent le besoin de quitter Denver, ce n'est pas sans raison. Sachant que ton premier réflexe a été de te ruer vers une autre personne qu'elle, ajouta-t-elle en me posant une main sur l'épaule, tu trouverais vraiment si inenvisageable qu'elle soit en train de fuir quelqu'un d'autre que toi ?

J'étais ébahi.

— Qui ?

C'était arrogant de penser en ces termes, mais je savais que j'étais le meilleur. Qui pouvait bien être plus parfait que moi ? Personne. Si ?

Glory haussa de nouveau les épaules, puis se leva et me tendit sa petite main.

— Disons que, pour ton équilibre, tu as eu envie de la compagnie d'une fille radicalement différente de toi. Si Aston se débat avec le même genre de sentiments contradictoires, qui d'après toi représente tout son opposé ? Qui serait la dernière personne dont elle accepterait de tomber amoureuse parce qu'elle se dit que c'est tout sauf logique, sur le papier ?

Je me laissai entraîner au bas des gradins, tournant et retournant ses paroles dans ma tête. La question n'était pas si simple. Était-elle en train d'évoquer un inconnu ou une personne plus proche ? Dans l'hypothèse où Aston aurait développé des sentiments pour quelqu'un d'extérieur à notre cercle, aurait-elle jugé nécessaire de prendre une décision aussi drastique qu'un déménagement en Californie ? C'était peu probable. Si son cœur avait vagabondé, il n'était pas allé bien loin.

— Enfile une paire de patins, que je te tourne un peu autour, m'intima Glory, qui me tirait sur le bras à grandes saccades. Ma pause va bientôt se terminer. Allez, ça va être marrant.

— Ton père m'a foutu à terre l'autre jour quand on est allés se faire quelques passes, grognai-je en récupérant ma main. Je doute que mon coccyx survive à une nouvelle chute de ce genre.

Je devais rentrer en un seul morceau et à peu près en forme pour l'entraînement d'été, ou les coachs risquaient de me souffler dans les bronches. Ils l'avaient déjà mauvaise que je les aie laissés tomber pour le camp préparatoire sans les prévenir.

— Je ne suis pas hockeyeur, je te rappelle.

Avec un petit rire, elle retira ses protège-lames.

— Papa m'a dit qu'il était cassé lui aussi, quand je lui ai parlé hier. Visiblement, vous ne vous êtes pas fait de cadeaux ! Je vais retourner sur la glace. J'ai envie de te dire que j'essayerai de dégager du temps pour toi avant que tu ne repartes, mais ce serait mentir. Je n'ai pas une minute à moi. En revanche, compte sur moi pour appeler Bowe et lui souhaiter bonne chance pour le concert. C'est quand déjà ?

Blasé, je la laissai prendre appui sur mon bras alors qu'elle jetait les protections dans un coin et se dirigeait vers le portillon de la patinoire.

— Ce soir.

— Oh ! fit-elle, surprise. Dans ce cas, je l'appellerai plutôt demain, pour savoir comment ça s'est passé.

Elle se retourna pour me serrer dans ses bras avant de retourner patiner.

— Prends soin de toi, Ry. Ou, mieux encore, trouve-toi quelqu'un qui s'en chargera. Tu le mérites.

À peine l'avais-je lâchée qu'elle s'éloigna avec toute la légèreté d'une créature éthérée d'un autre monde. Je la regardai évoluer sur la glace durant quelques minutes, puis ressortis sous l'écrasant soleil texan. J'envoyai un message à Bowe pour savoir si elle voulait que je nous prenne à manger sur le chemin du retour. Elle me répondit qu'elle était en plein dans la dernière répétition avant le concert de ce soir, et me rappela que j'étais sur la *guest list* et n'avais par conséquent pas à acheter de billet pour entrer. Avaient-ils besoin de bras avant l'heure dite pour transporter le matériel ? Non, apparemment, ils géraient.

Désœuvré pour les heures à venir, l'esprit embrouillé, je conduisis un temps sans but, m'efforçant d'élucider l'énigme que Glory m'avait laissé tomber sur les genoux.

Quand elle disait que ma relation avec Aston était sortie de nulle part, elle n'avait pas tort. Entre nous, ce n'avait jamais été une question de sentiments lentement accumulés et devenus impossibles à nier. Son frère et moi étions amis, elle traînait toujours avec Daire… bref elle faisait partie du paysage. Je ne me rappelais pas à quel moment j'avais commencé à la regarder autrement que comme une chouette gamine. Il m'avait surtout semblé qu'après l'implosion de ma relation avec Bowe, qui avait tiré un trait sur moi sans le moindre remords, je m'étais convaincu que, ce qu'il me fallait, c'était son exact opposé. Une personne calme. Rationnelle. Quelqu'un dont la présence, ou pire : l'absence, ne me donnerait pas l'impression de devenir fou. Aux côtés d'Aston, ma vie était simple, et je commençais tout juste à comprendre pourquoi c'était sans doute plus problématique que je ne me le serais jamais imaginé.

De retour chez Bowe, je pris une douche et me changeai. Même si j'avais eu accès à l'intégralité de ma garde-robe, je n'étais pas sûr de posséder une tenue adéquate pour un concert de rock indé. Alors, avec les options limitées dont je disposais à cet instant, il y avait fort à parier que je peinerais à me fondre dans la foule. Je fis toutefois de mon mieux pour avoir l'air présentable et ne pas faire honte à Bowe, puisqu'elle avait eu l'amabilité de faire inscrire mon nom sur la liste des invités. Une petite attention qui m'avait étonnamment touché. Jusque-là, j'avais rarement eu à me donner beaucoup de mal pour avoir l'air de quelque chose. Mon visage faisait le travail pour moi. Pourtant, pour cette occasion, j'estimais devoir faire un peu plus d'efforts qu'un simple type qui va soutenir son amie.

Si on m'avait demandé *pourquoi*, je me serais trouvé bien incapable de l'expliquer, en revanche.

Le parking de la salle de concert était bondé. Bowe m'avait appris qu'Austin abritait plus de scènes que n'importe quelle autre ville des États-Unis. D'après elle, cette salle-ci, de taille moyenne, attirait moins les amateurs de vie nocturne qu'un public de tous âges. Logique, puisque Bowe et sa claviériste avaient à peine la vingtaine. D'ailleurs, comment cela fonctionnait-il quand un groupe se produisant dans les bars et les boîtes de nuit comprenait des membres n'ayant pas l'âge légal pour consommer de l'alcool ? Ce détail technique ne préoccupait sans doute pas Bowe outre mesure. Jusque-là, elle n'avait jamais été du genre à se laisser dicter ce qu'elle avait le droit de faire ou non, ni où elle était autorisée à poursuivre ses rêves.

Une queue principalement composée de jeunes étudiants s'étirait déjà devant le bâtiment de plain-pied en briques. Ils entraient au compte-gouttes par une double porte métallique aux allures d'ancienne porte de grange, à mesure que deux armoires à glace plus âgées et très tatouées scannaient leurs téléphones et vérifiaient leurs cartes d'identité.

Je fis le tour du bâtiment, jusqu'à tomber sur une autre porte, à l'arrière, dans une allée réservée aux groupes et au personnel. Bowe m'avait indiqué qu'une personne armée de la liste des proches admis backstage m'y attendrait et me ferait entrer pour m'éviter la queue.

Je dus patienter derrière un groupe de jeunes filles surexcitées et deux motards avant de pouvoir à mon tour donner mon nom et me glisser à l'intérieur. Une cacophonie de musique forte et d'éclats de voix enthousiastes résonnait déjà. Après avoir traversé un couloir dérobé plongé dans l'obscurité, j'émergeai dans l'espace ouvert où une foule commençait à s'assembler. Je scrutai les visages, au cas où j'apercevrais le père de Bowe, que j'entendais bien saluer si jamais nous nous croisions. Ma mère m'a envoyé plus d'un message pour me rappeler de rendre visite aux parents de Bowe avant de rentrer à Denver. J'avais hâte de les revoir, seulement, j'avais peur que la situation soit un peu tendue, vu que je séjournais chez leur fille. À moins que ce ne soit bizarre que dans ma tête ? Après tout, j'étais le seul à savoir que mes intentions envers leur aînée n'avaient pas toujours été pures et innocentes.

Ne voyant Jet nulle part, je me trouvai une place près d'un mur, avec une bonne vue sur la scène, qui n'était pas très grande. Il y avait là une table de bar haute, sur laquelle je pus m'appuyer. Si Jet était là, il faisait probablement profil bas. Il n'était plus aussi célèbre que lorsqu'il avait mon âge, mais il avait encore une certaine renommée, surtout dans le milieu musical local. Le connaissant, il ne voulait pas voler la vedette à Bowe, ou la rendre encore plus anxieuse qu'elle ne l'était déjà. Je devrais attendre la fin du concert pour le trouver, s'il ne me rejoignait pas avant.

J'esquivai la compagnie d'une poignée de jeunes gens, puis dus subir un échange embarrassant avec un homme d'âge moyen qui portait un T-shirt des Texas Longhorns et était persuadé de me reconnaître. Il me demanda si je faisais partie d'une équipe de football universitaire locale et eut l'air déçu quand je lui répondis que non. Il cherchait visiblement à engager une conversation axée sur le sport mais, par chance, les lumières tamisées commençaient à s'éteindre : Bowe et le reste du groupe montaient sur scène.

L'homme s'éloigna, se mêlant au reste du public tandis que Bowe et Nyle prenaient place derrière leurs micros respectifs. Bowe était superbe. Parfaitement lissés, ses cheveux noir et violet lui tombaient autour des épaules. Elle portait un mini-short à imprimé camouflage sur une paire de bas résille déchirés. Les bottes lacées jusqu'aux genoux étaient de retour à ses pieds, et elle avait enfilé un débardeur élimé avec le logo du groupe de son père. Je trouvais cette petite touche adorable, et tellement typique… Le haut, qu'elle avait noué à la taille, glissait de son épaule, dévoilant sa jolie peau dorée, mais aussi une bonne partie du soutien-gorge noir à clous qu'elle portait dessous. Ce n'était pas un look que j'aurais trouvé sexy sur qui que ce soit d'autre, mais sur elle, tout fonctionnait, et j'étais incapable de détacher les yeux d'elle.

Elle adressa un sourire à l'assemblée devant elle alors qu'elle ajustait sa guitare. Elle était nerveuse, je le voyais à sa manière de s'accrocher au manche de l'instrument. Lorsqu'elle prit une inspiration dans le micro, le son résonna dans toute la salle. Bowe eut un petit rire, si mignon et contagieux que toute la foule s'esclaffa avec elle.

— Bonsoir, tout le monde. Merci d'être venus nous écouter jouer, ce soir. Je pense parler au nom de tout le groupe en disant que nous sommes de grands fans de Cathouse Hotel. Autant vous dire qu'on était sur un petit nuage quand ils nous ont demandé de faire leur première partie. Ce concert va être énorme. Nous sommes Wayward Victory, et c'est un honneur pour nous de vous jouer quelques morceaux.

— T'es sexy, meuf !

Le compliment fusa du public et fut très vite repris en chœur. Bowe ne se départit pas de son sourire, mais elle s'était crispée au point que, malgré la distance qui nous séparait, j'avais vu ses articulations virer au blanc.

Choisissant de ne pas répondre, elle tourna la tête vers son batteur qui lança immédiatement son décompte. Un instant plus tard, l'une des chansons qu'ils avaient jouées devant moi dans le local de répétition emplissait la salle. Ce soir, ils la maîtrisaient beaucoup mieux, et tous autour de moi bougeaient bientôt la tête en rythme. Quelques gars visiblement tout droit sortis d'une fraternité et qui n'étaient manifestement là que pour les têtes d'affiche, ne cessaient d'interpeller Bowe à coups de grossièretés, mais sinon tout le monde semblait vraiment apprécier leur set. À la fin de la deuxième chanson, Bowe s'était détendue et avait trouvé son flow. Elle avait l'air on ne peut plus à l'aise sur scène et, à la fin du concert, l'intégralité du public était sous le charme. Une fille de quelque part au pied de la scène hurla :

— Veux-tu m'épouser ? !

Cette fois, un franc sourire aux lèvres, Bowe répondit qu'elle y réfléchirait. Elle remercia de nouveau la foule et les Cathouse Hotel, et je la surpris à balayer la salle des yeux. J'ignorai si c'était moi ou son père qu'elle cherchait, toutefois, quand nos regards se croisèrent, son expression se mua en un sourire en coin : elle m'avait repéré.

J'étais fier d'elle. C'était génial de la voir commencer à vivre ses rêves. Pourtant, si elle devait me reposer la question, je lui dirais la même chose que lors de la répétition. Elle était bien meilleure que les trois autres membres de son groupe réunis. Elle avait subjugué tout le monde. Et si tous les yeux avaient été rivés sur elle, ce n'était pas seulement parce qu'elle était la chanteuse principale. Elle dégageait quelque chose d'envoûtant. Sa voix était légère et aérienne, si ce n'était ce petit côté rocailleux qui la rendait si unique. Il était évident que ses trois camarades n'étaient là que pour la forme. C'était elle qui portait chacune de ces chansons, et on ne m'enlèverait pas de l'idée que celles-ci sonneraient mieux si elle les jouait seule.

Je me frayai un chemin à travers le public qui avait doublé de taille pour le concert principal. Mon but était de regagner les coulisses pour pouvoir parler à Bowe avant que le groupe vedette ne commence à jouer. Elle allait sans doute vouloir rester pour les regarder, mais, pour ma part, la soirée était terminée. J'étais encore sous le choc de ma conversation avec Glory et j'avais décidé de rentrer une fois que Bowe aurait fini de jouer. J'avais beaucoup trop de choses en tête pour supporter plus longtemps la cohue et le bruit de la foule.

Je n'eus pas le temps de rejoindre les backstages.

Comme j'arrivais au niveau du couloir caché derrière un lourd rideau de velours rouge, à présent gardé par un videur, je vis Bowe passer la tête entre les deux pans de tissu. Ses yeux s'arrondirent en m'apercevant. Elle tapa sur l'épaule du gorille et lui glissa un mot à l'oreille. L'homme ne fit aucune histoire pour me laisser passer. Je n'eus pas le temps de la féliciter ni de lui demander ce qu'elle faisait là, elle m'agrippa fermement le poignet et m'entraîna dehors.

— Où est-ce que t'es garé ? gronda-t-elle presque, la main tremblante.

— Euh… Quelques rues plus loin, sur un parking payant. Pourquoi ?

Je tentai de récupérer mon bras, mais Bowe ne me lâcha pas.

— Tu es si pressée que ça de partir ? Tu ne veux pas attendre d'avoir vu ton père ? Il va vouloir te dire que tu as été super ce soir.

Elle ne tourna même pas la tête.

— Je veux que tu me ramènes chez moi.

Fronçant les sourcils, je tirai un peu plus fort sur mon poignet.

— Aucun souci, mais je peux savoir pourquoi ? J'étais convaincu que tu resterais écouter le reste du concert.

— J'ai juste… Il faut que je me casse, OK ? Surtout avant de tomber sur mon père. J'ai besoin d'une distraction ou je vais exploser.

Enfin, elle leva la tête vers moi, ses longs cheveux caressant sensuellement ses épaules et ses bras.

— Je veux que tu me ramènes à la maison et qu'on fasse l'amour. Là, maintenant, je crois que c'est la seule chose qui me fera oublier ce qui s'est passé sur cette scène.

Je m'arrêtai net et tirai suffisamment fort le bras pour qu'elle n'ait pas d'autre choix que de se retourner et de me regarder. Ses mots avaient pratiquement fait bondir mon cœur hors de ma poitrine, et le sang occupé à irriguer mon cerveau s'était redirigé droit vers mon sexe à l'instant où les images et les souvenirs qu'ils évoquaient en moi étaient remontés.

— Il y a quelques jours à peine, tu m'en voulais de t'avoir embrassée. Et à présent tu veux qu'on couche ensemble ? Il va falloir m'expliquer, Bowe.

Je ne demandais rien de mieux que de la prendre au mot, mais quelque chose me disait que si j'acceptais son offre, elle recommencerait à me détester à la seconde où elle retrouverait ses esprits. J'avais réussi à arrondir un peu les angles avec elle depuis l'instant où je m'étais pointé chez elle à l'improviste, et je refusais de tout gâcher maintenant.

Elle esquissa un geste de la main, comme pour me toucher la joue, puis la laissa retomber à la dernière seconde, lâchant du même coup mon bras, comme s'il s'était soudain couvert d'épines.

— Si ça ne t'intéresse pas, je peux demander à quelqu'un d'autre. Des queues consentantes, on en trouve à tous les coins de rue.

À son menton plein de défi, à la flamme dans ses yeux, je devinai qu'elle était sérieuse. J'ignorais ce qui avait mal tourné ce soir, mais je la savais assez têtue et imprudente pour s'attirer des problèmes quand elle était aussi dans un tel état d'énervement.

Et, pour être parfaitement honnête, mon sang ne faisait qu'un tour à l'idée qu'elle chope le premier inconnu qui passe pour aller faire Dieu sait quoi avec lui, pour la simple raison qu'elle était contrariée.

Il n'y avait donc qu'une seule option valable.

— OK. Va pour le sexe. À condition que tu m'expliques pourquoi sur le chemin du retour, et interdiction de me rayer de nouveau de ta vie juste après.

Je me penchai pour mieux la regarder dans les yeux.

— Promets-le-moi, Bowe. Si on décide de jouer à ça, il ne faudra plus chercher à m'oublier.

Car c'était ce qui m'avait fait le plus mal, qu'elle cherche à effacer mon existence de sa mémoire. Plus que si elle m'avait détesté. Si elle m'avait détesté au moins, j'aurais su qu'elle pensait encore à moi.

Lentement, elle acquiesça. Cette fois, elle me prit par la main, et j'eus l'impression qu'on avançait enfin ensemble, plutôt que traînés de force l'un par l'autre.

Si le baiser de l'autre soir m'avait fait l'effet d'un bond vers le passé, ce geste me projetait dans le futur. Le genre de futur que je n'avais jamais osé imaginer parce qu'il me semblait aussi ridicule qu'inconcevable. Ce futur que j'avais foutu en l'air avant même d'avoir eu l'occasion de le mettre sur les rails, parce que la profondeur et l'intensité des sentiments que cette fille m'inspirait depuis le début m'avaient filé une trouille bleue.

Curieusement, j'avais l'impression de quelque chose de totalement nouveau, détaché de tout ce qui s'était passé avant.

C'était comme une chance de tout reprendre à zéro, de réparer toutes les erreurs qui avaient entravé notre chemin.

9

Bowe

J'étais tellement déçue.

Mon premier vrai concert. Mon premier vrai groupe. Ma première vraie scène, à chanter des chansons que j'avais écrites, auxquelles j'avais insufflé la vie. La première fois que je me produisais devant mon père en tant que véritable musicienne… et rien de tout ça n'avait été à la hauteur de mes attentes démesurées.

J'avais l'impression d'avoir enfin concrétisé le rêve que je cherchais à matérialiser depuis l'enfance, pour le voir s'évaporer dès que je l'avais touché du doigt.

Le problème n'était pas le public, ni la prestation du groupe. Ce n'était pas non plus notre son, ni la réponse aux morceaux que l'on avait joués.

Ce qui m'avait sciée, m'avait comprimé la poitrine à m'en couper le souffle et m'avait fait buter plus d'une fois sur mes paroles ou mes accords, c'était précisément ce que Ry avait pointé du doigt. Mes chansons sonnaient faux. Jouées par le reste du groupe, elles semblaient totalement perdre leur substance. Comme si quelqu'un d'autre parlait pour moi et tentait de raconter mon histoire. Je me faisais l'effet d'une hypocrite. Je me sentais lâche. Et j'avais le sentiment d'être vidée de l'intérieur ; tout ce que j'avais toujours voulu était désormais à portée de main, mais je savais au fond de moi que je n'oserais jamais le saisir.

J'appuyai la tête contre la fenêtre passager avec un soupir et inclinai la grille de ventilation de manière que de l'air frais m'arrive directement dans les yeux. Avec un peu de chance, le souffle suffirait à tenir à distance les larmes que je sentais poindre.

— Je t'ai dit que j'étais artiste, que jouer de la musique n'est pas simplement ce que je fais, c'est avant tout ce que je suis, mais je crois que c'était un mensonge. Il se pourrait bien que je sois aussi paumée que toi, Archer.

Parce qu'une vraie musicienne n'aurait pas attendu qu'on lui en fasse la remarque pour se rendre compte que si elle tenait tant à faire partie d'un groupe, si elle acceptait sans broncher de laisser quelqu'un d'autre jouer ses chansons n'importe comment, c'était uniquement par volonté de marcher dans les traces de son père. Ce n'était pas mon rêve que je poursuivais avec tant d'ardeur… c'était le sien.

Ry demeura silencieux un long moment. Essayait-il de trouver les mots pour me réconforter, ou plutôt un argument imparable pour revenir sur sa promesse de coucher avec moi une fois qu'on serait rentrés ?

À peine sortie de scène, et malgré les félicitations et l'euphorie palpable tout autour de moi, j'avais été assaillie par la désillusion, une écrasante déception. Je m'en voulais tellement de m'être à ce point fourvoyée. Le pire, c'était que j'avais fait cette erreur devant les deux seules personnes à qui je voulais à tout prix dissimuler mes faiblesses. Tout ce que je voulais, à cet instant c'était une distraction, n'importe laquelle, qui me permette d'étouffer le sentiment d'échec cuisant qui emplissait mon cœur et mettait mon âme à nu. J'avais été incapable de croiser le regard du reste de mon groupe, et trop gênée pour rester observer les *vrais* artistes – ceux qui savaient ce qu'ils faisaient – à l'œuvre.

Pour m'extraire de la spirale d'angoisse et de honte dans laquelle je me sentais m'enfoncer, j'avais besoin d'un shoot d'endorphine au moins aussi puissant que celui procuré par le feu des projecteurs. Quand j'avais affirmé à Ry que je coucherais avec le premier mec qui voudrait bien de moi si lui n'était pas partant, c'était du bluff.

Lui seul était capable de me faire oublier tout ce que je ressentais, tout ce à quoi je pensais, au point qu'il n'y ait plus que lui. Il était le seul à pouvoir m'envahir ainsi l'esprit, à faire réagir mon corps à mon cœur défendant.

Jamais personne d'autre n'avait pu rediriger mon attention sur autre chose que mon désir de faire de la musique. Quand il me touchait, quand il m'embrassait, quand son corps ondulait sur et sous le mien, ce n'étaient pas des paroles ni de belles mélodies qui m'inondaient le cerveau et faisaient chanter mon sang.

C'était lui.

Depuis le début.

— Tous les petits concerts que tu as donnés avant celui-ci, le temps que tu as passé à répéter, ton énorme investissement émotionnel pour en arriver là, c'est la marque des musiciens, Bowe. Être musicienne, ce n'est pas seulement monter sur scène. Ce n'est pas seulement jouer d'un instrument et écrire des chansons. Ce qui fait une musicienne, ce sont tous les efforts et les étapes qui te mènent au point où tu mérites ta place sous les projecteurs. C'est pareil quand on est sportif. Les matchs, ou même les victoires, c'est la partie émergée de l'iceberg. Mais on n'arrive pas sur le terrain par hasard. Et une fois qu'on y est, peu importe que l'on gagne ou que l'on perde, ce qui compte, c'est le travail qu'on a fourni pour en arriver là. Ce travail, il ne compte pas pour du beurre. Et perdre un match n'a jamais fait de personne un moins bon athlète.

Étonnamment, l'analogie allégeait un peu le poids que j'avais sur le cœur. Soupirant de nouveau, je penchai la tête pour considérer le profil de Ry. Comme son corps, celui-ci approchait la perfection, si ce n'était la légère bosse qui marquait l'arête de son nez. Il se l'était cassé, plus jeune, et même pas sur le terrain de football, en fait. Cherchant à défendre Daire, il s'était mangé un coup de poing.

Le muscle qui tressaillait le long de sa mâchoire me donnait à penser qu'il hésitait encore à accepter ma proposition. Je ne pouvais pas lui en vouloir. La dernière fois qu'on avait fait des choses de ce genre, j'avais pris mes cliques et mes claques puis l'avais ignoré pendant des années. J'avais dû me protéger. Donner à mon cœur le temps de se remettre des coups qu'il lui avait infligés. Je ne m'étais jamais doutée que la distance que j'avais mise entre nous l'affectait à ce point.

Je n'oublierais jamais la sensation de coup de poignard qui m'avait frappée en pleine poitrine quand il m'avait annoncé le lendemain matin qu'il doutait que nous soyons compatibles. J'étais trop jeune, trop têtue, trop vulnérable concernant ce garçon pour dépasser ces mots douloureux et accepter d'en discuter. Qui aurait aimé entendre qu'elle s'était offerte pour la première fois à quelqu'un qui s'en fichait ? pour qui ça ne revêtait pas du tout la même importance ? Ry et moi avions passé notre enfance à nous tourner autour comme deux loups affamés. Il était évident que nous finirions par nous blesser l'un l'autre, quitte à laisser des marques. Focalisée sur mes propres plaies, je n'avais jamais envisagé qu'il puisse lui aussi en garder des cicatrices.

Il était si vite passé à autre chose... Et, même si cette relation n'avait finalement pas duré, j'avais toujours le sentiment que la place que j'avais jusque-là occupée dans sa vie avait été trop rapidement remplie.

— Donc j'ai juste perdu un match de championnat, c'est ça que tu veux dire ? tentai-je, sur ce qui se voulait le ton de la plaisanterie.

Ry pouffa et jeta un coup d'œil dans ma direction. Même dans l'obscurité de l'habitacle ses yeux brillaient comme des opales.

— Non. Vois plutôt ça comme un match d'entraînement contre une équipe pro. Vous étiez là pour évaluer vos forces et vos faiblesses. Histoire de déterminer quelles mesures prendre pour être plus performants à la prochaine rencontre.

— Dans ce cas, il est possible que j'aie joué avec la mauvaise équipe.

J'adorais Joey en tant que personne, et j'appréciais le talent et l'enthousiasme de Driver à la batterie, mais, musicalement, ils n'étaient pas tout à fait à mon niveau. Nyle avait du talent, seulement, il était récemment devenu clair qu'il s'intéressait davantage à me mettre dans son lit qu'à faire de la bonne musique. Quand Ry m'assurait qu'ils avaient plus besoin de moi que je n'avais besoin d'eux, il n'avait pas tort. Je n'avais pas eu le cran de me lancer seule ; j'avais choisi de me cacher derrière un groupe dont je ne voulais pas vraiment faire partie et qui ne faisait rien pour se dépasser. J'avais cru que jouer mes chansons sur scène suffirait, qu'importe le résultat.

J'avais tort.

Ça me tuait de savoir que, la première fois que je les avais jouées pour de vrai, et pas seulement dans le cadre d'une répétition, elles n'avaient pas du tout donné ce que je voulais.

Avec un petit rire, Ry reporta son regard sur la route pour ne pas manquer la sortie qui nous ramènerait dans mon quartier.

— Que ce soit la victoire ou la défaite, ce n'est pas toujours une question d'équipe, ça peut être le fait d'un seul joueur. Il n'est pas rare qu'un joueur exceptionnel fasse un match.

Tandis qu'il se garait devant chez moi, je soufflai entre mes dents, contrariée. Il me soûlait à toujours parfaitement identifier la situation, pour ensuite la décomposer de manière à pouvoir faire des parallèles avec sa propre expérience. Moi, je m'étais toujours concentrée sur nos innombrables différences. Mieux valait croire que nous n'avions rien en commun, c'était plus sûr. Pourtant, ce soir, alors que je l'écoutais essayer d'appréhender mon expérience plutôt que d'enfoncer le clou en se vantant d'avoir eu raison, de m'avoir prévenue, je me rendais soudain compte que nous opérions sur des longueurs d'onde qui n'étaient peut-être pas si différentes.

— Je n'ai pas la moindre idée de ce que je fous.

Mais peu importe ce que j'allais décider, c'était quasiment garanti de décevoir beaucoup de gens.

Ma mère allait être furieuse que j'aie quitté la fac pour monter un groupe, pour finalement réaliser que ce n'était pas ce que je voulais. C'était comme si je tirais une croix sur mon avenir une deuxième fois.

Mon père allait être en colère parce que je n'avais pas voulu regarder les choses en face dès le début et que, trop occupée à essayer de l'imiter, j'en avais oublié d'être moi-même.

Les membres du groupe allaient m'en vouloir à mort, à juste titre, de mettre un terme à l'aventure alors que nous étions près de percer. Ce n'était pas seulement mon opportunité que j'étais sur le point de foutre en l'air, mais aussi la leur.

Ry tendit le bras, et je le sentis glisser les doigts dans mes cheveux. L'instant suivant, ceux-ci traçaient le contour de mon oreille, repoussant les longues mèches aux couleurs vives qui dissimulaient mon visage. Cette légère caresse fit danser un frisson le long de mon cou, et mon cœur manqua un battement.

— Comme ça, on est deux. Moi non plus je n'avais pas la moindre idée de ce que je faisais quand j'ai pris le volant et conduit jusqu'ici pour te voir. Je n'avais pas la moindre idée dece je faisais quand j'ai décidé de rester. Et je ne sais pas non plus pourquoi j'ai accepté de coucher à nouveau avec toi, alors que la dernière fois, ça a failli nous détruire. On pourrait croire que tout nous oppose, mais tous nos doutes, toutes nos certitudes absolues sont exactement les mêmes. Depuis toujours.

Il m'effleura la joue du pouce, puis vint toucher ma lèvre inférieure. Ma bouche s'entrouvrit sous l'effet de la surprise, et je dus lutter contre l'envie de poursuivre ce doux contact de ma langue.

— Et quelles certitudes absolues a-t-on, exactement ?

C'était une vraie question, car il me semblait qu'il ne devait pas y en avoir des masses.

Ry me gratifia d'un sourire et me prit par le menton. Dans l'impossibilité de détourner la tête, je n'avais d'autre choix que de soutenir son regard intense et brûlant.

— Celle que, même s'il nous arrive de vivre des journées difficiles, après la pluie vient le beau temps. Celle que rien n'arrive tout cuit, qu'il faut bosser, persévérer, et qu'une fois que l'on a obtenu ce que l'on veut, on se rend parfois compte que ça ne répond finalement pas à nos attentes.

Parlait-il de sa relation avec Aston ? Il enchaîna sans me laisser le temps de lui poser la question.

— Et puis, on sait aussi bien l'un que l'autre ce que c'est que de décevoir nos parents, surtout quand eux ont placé la barre aussi haut.

Il me comprenait mieux que la plupart des gens. Et il était peut-être la seule personne à même de saisir pourquoi j'étais si déçue après notre set de ce soir.

Il n'avait pas tort, mais n'était-ce pas la même chose pour la plupart des gens de notre âge ? Cette période délicate, où l'on bascule vers l'indépendance et où l'on tente de définir qui l'on est sans l'influence des personnes qui nous ont élevés, n'était simple pour personne. Il s'agissait à présent de nous forger notre propre expérience plutôt que de suivre l'exemple donné par nos parents et nos proches.

Ry releva doucement mon visage. Enroulant les doigts autour de son poignet, je fus surprise de sentir son pouls tambouriner furieusement. Il avait l'air si calme et posé, jamais je n'aurais cru que son cœur puisse battre aussi vite, voire plus, que le mien.

— On sait que ce ne sera jamais facile pour nous de se trouver seuls ensemble. Et que ce que nous ressentons l'un pour l'autre est bien plus compliqué que ce que quiconque pourrait imaginer. On sait que ce qu'on a démarré il y a des années ne s'est jamais conclu comme il aurait fallu parce que j'ai tout fait foirer. On est allés trop vite, et je t'ai fait du mal. Je crois que je n'avais pas compris à quel point jusqu'à récemment.

Soudain, il se décala, s'approchant plus près que je ne l'aurais voulu. Je n'avais plus aucun espoir de me soustraire à son regard ardent, à la chaleur qui se diffusait sous ma peau au contact de la sienne.

— On sait également tous les deux combien tu comptes pour moi

Alors que ses lèvres étaient sur le point de toucher les miennes, je ne pus me retenir de souffler :

— Non, ça, je n'en ai aucune idée.

Si j'étais si importante pour lui, comment se faisait-il qu'il m'ait remplacée aussi vite ?

Le sourire légèrement carnassier qui se dessina dans l'ombre aurait dû sérieusement m'alarmer. Au lieu de ça, j'en fus tout émoustillée. J'aimais un peu trop quand Ry laissait le petit monstre qui sommeillait en lui sortir une patte de sa cage.

— Ce n'est pas beau de mentir comme ça, Bowe. Ne fais pas semblant de ne pas savoir ce que tu représentes à mes yeux.

J'étais à deux doigts de lui demander comment il pouvait me sortir des conneries pareilles sans rougir. Il devait se douter que ce n'avait pas été hyper agréable d'apprendre qu'il s'était précipité sur Aston quasiment à l'instant où j'avais libéré la place.

Enfin bon, ce n'était pas le moment de lui faire l'inventaire de mes vieux griefs ni de tenter de mettre les choses au clair.

Non. Ce soir, je voulais simplement qu'il fasse en sorte que je me sente aussi importante qu'il prétendait me trouver. La distraction, le néant bienvenu dont j'avais un besoin si impérieux, je savais ne pouvoir les trouver qu'entre les bras du garçon assis à côté de moi. Il était à la fois ma seule échappatoire, et la seule personne à qui j'avais toujours voulu échapper. Ry Archer me mettait dans tous mes états ; face à lui, je ne savais plus où j'en étais, c'est pourquoi j'avais estimé plus prudent de pratiquement le rayer ma vie. Je refusais qu'il soit la première chose à laquelle je pensais en me levant le matin et j'aimais autant qu'il ne vienne pas non plus peupler mes rêves. J'avais cru avoir réussi à le reléguer au rang de simple souvenir… jusqu'à ce qu'il se pointe chez moi et retourne tout mon petit monde.

Mais je m'étais trompée en pensant que je serais capable de l'oublier. Les mecs du genre de Ry sont inoubliables.

Puisqu'il était à portée de baiser, je le pris par la nuque. Sa peau était chaude sous mes doigts, et j'eus la sensation que son regard de glace me transperçait tandis que j'approchais mes lèvres au contact des siennes.

— Une autre certitude que nous avons en commun, c'est qu'on est en train de faire une erreur. Ce fut un désastre à l'époque. Ce sera pire encore ce soir. Mais nous avons beau en avoir parfaitement conscience, nous allons refaire cette erreur encore et encore, jusqu'à ce que cela cesse de nous apparaître comme un problème.

Les mots de Ry frôlèrent ma bouche comme j'essayais de l'embrasser pour le faire taire. Je ne voulais pas de sa logique, de sa patience ou de sa compréhension. Je voulais que son corps et sa passion aveuglante fassent disparaître tout ce à quoi je refusais de réfléchir pour le moment.

— Et je pense que nous savons tous les deux que même si tu m'as assuré que tu ne tirerais pas un trait sur moi après ça, ce n'est pas une promesse que tu as l'intention de tenir. Déteste-moi autant que tu veux, Bowe. Mais je t'interdis de m'oublier.

Je fis la moue, toute prête à réfuter ses accusations. Il cherchait clairement une excuse pour revenir sur notre accord, maintenant qu'il m'avait ramenée à la maison et que je ne risquais plus de me mettre en quête d'un coup d'un soir. Alors que je m'apprêtais à lui dire le fond ma pensée, et notamment que je n'appréciais pas ses manœuvres détournées, j'eus la surprise de sentir sa bouche happer la mienne.

Il profita de ce que mes lèvres étaient entrouvertes pour aussitôt les explorer d'une langue joueuse. Pour autant, ce baiser n'avait rien de léger ni d'insouciant. Il m'embrassait avec une précision délibérée qui me ravit le souffle. Il me troublait tant que j'en oubliai que nous avions à nouveau été sur le point de nous disputer. J'entendais pourtant bien le contredire, lui assurer que ce n'était en rien une erreur, et que je ne lui en voudrais pas une fois que l'on aurait fait ce qu'on avait à faire, mais la profondeur, la minutie de son baiser m'en empêcha.

Je ne pus réprimer un gémissement lorsque les lèvres gourmandes de Ry délaissèrent ma bouche pour venir goûter le creux de mon cou. Je sentis le délicat mordillement de ses dents contre mon pouls tandis qu'il faisait lentement remonter sa main le long de ma cuisse. D'infimes picotements de plaisir naissaient dans le sillage de ses doigts, et le sang se mit à bouillonner sous ma peau. Le rugissement à mes tympans, conjugué aux délicieuses décharges qui me parcouraient le dos, avaient oblitéré toutes les angoisses qui m'étreignaient encore quelques instants plus tôt.

Sans parler de la bosse que je sentis forcer contre la braguette de Ry lorsqu'il approcha encore. C'était une chose d'évoquer la possibilité de coucher ensemble dans le feu de l'action. C'en était une autre de soudain réaliser que je m'apprêtais à me précipiter au pieu avec le seul garçon qui ait jamais failli me briser le cœur.

Je dus lutter pour prononcer ce seul mot :

— Rentrons.

Ry n'émit aucune objection. Au lieu de cela, il enveloppa l'arrière de mon crâne de sa paume immense pour éviter que je me cogne contre la vitre et vint presser son corps contre le mien. Je dus ravaler un gémissement lorsque son torse large vint frotter contre ma poitrine avec une sensualité folle. Parmi les évolutions qu'avait connues Ry, ces dernières années : ses muscles puissants et durs comme le roc. Mais l'autre changement majeur était son récent questionnement quant à la personne qu'il était, au-delà des rôles assignés qu'il avait toujours joués. C'était cette petite faille dans sa carapace qui m'attirait tant, et qui m'avait retenue de le chasser lorsqu'il avait réapparu dans ma vie, vulnérable et le cœur brisé.

Je l'avais toujours trouvé irrésistible dans ses faiblesses. Elles étaient tellement plus difficiles à dénicher que ses points forts, et il ne semblait les dévoiler qu'à de rares privilégiés.

Et moi, je faisais partie de ces chanceux.

10

Ry

C'était bizarre de me retrouver à nouveau dans cette situation avec Bowe.

Je n'avais aucune intention de me précipiter à l'intérieur avec elle, ni de laisser le sang et la chaleur qui engorgeaient ma queue prendre le dessus sur mon bon sens. La première fois que nous nous étions élancés sur cette pente glissante, c'était à la poursuite de l'ivresse des sensations, de pulsions de désir inédites pour les deux ados inexpérimentés que nous étions, qui avaient peut-être bu quelques verres et laissé libre cours à leurs émotions.

À présent, les enjeux étaient tout autres. Que ce soit le bien-être que je ressentais auprès d'elle ou la façon qu'elle avait de m'horripiler comme personne, toute émotion liée à Bowe Keller était par essence délicate et avait le potentiel de mener à un autre chagrin d'amour. La différence entre la manière dont j'avais vécu l'abandon de Bowe et celle dont j'avais réagi quand Aston m'avait avoué que je ne la rendais pas heureuse était frappante. Après Aston, je m'étais cru dévasté, détruit. L'incompréhension était totale ; comment les choses avaient-elles pu foirer à ce point, alors que j'avais envisagé un avenir à beaucoup plus long terme, avec elle ? Mais maintenant que je tenais Bowe dans mes bras et que je repensais au vide que j'avais ressenti lorsqu'elle avait décidé de ne plus m'adresser la parole, de me signifier sans équivoque que plus jamais je ne l'approcherais, plus jamais je ne la toucherais, je comprenais enfin la tristesse de perdre ce à quoi l'on tient vraiment.

Je m'étais précipité dans une relation chiante et prévisible qui ne me demanderait aucun effort et ne présenterait aucun défi parce que j'étais à la fois déçu et terrifié par le trou béant que Bowe avait laissé derrière elle. Je n'avais jamais réellement voulu sortir avec Aston ni construire un avenir avec elle. J'avais simplement cherché à me distraire, pour ne pas avoir à réfléchir à la façon dont j'avais massacré l'unique relation qui avait toujours échappé à mon contrôle. J'avais joué la sécurité pour éviter d'avoir mal, et, au final, j'avais causé d'énormes dommages collatéraux. Je devais mes plus plates excuses à Aston.

Ainsi qu'à Bowe.

Ce qui allait m'obliger à rentrer chez moi plus tôt que prévu.

Mais, d'abord, j'allais lui faire oublier ce qui l'avait mise dans un tel état. Avec un peu de chance, j'arriverais même à lui rendre sa bonne humeur.

Non que ma bite ait quoi que ce soit de magique, loin de là, mais, dès la première fois que nous nous étions lancés, j'avais fait preuve d'un certain instinct et les choses s'étaient passées bien mieux que l'on aurait pu s'y attendre. Entre nous, l'alchimie sexuelle avait opéré naturellement. Et il semblait que cela n'avait pas changé.

Bowe décida pour nous deux que ce moment dans l'intimité

et l'obscurité de la cabine du pick-up avait assez duré quand elle ouvrit sa portière et manqua de nous faire basculer au-dehors. Heureusement pour nous, j'avais une main sur l'appuie-tête et parvins à m'y raccrocher, sans quoi nous serions affalés l'un sur l'autre au beau milieu de son allée.

Elle cligna des yeux et se passa la langue sur la lèvre inférieure. Sans me lâcher le cou, elle désigna la porte d'entrée d'un mouvement de tête.

— J'ai dit, on rentre.

J'aimais son côté autoritaire. Ça m'avait toujours plu. J'avais l'habitude d'être celui qui décidait et indiquait la direction à prendre, mais Bowe, elle, n'était pas du genre à se laisser guider. Quoi qu'il arrive, elle suivait son propre chemin, quitte à changer de cap quand elle réalisait qu'elle s'était trompée de destination.

— Si tu veux. Allons à l'intérieur.

Je la libérai du poids de mon corps, et elle se dépêcha de descendre du pick-up pour gagner la porte d'entrée.

Mon ego aurait voulu croire qu'elle était excitée à la perspective de coucher avec moi, mais mon cœur savait qu'elle m'utilisait de la même façon que j'avais utilisé mon ex-copine. Le sentiment était tout sauf plaisant, et plus j'y pensais, plus je me demandais ce que j'avais dû faire vivre à Aston ces deux dernières années. Je m'étais toujours vu comme un type bien. C'était le rôle que j'endossais, jour après jour.

Je n'étais plus si sûr de moi. Je n'aurais pas été jusqu'à clamer que j'étais un sale type, mais je commençais à me dire que j'avais peut-être un peu plus de mon père en moi que je ne l'avais cru. Quand j'étais gamin, il m'avait souvent répété qu'il avait fait beaucoup de mauvais choix et blessé beaucoup de gens dans sa jeunesse. Involontairement, bien sûr. C'était son mécanisme de défense, une façon de se protéger de la culpabilité et du chagrin accablants qui l'avaient assailli après la mort de son frère jumeau. Il avait alors pour habitude de faire passer ses propres intérêts avant toute autre chose… jusqu'au jour où il était tombé amoureux de ma mère. Elle l'avait amené à prendre le recul nécessaire et, grâce à elle, il avait fini par se rendre compte de la solitude dans laquelle il s'enfermait, à force de sans cesse repousser celles et ceux qui cherchaient à se rapprocher de lui. Je n'avais jamais très bien saisi pourquoi il ressentait le besoin de dispenser ces histoires comme un avertissement, mais soudain tout s'éclairait.

Quoi qu'il arrive, je restais le fils de mon père. Si je m'efforçais tant de minimiser les similitudes entre nous, c'était parce que celles-ci ne correspondaient pas à l'image que j'essayais de projeter.

À cet instant, toutefois, j'avais d'autres préoccupations et, après m'être ébroué un coup, j'emboîtai le pas à Bowe pour la rejoindre dans sa jolie petite maison. Toutes les lumières étaient éteintes, à l'exception d'une faible lueur qui me montrait la voie jusqu'à sa chambre. Dans l'embrasure, je dus marquer une pause, le temps de laisser mon pouls redescendre. Elle avait envoyé voler son débardeur et son short, et se tenait là, en dessous de satin noir et collants résille. Si j'avais dû me la représenter dans mes rêves les plus chauds, ça aurait été comme ça. J'hésitai presque à me pincer pour être sûr que je n'étais pas victime d'une hallucination. Le souffle que je laissai échapper attira son attention. Ses yeux couleur miel s'arrondirent en me découvrant immobile, occupé à l'observer, et elle approcha, un sourire au coin des lèvres. Elle avait perdu quelques centimètres en quittant ses bottes, mais son corps se nichait encore contre le mien avec la même perfection que s'il avait été conçu pour ça.

D'une main, elle attrapa l'ourlet de mon T-shirt. De l'autre, elle vint me tapoter le menton. Je ne m'étais pas rendu compte que je la regardais bouche bée.

— Tu n'es pas le seul à avoir grandi, Archer.

Son sourire moqueur s'élargit tandis qu'elle m'attirait vers le lit. J'opinai du chef, lui emboîtant docilement le pas.

— Je pense que de nous deux, c'est toi qui t'en es le mieux sortie.

Sans pour autant être des enfants, nous étions très jeunes la dernière fois que nous avions fini au lit tous les deux. Cela avait beau ne pas être si lointain, nous étions aujourd'hui bien plus proches de l'âge adulte que nous ne l'avions été lorsqu'il nous avait fallu négocier nos premières expériences sexuelles. Ainsi que le virage que celles-ci avaient fait prendre à notre amitié. Bowe avait gagné à la fois en taille et en formes ; des piercings avaient fait leur apparition, de même que des tatouages sur chacune de ses omoplates et sur le haut de sa hanche. Elle était aussi plus confiante, moins timide lorsqu'il s'agissait de se tenir devant moi, presque nue. Consciente qu'elle était belle, Bowe semblait savoir exactement ce qu'elle attendait de moi. Et c'était incroyablement sexy.

Elle s'occupa de faire passer mon T-shirt par-dessus ma tête pendant que j'enlevais mes baskets du bout des pieds. Un souffle audible s'échappa de mes lèvres lorsque je la sentis tracer les contours de mes abdos du bout des doigts. Ses yeux glissèrent ensuite sur le tatouage complexe qui descendait le long de mon bras, et elle esquissa un sourire doux.

— Je n'étais pas sûre que tu cèdes un jour et que tu laisses ton père t'offrir quelque chose dont tu ne pourrais pas te débarrasser, dit-elle, avant de relever les yeux vers moi. Il est joli.

Je peinai à trouver quoi répondre à cela. D'une part parce que je ne saisissais pas très bien son propos, de l'autre parce que ses mains étaient en train de s'activer aux environs de ma braguette dans le but d'ouvrir mon jean. Il m'était devenu difficile de dissimuler ma réaction à son corps si près du mien, de cacher combien j'aimais l'embrasser. J'étais chaud et dur, et le contact de ses phalanges contre les chairs tendues sous mon caleçon ne faisait rien pour arranger les choses.

— C'est toi qui es jolie.

La dernière personne à laquelle j'avais envie de penser alors que j'étais à deux doigts de faire l'amour avec Bowe, c'était bien mon père.

L'embrassant, une main sur sa joue, je la fis reculer jusqu'au bord du lit, usant de ma main libre pour lui caresser la taille, les côtes, puis longer la bande de son soutien-gorge jusque dans son dos pour en faire adroitement sauter les agrafes. Ce soutien-gorge avait passé la soirée à me faire de l'œil. Le style provocant de Bowe lui allait vraiment comme un gant et invitait aux pensées les plus obscènes.

Je suivis la chute du tissu satiné le long de ses épaules et de ses bras d'un œil gourmand. La poitrine de Bowe avait un peu changé depuis la dernière fois que j'y avais eu librement accès, remarquai-je tandis que j'en caressais le galbe du dos des doigts. Ses petits tétons insolents avaient toujours l'air de deux framboises, mais ses seins désormais un peu plus rebondis n'auraient plus tenu dans une seule de mes mains. Elle n'avait pour autant rien de plantureux, mais, quelle importance ? Ce qu'elle avait, elle savait l'utiliser à son avantage, et, personnellement, je n'y trouvais rien à redire.

Mes baisers se firent avides. Tout en lui dévorant le cou, je la renversai sur le matelas et fis courir mes lèvres le long de sa clavicule, avant de lui empoigner délicatement un sein pour en titiller le téton dressé, lui arrachant une petite inspiration de surprise. Alors qu'elle m'enlaçait, je me rappelai la première fois que j'avais entendu ce son délicieux. Je me souvins de son goût sur ma langue tandis que je la savourais. Jamais je n'aurais cru pouvoir à nouveau poser mes lèvres ni mes mains sur son corps, et ce n'avait certainement pas été au programme lorsque j'avais quitté Denver. Pourtant, cela semblait si naturel, si bon ; je m'en voulais à mort de nous avoir privés de vivre tant d'autres expériences comme celles-ci, ces dernières années.

Je ris contre sa peau brûlante quand elle s'impatienta et se tortilla pour réussir à baisser le reste de mes vêtements autour de mes cuisses. Elle dut littéralement faire des pieds et des mains pour m'amener à un niveau de nudité qu'elle jugeait acceptable. Mais cet empressement adorable se mua vite en quelque chose de plus sérieux lorsque sa main chaude s'enroula autour de mon membre au garde-à-vous. Ma queue palpita à son contact et tout mon corps fut parcouru d'un frisson. Il m'était soudain impossible de penser à autre chose qu'au plaisir qu'elle me procurait quand ses mains étaient partout sur ma peau et mon nom sur ses lèvres.

De baiser mouillé en baiser mouillé, je parcourus la vallée

entre ses seins pour venir mordiller la pointe dressée de son autre mamelon. Le doux pincement de mes dents lui fit resserrer la main sur mon membre raidi, et je la sentis se cambrer sous moi. Un sourire contre sa peau, je me redressai un peu afin de goûter de ma langue chaque centimètre de son ventre, jusqu'à atteindre le bord de son collant. Puis je glissai les pouces dans le bas de sa culotte échancrée, attrapant les mailles de résille au passage, et la débarrassai de ce morceau de tissu noir si sexy pour me mettre à genoux entre ses jambes écartées avec sensualité.

Comme je lui posai une main sur l'intérieur de la cuisse, je la vis se relever sur les coudes pour m'observer. Nous ne nous étions pas nécessairement attardés sur les préliminaires lors de nos premières incursions dans le domaine du sexe, néanmoins, ce ne serait pas la première fois que mes lèvres viendraient à la rencontre de ce qu'elle avait de plus intime. Se souvenait-elle aussi bien que moi du moindre détail de tout ce que nous avions fait ensemble ?

— Prête ?

Je tenais à lui laisser une porte de sortie, au cas où elle se rendrait compte, dans un moment de lucidité, qu'elle risquait de regretter tout cela quand elle aurait de nouveau les idées claires.

Elle se contenta de m'adresser un sourire narquois.

— Donne tout ce que t'as, Archer.

Avec plaisir.

Je ne demandais que ça. Et ce que j'avais, c'était un appétit vorace, ainsi qu'un furieux désir de lui laisser la même impression qu'elle m'avait faite deux ans plus tôt. Je voulais qu'elle continue de penser à moi longtemps après mon départ. Que mon souvenir lui envahisse l'esprit comme le cœur, et qu'elle se languisse de moi comme je m'étais langui d'elle, même dans les moments où j'avais fait de mon mieux pour me persuader que je l'avais oubliée.

Je fis courir ma langue le long de sa cuisse, ne m'interrompant que pour hisser sa jambe ferme sur mon épaule alors même que j'atteignais ma cible. Sa peau était si lisse et douce, et ses jolies lèvres rosées étaient déjà trempées. J'en avais l'eau à la bouche.

J'enfouis le visage au creux de son entrejambe chaud et humide. Bowe poussa un gémissement rauque, et je la sentis retomber sur le lit à la première caresse de ma langue. Elle me posa une main sur le sommet de la tête et glissa les doigts dans mes cheveux sans cesser de se tortiller contre mes lèvres. Son goût familier me transporta dans le passé et me conforta dans l'idée qu'il fallait à tout prix faire en sorte que cette nuit avec elle ne soit pas la dernière. Je voulais qu'elle ait envie de moi comme, bien malgré moi, j'avais envie d'elle. Je voulais qu'elle ait un besoin de moi aussi viscéral que celui que je ressentais pour elle.

Bowe gémit mon nom, et ses cuisses tressaillirent de manière exquise autour de mes oreilles. Je l'attirai encore plus près, plongeant la pointe de ma langue dans sa fente palpitante. Des mains sur son aine, je lui maintenais les jambes ouvertes afin de la pénétrer aussi profondément que possible. J'adorais la façon dont son corps se contractait au rythme de ma langue. Plus dure que jamais, ma queue commença à perler en réponse aux râles érotiques de Bowe. La tension douloureuse me fit porter la main à mon membre impatient, que je calmai d'une pression. Je ne me pardonnerais jamais de perdre le contrôle avant même d'avoir eu la chance de plonger à nouveau en elle.

Je dus ravaler un gémissement quand le sexe de Bowe frémit sous ma bouche. J'aurais voulu me noyer dans la moiteur qui explosait à chaque coup de langue. Je décidai de concentrer ensuite mes efforts sur petit point sensible niché au creux des replis glissants de sa vulve. Ma première caresse lui fit cambrer le dos contre le matelas, et ses doigts se crispèrent douloureusement sur mon cuir chevelu. Le fait qu'elle crie pratiquement mon nom me procura plus de satisfaction que tous les rugissements d'un stade lors d'une action décisive. C'était un bruit que je rêvais d'entendre encore et encore, et pas seulement quand elle cherchait à fuir ses problèmes.

Sans cesser d'agacer son clito de mes lèvres, je vins frôler ses chairs brûlantes et humides, et taquiner l'entrée sensible de son vagin du bout des doigts. Imaginant ma verge à leur place tandis que je les faisais coulisser à l'intérieur du corps électrisé de Bowe, je crus devenir fou. Presque inconsciemment, je commençai à faire aller et venir ma paume autour de ma queue. Je crevais tellement d'envie de la pénétrer que j'en tremblais.

Bowe renforça sa prise sur mes cheveux tandis que j'effleurais son clitoris du bout des dents, ce qui la fit tressaillir avec une telle force que l'une de ses jambes glissa de mon épaule. Elle s'assit alors, me forçant à me redresser, et me bascula la tête en arrière pour que je la regarde. L'œil brillant, elle passa le pouce sur mes lèvres encore mouillées d'elle.

— Ça suffit. C'est délicieux, mais ce n'est pas ce que je t'ai demandé, fit-elle le souffle court, impatient.

Ces mots, c'était un peu un rêve qui se réalisait, et comment lui refuser quoi que ce soit quand elle me disait ce que j'avais toujours voulu entendre ?

J'acquiesçai dans un souffle et, après avoir pris un instant pour nous assurer un rapport responsable et protégé, je me penchai de nouveau sur elle. Ses cheveux noir et violet s'étalaient autour de sa tête en une auréole enchevêtrée que je trouvais super jolie. Elle était lumineuse, en dedans comme en dehors. J'avais été si idiot de me laisser intimider par le feu intense qui brûlait en elle. Comment avais-je réussi à faire face à des défenseurs de première ligne de cent quarante kilos quand j'avais été terrorisé par les sentiments que cette fille m'inspirait ?

Une vraie blague. Pourtant je ne trouvais pas ça drôle.

Bowe enroula une jambe autour de mon bassin et m'enfonça un talon impatient dans le bas du dos. Je lui souris, avant de lui déposer un petit bisou sur le nez.

— Tu m'as manqué, Bowe.

Bien entendu, j'aurais aimé entendre la même chose de sa bouche. Savoir que je ne vivais pas ce fantasme seul, que je comptais pour elle. Que je n'étais pas seulement la première bite qu'elle avait sous la main.

Mais, fidèle à elle-même, elle murmura :

— Dans ce cas, il n'aurait pas fallu tout faire pour que je te déteste.

C'était juste. Fort heureusement, je n'étais pas du genre à faire la même erreur deux fois.

Je lui ravageai la bouche de baisers, pour qu'elle ne puisse plus se servir de ses mots pour me blesser. D'une main agile, je m'insinuai entre nos deux corps pour diriger mon sexe. Je n'eus pas besoin de manœuvrer longtemps pour trouver le sien. Un râle torturé jaillit de nos deux gorges à l'unisson tandis que je plongeais dans ses profondeurs brûlantes, centimètre par centimètre. L'intensité de tout ce que je ressentis alors qu'elle me permettait de pénétrer ses derniers remparts faillit me faire basculer. J'en oubliai de respirer un long moment et j'aurais juré voir des étoiles. Au rythme infernal où battait mon cœur, je craignis un instant de tourner de l'œil, mais j'entendais bien tenir le choc jusqu'au bout. Il était hors de question que je la déçoive à nouveau.

M'attrapant par la nuque, Bowe commença à onduler des hanches sous moi. Lorsque je répondis à son mouvement impérieux par le mien, je la vis fermer involontairement les paupières, la bouche entrouverte sur une expression d'extase. D'un côté, j'aurais voulu l'obliger à me regarder, mais je choisis de prendre le temps d'apprécier ses traits marqués par le plaisir que lui procurait notre rythme empressé, quasi frénétique.

Ses seins caressaient mon torse. Son souffle se condensait en volutes chaudes dans le creux de mon cou. La caresse des contractions de son vagin autour de mon érection me faisait bander et tressaillir encore plus fort tout au fond d'elle. J'adorais sa façon de s'agripper à moi. Quand elle s'accrochait comme ça, je pouvais m'imaginer qu'elle ne voudrait plus jamais me lâcher. C'était un doux rêve, que je refusais de disperser en me montrant rationnel.

J'inondai ses paupières et ses joues de baisers, puis vins tracer les contours de son oreille de ma langue, mordillant la coquille délicate au passage. Les gémissements excitants que lui arracha cette pluie de baisers faillirent bien me faire venir, surtout quand ils se transformèrent, à mesure que je ralentissais le rythme pour la prendre plus délibérément, plus profondément. Ramenant ce que d'autres avaient déjà baptisé ma « main d'or » sous mon bassin, je faufilai mes doigts entre nous et ne tardai pas à trouver ce que je cherchais au milieu de la moiteur veloutée de Bowe. Avec une vigueur presque un peu brute, je caressai son minuscule clitoris, tout en continuant d'aller et venir entre ses reins avec une lenteur qui confinait à la torture. À sa manière d'onduler sous moi, je sentais bien que je la rendais folle. Elle rouvrit soudain ses yeux couleur miel, une moue adorable sur les lèvres, et m'éperonna de nouveau du talon. Voyant sa poitrine et son cou s'empourprer, je compris qu'elle n'était plus très loin.

— Arrête de jouer, Ry.

L'intonation sèche dans sa voix fit palpiter mon sexe au plus profond d'elle. J'espère qu'elle le sentit aussi, parce que c'était divin.

— Mais ça m'amuse tellement, répliquai-je en lui croquant le cou.

Je la forcerais à penser à moi, quand bien même elle allait tout faire pour m'oublier.

Très vite, je ne fus plus capable de faire durer le supplice que je nous imposais à tous les deux. Je ne pouvais plus ignorer ce que son corps réclamait au mien. Dans un souffle manqué, son corps tout entier se contracta et frémit contre le mien, et la vague de chaleur et d'humidité qui s'ensuivit me fit perdre pied. Le désir se déroula dans mes veines tandis qu'une explosion d'extase naissait au creux de mes reins. Je sentis Bowe planter les ongles dans ma chair et marmonner mon nom. C'était trop, je ne pouvais plus résister. Je ne pouvais plus me retenir ni me refuser l'ultime satisfaction.

Le frisson de l'orgasme me secoua de la pointe des cheveux à la plante des pieds. C'était énorme. Presque trop. L'espace d'une fraction de seconde, j'oubliai qui et où j'étais. J'oubliai l'histoire qui nous liait, elle et moi, et toutes les erreurs qu'il allait me falloir corriger avant que je ne puisse me permettre de réfléchir à ce que nous représentions l'un pour l'autre. J'oubliai que j'avais décidé de rentrer chez moi au matin pour faire face à un bourbier de mon propre fait. J'oubliai que je n'avais soudain plus la moindre idée de qui j'étais ni de ce que je voulais faire de ma vie.

Rien de tout cela ne semblait avoir d'importance, car le fait est qu'il n'y avait que dans les bras de Bowe que je m'étais toujours senti à ma place, même si c'était compliqué.

Je m'effondrai sur elle, complètement rincé, vidé. Je dissimulai un sourire dans son épaule quand elle se mit à me caresser les cheveux avec un soupir approbateur.

— Je rentre à Denver demain matin, murmurai-je à l'adresse de la marque que je lui avais laissée dans le cou.

Je poursuivis sans lui laisser le temps de répondre quoi que ce soit qui puisse gâcher ce moment tendre et paisible :

— Je suis désolé, Bowe. Pour tout.

Dire que c'était ce que j'aurais pu vivre avec elle, si nous n'avions pas été si impatients… Si je m'étais mieux débrouillé, à l'époque, elle et moi aurions pu former un couple à toute épreuve, aujourd'hui. Elle m'empêchait de me laisser porter par le courant, me poussait à me montrer plus fort, à affronter mes faiblesses et, surtout, à admettre que celles-ci existaient.

Bowe se raidit sous moi, et je sentis ses doigts se crisper dans mes cheveux.

— Qu'est-ce que tu racontes, Archer ? Qu'est-ce que t'as encore foutu ?

Elle ne semblait ni sous le choc, ni surprise que je lui annonce décoller sous peu. Je ne sus que lui répondre. J'avais foiré trop de choses pour en faire la liste. Je lui devais plus que de simples mots, même si c'était tout ce que j'étais en mesure de lui offrir à cet instant.

J'aurais besoin de temps pour lui *prouver* à quel point j'étais désolé de l'avoir repoussée, puis d'avoir été incapable de tirer un trait sur elle uniquement par trouille.

11

Bowe

Je savais que Ry était parti depuis longtemps quand j'ouvris les yeux le lendemain matin. Le côté du lit où il avait passé la nuit était froid, et je me rappelai le baiser qu'il m'avait déposé sur le front. Il m'avait dit au revoir et murmuré qu'il ne faudrait pas que j'attende trop longtemps avant de le rejoindre pour exiger les explications qu'il me devait.

C'était incompréhensible, mais il fallait s'y attendre avec Ry. Il n'y avait que lui pour te dire combien il était désolé avec toute la sincérité du monde dans le regard, sans pour autant t'expliquer pourquoi il te présentait soudain des excuses sorties de nulle part, ni pourquoi il tenait tant à se faire pardonner. J'avais essayé de lui tirer les vers du nez, lui rappelant que je n'étais pas d'humeur pour ses petits jeux, mais il n'avait fait qu'esquiver. Il avait préféré passer la soirée, et une bonne partie de la nuit, à faire de son mieux pour pulvériser toutes mes pensées négatives. Il s'était débrouillé pour que je ne puisse me concentrer que sur ce qu'il me faisait. C'était si bizarre de me retrouver de nouveau entre ses bras. Si étrange de voir en lui à la fois l'ado qui avait révolutionné et détruit mon petit monde par le passé, et le jeune homme – presque un inconnu aujourd'hui – qui faisait à présent tout son possible pour éviter qu'il ne s'écroule. Je n'étais pas sûre de savoir comment gérer tout ça à la lumière du jour, surtout que je sentais le sentiment de culpabilité débarquer avec ses gros sabots.

Ce n'était pas non plus comme si Aston et moi étions les meilleures amies du monde. Je n'étais pas aussi proche d'elle que je pouvais l'être de Remy et Daire, ou même de Glory. Pourtant ça ne m'empêchait pas de ressentir une pointe de remords d'avoir couché avec Ry si tôt après leur rupture. J'étais la fille qui l'avait mis dans son lit juste avant qu'ils se mettent en couple, et celle qui l'y avait remis juste après leur séparation. C'était suffisant pour me donner l'impression de devoir des excuses à cette fille, ou des clarifications, au moins. J'aurais aimé pouvoir justifier mes actes, ou en tout cas les expliquer, mais y avait-il même une logique ? Ry et moi, on semblait sans cesse se retrouver dans les pires moments. On avait beau avoir tiré un trait l'un sur l'autre un paquet de fois, le destin devait avoir d'autres projets pour nous deux.

Comme Ry l'avait si bien dit, c'était une erreur que nous referions indéfiniment, qu'importaient les conséquences. Après m'être tirée du lit au chausse-pied et avoir pris une douche bien méritée, j'envoyai un message à l'unique personne à même de m'aider à y voir clair dans tout le chaos que j'avais créé hier soir.

T'as un moment pour discuter ?

La réponse fut immédiate.

Bien sûr. On sort déjeuner ?

Je n'avais pas vraiment faim, mais l'offre était tentante. Je n'avais pas spécialement envie de réfléchir à mon projet de vie dans une chambre qui sentait encore le sexe et Ry Archer.

Pourquoi pas. Dis-moi où et quand.

Quelques minutes plus tard, le nom d'un resto qui faisait des brunchs sympas pas très loin de chez moi apparut à l'écran. C'était OK pour moi, et on convint de s'y retrouver une demi-heure plus tard. Je profitai d'avoir un peu de marge pour me peigner un peu, m'habiller, et fourrer les draps dans la machine.

J'hésitais à envoyer un message à Ry. Le connaissant, il avait cette fois encore l'intention de faire la route d'une traite, et j'aurais voulu qu'il me prévienne une fois qu'il serait bien arrivé. Au final, je ne pus me résoudre à le contacter directement et optai pour écrire à Daire à la place. Je lui demandai de me biper quand son frère serait rentré à Denver et tentai, aussi subtilement que possible, de lui faire comprendre que j'aimerais qu'elle me tienne au courant de la manière dont il se comporterait à son retour. Elle me promit de me prévenir dès qu'elle le verrait. Elle avait pris le soin d'ajouter un smiley clin d'œil, ce qui portait à croire qu'elle avait parfaitement saisi où je voulais en venir à mots couverts. Cette fille était un peu trop maligne pour son bien.

Comme le reste de ces foutus Archer.

Je n'aurais jamais osé le lui dire en face, mais une grosse part de moi ne pouvait s'empêcher de penser que Ry risquait de retourner mes propres stratégies de survie contre moi. Tout n'était pas réglé entre nous, nos personnalités clashaient toujours autant, et on vivait à des milliers de kilomètres l'un de l'autre. Peut-être était-ce son tour de me claquer la porte au nez et de me rayer de son existence, plutôt que de s'embêter à naviguer entre les écueils émotionnels qui se dressaient entre nous. Ça me faisait mal de l'admettre, je n'avais pas envie de me rendre compte que je lui devais moi aussi de belles excuses, mais l'idée qu'il m'écarte de sa vie et m'ignore était insupportable et me rongeait jusqu'au plus profond de mon âme.

Mon casque sur les oreilles, je me mis en route pour le café.

Je n'eus aucun mal à repérer ma mère. Elle sortait du lot. C'était une très belle femme, avec un tel port de reine qu'on aurait pu la croire plus célèbre que mon père. Même quand elle n'allait pas au boulot, elle s'habillait comme si elle s'apprêtait à affronter un conseil d'administration, et je ne l'avais jamais vue porter autre chose que des talons aiguilles hauts comme des gratte-ciel. Elle était également d'une intelligence rare. C'était une scientifique – chimiste pour être exacte –, et elle abordait tout sujet avec une logique et une rationalité horripilantes. Elle passait son temps à rappeler aux jumelles comme à moi qu'il fallait toujours bien réfléchir, tout planifier, et assumer nos responsabilités. Personne n'aurait jamais deviné qu'elle avait grandi dans la plus grande pauvreté, en pleine cambrousse du Kentucky. Même son accent avait évolué, et elle parlait à présent presque comme une Texane pur jus.

Elle m'avait toujours inspiré le plus grand respect. Elle nous avait pratiquement élevées seule, mes sœurs et moi, puisque mon père passait tant de temps sur les routes. Pourtant, elle avait réussi à ne sacrifier ni sa carrière ni ses filles dans la bataille. Elle avait su tout gérer de front, avec une aisance déconcertante, et c'était bien pour ça que je détestais tant la décevoir. Je savais que je lui avais brisé le cœur en lui annonçant que je voulais me lancer dans la musique plutôt que de faire des études. Je m'étais appliquée à lui prouver que j'avais fait le bon choix, mais, après le fiasco d'hier soir, je n'étais plus si sûre de moi.

Elle se leva pour me prendre dans ses bras. Elle était plus grande que moi, surtout avec les talons. Je fus contente qu'elle me serre fort, comme lorsque j'étais enfant. Qu'importe mon âge ou ma taille, son étreinte était toujours restée la même.

— Salut, mon ange. Tu n'avais pas mentionné Ry dans ton message, mais j'avais espéré qu'il serait des nôtres. J'avais très envie de le voir.

Elle me déposa un baiser sur le sommet du crâne, puis me pressa de nouveau brièvement contre son cœur avant de m'examiner à bout de bras. Ce qu'elle perçut dans mon expression fit apparaître une petite ride soucieuse entre ses deux sourcils.

— Viens t'asseoir et commandons. Tu me raconteras ce qui te tracasse en attendant qu'on nous serve.

Je reniflai, sans me rendre compte que j'étais au bord des larmes. Assise face à elle, je repoussai mes cheveux derrière mes oreilles.

— Papa t'a parlé du concert d'hier ? Je suis partie avant d'avoir pu le croiser.

J'avais tellement honte qu'il ait été présent pour voir mon rêve exploser en mille morceaux. Son verre de thé glacé à la main, maman émit un petit bruit qui ne m'éclaira pas.

— Il ne m'a pas dit grand-chose..., déclara-t-elle, avant d'arquer un sourcil élégant pour m'étudier attentivement. Mais j'étais là. Bowe, tu croyais sincèrement que je manquerais ta première grosse scène ? Ça compte trop pour toi pour que je m'en désintéresse.

J'écarquillai les yeux comme des soucoupes. Il ne m'était même pas venu à l'esprit de lui demander si elle viendrait elle aussi. Elle était tellement contre l'idée que je fasse carrière dans la musique que je m'étais imaginé qu'elle ne voulait rien avoir à faire avec ce pan de ma vie.

— Désolée. J'aurais dû t'inviter toi aussi.

Sauf que maintenant, je me sentais encore plus mal de tout remettre en cause à un moment si crucial. J'avais déçu mes deux parents.

— Je regrette de vous avoir imposé ça. Ça ne s'est vraiment pas passé comme prévu.

— Mmm, fit-elle sans se mouiller, avant de nous commander à manger de sa voix douce.

Elle rendit les menus à la serveuse, puis déposa les mains dos contre la table entre nous et agita les doigts jusqu'à ce que je vienne placer mes paumes dans les siennes. Ensuite, elle me considéra d'un air grave.

— Tu sais que je ne connais vraiment rien à la musique. C'est le domaine de ton père, ça. En tant que simple spectatrice, je peux t'assurer que tu as été géniale. Autour de nous, tout le monde a adoré votre set. Mais en tant que mère, je n'ai pas pu m'empêcher de remarquer que tu peinais à aller au bout de tes chansons. Quand j'ai demandé à ton père ce qui pouvait bien t'arriver, il m'a répondu que les rêves que l'on réalise ne sont pas toujours à la hauteur de nos attentes. Qu'il est dur de soudain se rendre compte qu'on va devoir changer de cap. C'est une prise de conscience qui peut être très décevante et difficile à encaisser.

Elle me caressa le dos de la main, puis reprit avec un sourire vacillant.

— Je parie que tu te dis que je ne sais pas de quoi je parle ; que je ne sais pas ce que c'est que d'avoir un grand rêve, et d'être déçue par la réalité quand celui-ci prend enfin corps… Pourtant, je l'ai vécu moi aussi. Quand j'avais ton âge, rien ne m'importait plus que d'obtenir une place à l'université et décrocher un diplôme. Je n'avais qu'un but : accéder à un bon job et faire fortune, pour ne plus jamais, jamais revivre les conditions dans lesquelles j'avais grandi. C'est là-dessus que je concentrais tous mes efforts. Je m'y dévouais corps et âme. Résultat : je vivais une vie triste à pleurer et je passais à côté de ma jeunesse, pour la simple raison que j'étais obsédée par mon avenir et terrifiée de me retrouver un jour au point de départ. Ça a fini par régir avec qui je sortais, ainsi que la manière dont je traitais mes amis. Ton oncle Asa a payé les pots cassés, d'ailleurs, et quand ton père a débarqué au milieu de tout ça…

Elle s'interrompit en hochant tristement la tête. Clairement, ces souvenirs l'affectaient beaucoup, et elle semblait profondément regretter certains de ses choix.

— En refusant d'accepter que les rêves peuvent tout à fait évoluer avec le temps, j'ai bien failli gâcher la meilleure chose qui me soit arrivée dans la vie. Heureusement pour moi, quand il tient vraiment très fort à quelque chose ou quelqu'un, ton père ne lâcherait l'affaire pour rien au monde. Il m'a amenée à comprendre qu'il est important de se projeter. Il n'y a que lorsqu'on cesse de croire en ses rêves que l'on peut considérer avoir échoué. Plus d'une fois, il m'a prouvé qu'il n'y avait aucune limite à nos rêves, et que ce n'était pas grave quand l'un d'entre eux s'avérait décevant au possible. Et, tu sais, même après tout ce temps, il continue de réaliser les miens.

Je fis mine de vomir et dégageai mes mains des siennes.

— Beurk, maman. T'as pas plus cucul en stock ?

Malgré tout, je ne puis m'empêcher de sourire. J'adorais la façon dont mes parents s'aimaient. Un amour pur, profond. Un amour à la sincérité brute. Les fondations mêmes de notre famille. Je m'affalai sur mon siège avec un soupir.

— Je me suis rendu compte trop tard que je commettais une erreur. Je croyais avoir besoin de faire partie d'un groupe pour faire de la musique et jouer mes chansons. Je voulais faire comme papa, et j'étais tellement occupée à essayer d'émuler son succès, que je n'ai pas vu que ce que je créais, ce n'était pas la musique qui me tenait à cœur. Ne me demande pas comment je n'en ai pas pris conscience plus tôt, entre les répétitions et tous les petits concerts qu'on a donnés. Mais le fait est qu'il a fallu que quelqu'un pointe le problème du doigt pour que je le remarque.

— Ry ? lâcha ma mère avec une nonchalance qui aurait tout à fait pu dissimuler la note intriguée entendue dans sa voix si musicale, si je ne la connaissais pas aussi bien. Il a toujours été intelligent, ce garçon.

Je détournai le regard.

— Hum… Il lui a suffi d'une poignée de minutes pour remarquer ce qui clochait. On ne s'était pas parlé depuis des années, et le voilà qui débarque de nulle part pour foutre en l'air ce qui m'importe le plus et réduire ma confiance en moi à zéro. Je ne sais pas comment il se débrouille pour toujours si bien lire en moi, mais je le déteste. Vraiment, je le hais.

Je laissai les mots résonner dans l'air. Ma mère pencha la tête de côté et darda sur moi un regard perçant.

— Ne dis pas des choses comme ça, Bowe. Vous n'êtes pas toujours d'accord, mais ce qu'il y a entre vous est loin d'être de la haine. Il s'agirait de ne pas dispenser la tienne n'importe comment. C'est le genre de sentiment qui peut conduire à l'irréparable.

Un soupir aux lèvres, je traçai le chemin d'une goutte d'eau sur mon verre du bout du doigt.

— Hier soir, il m'a présenté des excuses, mais quand je lui ai demandé pourquoi, il m'a répondu que si je voulais des explications, il faudrait que je vienne les chercher. Qui fait ça ? Pourquoi il ne peut pas se contenter d'être désolé et de demander pardon, comme un mec normal ? Va savoir s'il s'excusait de m'avoir plongée dans le doute et d'avoir du même coup gâché mon concert, ou pour une vieille histoire qui remonte à quand on était plus jeunes ? Il faut toujours qu'il complique les choses, je te jure. Au final, il s'est barré ce matin, du coup tu ne le verras pas. La chance…

Ma mère eut un petit rire et vint replacer l'une de mes mèches violettes.

— Tel père, tel fils. Les Archer ne savent pas faire simple, mon ange. Entre toi et Ry, ça a toujours été compliqué. Aujourd'hui vous êtes adultes, plus matures, vous allez de l'avant. Vous grandissez, vous évoluez, et il en va de même pour vos sentiments et les situations dans lesquelles vous risquez de vous trouver. Quant au fait que Ry lise en toi comme dans un livre ouvert, eh bien, c'est une marque d'intérêt chez un garçon. Quand une personne leur importe vraiment, ils ont un regard différent sur elle et voient ce que d'autres ne remarqueraient pas.

— Tu lui cherches des excuses parce qu'il est le fils de ta meilleure amie, grognai-je avec humeur face à son sourire indéboulonnable.

— Non, je t'explique comment il fonctionne, précisément parce que je le sais de source sûre. Et parce que je sais que c'est une personne bien. Je l'apprécie beaucoup. Et j'aime la manière dont il te regarde. Il te regarde comme tu le mérites, mon ange.

Je portai la main à mon visage pour masquer ma surprise et mon embarras.

— La vache, t'es en grande forme, aujourd'hui.

Les discours pleins de sentiments, ce n'était pas son truc, d'habitude. Elle était plus axée chiffres et faits tangibles, et semblait toujours prendre tout ce qui avait trait aux émotions avec des pincettes.

Tout en remerciant d'un signe de tête la serveuse venue déposer deux assiettes bien garnies devant nous, maman éclata de nouveau de rire. J'avais beau m'être persuadée que je n'avais pas faim, la simple odeur du bacon grillé me donna envie de tout dévorer.

— Tu m'en voudrais, si ce premier concert devait aussi être le dernier ? J'ai arrêté les études pour vivre de la scène, et voilà que j'abandonne ça aussi. J'aurais tant voulu prouver que j'étais faite pour ça, pour que tu n'aies plus à t'inquiéter…

Comme ma mère prenait soin de choisir ses mots, j'enfournais un morceau de galette de pomme de terre dans ma bouche.

— Je ne t'en veux pas du tout. Pas plus que je ne t'en ai voulu d'arrêter les études. J'étais seulement inquiète. Et je le serai toujours, quoi qu'il arrive. Je veux ce qu'il y a de mieux pour toi. J'ai envie que tu aies une vie plus facile que la mienne ne l'a été. J'aimerais te voir heureuse et épanouie. Et je sais d'expérience combien la vie des musiciens est difficile. Les hauts sont vraiment très hauts, et les bas vraiment très bas. Aucune mère n'a envie de voir son enfant souffrir, mais nous ne voulons pas non plus être la personne qui l'empêche d'accomplir ses rêves. La frontière entre les deux est mince, et je crois que j'ai dû faire pencher la balance un peu trop fort d'un côté, avec toi.

Puis, reposant sa fourchette et me dévisageant avec sérieux, elle reprit :

— Je veux que tu saches que je te fais confiance ; je sais que tu feras ce qu'il y a de mieux pour toi, Bowe. La seule chose qui pourrait me décevoir de ta part c'est que tu cesses de te battre pour réaliser tes rêves. Tu es plus forte que ça.

Vraiment ? Je supposai que j'allais bientôt avoir l'occasion de mettre cette théorie à l'épreuve.

— Qu'est-ce que tu penses que je devrais faire ?

Ça pouvait paraître bizarre que ce soit vers elle que je me tourne pour ce type de conseils, mais je savais que je pouvais me fier à elle pour se montrer franche. Elle ne mâchait jamais ses mots et ne craignait pas de vous lâcher vos quatre vérités. Elle disait les choses comme elles étaient, mais toujours avec une touche maternelle qui aurait fait passer n'importe quelle pilule. Mon père, lui, était plus doux, plus complaisant. Il continuerait de m'encourager à fond dans tous les cas, même si ça me menait à tourner en rond.

— Avant toute chose, il va falloir parler aux autres membres du groupe. Leur dire ce qu'il en est. C'est la moindre des choses quand on sait comme ils comptaient sur toi. Ce n'est peut-être pas à leurs côtés que tu es destinée à faire carrière, mais c'est grâce à eux que tu es arrivée jusque-là. Tu leur dois des explications franches.

Elle avait raison, et c'était d'ailleurs tout en haut de ma liste.

— Une fois que ce sera réglé, si j'étais toi, j'irais réclamer ces clarifications que Ry t'as promises. Exiger des réponses claires. Ça pourrait bien changer la manière dont tu le perçois, alors je pense qu'il serait bon que tu entendes ce qu'il a à dire, pour agir en conséquence.

Sous le choc, je laissai échapper une exclamation de surprise.

— Tu rigoles ?!

Jamais je n'aurais cru qu'elle me conseillerait de courir après Ry.

Elle se saisit de nouveau de sa fourchette avec un haussement d'épaules.

— Tu es dans une phase de grands bouleversements, c'est le moment ou jamais de te pencher sur ce que tu ressens à propos d'un tas de choses. La musique n'est qu'une partie de l'équation. Je ne suis peut-être pas ton père, mais j'ai un cœur, moi aussi. J'ai bien compris que tes chansons parlaient d'une personne en particulier et j'ai toujours eu ma petite idée de qui cela pouvait être.

Eh merde. Pourquoi fallait-il que je sois entourée de gens aussi intelligents qu'observateurs ? Et dire que je pensais si bien cacher tous les sentiments contradictoires que m'inspirait Ry Archer… Visiblement, j'étais plus transparente que je ne le croyais.

Étonnamment, j'avais beau y réfléchir sous tous les angles, l'idée de rejoindre Ry à Denver ne me faisait même pas un peu flipper. Paupières mi-closes, je pointai une fourchette accusatrice en direction de ma mère.

— Je te rappelle que c'est toi qui es censée être le parent responsable.

Sourire aux lèvres, elle m'imita avec sa propre fourchette.

— On ne peut pas toujours faire ce que nous dicte la raison. Parfois, il faut se laisser porter par son cœur.

C'était bien ce qui me faisait peur. Parce que mon cœur m'avait toujours portée dans une seule direction : celle de Ry.

12

Ry

Il était très tard lorsque je regagnai Denver, après un trajet interminable. Je n'en pouvais plus de la conduite et du fast-food, et j'avais hâte de pouvoir cesser de ruminer. J'avais amplement eu le temps de tourner et retourner tout ce qui s'était passé à Austin dans ma tête, et de déterminer ce que je souhaitais pour la suite.

Si j'avais pris la route après ma nuit avec Bowe, c'était en partie parce que je savais que j'aurais renoncé à m'en aller à la seconde où elle aurait posé ses yeux dorés sur moi au réveil. J'avais de nombreuses raisons de rentrer chez moi, or, Bowe était de ces tentations auxquelles j'étais incapable de résister. Et puis, elle-même avait de grandes décisions à prendre, et elle n'avait pas besoin de moi dans les pattes alors qu'elle était en train de remettre sa vie entière en question. Si jamais elle avait besoin de moi ou si elle voulait discuter des problèmes qui restaient en suspens entre nous, elle savait où me trouver. Si elle ne donnait pas signe de vie et que nous retombions dans le silence radio, c'est qu'elle aurait décidé de ne pas s'encombrer de ce qui semblait nous lier. Ce qu'il y avait entre nous n'était peut-être pas aussi fort que je me l'étais imaginé. J'avais toujours eu l'impression d'en demander plus que Bowe n'était prête à offrir.

Cette fois, la balle était officiellement dans son camp. Si elle décidait de ne pas la jouer, je serais forcé de déclarer forfait.

Je fis de mon mieux pour ne pas faire de bruit en entrant chez mes parents ; tout le monde devait être au lit, à cette heure. Dans un mois, je retournerais vivre dans l'appart que je partageais avec quelques gars de l'équipe, un peu à l'écart de Boulder. C'était là que ma cousine Remy avait vécu le temps de ses études. Une chance pour moi, ma tante et mon oncle avaient accepté que mes parents le leur rachètent quand cela avait été mon tour d'intégrer la même université. Mais, pour le moment, j'étais de retour dans la maison que je considérerais toujours comme chez moi et, même si je n'avais que très rarement désobéi aux règles dans ma vie, j'avais l'impression d'être revenu au temps où je faisais parfois le mur. Généralement en été, pour retrouver Bowe quelque part, mais, ça, personne n'avait à le savoir. Plus jeune, je n'avais jamais réussi à rentrer sans me faire gauler, alors je n'aurais pas dû m'étonner de trouver mon père debout, ce soir. C'était invariablement lui qui me chopait. D'après lui, c'était parce qu'il avait inventé toutes les ruses que je tentais de déployer pour le gruger. Je l'avais tenu au courant de ma progression tout au long de la route, et il avait répondu à chacun de mes messages, y compris celui que je lui avais envoyé pour l'avertir que je n'étais plus qu'à une heure de la maison.

Il était attablé au gigantesque îlot qui occupait tout le centre de la cuisine, son téléphone et sa tablette de travail devant lui. Éclairé par une lampe unique, il était concentré sur ce qu'il dessinait sur l'écran lumineux. Le tableau habituel. Il était constamment en train de griffonner, crayonner, créer. La maison débordait d'art de tous styles, et pas mal d'œuvres de sa composition étaient accrochées aux murs. L'ensemble se situait entre la galerie d'art huppée et le studio de tatouage bariolé.

Il leva la tête en m'entendant refermer la porte derrière moi, et je vis le soulagement se peindre sur son visage. Mon père était un homme de peu de mots, pas du genre à faire étalage de ses émotions, mais, pour les quelques personnes qu'il autorisait à pénétrer dans son monde bien verrouillé, il n'était pas si opaque que cela. Beaucoup le trouvaient malpoli ou abrupt. En grandissant, j'avais pas mal entendu les adultes lui reprocher un mauvais caractère, mais je n'étais pas de cet avis. Il refusait simplement de se laisser marcher sur les pieds et ne voyait aucun intérêt à faire des ronds de jambe. Se faire apprécier de tout le monde ne l'intéressait pas ; il préférait gagner le respect des personnes qu'il estimait. C'est quelque chose que j'avais toujours admiré chez lui. Il se foutait de ce que les autres pouvaient bien penser de lui. Tout le contraire de moi, qui passais beaucoup trop de temps à essayer de contrôler l'image que je projetais.

Je laissai tomber mon sac de sport plein à craquer près de la porte et le rejoignis devant le plan de travail en marbre.

— Il ne fallait pas m'attendre.

Ses yeux étaient exactement de la même couleur que les miens. La couleur de l'hiver, en plus froid. À tel point que je peinais parfois à soutenir son regard. Comme à cet instant, alors qu'il m'étudiait, non seulement pour s'assurer que j'allais bien, mais aussi comme s'il cherchait en moi quelque chose qu'il n'avait jamais réussi à trouver.

— Comme si j'avais le choix. J'avais besoin de te voir passer cette porte sain et sauf. Ça te ressemble pas, ce genre de comportement. Je me suis fait un sang d'encre.

Je m'installai face à lui, tête basse. J'étais crevé. Crevé de la route, et crevé d'avoir dû remettre toute ma vie en question en l'espace de quelques jours seulement. J'aurais peut-être dû me contenter de suivre le chemin tout tracé devant moi, mais, pour une raison qui m'échappait, je revenais sans cesse sur mes pas.

— Tu me connais. J'aime quand tout est bien planifié. Et quand mes plans se cassent la gueule, je réagis rarement bien.

Il haussa un sourcil interrogateur. Quand j'étais plus jeune, il avait eu l'arcade piercée, et je me rappelais être fasciné par la manière dont ses bijoux dansaient au rythme de ses expressions. Captivé par ses couleurs de cheveux toujours fantaisistes. Lorsque Daire et moi avions commencé à nous lancer dans davantage d'activités scolaires et qu'il avait dû endosser de plus en plus de responsabilités parentales, puisque ma mère était sans arrêt de garde, il avait repris sa couleur naturelle. Je lui avais demandé pourquoi ce changement, curieux de savoir s'il avait voulu mieux s'intégrer parmi les autres parents, ou éviter de donner aux gamins de l'école des raisons de se moquer de nous. Il avait ri et balayé mes inquiétudes d'un revers de main : il était tout simplement trop occupé et avait des choses autrement plus importantes en tête que son look. De toute façon, ce n'était pas ça qui l'avait fait virer BCBG. Sa tignasse brune était souvent rasée, révélant le mandala alambiqué et hyper détaillé qu'il avait tatoué d'un côté du crâne. Le motif qui m'ornait le bras en était d'ailleurs inspiré. Jamais je n'oublierais la joie pure et sans filtre qui avait inondé son visage d'habitude si stoïque le jour où je lui avais demandé de me le dessiner. C'était un sacré cadeau pour mes dix-huit ans. Si nous nous étions toujours détachés du lot tous les deux, c'était d'une manière radicalement différente.

Il éteignit sa tablette et se leva pour aller chercher deux bières au frigo. Il était bien trop tard pour boire, mais j'acceptai tout de même celle qu'il me tendit. Appuyé sur le plan de travail à côté de moi, il semblait détailler chacun de mes mouvements.

— Tu es trop jeune pour tout planifier au millimètre. Il y a des trucs, faut les laisser arriver, et voir ça comme de l'expérience. C'est comme ça qu'on grandit. C'est comme ça qu'on apprend à retomber sur ses pattes quand nos projets partent en cacahuète. Les gens, ça va, ça vient, dans la vie. Un jour, ils sont ce qu'il y a de plus n'important pour nous, le suivant, pfuitt, plus rien. Il faut laisser faire, et à mesure le tri s'opère entre ceux qu'il faut à tout prix garder à ses côtés et ceux sur lesquels il faut tirer un trait. Si je n'avais eu personne à qui comparer ta mère, j'aurais fini par la laisser filer entre mes doigts. J'ai su qu'elle sortait du lot car, ce que je ressentais auprès d'elle, je ne l'avais jamais ressenti auprès de qui que ce soit d'autre de passage dans ma vie. C'est peut-être un peu dégueulasse à dire, mais c'est la vérité.

Avec un soupir, je portai la bouteille à mes lèvres.

— Je crois que je viens de me rendre compte qu'on croise parfois des personnes incomparables, et que quand on essaye de retrouver la même chose chez une autre, c'est voué à l'échec. Quelqu'un finit toujours blessé.

Inclinant la tête de côté, mon père me considéra avec gravité.

— Combien de fois tu as quitté le terrain en boitillant après une patate qui aurait envoyé n'importe quel autre môme aux urgences ?

— J'ai perdu le compte, fis-je en haussant une épaule.

Mon père pointa le goulot de sa bière dans ma direction.

— Exactement. Tu te lances en sachant pertinemment que ça risque de mal se terminer pour toi, ou quelqu'un d'autre. Ça fait partie du jeu. Et il en va de même pour la vie. On joue jusqu'à remporter la victoire, même s'il arrive que ça fasse mal.

Je gardai quelques instants le silence, un peu gavé qu'il me fasse le coup de l'analogie avec le football. C'était mon truc, et pourtant sur ce coup il s'en sortait mieux que moi.

Je soupirai de nouveau et reposai ma bière à demi entamée devant moi. Plus que la fatigue, c'était l'épuisement que je sentais me gagner.

— Aston est une chouette fille. On est potes depuis si longtemps. Elle méritait mieux que ça. Je ne me suis pas lancé dans cette relation avec elle pour les bonnes raisons.

— Possible. Mais tu t'es montré réglo avec elle le temps que ça a duré, et tu as conscience qu'elle, au moins, a rompu pour les bonnes raisons. Et c'est justement parce que vous étiez amis à l'origine que vous devriez pouvoir avoir une conversation à cœur ouvert à ce propos.

Il m'attrapa la nuque de sa main tatouée.

— Je pige pas toujours tout ce qui se passe dans cette caboche, Ry, mais une chose est sûre : tu n'es pas le genre d'homme qui fuit sans faire de son mieux pour réparer ce qu'il a cassé. Tu ressembles à ton oncle Remy, pour ça. Il cherchait toujours à tout remettre en ordre, peu importe qui avait merdé.

La comparaison piquait, et il dut me sentir me crisper, car, d'une main sur l'épaule, il me fit pivoter face à lui.

— Qu'est-ce qu'il y a ? Je sais que tu ne sais pas grand-chose de lui, à l'exception de ce qu'on a pu te dire, mais, crois-moi, tu as hérité de tous ses bons côtés.

Paupières closes, je laissai retomber le menton. Ce n'était pas simple d'être le souvenir vivant d'un homme qui avait tant compté pour tant de monde.

— Pendant que j'étais à Austin, j'ai essayé de me trouver. Toute ma vie on m'a comparé à un mort. Je crois que dans tout ce que je fais, et tout ce que j'ai pu accomplir par le passé, je m'efforce d'être à la hauteur du souvenir que tu as de ton jumeau. Jamais on ne me laisse oublier combien il était parfait ni combien je lui ressemble. La barre est franchement haute. Toutes ces attentes, ça finit par peser, je crois que j'en ai perdu de vue la personne que je voulais être, le genre d'homme que j'aspire à devenir.

Mon père laissa retomber la main, et son expression vira à l'horreur.

— Merde. C'est…

Blême, il laissa sa phrase en suspens et serra les poings sur le plan de travail. L'espace d'un instant, je me tins prêt à le rattraper, au cas où il tournerait de l'œil.

— C'est bien la dernière chose que je souhaitais pour toi, Ry. J'ai grandi en étant sans arrêt comparé à mes frères et, bien sûr, je n'ai jamais été à la hauteur. C'était l'enfer. Ça me mettait une telle rage que je suis devenu une vraie saloperie. J'ai traité mes frères et ta mère comme de la merde. Je détestais mes parents et toute autre personne qui me faisait cet affront, sans distinction. Je ne me suis jamais douté une seconde qu'on te faisait ressentir la même chose.

Il jura entre ses dents. La détresse se lisait dans ses yeux clairs. J'aurais dû lui en parler plus tôt. Il était probablement la seule personne à même de comprendre ce que je vivais. Je le pris un instant dans mes bras, il avait l'air d'en avoir bien besoin.

— C'est rien, papa. Ce n'est qu'en passant un peu de temps avec quelqu'un qui m'a toujours vu comme ce que je suis que j'ai compris pourquoi j'avais toujours eu l'impression de vivre la vie d'un autre.

— Tant mieux si tu le sens comme ça, Ry, mais le fait est qu'avec ta mère, on a foiré quelque chose. On aurait dû faire mieux que ça. Et j'aurais dû voir que tu souffrais, au lieu de tant chercher à expliquer pourquoi je ne t'avais jamais vraiment compris.

— On ne peut pas toujours anticiper le jeu de l'adversaire, peu importe le nombre de fois où on l'a affronté sur le terrain, lâchai-je avec un sourire en coin, avant de désigner les escaliers du menton. Je vais me pieuter, moi. Je ne tiens plus debout.

J'avais besoin de sommeil si je voulais trouver les mots pour parler à Aston et décider comment gérer si Bowe choisissait de me rayer de sa vie une bonne fois pour toutes. Je titubai jusqu'à mon lit et m'y écroulai sans même prendre la peine d'allumer ou d'enlever mes chaussures. Je taquinais souvent ma mère en lui disant qu'elle pourrait transformer ma chambre en ce qu'elle voudrait une fois que je serais parti à l'université, mais elle m'avait promis qu'elle aurait toujours la place de nous accueillir, moi et ma sœur, quel que soit l'endroit où elle vivrait.

Et, en parlant de Daire, j'aurais dû me douter qu'elle viendrait frapper à ma porte à la seconde où je fermerais les yeux. Elle aurait dû dormir depuis longtemps, mais je n'étais pas surpris qu'elle soit encore debout.

— Ça va, entre, marmonnai-je dans un demi-sommeil.

Je sentis le matelas s'enfoncer quand elle s'assit pour venir passer les doigts dans mes cheveux, comme elle aurait caressé un chien.

— Heureuse de te voir rentrer entier, grand benêt. T'avise pas de te barrer de nouveau comme ça sans me le dire, ou tu le regretteras.

De la part de n'importe quel autre frère ou sœur, la menace n'aurait rien eu de sérieux. Mais Daire ne rigolait pas. Si je venais à la foutre en colère et à l'inquiéter comme ça une nouvelle fois, elle ferait de ma vie un enfer.

— Désolé de ne pas t'avoir prévenue. Je n'ai pas compris ce que je faisais avant d'être loin déjà.

Daire me tira suffisamment sur les cheveux pour me forcer à la regarder. Même dans l'obscurité, elle restait la plus jolie fille de la terre. Ses cheveux pâles et son sourire malicieux luisaient presque dans le noir. Elle avait de la chance d'avoir l'air si angélique, on lui pardonnait toutes ses conneries. Pour l'instant, elle papillonnait, mais j'étais déjà au taquet : si le moindre mec avait l'audace de se croire assez bien pour elle, il devrait être prêt à ce que je le passe au gril en bonne et due forme pour m'assurer qu'il soit à la fois prévenu et digne de sortir avec elle.

Après m'avoir tapoté la tête, Daire se releva.

— Bon, je te laisse tranquille. Tu dois être mort. Mais demain, tu ne m'échapperas pas. Tu vas me raconter tout ce qui s'est passé à Austin, et comment tu comptes arranger les choses avec

Aston. Qu'elle t'évite, passe encore, mais ça me rend dingue qu'elle continue de m'ignorer. Je veux qu'on me rende mon amie.

Plongeant le nez dans mon oreiller, j'agitai une main en signe de reddition.

— On parlera de tout ça quand je n'aurai plus la tête comme une pastèque. File au lit, petite peste.

Je l'entendis s'éloigner, puis marquer une pause dans l'embrasure.

— Tu sais que tu es ma personne favorite sur terre, hein ? Devant tout le monde, absolument tout le monde. Personne n'est plus important que toi à mes yeux. Personne.

Je tournai la tête et l'observai à travers l'obscurité.

— Tu n'es pas un peu vieille pour écouter aux portes ?

— Peuh, jamais de la vie ! lança-t-elle, avant de fermer la porte derrière elle.

En dépit de la fatigue, j'avais encore assez de neurones fonctionnels pour me rendre compte que j'étais plus ou moins le seul à ne pas avoir compris qui j'étais. De toute évidence, les personnes qui comptaient le plus à mes yeux m'avaient toujours vu tel que j'étais, et non comme le type que je pensais devoir être.

Aston ne fut finalement pas ma première mission.

Le lendemain de mon retour à Denver, ma mère ne m'avait pas quitté d'une semelle et m'avait quasi noyé sous les attentions maternelles. Loin de moi l'idée de le lui reprocher, c'était ma faute si elle s'était tant inquiétée. Et puis, vu que je n'allais plus tarder à regagner mon logement étudiant, j'aurais été bête de me priver d'en profiter un peu. Ça nous faisait du bien à tous les deux.

Puis, le jour suivant, je dus aller présenter mes excuses à Zowen et mon oncle, que j'avais un peu mis dans la sauce par mes actions inconsidérées. Lorsque j'arrivai chez eux, ma tante Cora se répandit à son tour en petits soins. Rome, en revanche, ne me ménagea pas. Pour lui, il était capital d'affronter ses responsabilités quand on avait fait une connerie, j'eus donc droit à une remontée de bretelles de premier ordre. Puis, une fois qu'il eut terminé de me passer un savon, il secoua la tête en rigolant.

— Il était temps que ton père soit rattrapé par le karma !

Zowen me tira de là avant que je ne sois forcé de trouver quoi répondre à cela. Pour être honnête, j'étais touché qu'il me compare à mon père plutôt qu'à mon oncle Remy. Papa lui avait-il parlé de mon minicraquage et de ma récente crise existentielle ? Ça n'aurait rien eu de surprenant. Ils ne se cachaient pas grand-chose, tous les deux. Chez les Archer, on ne faisait pas de secrets, ce qui expliquait sans doute que mon cousin me demande de but en blanc :

— Alors, tu as dit à Bowe ce que tu éprouvais réellement pour elle, pendant ton séjour à Austin ?

Je pris place sur son fauteuil de gaming haut de gamme. Son installation informatique était ouf. On aurait cru un poste de lancement de satellites plus qu'un PC de jeu. Zowen était le package complet. Grand sportif, il aurait pu se concentrer sur sa passion pour le ballon rond à l'université. Au lieu de cela, il avait décidé d'étudier la programmation et avait remisé les crampons dès qu'il avait intégré la prestigieuse Colorado School of Mines.

J'aurais préféré qu'il vienne s'installer avec moi à Boulder pour ses études, mais il avait tenu à profiter de son départ pour l'université pour mieux asseoir son indépendance. En tant qu'Archer, on était en permanence entourés de membres de la famille, et ça pouvait effectivement devenir étouffant. Il en avait eu marre de vivre dans l'ombre de sa sœur, mais aussi de la compétition constante entre nous. Nous avions beau être les meilleurs amis du monde, nous ressentions quand même la nécessité de nous mesurer l'un à l'autre de temps en temps. On avait la compète et la surenchère dans le sang. En revanche, s'il y avait un domaine où je ne risquais pas de surpasser mon brillant cousin, c'était effectivement l'informatique.

— Je lui ai dit que je lui devais des excuses, et que si elle voulait que je lui explique pourquoi j'avais tout fait foirer au départ, il faudrait qu'elle vienne ici me demander des comptes. J'ai besoin d'être certain qu'elle a à cœur de remettre notre relation sur les rails. Qu'elle me veut, moi.

Zowen leva les yeux de son téléphone.

— Tu veux que ce soit elle qui fasse le premier pas, cette fois ?

— Voilà. Possible que ça ne mène à rien, mais si elle décide de monter à Denver, je lui parlerai de ce que je ressens. Ce que je ressens depuis toujours. Je lui prouverai à quel point je regrette de l'avoir repoussée quand tout est devenu trop sérieux trop vite, à l'époque, expliquai-je en frottant ma barbe de trois jours. Mais avant ça, il va falloir que je discute avec Aston. Je lui ai envoyé deux ou trois messages, j'ai essayé de l'appeler pour qu'on s'explique tranquillement avant qu'elle s'en aille. Elle ne répond pas. J'ai même été jusqu'à passer un coup de fil à Royce pour lui demander de transmettre le message, mais, apparemment, elle ne prend pas ses appels non plus.

Mon cousin releva la tête et agita son téléphone.

— Tu veux que je tente le coup ?

— Ça ne coûte rien, lâchai-je avec un haussement d'épaules. Mais je ne vois pas pourquoi elle te répondrait à toi, alors qu'elle ignore même sa meilleure amie et son frère.

Zowen ne prit pas le temps de répondre ; il tapotait déjà à toute vitesse sur l'écran de son portable. La réponse fut quasi immédiate. Je pinçai les lèvres. Avais-je loupé un épisode ? Depuis quand Zowen et Aston étaient-ils si proches ? Je les avais toujours crus vaguement potes mais sans plus.

— Elle bosse à l'atelier de son père. Elle dit que tu peux passer, et qu'elle prendra une pause si tu veux discuter. Si elle n'a répondu à personne, c'est parce qu'elle a peur que tout le monde lui reproche votre rupture et l'engueule de ne pas avoir prévenu qu'elle partait pour la Californie. Elle craint que vous n'essayiez de l'en dissuader.

Je levai un sourcil perplexe.

— En revanche, toi, non… elle n'a pas peur que tu tentes de la retenir.

Zowen toussota.

— Faut croire que non. Moi, ça me fait ni chaud ni froid, hein. Qu'elle parte en Californie ou en Antarctique, ça ne changera rien à ma vie. Et je ne suis pas spécialement triste que vous ayez rompu. Je sais que ce n'est jamais plaisant de se faire larguer, mais je ne m'en fais pas trop pour toi, hein. Tout roule toujours à la perfection dans ta vie. Une petite peine de cœur, ça peut pas te faire de mal. Ça aide à garder la tête sur les épaules. Et puis, bon, je sais que tu craques pour Bowe depuis toujours. Si tu n'avais pas pris peur quand elle a fini par te donner le feu vert, vous seriez ensemble depuis ce temps-là. Aston n'était qu'un léger détour sur la route. Un très joli et agréable crochet, certes, mais elle n'a jamais été la destination finale.

— Les boules. Tu me fais vraiment passer pour un connard de première, là, m'insurgeai-je en me passant une main sur le visage. Si c'était si clair pour toi, tu crois qu'elle l'a ressenti comme ça aussi ?

— Possible, répondit Zowen avec une moue. Mais si tu veux mon avis, tu n'étais pas non plus sa destination, ou elle t'aurait parlé de ses projets, même si ça devait signifier une relation à distance. Comme je le vois, vous alliez dans la même direction au même moment, et faire un bout de chemin ensemble tombait sous le sens. Là, vous arrivez à un carrefour, et vos chemins se séparent.

Soufflant un bon coup, je me remis debout.

— Tu penses qu'on s'est servis l'un de l'autre ?

Pour être franc, ça aurait le mérite d'alléger le poids qui me pesait sur les épaules. M'apercevoir que je n'avais jamais été l'excellent petit ami que j'avais cru pour Aston m'avait foutu le moral à zéro. Si nous nous étions tous les deux mis ensemble pour les mauvaises raisons, l'idée que je ne sois en réalité pas le mec bien que tout le monde s'imaginait piquait tout de suite un peu moins.

Zowen retourna à son téléphone avec un nouveau haussement d'épaules.

— Si j'étais toi, je lui poserais la question quand je la verrais.

— OK, OK, soupirai-je en me levant de son fauteuil hors de

prix pour me diriger vers la porte. Et, au fait, désolé de t'avoir mis en mauvaise posture en partant. Ton père m'a pourri, et ta mère a menacé de me priver de sortie comme si j'étais son gosse et non un adulte responsable.

— T'inquiète. Si ma mère voulait te priver de sortie, elle trouverait le moyen de le faire. Tu sais que tu peux compter sur moi. Quoi qu'il arrive. La prochaine fois, dis-moi juste ce que tu fabriques, ça me permettra d'inventer un semblant d'excuse, au moins. J'ai passé ma vie à couvrir Remy. J'embobine les parents comme personne.

Brusquement, il écarquilla les yeux et se pencha vers moi.

— En parlant de ma sœur, je t'ai dit qu'elle revenait à Denver dans quelques semaines ?

Je me figeai, main sur la poignée.

— Sérieux ? Elle n'est pas repassée dans le coin depuis plus d'un an. Qu'est-ce qui l'amène ?

— Aucune idée. Elle a juste envoyé un message pour prévenir qu'elle serait là quelque temps. Je lui ai demandé si elle dormirait ici, mais apparemment elle a déjà prévu de squatter chez un pote. Je crois qu'elle sait que si elle rentre à la maison, ma mère tentera de l'enfermer dans sa chambre pour l'obliger à rester indéfiniment. Remy lui manque, elle se fait toujours un max de souci pour elle.

— Comme nous tous. Ce sera sympa de la revoir.

Ce serait aussi l'occasion de tâcher de lui faire cracher ses infos à propos de Bowe. Il y avait peu de chances qu'elle parle, mais ça ne coûtait rien d'essayer.

— J'y vais. Je t'appellerai avant de repartir à Boulder, histoire qu'on se voie un peu avant le début des entraînements d'été.

Dès que le football reprendrait, je n'aurais plus le temps de rien. Zowen acquiesça et me salua de la main tandis que je quittais sa chambre. Je fis une bise à ma tante, promis à mon oncle que je m'étais enfin sorti les doigts, puis pris la direction de la zone industrielle à l'écart du centre où était établi l'atelier moto du père d'Aston. Il s'agissait d'un bâtiment sympa, au beau milieu d'entrepôts de briques dont les murs et les portes de garage métalliques étaient couverts de graffitis. Des galeries d'art urbain et des studios de tatouage se mêlaient aux multiples ateliers de mécanique et autres exploitations. Le quartier avait toujours été menacé de gentrification, mais gardait un petit côté rugueux et cool. L'endroit idéal pour une entreprise dédiée aux bikers et fanas de moteurs.

Je prévins Aston de mon arrivée, et elle me donna rendez-vous à l'un des petits cafés indé de l'autre côté de la rue. Ça m'arrangeait qu'elle n'ait pas envie qu'on se parle à l'atelier. J'aimais bien son père, il était cool, mais aucun daron ne voit d'un excellent œil les mecs qui rendent sa fille malheureuse. Même sans le faire exprès. Je préférais régler tout ça avec Aston avant d'avoir affaire à ses parents ou à son frère.

Je lui commandai la mixture café-chocolat qu'elle prenait tout le temps et choisis une place à l'écart, tout au fond. La clochette de l'entrée tinta à son entrée. Même de loin, il était évident qu'elle manquait de sommeil et ne mangeait pas bien en ce moment. Aston était une fille menue. À cet instant, je craignais qu'un seul faux mouvement suffise à la casser en deux tant elle semblait fragile. Son regard sombre était tourmenté, et ses yeux étaient soulignés de cernes. Ses épais cheveux ondulés habituellement animés de reflets de feu pendaient, ternes et mous, autour de son visage blafard. En temps normal, elle me faisait penser à une petite fée radieuse, lumineuse. Là, on aurait dit qu'elle avait perdu sa flamme intérieure. Et j'avais la rage de me dire que c'était probablement moi qui l'avais étouffée.

Je poussai la boisson mousseuse dans sa direction, et forçai un sourire incertain.

— Salut. Merci d'avoir accepté de me voir. J'avais peur de ne pas du tout te croiser avant de retourner à Boulder… ou avant ton départ.

Évitant mon regard, elle enroula les doigts autour de sa tasse.

— Je comptais t'appeler. Mais j'avais besoin de temps pour réfléchir à ce que je voulais te dire. Je m'en veux, Ry, enchaîna-t-elle, les larmes aux yeux. Vraiment. Pour tout.

Je dus crisper les doigts dans ma paume pour ne pas chercher à lui prendre la main, par habitude.

— Tu n'as pas à t'en vouloir de quoi que ce soit, Aston. Tu as fait ce qu'il y avait de mieux à faire pour toi, et c'est sans doute un peu ma faute si les choses se sont passées de cette manière. J'aurais dû voir que tu n'étais pas heureuse. J'aurais dû faire plus attention à ce qui se passait entre nous, à ce que nous nous faisions l'un à l'autre.

Les larmes roulèrent sur ses joues blêmes, et je ne pus me retenir de les essuyer. Nous n'étions peut-être pas faits pour être en couple, mais ça ne signifiait pas que je cessais de m'en faire pour elle, ni que je ne devais plus m'assurer de son bien-être.

— Quand je t'ai dit que je n'étais pas heureuse, ça n'avait rien à voir avec toi, tu sais, soupira-t-elle après s'être essuyé le visage dans sa manche. Si je me attachée à toi et que je me suis dit que sortir avec toi serait parfait, à l'époque, c'est parce que tu me rappelles beaucoup mon père.

Je fis la grimace. Quel gars aurait voulu entendre ça ?

— Tu es adorable, poursuivit-elle avec un sourire vacillant. Tu es patient. Tu te mets en quatre pour les gens et tu ne cherches jamais à en obtenir plus que ce qu'on a à offrir. Mon père est comme ça avec ma mère. Il la traite comme une perle fragile et précieuse, et je suppose que c'est ce que je croyais vouloir d'une relation amoureuse.

Secouant la tête, elle vint enfin à la rencontre de mon regard.

— Seulement, ma mère *est* fragile. Il en faut peu pour l'ébranler. Je ne sais pas si tu connais un peu son passé, mais… elle a morflé. Elle a traversé des trucs réellement terribles avant de rencontrer mon père. Elle a besoin d'être enveloppée de papier bulle. Être en couple avec toi m'a fait prendre conscience que ce n'est pas du tout mon cas. Je ne suis pas ma mère. Je suis loin d'être aussi vulnérable qu'elle. Toi, en revanche, tu restes un homme foncièrement bon, comme mon père. Je me suis sentie trop mal de me rendre compte que je sortais avec toi parce que c'était un schéma familier et sécurisant, et non parce que c'était ce que je souhaitais vivre. Tout ce que j'attendais, c'était que tu me cries dessus, ou que tu t'énerves parce que je ne venais pas te voir jouer, rien qu'une fois. Que tu me donnes une seule raison de te plaquer sans le moindre remords.

Je faillis en tomber de mon siège.

— Aston…, commençai-je en portant la main à mon cœur aux battements soudain désordonnés.

Incapable de trouver les mots, je laissai ma phrase en suspens. Je n'arrivais pas à croire que son besoin de rompre et ma confusion grandissante de ces derniers temps avaient plus ou moins la même origine. Si Aston n'avait pas décidé de mettre un terme à tout ça, je n'aurais peut-être jamais réalisé à quel point ce changement m'était nécessaire pour retrouver le bonheur.

Soudain, elle tendit le bras en travers de la table pour m'attraper la main. Pressant mes doigts entre les siens, elle murmura :

— Quand je t'ai dit que nous n'étions pas faits l'un pour l'autre, j'étais sérieuse. Mais je crois qu'il existe quelqu'un qui te correspond beaucoup mieux, et que cette personne est bien plus proche que tu ne le penses.

J'arrachai ma main à la sienne sous le coup de la surprise.

— Comment ça ?

Aston se dandina un instant sur sa chaise en tripotant sa tasse.

— Il t'arrive de ne pas être si doux, ni si patient. Je t'ai déjà vu refuser de te laisser marcher sur les pieds. Il y a une personne dans ta vie qui te pousse à dire le fond de ta pensée. Quelqu'un qui t'impressionne et t'encourage à te battre pour obtenir ce que tu veux. Ce gars qui adore passer son temps à se prendre la tête avec Bowe, il a toujours été une énigme pour moi. Mais c'est lui, le véritable Ry, et quand je m'en suis enfin rendu compte, j'ai eu envie de découvrir mon vrai moi, à mon tour. Toi et moi, on se ressemble tellement que c'en est effrayant, Ry. Que ce soit dans nos forces ou dans nos faiblesses. Ce que je veux, c'est quelqu'un comme le mec que Bowe fait ressortir en toi : une personne qui ne soit pas lisse. Qui me pousse dans mes retranchements. Quelqu'un qui ne me donne pas l'impression de vivre dans une cage de verre qui risque de se briser au moindre faux mouvement.

Je me raclai la gorge, à mon tour incapable de soutenir son regard.

— Quelqu'un t'a dit que j'avais été la voir directement après notre rupture ?

— Oh ! fit-elle, surprise. Non. Je n'ai parlé qu'à Zowen quand il est passé à l'atelier, c'est tout. Cela dit, ça ne me surprend pas des masses que ton premier instinct ait été de te tourner vers elle. Elle a toujours mieux compris que moi ce dont tu avais besoin.

— Tu ne veux même pas faire semblant d'être un tout petit peu jalouse ? soupirai-je.

— Non, vraiment pas. Avec le recul, je crois que je n'ai jamais franchement eu le sentiment que tu étais à moi. Dans mon esprit, je ne faisais que t'emprunter un moment.

Je jurai entre mes dents et me passai une main fébrile sur le visage.

— Tu ne peux pas dire ça. Le Ry qui sortait avec toi t'appartenait corps et âme, Aston. Je ne vais pas prétendre que c'était réellement moi, ni qu'il réapparaîtra un jour maintenant que j'ai compris qu'il n'était pas celui que je veux devenir, mais sache que son engagement envers toi était authentique.

Cette fois, lorsqu'elle sourit, il me sembla que c'était sincère, moins dramatique et forcé.

— Et l'Aston que tu connais bien était elle aussi pleinement investie. Mais la vraie, eh bien, il est possible qu'elle ait des sentiments pour quelqu'un d'autre. Quand je l'ai compris, j'ai su que je devais rompre avec toi et fuir aussi loin que possible de Denver.

— Ah ? Parce que ce quelqu'un d'autre est ici ?

Marrant… En fin de compte, je n'étais pas jaloux non plus.

— Je ne préfère pas en parler. Tout est si flou, pour l'instant. Il est possible que je reporte mes sentiments sur une cible facile.

— En tant que couple, c'était pas ça, mais en tant qu'amis on ne fonctionnait pas si mal, répondis-je en entrelaçant mes doigts avec les siens. Et je peux te dire que ma sœur pète les plombs à force de ne pas avoir de nouvelles. Je ne dis pas que ça va se faire tout seul, mais qu'est-ce que tu dirais de reprendre les choses là où elles en étaient avant qu'on sorte ensemble ? Je n'ai aucune envie de te perdre, Aston.

Sa main était chaude dans la mienne et, enfin, je vis la flamme renaître dans ses yeux.

— Je ne demande pas mieux, mais il va falloir me promettre que tu ne chercheras pas à me convaincre de rester à Denver. J'ai besoin de m'éloigner d'ici. Il n'y a que comme ça que j'arriverai à faire le tri dans ma tête. Ma mère commence déjà à se comporter comme si je n'allais jamais revenir et je vais me retrouver à des années-lumière de Royce, alors je ne t'explique pas comment je galère à garder le cap. Si je devais revenir sur ma décision, ça ne serait pas parce que j'en ai envie. Ce serait pour faire plaisir à tout le monde, or c'est précisément de cette habitude que j'essaye de me défaire.

— Aucun problème. Tant que tu me promets de passer dire au revoir à tout le monde avant de partir.

Elle acquiesça tout en reprenant sa main.

— Rompre avec toi a été l'expérience la plus difficile de ma vie. Après ça, faire une tournée d'adieu devrait être du gâteau.

Les bras appuyés sur le bord de la table, elle se pencha vers moi d'un air complice.

— Alors comme ça, tu es allé voir Bowe à Austin ? Comment ça s'est passé ?

— Ha, ha, hum. Quand j'ai suggéré qu'on redevienne bons amis, je ne songeais pas à passer de l'état d'ex à celui de meilleurs potes à la vitesse de la lumière. Je ne crois pas être prêt à parler de l'une ou l'autre d'entre vous à qui que ce soit, pour l'instant. Quand j'aurai démêlé tout ça, que je me serai trouvé, je te ferai signe.

À son sourire éclatant, je vis que la fée en elle reprenait du poil de la bête.

— Je sais quel genre d'homme tu es, Ry. Tu fais passer les personnes que tu aimes avant toute chose, mais il te faut une personne qui soit prête à faire de même pour toi. Tu mérites quelqu'un qui t'aime aussi farouchement que tu l'aimes, toi.

Et, s'il y avait un mot qui devait me venir à l'esprit quand on parlait de Bowe, c'était bien « farouche ».

— Je ferai mon possible.

Qu'elle m'aime ou qu'elle me déteste, elle le ferait avec toute l'intensité dont elle était capable.

Les deux me convenaient, tant qu'elle tenait sa promesse et qu'elle ne m'oubliait jamais.

13

Bowe

— Tu es sûre que c'est ce que tu veux ?

Je jetai un coup d'œil en direction de Remy alors que je refermais le coffre de sa minuscule voiture de sport en faisant gaffe de ne pas écrabouiller ma housse de guitare.

Ma meilleure amie était appuyée contre l'aile rouge pétant, lunettes de soleil vissées sur le nez et bras croisés sur la poitrine. Ses boucles blondes indisciplinées étaient ramassées au sommet de son crâne, et la fossette qui creusait habituellement sa joue était aux abonnés absents. Elle n'approuvait pas mon choix de monter à Denver jusqu'à la fin de l'été et n'avait rien fait pour dissimuler ses doutes et sa déception durant la semaine qu'elle avait passée chez moi.

Quand je l'avais appelée pour lui demander de m'accompagner dans le Colorado pour quelques semaines, elle avait refusé tout net. La liste des raisons pour lesquelles elle préférait éviter Denver était longue, et la moitié étaient liées au fait que tout là-bas lui rappelait Hyde. Les Archer et leurs premières amours, c'était quand même quelque chose… à croire que c'était héréditaire. Je m'étais résignée à y monter seule, quand

Remy s'était pointée sur le pas de ma porte, en clamant qu'elle avait changé d'avis. Si je tenais tant que ça à courir après Ry, elle voulait m'accompagner. Ça avait été un soulagement et, en même temps, j'étais intriguée. Il n'était pas rare que Remy change d'avis, en revanche, elle était généralement catégorique en ce qui concernait ce qu'elle jugeait bon ou non pour ses proches.

Je m'essuyai les paumes sur les poches arrière de mon short avec un haussement d'épaules.

— Que veux-tu qu'il arrive, au pire ?

Elle poussa un grand soupir et abaissa ses lunettes miroir pour me regarder droit dans les yeux. Ses iris étaient un curieux mélange de bleu-gris et de brun clair. Cette teinte noisette d'une grande intensité lui venait probablement des yeux vairons de sa mère. Son frère avait hérité de leur couleur dépareillée, tandis que, chez elle, les nuances s'étaient mêlées en une combinaison hypnotique.

— Dans le pire des cas, ma belle, tu tomberas amoureuse de mon cousin. Écoute, j'aime Ry comme un frère, mais, ce gars-là, son avenir est déjà réglé comme du papier à musique. Ça ne laisse pas beaucoup de place à l'improvisation. Ça m'embêterait qu'en mettant le doigt dans cette machine bien huilée, tu laisses tomber tes propres projets et gâches ton incroyable talent. Je ne veux pas te voir baisser les bras au premier revers, et je refuse que tu te retrouves à consacrer ta vie à un pauvre mec.

Tapotant de la basket sur le sol, elle me gratifia d'une moue très étudiée avant de poursuivre :

— Je comprends que tu sois déçue que ton premier gros concert ne se soit pas passé comme tu l'avais envisagé, et que tes potes t'en veuillent d'avoir tué le groupe. Mais je ne pense pas que fuir soit la réponse à tes problèmes. En plus, ça ne te ressemble pas. Je sais bien que tu restes bizarrement mordue de mon cher cousin parce qu'il a plus ou moins été ton premier tout, mais c'est plus que périmé comme mentalité. On s'en fout de qui a été le premier. Celui qu'on doit trouver, c'est le meilleur.

Je vins me planter devant elle pour la secouer un peu. Elle faisait quelques bons centimètres de moins que moi, mais son assurance la faisait paraître deux fois plus grande. Remy Archer était une force de la nature, un vrai ouragan. Quand on ne savait pas le cœur d'or qui se dissimulait sous son exubérance et son aplomb, elle pouvait sembler intimidante. Pourtant, elle était la personne la plus loyale que je connaisse. Et l'une des plus courageuses, tant que ça ne touchait pas aux relations amoureuses. Elle pouvait bien marteler qu'il ne fallait pas s'attarder sur son premier amour, je savais pertinemment qu'elle continuait à lutter contre les sentiments et les questionnements soulevés par le sien. Hyde l'avait vraiment bien foutue en l'air, et ça se ressentait dans sa façon d'envisager ce qui avait trait aux affaires de cœur.

Je lui tirai sur une boucle. Celle-ci se remit en place instantanément, tandis que sa propriétaire me considérait d'un air sévère.

— Qu'il ait été mon premier, on s'en fout. Le truc, c'est qu'il est le seul à mes yeux. Il prend tellement d'espace dans ma tête…

Et dans mon cœur, mais je n'allais pas m'aventurer sur ce terrain-là avec elle

— Il n'y a jamais eu la place pour qui que ce soit d'autre. Je vais avoir besoin de passer un moment avec lui pour déterminer si je peux le faire dégager de là pour enfin passer à autre chose, ou si je dois accepter qu'il sera toujours là, et qu'il ne sert à rien de perdre plus de temps à essayer de l'oublier. Et puis, ça me fera du bien de changer un peu d'air. Mon père a encore un studio à Denver et il m'autorise à m'en servir autant que je veux tant que je serai là-bas. Il m'a aussi rappelé qu'il avait démarré sur les scènes ouvertes locales et, d'après lui, je devrais essayer de jouer seule devant un nouveau public. Il a l'air de penser que ça me ferait du bien.

Je ne pouvais pas exactement me lancer en solo tout de suite à Austin. Pas sans mettre sérieusement les glandes à Joey et au reste du groupe que je venais de plaquer. Ce serait une vraie gifle pour eux et, si je plaçais la musique avant tout, ça aurait été trop cruel de ma part de passer à autre chose sans eux comme si de rien n'était.

Je lâchai Remy pour rejoindre le siège passager de sa petite voiture tape-à-l'œil. Ce n'était pas le véhicule idéal pour un *road trip*, mais j'étais prête à parier que Remy nous ferait gagner une bonne heure, à la vitesse où elle conduisait son bolide. Il faudrait juste nous assurer de ne pas nous faire arrêter en route. Même si j'étais convaincue qu'avec son bagout elle saurait nous tirer de n'importe quelle situation.

— Et concernant la vie déjà toute planifiée de Ry, c'est justement maintenant que j'ai besoin de savoir s'il est prêt ou non à faire quelques compromis pour moi. Je ne vais pas rester moisir sagement dans un coin pendant qu'il accomplit tout ce qu'il est destiné à effectuer. Je ne suis pas du genre à rester sur la touche. Je n'ai pas la docilité d'une Aston. Maintenant qu'il m'a fait la passe, il faut qu'il s'attende à ce que j'attrape la balle au vol et que je fonce.

Il avait débarqué de nulle part pour mettre mon existence sens dessus dessous. À moi de lui rendre la monnaie de sa pièce.

Je me glissai dans la voiture surbaissée et attendis que Remy prenne place au volant. Ensuite, j'envoyai un message à mes parents pour les prévenir que j'allais prendre la route. J'en profitai aussi pour adresser aux jumelles une vidéo marrante de Remy et moi leur envoyant des bisous.

Les filles étaient tristes, d'une part parce que Remy n'était pas restée assez longtemps pour qu'elles puissent en profiter autant qu'elles l'auraient voulu, de l'autre parce que je prévoyais de m'absenter pour l'essentiel de l'été. Elles me répondirent que j'allais leur manquer. Elles regrettaient d'avoir trouvé du boulot pour les vacances, ou on aurait pu faire le voyage en famille. Je me sentis coupable d'avoir gâché leur séjour annuel pendant si longtemps. Je ne m'étais pas rendu compte à quel point ma volonté d'éviter Ry était égoïste et avait affecté mes proches.

— Tu as réfléchi à ce qui se passerait si Ry devenait joueur professionnel ? Je sais qu'il a à peu près autant de chances d'intégrer un jour la NFL que tu en as de devenir une superstar du jour au lendemain, mais rien n'est absolument impossible. Tu serais prête à être en couple avec une célébrité ? Surtout sachant que c'est ton rêve depuis toute petite de devenir une star. Imagine que Ry parvienne à obtenir ce que tu désires le plus au monde, et pas toi. Tu ne lui en voudrais pas à mort ? Combien de temps une relation peut résister à ça ? J'ai vraiment peur que tu n'aies pas envisagé tous les scénarios et tout ce qu'une relation avec mon cousin impliquerait pour toi. Je serais triste que tu t'étioles dans son ombre.

Je la regardai s'insérer sur l'autoroute bondée.

— Et imagine, suggérai-je avec sérieux en replaçant une mèche de cheveux derrière mon oreille, que ce soit moi qui devienne une star, et que la carrière sportive de Ry s'arrête au football universitaire ? Comme tu l'as si bien fait remarquer, ce n'est gagné pour aucun de nous deux. La probabilité que je perce et que ce soit à lui de composer avec une compagne sous le feu des projecteurs est la même, non ?

Reniflant un peu, je tirai mes lunettes de soleil de mon sac.

— Je n'ai pas plus l'intention de lui faire de l'ombre que de rester dans la sienne. De toute façon, si on marche main dans la main, on ne courra pas ce risque.

— Je vous adore, lui comme toi. Je ne veux voir aucun de vous deux souffrir.

Elle s'interrompit le temps de pousser un juron à l'encontre du gros pick-up qui venait de lui faire une queue de poisson.

— Je sais qu'ils viennent de se séparer, mais Ry et Aston, c'était un coup d'essai. Une mise en jambe. Ce n'a jamais été profond ni fait pour durer. En revanche, si toi et Ry démarrez quelque chose, ce sera du sérieux. Le genre de truc qui lie mes parents. Et les tiens. Tu es encore si jeune, tu as tant à accomplir. Je serais dég' que tu mettes tout ça de côté parce que tu es tombée raide dingue d'une personne tout aussi ambitieuse que toi. Et rassure-toi, hein, ajouta-t-elle en me jetant un regard indéchiffrable de derrière ses verres miroir, j'ai bien l'intention de faire le même laïus à mon cousin.

Sourire aux lèvres, je décidai de changer de sujet.

— Ry va être content de te voir. Ça faisait longtemps que tu n'étais pas rentrée. Ton pote est vraiment OK pour qu'on squatte chez lui le reste de l'été ?

Remy acquiesça avant de reporter son attention sur la circulation chargée.

— Aucun souci. Il m'a dit de faire comme chez nous. Il a une chambre d'amis, plus un lit escamotable dans son bureau. Il est à l'étranger pour un projet, là, et il ne sait pas encore quand il rentrera, donc il s'en fout. En échange, je lui ai promis de prendre soin de ses plantes et de garder un œil sur le voisin sexy sur lequel il a des vues depuis des mois. D'après lui, le mec est un espion ou un truc du genre. Apparemment, il est toujours en costard noir et entre et sort à toute heure de la nuit. Je vais m'arranger pour le croiser et lui parler de son très charmant voisin. Faut croire que j'ai une âme de Cupidon, gloussa-t-elle.

Tête appuyée contre la vitre, je contemplais les voitures devant nous d'un air absent.

— T'as prévenu tes parents que tu rentrais ? Ta mère doit être aux anges.

Remy et Cora étaient faites du même bois. Toutes deux étaient aussi minuscules qu'elles avaient un fort caractère. Et deux aussi grosses personnalités étaient forcément destinées à s'affronter avec la force de deux ouragans. Remy n'était pas du genre à rester en place bien sagement, ni à laisser les autres décider pour elle. Sa mère, quant à elle, aurait voulu protéger ses gosses de tout ce que le monde pourrait leur infliger. Ça ne pouvait que causer des frictions.

Remy avait quitté le nid dès qu'elle avait pu et n'était plus revenue plus de quelques jours à la fois depuis des années. Je savais que ses parents n'attendaient qu'une chose : qu'elle se pose finalement quelque part et trouve une personne qui ferait son bonheur, seulement Remy n'envisageait ni l'un ni l'autre. Elle n'était jamais restée au même endroit plus de six mois, et aucune de ses relations n'avait à ma connaissance duré au-delà. Elle semblait avoir compris que si elle s'arrêtait dans son élan, elle serait forcée de faire face à tous les sentiments qu'elle n'avait jusque-là cessé de fuir.

— J'ai prévenu Zowen, donc il a dû passer le message. Je n'avais pas la force de subir le bombardement de questions que me réserve ma mère. Elle aurait voulu savoir pourquoi je rentre. Elle ne m'aurait pas lâchée avant que je lui dise combien de temps je reste et m'aurait harcelée pour savoir comment je gagne ma vie et à quoi je m'occupe, en ce moment... Elle me traite comme si j'avais douze ans. J'ai besoin de me préparer mentalement avant d'avoir affaire à l'inquisition, conclut-elle en pinçant les lèvres à l'idée de devoir se confronter à ses parents. Elle me manque à moi aussi, mais parfois son inquiétude m'étouffe.

— C'est dur pour eux de nous voir commencer à faire nos propres choix de vie sans qu'ils ne puissent rien y faire. Je trouve ta mère super cool et relax. C'est toujours bizarre de t'entendre en parler comme quelqu'un de relou. Ce n'est vraiment pas comme ça que je la vois.

J'avais comme dans l'idée que Remy ne m'avait pas tout dit sur les raisons des tensions entre elle et sa mère. Elle pouvait se montrer si secrète, parfois. De toute façon, on ne porte jamais le même regard sur ses parents qu'une personne extérieure à la cellule familiale. Notre opinion de ceux qui nous ont élevés et guidés jusqu'à l'âge adulte est régie par tant de paramètres.

— Et d'ailleurs, c'est vrai, ça : tu fais quoi, en ce moment ?

Diplômée en beaux-arts, Remy avait bossé comme graphiste durant un temps, avant de décréter qu'elle voulait quitter Denver et voyager. Depuis lors, elle accumulait les jobs divers et variés. Tantôt promeneuse de chiens. Tantôt nounou. Puis community manager. Conseillère shopping. Barmaid. Critique culinaire. La dernière fois que je lui avais posé la question, elle rénovait de vieux meubles dénichés en brocante pour les revendre au prix fort sur Internet. Quand je l'avais appelée pour lui suggérer de m'accompagner à Denver, elle était à San Diego, mais elle n'avait pas précisé quel genre de boulot elle laisserait tomber si elle décidait de monter avec moi.

— Des sites web en free-lance. Une de mes amies a monté une petite boîte de graphisme et m'a demandé de bosser pour elle. La plupart des tâches peuvent se faire à distance, donc je continue de travailler pour elle, pour l'instant. C'est la première fois que je fais quelque chose en lien avec mes études. T'y crois, toi ? s'étonna-t-elle. Je t'envie un peu d'avoir su tenir tête à tes parents quand ils ont voulu te forcer à aller à la fac. Moi, j'ai bien failli rater mon diplôme et, au final, je ne lui trouve une utilité que maintenant. J'aurais préféré partir à la découverte du reste du monde plutôt que de m'ennuyer en cours comme un rat mort.

— Mmm, acquiesçai-je doucement avant de lui faire une gentille piqûre de rappel. Si tu as failli rater ton diplôme, ce n'est pas parce que tes cours ne te plaisaient pas. C'est parce que tu étais trop préoccupée par les moindres faits et gestes de Hyde. Tu étais complètement obsédée.

À mon avis, elle l'était toujours, mais elle se débrouillait vachement mieux que moi pour dissimuler ses sentiments pour le mec qui lui avait brisé le cœur.

Je la vis se crisper, mais elle ne démentit pas.

— Justement. C'est pour ça que tu devrais m'écouter quand je te dis que je m'inquiète de ce qui pourrait se passer si tu sors avec Ry. Je ne sais que trop bien ce que c'est de se retrouver brisée en mille morceaux par la faute d'un garçon. Et si tu as le malheur de perdre certains fragments en route, tu auras beau essayer de recoller ce qui reste, tu peux toujours courir pour redevenir celle que tu étais.

La voix étranglée, elle caressa une pointe de mes cheveux violets.

— C'est un combat que je ne souhaiterais pas à ma pire ennemie.

— Il y a quand même une différence de taille entre nos deux situations, répondis-je en lui prenant la main avec douceur.

Je n'étais pas fière d'aborder le sujet parce que c'était son seul et unique point sensible, mais ses inquiétudes portaient sur des choses dont elle n'avait en fin de compte aucune expérience.

— Ah ? Et laquelle ? s'enquit-elle, un sourcil interrogateur s'élevant au-dessus de ses lunettes de soleil.

Mal à l'aise, je me mis à me frotter les paumes contre mes cuisses.

— Toi et Hyde, ça n'a jamais été réciproque. Tu lui as couru après pendant des années, et il s'est toujours montré clair. Jamais il ne t'a traitée autrement que comme une amie. Tandis qu'entre Ry et moi…

Je poussai un soupir et l'observai avec nervosité.

— Parfois il me plaît plus que je ne lui plais, et inversement. Mais ça a toujours été réciproque. Il y a toujours quelque chose entre nous, même quand ce n'est pas exactement le grand amour. Peut-être qu'en prenant le temps de s'apprivoiser cet été, on va finir par apprendre à se plaire mutuellement au bon moment.

Remy serra les mains sur le volant, et sa bouche se figea de nouveau en une moue hostile. J'étais à deux doigts de lui présenter mes excuses, mais, comme si elle avait senti que je regrettais déjà mes paroles, elle balaya le malaise d'un revers de main.

— C'est vrai. Je suppose que je n'avais pas réfléchi à tout ce que Ry avait lui-même à perdre dans cette histoire, si les choses venaient à mal tourner entre vous. Il a autant que toi en jeu, finalement.

En effet. Ce qui voulait dire qu'on risquait de soit décrocher le gros lot, soit tout perdre. Difficile de dire ce qui me faisait le plus flipper.

14

Ry

Le coup d'épaule que me fila mon coloc sur le chemin de l'appart manqua de me faire rentrer dans la porte d'entrée voisine. Je fis rouler mon articulation, toujours douloureuse après une session de muscu particulièrement brutale, suivie d'un sale tacle durant un match improvisé dans l'un des nombreux parcs du campus. Nous reprenions sérieusement l'entraînement d'été dans quelques jours à peine, et je me rendais compte que mon petit hiatus ne m'avait pas fait que du bien.

— Je croyais que ta copine t'avait largué ?

Je jetai à Dino un regard noir tout en me massant. Un an plus jeune que moi et notre autre colocataire, il venait d'une petite ville de l'Idaho. Il était sympa et marrant, et faisait des ravages sur le terrain. Indistinctement assigné aux postes de *tackle* gauche ou droit en ligne d'attaque, il avait le physique et l'attitude de l'emploi.

Lucas, notre autre colocataire, jouait au poste de *fullback* et semblait toujours me talonner. Nous étions pas mal en compétition, car nous occupions des rôles similaires et étions à peu près du même niveau. J'avais moi aussi commencé en tant que *fullback* et étais passé au poste de *running back* quelques années auparavant. Nous étions tous les deux grands et vifs. La seule différence entre nous, c'était que j'étais un poil plus rapide et habile.

Lucas ne rentrerait pas de ses vacances chez sa famille avant deux jours, ce qui voulait dire que j'étais pour le moment seul avec Dino et ses manières de chiot mal dégrossi.

— C'est le cas.

Pensant qu'il cherchait simplement à me faire enrager, je ne m'étendis pas sur les détails. Faisant de nouveau rouler mon épaule, je grommelai :

— T'étais obligé de me foutre à terre comme ça ? C'était un match amical.

— Pour moi, aucun match n'est amical. Tu devrais en prendre de la graine si tu as l'intention de passer pro. Mais du coup, si tu n'as plus de meuf, c'est qui, ça ?

Il pointa un bras ridiculement épais en direction de notre appartement. Je m'arrêtai net. Une silhouette familière se découpait contre notre porte d'entrée. Assise contre le battant, ses longues jambes allongées devant elle, ses bottes noires croisées aux chevilles, elle battait du pied en l'air. Elle avait penché la tête de côté, concentrée sur son téléphone. Sur son épaule pendait une longue tresse noire et violette, et elle portait son habituel uniforme rock chic. Un seul de ces attributs m'aurait suffi pour la reconnaître. J'avais une image si nette et précise de Bowe en tête. Je n'arrivais pas à croire qu'elle était là, assise devant chez moi, comme si de rien n'était.

Je n'avais plus de nouvelles depuis que j'avais quitté Austin, ce matin-là. Je lui avais envoyé un message pour lui dire que j'étais bien rentré à Denver, puis un autre pour l'avertir que je retournais chez moi, mais je n'avais jamais reçu de réponse. J'aurais voulu lui faire savoir que je l'attendais, que je pensais encore à elle tout le temps, mais je m'étais abstenu. Je ne voulais pas lui mettre la pression, qu'elle se sente obligée de faire ce pas dans ma direction, ou de revenir se murer dans le statu quo. Pour moi, son silence signifiait sa volonté de faire l'autruche et tirer une fois de plus un trait sur mon existence. J'avais pris cette absence de réponse pour un rejet.

Je ne m'étais vraiment pas attendu à la voir surgir sur mon palier.

Comme si elle avait senti qu'on l'observait, Bowe leva la tête. Lorsque nos yeux se croisèrent, je dus me forcer à reprendre ma respiration. Cette fille me coupait littéralement le souffle.

— Alors, c'est qui ? insista Dino en m'infligeant un coup dans les côtes pour que je me bouge.

Un regard furtif m'informa qu'elle l'avait lui aussi laissé bouche bée.

— C'est… la fille de mes rêves.

Je m'ébrouai mentalement, puis rejoignis Bowe. Comme je l'aidais à se relever d'une main, un petit cri de douleur m'échappa. Vu comme mon épaule protestait, j'avais dû me faire plus mal que je ne le pensais. Bowe me détailla de haut en bas, la mine inquiète.

— Ça va, Archer ?

Je dus prendre un instant pour recouvrer mes esprits et être capable de former une phrase cohérente.

— Ça va. Ça fait longtemps que tu attends ? Pourquoi tu ne m'as pas dit que tu venais ?

Elle rangea son portable dans la poche arrière de son très minishort avec un haussement d'épaules.

— Pour l'effet de surprise, fit-elle en arquant ses sourcils sombres. Après tout, c'est toi qui as commencé en te pointant chez moi sans prévenir. Je me suis dit que ce n'était que justice.

Je comprenais mieux à quel point elle avait dû être interloquée et déstabilisée en me voyant débarquer à Austin sans crier gare.

— Salut, moi c'est Dino.

Mon coloc me poussa sur le côté et tendit son énorme paluche à Bowe. Le considérant d'un œil ahuri, celle-ci se laissa néanmoins secouer la main avec ardeur.

— Dino ?

Le géant éclata d'un grand rire. Il avait l'habitude des réactions étonnées à son surnom, aussi ne s'offusqua-t-il pas du ton interrogateur de Bowe.

— J'étais un très gros bébé. Ma mère a toujours dit qu'elle avait accouché d'un brontosaure. Je me traîne ce surnom depuis tout petit.

— Aaah… C'est super mignon, en fait. Ravie de faire ta connaissance, Dino. Moi, c'est Bowe.

Récupérant sa main, Bowe reporta son attention sur mon épaule, que je continuais à frotter pour dissiper la douleur.

— Tu veux de la glace ou autre pour soigner ça ?

Je voulus hausser les épaules, mais regrettai aussitôt mon mouvement. Je fis de mon mieux pour jouer les durs et prétendre que ce n'était rien, mais, comme à son habitude, Bowe ne se laissa pas duper par mon numéro.

— On peut entrer pour que je m'occupe de lui ? demanda-t-elle à Dino avec un geste en direction de chez nous.

Trop heureux de lui rendre service, Dino se hâta de déverrouiller la porte, puis l'invita à entrer. Je leur emboîtai le pas, un peu inquiet. Est-ce que nous avions laissé l'appart dans un état suffisamment potable pour recevoir ? Nous étions trois célibataires débordés, et l'endroit ressemblait parfois à un couloir de tornade. J'eus le bonheur de constater que ce n'était pas le cas aujourd'hui, sans doute parce que Lucas, le plus bordélique de nous trois, n'était pas encore rentré.

Dino continuait à parler à Bowe tandis qu'elle m'observait avec attention. Je mourais d'envie de la prendre entre quatre yeux et d'exiger des réponses. Était-elle dans le Colorado depuis longtemps ? Combien de temps comptait-elle encore rester ? Que signifiait sa visite ? Était-elle enfin prête à faire face à notre capricieux destin ? J'attendais toujours tellement d'elle. Elle avait de la chance que je ne sois pas en état de prendre et serrer qui que ce soit dans mes bras. Car si elle m'en laissait un jour de nouveau l'occasion, je n'étais pas sûr de parvenir à lui rendre sa liberté.

Elle voulait savoir où on rangeait nos poches de glace et posa la question à Dino. Je lui dis de me rejoindre dans la chambre quand elle aurait trouvé et les laissai seuls dans la cuisine. J'avais besoin d'une minute à moi pour calmer mon cœur affolé et mon enthousiasme débordant. Je n'avais pas envie de l'effaroucher par mes attentes. Je devais déterminer quelles étaient les siennes avant de m'avancer.

Je me débarrassais de mon T-shirt sale et imbibé de sueur, et m'apprêtais à en enfiler un propre d'une seule main quand Bowe se glissa dans la pièce. Elle referma la porte sans bruit derrière elle et vint se planter devant moi. L'air soucieux, elle m'aida à passer la tête dans mon T-shirt de sa main libre. Ce problème résolu, elle posa la lourde poche de glace sur mon épaule et me regarda grimacer.

— Tu es sûr qu'il ne faudrait pas que tu voies un médecin ? Tu ne veux pas appeler ta mère ?

L'inquiétude qui perçait dans sa voix me procura un frisson de satisfaction.

— Je n'ai pas si mal que ça. Si ce n'est pas passé quand on reprendra l'entraînement, je demanderai à un kiné d'y jeter un coup d'œil.

Mes parents étaient amis avec l'un des meilleurs spécialistes en rééducation du Colorado. C'est lui qui avait traité ma dernière grosse blessure. Mais, avant toute chose, il faudrait que je me laisse ausculter par ma mère. L'avoir à disposition pour me retaper si nécessaire était à double tranchant. Les soins complets et hautement qualifiés dont elle me faisait bénéficier étaient contrebalancés par une attention et des inquiétudes souvent pénibles. Elle avait tenté plus d'une fois de me faire renoncer au football lorsque j'étais plus jeune. Elle craignait les dégâts à long terme. Chaque fois qu'elle avait à me soigner, elle me redemandait si j'étais bien sûr que c'était ce que je voulais faire de ma vie.

— Ton coloc a l'air cool. Il est balèze. Je suppose qu'il fait partie de l'équipe, lui aussi ?

Avec une curiosité non dissimulée, Bowe explorait la pièce du regard, évitant soigneusement de croiser le mien.

— Ouais, lui, moi, et notre autre coloc. De nous trois, c'est Dino le plus sympa. En revanche, si tu le laisses faire, il peut te tenir la jambe pendant des heures. Et il n'hésite pas non plus une seconde à te défoncer pour protéger son *quarterback*, même lors de quelques passes amicales.

— Sérieux, c'est lui qui t'a fait mal ?

— Il n'a pas fait exprès… Qu'est-ce que tu fais là, toi ? demandai-je finalement en l'attrapant par le poignet pour l'attirer face à moi.

Un grondement sourd lui monta de la gorge. Elle replaça la poche de glace qui avait glissé de mon épaule et la maintint en place tandis que, sans la lâcher, je plongeais les yeux dans les siens.

— Je suis venue te réclamer mes explications. Tu m'as dit que tu étais désolé, je ne sais toujours pas pourquoi. Or, ça m'intéresse, et je suis prête à entendre tout ce que tu as à me dire.

Je sentais son pouls s'emballer sous mes doigts.

— Tu es là pour combien de temps ?

J'aurais aimé qu'elle me réponde « pour toujours », mais je doutais que ce soit le cas.

Elle se balança avec nervosité d'un pied sur l'autre.

— J'ai convaincu Remy de rester jusqu'à la fin de l'été.

Je crus que mon cœur allait bondir hors de ma poitrine. Je n'avais pas osé tant espérer. C'était plus de temps qu'il n'en fallait pour me faire pardonner et déterminer ce que nous avions à nous offrir l'un l'autre.

— Je suis vraiment content que tu sois venue.

Mes mots résonnèrent avec une sincérité brute. J'y entendis aussi le soulagement ; je lui étais si reconnaissant de m'accorder cette chance de m'expliquer après tout ce temps. Bowe se rapprocha encore. Nos nez se touchaient presque, et l'intensité de son regard faillit bien me brûler la rétine quand elle murmura :

— Ne m'oblige pas à le regretter, Archer.

Quelques centimètres de plus, et nos lèvres entreraient en contact. J'aurais aimé l'embrasser à perdre haleine, mais je devais lui expliquer mes actions passées avant de perdre la tête et de me laisser dévorer par le désir.

Avec un soupir, je lui lâchai le poignet et amenai mon front contre le sien. Tandis que je l'enlaçais pour l'attirer un peu plus à moi, elle s'appuya sur mon épaule valide. Les yeux clos, je la respirai, luttant pour organiser mes pensées de manière cohérente. Je ne voulais pas tout gâcher en essayant trop fort de réparer mes erreurs.

— Quand je t'ai dit pardon, l'autre soir à Austin, c'était pour m'excuser de beaucoup de choses, mais surtout de ne pas avoir eu le courage d'admettre ce que je ressentais pour toi. Quand on était plus jeunes et qu'on ne savait pas encore trop ce qu'on faisait, j'avais peur de tout. Peur de décevoir mes parents. Peur d'être moi-même. Peur pour l'avenir. Peur de ne pas savoir à quoi m'attendre si je m'autorisais à respirer et à me lâcher un peu. Et j'étais terrifié de la facilité avec laquelle tu voyais à travers le masque que je revêtais pour dissimuler toute cette trouille. Il n'y avait qu'en ta présence que la peur s'évaporait. Je faisais semblant H24, mais, avec toi, c'était impossible. C'est pour ça que je t'ai repoussée quand nous avons fini par devenir plus qu'amis. J'étais incapable de maintenir cette façade devant toi. Tu étais la personne la plus importante de ma vie, et je n'arrivais pas à te l'avouer franchement. Je n'étais même pas capable d'être honnête avec moi-même. Quand je t'ai balancé que nous n'étions pas faits pour être ensemble, ce que je voulais dire, c'est que je ne voyais pas ce qu'un mec comme moi pouvait t'apporter. Dans mon esprit, c'était pour te protéger, mais maintenant je sais que c'est moi que je protégeais. J'avais peur que tu ne veuilles pas t'encombrer de moi sur le long terme, que tu n'aies pas envie de fournir les efforts nécessaires pour que ça marche entre nous. Sauf qu'au lieu de t'en parler ou même d'envisager que quelque chose était possible, je t'ai rejetée et me suis assuré que ça n'irait jamais plus loin. J'ai été lâche.

Je déglutis et me raccrochai un peu plus désespérément à elle.

— Je croyais que la meilleure option serait de te rayer du paysage, mais je n'y suis jamais parvenu. Tu ne m'as jamais quitté, Bowe. Peu importe où et avec qui j'étais, tu étais là. Je considérais qu'il était mal avisé de me rapprocher de toi, mais ça ne m'a pas empêché d'essayer. Je suis désolé d'avoir redébarqué dans ta vie comme ça, et d'avoir tout fracassé sur mon passage. Mais je ne peux plus faire semblant. Loin de moi l'idée de t'imposer mes sentiments, ça ne serait pas juste, en revanche, je tiens à ce que tu saches ce que je ressens, et à quel point je serais déterminé à tenter l'aventure avec toi. Tu me rends meilleur, Bowe.

C'était grâce à elle que je me trouvais enfin. Elle m'avait donné le courage de creuser.

L'une de ses mains migra dans mes cheveux. Je sentis ses doigts plonger dans la masse. Avec un petit rire, elle en retira un brin d'herbe pour me le montrer. Je m'étais ramassé plus violemment que je ne l'aurais pensé.

— Tu me plaisais vraiment beaucoup, Ry, répondit-elle d'une voix un peu tremblante, en prenant place à mes côtés sur le bord du lit. Quand tu as fait machine arrière si subitement, ça a été douloureux, je n'ai rien compris. À ta façon d'agir, j'ai cru que j'avais fait quelque chose de mal.

Merde. C'était exactement ce que j'avais craint. Alors qu'elle tournait la tête vers moi, je la vis froncer sévèrement les sourcils.

— Tu m'as remplacée en moins de deux. C'est tout sauf agréable de constater qu'on est si aisément remplaçable aux yeux de quelqu'un qui compte. Ça m'a fait remettre en question pas mal de mes choix. À cause de toi, j'ai perdu ma confiance en moi.

Tout ça parce que j'avais projeté toutes mes plus grandes insécurités sur elle. Elle était infiniment plus solide et mature que moi.

— J'ai été con. Je le suis toujours. Mais je vais travailler dessus, je m'améliorerai. Je te le promets.

J'aurais voulu lui prendre la main, mais elle s'en servait pour maintenir la poche de glace en place.

— Et tu as toujours été irremplaçable à mes yeux. Pourquoi tu crois que je n'ai jamais réussi à tirer un trait sur toi, malgré tes efforts pour me rayer de ta vie ?

Bowe s'allongea sur les coudes avec un soupir.

— J'ai fini par apprendre à croire en moi quoi qu'il arrive. Mais comment je suis censée apprendre à te faire confiance à toi ?

— C'est grâce à toi que j'ai cessé de me mentir à moi-même, affirmai-je en toute franchise. Je n'essaye plus de me cacher. Tu verras, tout le monde verra, je serai la transparence même.

Me laissant moi aussi retomber en arrière sur le lit, je rajustai la poche de glace sur mon épaule, avant d'entremêler mes doigts à ceux de Bowe et de serrer fort sa main dans la mienne.

— Si tu m'en laisses le temps, je te prouverai que je suis

devenu une personne à qui tu pourras faire confiance et sur laquelle tu pourras compter. Tu as fait le chemin jusqu'ici. C'est la preuve que tu as envie de croire en moi… de croire en nous.

Bowe me caressa le dos de la main du pouce tandis qu'un long silence s'installait. Elle n'était pas d'accord, mais elle ne se dérobait pas pour autant. Alors même que je pensais devoir la supplier de dire quelque chose, elle finit par murmurer :

— La seule chose qui ne soit pas un grand point d'interrogation dans ma vie, à ce stade, c'est le fait que je ressente quelque chose pour toi. Depuis le début. Quoi qu'il arrive, ça n'a jamais changé. En ce moment, j'ai l'impression que c'est la seule chose à laquelle je puisse me raccrocher. Tu dis avoir toujours cherché à renouer, eh ben, là, tout de suite, c'est moi qui viens te tendre la main. J'ai besoin d'un truc auquel me cramponner, auquel m'ancrer. Si tu ne penses pas être en mesure de jouer ce rôle le temps que je remette de l'ordre dans le chaos que j'ai causé dans ma vie, c'est maintenant qu'il faut me le dire. Cette fois, si tu ne me retiens pas, déclara-t-elle en tournant la tête, me laissant lire la détermination farouche dans son regard, tu me perdras pour toujours.

Je portai nos mains jointes à mes lèvres pour déposer un baiser sur le dos de la sienne.

— On a tout le reste de l'été. Laisse-moi te prouver que je vaux le coup de prendre le risque. Encore.

Je ne comptais pas tout gâcher, cette fois. Je ferais tout ce qui était en mon pouvoir pour qu'elle ne regrette pas de m'avoir donné cette seconde chance. Je ne la lâcherais plus pour rien au monde, peu importe les tempêtes que nous serions amenés à traverser.

15

Bowe

J'ouvris les yeux avec peine alors que la surface dure et chaude qui me servait d'oreiller remua sous ma joue. Je ne me souvenais pas m'être endormie, mais la voix grave et rauque de Ry était très apaisante. Et nous avions longuement discuté de diverses choses une fois que j'avais mis la possibilité d'une relation avec lui sur la table.

Il m'avait parlé de sa conversation avec Aston et donnait l'impression d'être réellement vexé que celle-ci ne soit pas le moins du monde attristée de leur rupture. De mon côté, j'avais été très surprise d'apprendre qu'elle semblait parfaitement consciente du lien qui nous unissait, lui et moi. Apparemment, elle considérait me l'avoir simplement emprunté, le temps que nous nous retrouvions, ce que je trouvais hyper difficile à imaginer. À sa place, je n'aurais eu envie de le partager avec personne. S'il avait osé faire preuve d'un intérêt plus qu'amical envers qui que ce soit d'autre, j'aurais été jalouse pour deux. J'avais annoncé à Ry que j'aimerais moi aussi discuter avec son ex. Pour lui dire quoi ? Aucune idée. Mais j'estimais que la moindre des choses était de lui présenter des excuses.

Ry prit une grande respiration sous ma tête, et je l'entendis gémir doucement. Durant les heures que nous avions passées à confronter nos points de vue, il n'avait pas arrêté de se masser ou de faire rouler son épaule. À un moment donné, il avait troqué sa poche de glace contre une compresse chauffante, mais je voyais bien qu'il peinait à faire passer la douleur. Je n'avais pas dû aider en dormant du côté de sa blessure durant je ne sais combien de temps. Pourquoi ne m'avait-il pas repoussée et n'avait-il pas essayé de se dégager, au lieu de rester sur le dos, coincé sous moi ? C'était tellement typique de lui… Il préférait souffrir en silence pour me garder au plus près de lui, plutôt que de risquer de me voir partir.

À présent que ni lui ni moi ne fuyions plus, nous allions devoir nous poser et reprendre notre souffle avant de courir après le prochain papillon. Il semblait y en avoir des millions, de toutes formes et de toutes tailles, flottant dans nos têtes. Tous étaient plus beaux et resplendissants les uns que les autres, mais il y en avait beaucoup trop. On ne savait plus où regarder, ni laquelle capturer, parmi ces images virevoltantes qui représentaient autant d'opportunités et de challenges qu'il nous faudrait braver.

D'une main sur les abdos d'acier de Ry, je me redressai en positon assise. Il grogna un peu, mais ses muscles tressaillirent à peine sous mes doigts. Je cherchai à croiser son regard, mais ses yeux étaient rivés sur la pointe de ma tresse colorée, qui chatouillait sa peau nue.

— Comment va ton épaule ?

Je vins caresser du pouce le profond sillon qui marquait la peau entre ses deux sourcils, signe qu'il souffrait encore pas mal. S'il sortait dans cet état d'une passe de balle bon enfant avec ses coéquipiers, qu'est-ce qu'il devait morfler lors d'un vrai match ! Une ecchymose commençait à apparaître. La peau au niveau de sa clavicule et de la courbe de son épaule avait pris une légère teinte bleutée.

Ry se décala pour placer une main sous sa tête.

— Pas terrible. Mais je suis sûr que ça irait tout de suite mieux avec un bisou magique, fit-il en remuant les sourcils, un sourire coquin aux lèvres.

Je levai les yeux au ciel et étirai mes bras encore un peu engourdis de sommeil au-dessus de ma tête.

— C'est parce qu'un beau gosse comme toi n'a pas besoin d'apprendre à séduire que tu es si mauvais niveau drague ?

Son physique avait toujours fait tomber les filles comme des mouches. Je n'aurais pas été étonnée qu'il n'ait jamais connu cette phase gênante que traversait la majorité des adolescents, qui consistait à trouver le moyen de communiquer avec le sexe opposé. Autant que je puisse me souvenir, il n'avait pas vraiment eu de stade ingrat. Il semblait être passé du statut de gamin adorable à celui de jeune homme dangereusement séduisant du jour au lendemain. Et, à présent, eh bien… c'était un homme tout à fait conscient de son charme et de l'effet qu'il pouvait avoir sur les gens sans même avoir à lever le petit doigt.

— On ne peut pas être doué pour tout. Il faut croire que tu as trouvé mon point faible.

Sa voix se fit plus grave et un brin rocailleuse tandis que je me penchais pour poser les lèvres avec douceur sur l'hématome qui marquait sa blessure.

— Mais j'apprends vite. N'hésite surtout pas à m'enseigner l'art de la séduction, Bowe.

Comme je déposais une série de baisers tout le long de son épaule, je sentis ses abdominaux se crisper sous ma main. Je remontai le long de son cou, jusqu'à son oreille. Ry frissonnait sous la douce exploration de mes lèvres et, du coin de l'œil, je vis qu'une bosse était venue tendre le nylon de son short de basket noir. Quelle surprise…

— Avec un visage et un corps pareils, tu pars déjà avec une longueur d'avance. Il ne faudrait pas que tu apprennes à flirter en prime. Tu es suffisamment dangereux comme ça.

Du bout des dents, je vins jouer avec son lobe. Avec une longue exhalation, Ry bascula la tête pour me laisser le champ libre, alors que j'entamais le tour de son oreille de la pointe de la langue. Je n'aurais pas cru obtenir ce genre de réponse de lui en me concentrant sur cette zone. Comme d'habitude, c'était ce que je préférais, chez Ry : sa vulnérabilité, sa sensibilité… quand il n'était plus capable de se contrôler, et que son être tout entier n'était plus que dans la réaction.

— De toute façon, tu n'as pas besoin de me draguer pour me mettre dans ton lit. J'y suis déjà.

J'embrassai sa pommette saillante, puis lui déposai un petit baiser sur le bout du nez. Il suivait chacun de mes gestes des yeux, je sentais son corps musclé se contracter sous le mien.

— Pour te mettre dans mon lit, peut-être pas, mais si je veux m'assurer que tu y restes ? Je ne vais pas devoir employer toutes les méthodes et les techniques à ma disposition, peut-être ?

Il redressa la tête et attrapa le bout de ma tresse pour m'attirer tout entière contre son torse nu. Je fis de mon mieux pour éviter de mettre du poids sur son épaule défoncée tandis qu'il guidait ma bouche sur la sienne.

Profitant de ces derniers instants de lucidité avant que ses lèvres ne me plongent dans un tourment d'envie et de désir, je murmurai :

— Ce qui me retiendra dans ton lit, c'est la vérité et l'honnêteté. Tant que tu ne m'infliges pas le mec que tu fais semblant d'être devant le reste du monde, je n'ai aucune raison d'aller nulle part.

Je n'attendais pas de lui qu'il joue les séducteurs ni qu'il prétende être une personne qu'il n'était pas pour moi. Je ne voulais pas qu'il fasse ce qu'il croyait devoir faire pour me rendre heureuse. Je voulais qu'il me demande, qu'il apprenne, qu'il *sache* vraiment ce que je désirais au plus profond de moi, et qu'il agisse en conséquence. Comme je comptais le faire pour lui. Je ne voulais plus avoir à deviner ce qui donnait des ailes à ce garçon. Je voulais qu'il me confie ouvertement ce qu'il souhaitait, en espérant qu'il me fasse assez confiance pour savoir que je ferais de mon mieux pour ne pas le décevoir.

— Je refuse de laisser ce gars t'approcher. Il a failli tout détruire. Si tu l'aperçois un jour, préviens-moi, et je ferai tout ce qui est en mon pouvoir pour nous en débarrasser. Il fait partie de moi depuis si longtemps, je doute d'arriver à m'en détacher si facilement.

— C'est une part de toi, Ry, dis-je après l'avoir embrassé profondément. Pas ma préférée, mais elle avait ses raisons d'exister. La détester ne nous apportera rien. Si je le vois pointer le bout du nez, je lui rappellerai que ce n'est pas avec lui que j'ai envie de sortir.

Avec un peu de chance, ce serait suffisant pour maintenir le véritable Ry à la surface. Je souhaitais de tout mon cœur être une raison suffisante pour qu'il ne disparaisse plus.

Avec un hochement de tête, Ry enroula mes cheveux tressés autour de sa main pour me maintenir immobile et m'embrassa à m'en faire perdre la tête. Pourquoi apprendre à faire chavirer les filles avec des mots, quand ses baisers et ses caresses suffisaient à leur faire oublier leur prénom ? Je parcourais sa peau nue de mes mains, son cœur tambourinant contre ma poitrine. Entre nous, les points de friction ne manquaient pas, mais nos deux corps, eux, s'étaient toujours accordés à merveille.

Je répondis à son baiser et mêlai ma langue à la sienne lorsqu'il entrouvrit les lèvres, m'invitant dans sa bouche en fusion. Son corps frissonna quand je vins tracer le contour interne de sa lèvre supérieure du bout de la langue. Je fis glisser une main le long de ses côtes puis suivis du pouce le sillon sexy qui soulignait la courbure de sa hanche pour aller se perdre sous l'élastique de son short. La moindre parcelle de son corps attestait de son ardeur au travail, de sa détermination. Clairement, ses efforts avaient été récompensés.

Et moi aussi, par la même occasion.

Dans sa tranquille exploration du corps de Ry, ma main parvint à une partie de son anatomie difficile à ignorer à cet instant. Même lorsque Ry n'était pas excité, la matière de ce short de sport laissait peu de place à l'imagination. Il se cambra d'envie et me dévora plus avidement les lèvres en me sentant faufiler les doigts sous l'élastique qui lui ceignait la taille. Ses dents s'enfoncèrent dans la pulpe de ma lèvre inférieure, et il s'agrippa plus fermement à mes cheveux. Son sexe, brûlant et dur, emplissait ma main. Je le sentis pulser de désir tandis que ma paume coulissait sur toute la longueur de sa peau veloutée.

— La vache…, souffla Ry en écartant son visage du mien.

Ses yeux clairs s'embrasèrent, leur bleu éclatant dévorant le reste de ses iris couleur d'hiver, qui l'avaient toujours fait paraître si froid et inaccessible.

Avec un sourire, je vins déposer une série de baisers le long de sa mâchoire hérissée d'une barbe naissante. Le look mal rasé lui allait tout aussi bien que le rasage de près. Quand on avait des traits d'une telle perfection, on pouvait à peu près tout se permettre. La seule fois où je n'avais pas trouvé ce garçon à mon goût, c'était lorsqu'il avait tenté de me convaincre que ça ne pouvait pas marcher entre nous. Le mensonge ne lui allait pas au teint, j'étais donc plus que ravie qu'il ait enfin décidé de tomber le masque derrière lequel il avait si longtemps persisté à se cacher.

Je l'embrassai sur tout le visage tout en continuant à caresser son impressionnante érection. Le souffle saccadé, Ry finit par relâcher ma tresse afin de passer les mains sous mes vêtements. Ses pouces effleurèrent ma taille alors qu'il déployait les doigts pour tout doucement me remonter mon T-shirt sur la poitrine. Ma main continuait d'aller et venir sur sa chair palpitante, quand je sentis soudain une goutte de liquide soyeux perler à l'extrémité de son gland. Le corps tout entier de Ry se cambra lorsque, de la pointe de l'index, je me mis à l'étaler, barbouillant le bout sensible de son pénis de sa propre excitation.

Ce fut tout juste s'il ne gronda pas mon nom quand je portai mon doigt luisant à mes lèvres pour lécher l'excédent. Son regard avait pris un bleu incandescent, celui que l'on trouvait à la base des flammes les plus ardentes. Il m'ôta mon T-shirt et mon soutien-gorge, mais, alors qu'il amorçait un mouvement vers moi avec son bras blessé, l'anticipation laissa place à une expression de douleur sur son visage.

Il se laissa retomber sur le matelas avec un gémissement et se couvrit les yeux de sa main valide.

— D'abord je ne sais pas flirter, et maintenant je suis à peine capable de faire ma part. Ce n'est pas exactement comme ça que je m'étais imaginé le jour où l'on se confesserait nos sentiments l'un pour l'autre. Mon but, c'était de t'offrir une mise en bouche mémorable.

Il semblait réellement navré de la situation, c'était beaucoup trop mignon.

— En partant de bouche, j'avais justement dans l'idée de te rendre fou avec la mienne, suggérai-je en crochetant les pouces dans son short souple.

C'était largement à ma portée. Certes, je n'avais pratiqué la chose qu'avec lui, mais il ne s'était jamais plaint. Et, à présent, j'avais davantage confiance en moi et comprenais qu'il y avait quelque chose de puissant à contrôler le degré de plaisir que ressentait son partenaire. Je n'avais plus la même hésitation, la même inquiétude de ce qu'il penserait une fois que sa queue aurait quitté ma bouche.

J'avais également pris conscience qu'il m'était tout à fait possible de prendre autant de plaisir à offrir qu'à recevoir. Les premières fois, j'étais tellement complexée par mon corps et ses réactions, que je m'étais totalement focalisée sur Ry et les sensations que je lui procurais. Cette fois, en revanche, alors que je remontais de baiser en baiser le long de sa cuisse musculeuse, le vif soupir que je lui arrachai ainsi que le tressaillement de ses abdos firent frémir la zone la plus sensible de mon entrejambe. Une vague de chaleur se répandit dans mon bas-ventre, et un frisson d'excitation me parcourut la peau. Lorsque je vins frôler l'intérieur de son autre cuisse du bout des ongles, il ne put retenir un gémissement audible. Retrouvant sa prise sur ma tresse, il s'en servit pour me guider plus près de sa verge dressée, haute et fière, face à moi. Peut-être aurais-je été intimidée par sa taille, si j'avais eu d'autres points de comparaison.

J'étais heureuse qu'il ait été le seul, et, pour le moment, le meilleur. Avec un peu de pot, il réussirait à s'accrocher à ces deux titres pour quelque temps encore.

À peine avais-je passé un premier coup de langue sur le renflement luisant que, mon nom sur ses lèvres, Ry souleva le bassin à la poursuite de la sensation. Lui posant une main sur les hanches pour l'empêcher de bouger, j'engloutis ce que je pus de la hampe palpitante, enveloppant sa base de ma paume. L'épaisse veine qui parcourait la face inférieure du sexe de Ry se mit à battre sous ma langue, tandis que ma gorge se contractait involontairement autour de son gland, profondément enfoncé au fond de ma bouche. Ry remuait inconsciemment les jambes autour de ma taille.

À chacune de ses réactions à mes caresses, mon corps s'enflammait un peu plus. Mes mamelons étaient tendus à m'en faire mal, mes cuisses crispées autour de mon sexe. La main de Ry s'était resserrée sur mes cheveux avec plus de force qu'il n'en avait sans doute conscience, et un picotement commençait à m'élancer à la surface du crâne. Nos souffles rauques et le son de la friction entre nos deux peaux avaient envahi tout l'espace.

Ry laissa échapper un autre grondement de plaisir sourd en me sentant titiller son méat sensible, d'où s'échappait un fluide salé. Il devenait de plus en plus difficile de garder en tête que son coloc n'était qu'à quelques portes de là, mais j'eus tout de même la présence d'esprit de lui rappeler d'être un peu plus discret quand il poussa un juron à pleine voix, alors que, d'une main, je venais soupeser ce qu'il avait de plus sensible et secret, au creux de son entrejambe.

Cela lui fit abandonner ma tresse, et je le vis crisper les mains sur la couverture sur laquelle il était allongé à la place. Il se mordit la lèvre, réprimant des sons qui ne demandaient qu'à jaillir. Sans doute ma nouvelle expression favorite, chez lui, qui était habituellement tant dans le contrôle, fermement agrippé aux commandes. Il aurait dû lâcher prise plus souvent. Il était beau quand les vannes étaient sur le point de céder.

Je le repris en bouche, aspirant son érection du mieux que je pouvais. Son pénis frémit sous mes lèvres, et un afflux de liquide préséminal vint me tapisser la langue. Il était proche de l'explosion, je le sentais sans qu'il n'ait à me le dire, aussi ralentis-je le mouvement, malaxant ses testicules au creux de ma paume, alors même que mon propre corps se tordait de plaisir.

Le sachant prêt à jouir, je délaissai ses bourses tendues pour glisser une main entre mes cuisses, pendant que l'autre enserrait toujours la base de son sexe. Mes lèvres rejoignirent mon poing autour de lui, et je le sentis perdre pied. J'insinuai mes doigts dans l'humidité de mon entrejambe, jusqu'à parvenir à mon clitoris déjà frémissant. Je n'aurais jamais pensé faire preuve d'une telle audace devant qui que ce soit, mais face à Ry il n'y avait pas d'inhibitions qui tiennent.

— C'est si bon…

Les mots sortirent hachés, comme arrachés du plus profond de sa poitrine. Il ne pouvait plus s'empêcher d'onduler sous moi. Le plaisir avait dû oblitérer la douleur, car il me saisit les tempes à deux mains et souleva le bassin, replongeant sa queue au plus profond. J'émis un son entre désir et impuissance, qui le fit aussitôt éjaculer. J'aurais apprécié d'être avertie un peu en amont, mais parvins néanmoins à avaler le flot de sa satisfaction avant de le libérer pour reprendre mon souffle.

La tête toujours entre ses mains, je rejetai le menton en arrière et écartai les jambes sans la moindre pudeur pour qu'il puisse voir comment je jouais de mes doigts agiles, très agiles… Je me touchais d'une main légère, joueuse, avec la même aisance que je grattais les cordes de ma guitare. Les joues roses, la respiration haletante, Ry me regardait me faire du bien. Comme j'atteignais le point de non-retour, il me ramena contre lui de son bras valide. Nos bouches se rencontrèrent avec fracas alors même qu'un frisson s'emparait de mon corps tout entier et que je me laissais envahir par le plaisir ultime. Ry insinua la langue entre mes lèvres, lui imprimant le mouvement qu'auraient adopté ses hanches contre les miennes s'il avait été en moi à cet instant. L'orgasme déferla, me submergeant intégralement. Les membres faibles et lourds, le souffle court, baignée d'une chaude et douce langueur, je me laissai retomber sur Ry, roulant de côté pour ne pas heurter son épaule amochée.

Je me lovai contre lui avec un gros soupir et eus à peine la force de relever la tête quand il me demanda :

— C'est moi ou on a fait d'énormes progrès, tous les deux ? Et je ne parle pas seulement du sexe.

Je lâchai un petit rire surpris. Du bout du doigt, je vins tracer les contours des muscles saillants de son ventre.

— J'imagine qu'à l'époque on était trop focalisés l'un sur l'autre. Depuis, on a eu l'occasion d'apprendre qu'il n'est pas égoïste de se concentrer un peu sur soi aussi. Ça rend les choses plus intéressantes. Après, un peu d'entraînement supplémentaire ne nous ferait pas de mal. On n'a jamais fini de s'améliorer.

Ry gloussa et baissa le menton pour m'embrasser sur le sommet du crâne.

— Et tu sais à quel point je m'attache à tout réussir à la perfection.

Il y avait peu de chances qu'on l'atteigne un jour ensemble, sachant combien nous étions différents. Il nous faudrait toujours travailler sur nous pour parvenir à combler les besoins de l'autre. Tant que nous ferions cet effort, l'imperfection nous irait très bien.

16

Ry

— Tu n'avais pas dit que t'étais crevé ?

Essoufflée, la voix presque inaudible, Bowe me chevauchait à son rythme.

J'arrachai mes doigts au petit anneau d'argent qui ornait son nombril pour venir lui prendre la taille d'une main. De l'autre, je traçai un chemin de la base de son cou offert à la vallée entre ses seins. Elle avait rejeté la tête en arrière, et la pointe de ses cheveux colorés chatouillait mes cuisses nues. J'avais eu beau lui assurer que mon épaule me faisait moins souffrir, elle avait insisté pour passer dessus. Je n'allais pas me plaindre. J'adorais la sentir se déhancher contre moi, alors que j'étais plongé au plus profond d'elle. J'adorais admirer la manière dont son corps ondulait, ainsi que la myriade d'émotions qui animaient son visage expressif chaque fois qu'elle entamait un nouveau va-et-vient sur ma queue. Celle que je préférais, c'était sans doute cet air exalté, insatiable qu'elle prenait quand la couronne de mon gland rencontrait le point le plus sensible et réactif en elle. Je n'étais pas mécontent de voir que je n'étais pas le seul à prendre à ce point mon pied lors de nos ébats.

— Je ne me fatigue pas de toi.

Ce n'étaient pas des blagues. Pour ce qui m'importait le plus au monde, j'étais capable de repousser pratiquement toutes les limites, et Bowe trônait tout en haut de la liste.

Depuis qu'elle était là, nous avions passé un certain temps à renouer sur le plan intime, mais cela ne nous avait pas empêchés d'aussi avoir de longues conversations à cœur ouvert chaque fois que nous avions réussi à dégager quelques heures pour nous retrouver. L'entraînement avait repris pour moi, et elle vivait toujours à l'envers : debout toute la nuit, au lit en journée. Elle avait investi l'ancien studio de son père, et même s'il aurait été aisé de penser qu'elle était venue à Denver pour des vacances, elle travaillait en réalité plus dur que lorsque je lui avais rendu visite à Austin. Après ce premier jour, où je l'avais découverte sur le pas de ma porte, il était devenu de plus en plus difficile de trouver le temps de se voir. Elle finissait par me manquer, malgré notre inhabituelle proximité géographique.

Je ne déconnais pas. Je ne me fatiguerais jamais d'elle. Il suffisait qu'elle soit dans mon champ de vision pour que mon corps tout entier soit comme électrifié. Quelque chose en moi prenait vie quand nous étions ensemble, et peu importe la douleur ou l'épuisement que je pouvais ressentir, elle ravivait une tout autre sorte d'énergie.

Gémissant de sentir son corps m'aspirer toujours plus fort, je redressai le buste pour faire courir ma langue sur sa gorge. Sa peau avait un petit goût salé, mais toujours aussi doux à mes papilles. Je doutais fort de me lasser un jour de sa saveur et de l'étreinte délicieuse de son corps autour du mien. C'était comme si tout ce qui me manquait dans ma vie était soudain à portée de mes doigts, quand elle était près de moi là. Là où s'étaient jusque-là logées les attentes des gens qui m'entouraient, se mettaient à présent en place les fragments de l'homme que j'avais toujours voulu devenir. Mon avenir commençait enfin à m'apparaître comme le mien, plutôt que comme une vague idée qui aurait appartenu à quelqu'un d'autre.

Bowe redressa la tête pour me regarder dans les yeux, la lèvre inférieure encore gonflée et humide de mes baisers. Ses yeux ambrés semblaient lointains. Ses joues avaient pris une jolie teinte rosée, et des mèches violettes adhéraient à sa peau moite. Elle était belle quand elle faisait l'amour. J'aimais tout particulièrement savoir que j'étais le seul à la voir en proie à une telle ivresse. C'était comme un nouveau secret entre nous. Un secret tout aussi personnel et sulfureux que le premier.

Lorsqu'elle descendit à la rencontre de mes lèvres, ses mamelons raidis se pressèrent contre mon torse. Ils étaient encore mouillés de ma salive, et un adorable petit suçon était apparu tout près de l'un des tétons rosés. Bowe ne détestait pas que je me montre un peu brusque. Moi-même, j'arborais une série de longues griffures dans le bas du dos, ainsi qu'une marque où elle m'avait embrassé sauvagement sur l'intérieur de la cuisse. Il n'y en avait pas deux comme elle, et je savais que si je devais un jour renoncer à elle, j'aurais du mal à m'en remettre. Je n'en revenais pas du bol que j'avais qu'elle ait accepté de me donner une seconde chance. J'étais tellement reconnaissant à mes parents d'avoir préservé le lien entre nos deux familles durant toutes ces années. Qui sait où j'en aurais été ou ce que je serais devenu si je n'avais pas eu Bowe dans ma vie.

Je l'attirai au plus près tandis qu'elle accélérait le rythme, son corps se contractant frénétiquement autour de moi. Sa chaleur mouillée me procurait un plaisir tel que c'en était presque douloureux. D'une main dans le dos, je la maintins dans sa position pour prendre le relais et plonger avidement la queue en elle, pendant qu'elle me ravageait la bouche de baisers carnassiers.

Je ne pus retenir un grondement en sentant son corps relâcher un flot de plaisir sous mes assauts. Bowe fit courir les lèvres sur ma joue, puis tout le long de mon cou et de mon épaule. Toujours bien contusionnée, celle-ci passait par toutes les couleurs de l'arc-en-ciel et n'était pas belle à voir. Elle était encore légèrement raide, surtout après un entraînement, ou quelques heures de muscu, mais il en aurait fallu plus pour m'arrêter. Je trouvais mignon que Bowe cherche à se montrer si douce et me traite comme si j'étais une petite chose fragile, quand mon quotidien consistait à me faire malmener par des types trois fois plus imposants que moi.

La voir aux petits soins pour moi faisait presque regretter à mes deux colocs d'être célibataires, pourtant, ni l'un ni l'autre n'était prêt à s'engager dans une quelconque relation sérieuse. Lucas préférait jouer les tombeurs. Dino, lui, était un de ces gamins incapables de se consacrer à plus d'une chose à la fois et, pour le moment, il était accaparé par le football, ainsi que son rêve d'intégrer la NFL.

Bowe continua d'embrasser mes contusions, avant de plonger les dents dans un coin de peau intact lorsque son corps finit par céder au-dessus du mien. Son orgasme, couplé à la pointe de ses canines dans ma chair, me fit venir l'instant suivant. Je jouis probablement assez fort pour en faire profiter tout l'appartement, mais, pour une fois, Bowe ne me fit pas taire et n'eut pas l'air gênée que l'on risque de nous entendre. Elle se contenta de me regarder par-dessous ses paupières mi-closes alors que je la faisais rouler de l'autre côté du lit pour aller me débarrasser du préservatif.

Quand je revins dans la chambre, Bowe avait enfilé l'un de mes T-shirts. Concentrée sur son téléphone, elle se tortillait la lèvre inférieure du bout des doigts. Je me remis au lit et me couvris les jambes du drap plutôt que de me rhabiller. De toute façon, il faudrait que je prenne une douche avant de dormir. Avec un peu de chance, j'arriverais à la persuader de se joindre à moi.

La plupart du temps, lorsque je m'endormais, elle était encore sur l'ordinateur, ou à la guitare, et, au matin, j'étais seul dans mon lit. Quand je lui demandais pourquoi elle n'était pas restée la nuit entière, elle me répondait que l'inspiration lui était venue, et qu'elle avait voulu enregistrer ce qui lui passait par la tête avant de perdre la motivation. De toute évidence, elle était en permanence occupée à créer, à imaginer une chanson, des paroles. Son esprit était en constante ébullition. Et comme elle paraissait particulièrement satisfaite de ce qu'elle écrivait, ces temps-ci, je ne pouvais décemment pas lui reprocher d'aller et venir comme bon lui semblait.

Je lui pris la main pour qu'elle cesse de torturer cette pauvre lèvre et lui déposai un baiser sur les doigts.

— Qu'est-ce qui te préoccupe, comme ça ?

À son regard fixe, ses gestes tendus, je voyais bien qu'elle était tracassée. Pas exactement l'état d'esprit dans lequel je souhaitais la trouver après une partie de jambes en l'air aussi incroyable que celle que nous venions de partager, alors que nous n'avions réussi à grappiller qu'une poignée d'heures ensemble, après des jours à regretter de ne pas pouvoir nous voir.

D'un index espiègle, elle vint me taquiner le bout du nez. Sa manière de me toucher et la façon dont on interagissait avaient changé du tout au tout maintenant que nous avions déballé toute notre histoire. Au lieu d'ignorer les problèmes et autres complications qui autrefois me terrifiaient, nous leur faisions face sans détour. Cette nouvelle impossibilité de nous dérober avait changé la façon dont nous nous traitions. Puisque fuir n'était plus une option, nous étions bien forcés de puiser dans notre bienveillance l'un pour l'autre.

Avec un demi-sourire, Bowe agita son téléphone.

— Ta cousine m'a envoyé un message, il y a un moment. Pour une fille qui ne met plus les pieds ici depuis des années, elle a gardé un paquet de contacts en ville. Une de ses connaissances a un bar-concert. Elle veut que j'aille auditionner là-bas.

Adossé à la tête de lit, je la considérai longuement.

— Et tu penses être prête pour ça ?

Elle avait tendance à se montrer évasive quand je lui posais des questions sur ses projets d'avenir. J'avais bien conscience qu'elle ne voulait pas trop penser à ce qui se passerait quand, l'été terminé, nous devrions chacun reprendre nos vies diamétralement opposées, dans deux villes si éloignées l'une de l'autre. Mais je me demandais aussi si cette réserve ne cachait pas une appréhension de se lancer pour de bon en solo, sans groupe pour lui servir de béquille. Elle m'avait toujours paru si intrépide et confiante, sûre de ce à quoi elle devait employer son temps et ses talents.

Elle soupira et repoussa ses cheveux derrière son épaule. Puis, me coulant un regard en coin, elle eut un geste d'impuissance.

— Je n'en sais honnêtement rien. Je veux dire… j'ai les chansons et je sais les jouer, seulement, je ne suis encore jamais montée seule sur scène. Si je me plante de nouveau en solo, ça voudra dire que je ne suis pas faite pour cette industrie. Je ne suis pas certaine d'être prête à affronter cette possibilité.

Elle secoua la tête avec un nouveau soupir.

— Échouer à la seule chose à laquelle j'ai toujours voulu consacrer ma vie, reprit-elle en battant des paupières dans un effort pour refouler ses larmes. C'est une perspective terrifiante.

Je lui passai un bras autour des épaules et l'attirai à moi. Elle se blottit à mes côtés tandis que je posai le menton au sommet de son crâne. Elle était si crispée… Elle ne déconnait pas en disant qu'elle était terrifiée.

— Il me semble qu'il n'y a qu'en essayant que tu le sauras, non ? T'inquiéter de ce qui pourrait se passer ne résoudra malheureusement pas le problème. Ne pas tenter ta chance, c'est aussi échouer, d'une certaine manière. Et tu devrais quand même abandonner ce qui compte le plus au monde pour toi.

Elle s'écarta et m'adressa un regard oblique.

— Tu sais que t'es soûlant, toi, avec ton cerveau aussi gros que tes muscles ?

Je la serrai dans mes bras avec un petit rire.

— Personne n'a jamais dit que réaliser ses rêves était simple. Et en choisissant de t'exposer, de mettre ton âme à nu dans tes chansons, tu n'as pas exactement pris le chemin le plus facile pour trouver le bonheur, hein ?

— Hum…, marmonna-t-elle en mêlant ses doigts aux miens.

J'imagine que non. Mais, visiblement, toi non plus. Je n'avais aucune idée du travail que tu dois fournir pour ce qui n'est supposé être qu'un bête jeu. J'étais plus ou moins au courant que tout sport requiert un max d'énergie et d'endurance, mais je te vois tout donner, jusqu'à l'épuisement. Et pas un jour ne passe sans que tu rentres avec de nouvelles bosses, de nouveaux bleus. Je ne sais pas comment tu fais pour gérer à la fois tes responsabilités envers l'équipe et tes cours. Et dire que tu arrivais à avoir une vie sociale en plus de tout ça ! Incroyable.

Ce fut mon tour de hausser les épaules.

— On ne peut pas vraiment parler de vie sociale.

Ces dernières semaines, Bowe et moi avions mis un point d'honneur à ménager du temps l'un pour l'autre dans notre quotidien. Pour Aston et moi, ça n'avait jamais été une priorité. Nous nous retrouvions quand ça nous arrangeait, mais nous n'avions jamais cherché à nous réserver des instants privilégiés. Rien que ça, ça aurait dû m'alerter. Mais j'avais choisi d'ignorer gaiement tous les signaux, pour ne pas avoir à m'avouer que je me fourvoyais.

Bowe me caressait le dos de la main du pouce.

— Je t'ai toujours cru parfait. Le frère idéal. Le fils idéal. L'élève et l'athlète idéal. Et, forcément, le mec idéal. Aston et toi, vous sembliez aller si bien ensemble, c'était rageant. Je me suis convaincue qu'il valait mieux que je t'oublie, parce que vous étiez faits l'un pour l'autre. Je ne vais pas te mentir : découvrir que vous n'étiez pas si heureux que ça tous les deux aide bien à digérer le fait que tu l'aies choisie elle plutôt que moi. Chaque fois que tu me montres que tu n'es pas si parfait, je fonds un peu plus.

Je calai mon crâne contre la tête de lit. Mes paupières se faisaient lourdes, la journée avait été rude, et ça se ressentait. Je risquais de ne plus tenir et rester cohérent très longtemps. Avec un bâillement, j'attirai Bowe tout contre moi.

— Tu vas vite tomber amoureuse, alors. Il n'y a absolument rien qui va, chez moi, et ce n'est que maintenant que je m'en rends compte. La seule chose à peu près parfaite, c'est sans doute ma moyenne de course.

Et, en toute honnêteté, même là, il y avait encore des progrès à faire.

À son regard, je vis qu'elle ne comprenait pas exactement de quoi je parlais, mais cela ne l'empêcha pas de m'adresser un grand sourire.

— Je ne suis pas d'accord, Archer. Tu as un visage qui n'est franchement pas loin de la perfection non plus.

Le fait qu'elle ne nie pas qu'elle pourrait bien tomber amoureuse de moi fit virevolter mon cœur dans ma poitrine.

Je savais très bien que je serais le premier à chavirer. J'avais commencé à basculer dès l'instant où je m'étais aperçu que, ce que je ressentais auprès d'elle, je ne le ressentais auprès de personne d'autre.

Ce n'était pas la première fois qu'on encensait mon physique, mais, venant de Bowe, le compliment n'avait que plus de valeur.

— Tu trouves, vraiment ?

— Vraiment, acquiesça-t-elle avec un léger hochement de tête. Mais ce n'est pas ce qui m'attire, chez toi. Les conseils que tu me donnes, ta manière de soutenir tout ce que je fais, même si tu as conscience que je me plante… tout ça aussi, je le trouve parfait. Personne n'avait été capable de me dire que mes chansons n'étaient pas jouées comme elles auraient dû l'être. Personne n'avait remarqué que je les avais modifiées malgré moi. J'aime ta façon de voir ce qui, moi, m'échappe. Et j'aime ta façon de me le montrer.

Me tapotant la tempe, elle conclut :

— Ce gros cerveau est aussi merveilleux que ton grand cœur.

En proie à un nouveau bâillement, je lui retins la main pour nicher ma joue à l'intérieur.

— Je suis content que tu le voies comme ça. Mon gros cerveau me sert surtout à suranalyser tout et n'importe quoi, ce qui a tendance à me causer des problèmes et à blesser les gens qui m'entourent. Quant à mon grand cœur, il n'est grand que parce que tu y vis depuis si longtemps. À mon avis, tu devrais te jeter à l'eau et auditionner. Tu n'auras sans doute qu'à jouer devant une poignée d'inconnus, pas une foule complète. Et puisque cette personne est amie avec Remy, elle est déjà un peu acquise à ta cause. Si tu arrives à la convaincre et qu'elle te donne le feu vert, tu auras fait le premier pas. Et si tu ne le sens pas, tu seras fixée.

Bowe me tapota la joue avant de me caresser la lèvre inférieure de la pulpe du pouce.

— T'as l'air à deux doigts de t'effondrer. Tu veux dormir ?

— Il faudrait que je me lave, avant.

Je m'étais rincé au vestiaire avant de sortir dîner avec elle, mais, après nos galipettes, un bon décrassage ne me ferait pas de mal.

— Tu m'accompagnes ?

Elle sembla y réfléchir un moment. Puisque c'était techniquement mon appart, je disposais de la chambre avec salle de bains attenante. Elle ne risquait donc pas de croiser l'un ou l'autre de mes colocs.

— Si je viens avec toi, tu n'es pas près de dormir, parce ce qu'on sait tous les deux que la douche ne va pas se résumer à un coup de savon. Or tu tiens à peine debout.

J'avais effectivement toutes les peines du monde à garder les yeux ouverts.

— Je sais que j'ai dit que je ne me fatiguerais jamais de toi, mais l'amour sous la douche, c'est peut-être un peu ambitieux, en effet.

Ça aurait été un coup à nous casser la gueule tous les deux, ou à raviver ma blessure à l'épaule. Je me glissai sous le drap en entraînant Bowe avec moi.

— Tout bien réfléchi, je crois que je suis de toute façon trop épuisé pour une douche, même sage.

Bowe me ramena le drap sur le torse et vint poser la tête sur mon épaule.

— Mets un réveil plus tôt pour la prendre demain matin.

J'approuvai d'un grognement las et l'étreignis un peu plus fort.

— Tu ne voudrais pas rester, histoire qu'on réexamine cette idée de douche commune quand on se sera reposés ?

Ce n'était pas très juste de ma part de lui demander ça, sachant que, pendant que j'allais roupiller, elle ne fermerait pas l'œil. Seulement, j'aimais tant m'endormir contre elle et me réveiller à ses côtés.

— Promis, je ne compte pas te le demander sans arrêt, Bowe. Juste de temps en temps.

Le temps qu'elle se décide à me répondre, je commençai à m'assoupir.

— Je vais rester, oui. Pas à chaque fois, mais de temps en temps… je resterai.

C'était plus que je ne m'y serais attendu, et amplement suffisant pour me contenter.

17

Bowe

J'avais la trouille.

Plus que je ne l'avais eue de faire la première partie d'artistes connus. Plus que quand j'avais dû annoncer au groupe que je ne voulais pas continuer avec eux. Plus que lors de mon premier spectacle sur la scène du lycée. Plus que lorsque j'avais avoué à ma mère que je voulais arrêter mes études. Et plus encore que lors de ma première fois avec Ry, ou même lorsque j'avais décidé de lui donner une seconde chance de me conquérir.

Les papillons que j'avais tant cherchés faisaient à présent une rave dans mon estomac. Je n'arrêtais pas de m'essuyer les paumes de mains sur les poches arrière de mon jean, et je devais mobiliser tout mon self-control pour ne pas gigoter anxieusement en répondant à l'interrogatoire de l'amie de Remy.

La propriétaire du bar était plus jeune que je m'y attendais, de l'âge de Remy, à peu près, mais elle semblait savoir de quoi elle parlait concernant la scène locale. J'étais soulagée qu'elle ne me pose pas de questions à propos de mon ancien groupe ou de mon père. Ça allégeait un peu la pression. Tout ce qui l'intéressait, c'était le genre de musique que j'aimais jouer et où je puisais l'inspiration.

Elle dégageait la même aura relax et décalée que Remy. Tu m'étonnes qu'elles étaient amies. Même si elle faisait son possible pour me mettre à l'aise, je ne risquais pas de me détendre. Elle était loin de se douter tout ce que je misais sur cette bête audition. Elle ignorait que je me trouvais à un tournant crucial de ma vie, et que si ça se passait mal aujourd'hui j'allais devoir sérieusement réévaluer ce que je pensais savoir de moi, ainsi que tous mes plans d'avenir. Et ça ne serait vraiment, vraiment pas la joie.

— Tu peux aller t'asseoir sur scène, vas-y. Les bons soirs, la salle peut accueillir jusqu'à deux cents personnes, à peu près. Sans être énorme, c'est pas ridicule non plus. Ça reste l'endroit idéal pour tester de nouveaux trucs, face à un public plutôt ouvert. J'essaye de programmer au moins trois soirées concert par semaine. Généralement deux zicos par soir, de préférence avec des sons complètement différents. J'aime bien varier un peu et j'ai des goûts éclectiques. Quand un ou une artiste marche bien, je rebooke la personne plusieurs fois par mois. On a la réputation d'avoir mis le pied à l'étrier de quelques grands noms de la scène indé.

Et elle n'en semblait pas peu fière.

Je me frottai nerveusement les mains, puis attrapai ma housse de guitare.

— C'est génial. Ça me rappelle un peu quelques bars-concerts sympas d'Austin. Je ne suis pas surprise que Remy aime traîner ici quand elle est de passage à Denver.

La jeune femme écarquilla les yeux et me détrompa bien vite.

— Ah mais Remy ne traîne pas du tout ici. Je l'ai rencontrée via son père. Je bossais dans un de ses établissements, plus jeune. J'ai commencé à la plonge et j'ai fini par devenir manager. Quand les anciens proprios de ce bar ont cherché à vendre, Rome avait dans l'idée de le racheter pour en faire une salle de concert. Comme c'était mon rêve de donner à des artistes en galère la possibilité de se produire en public, je lui ai proposé de devenir partenaires. Ma mère a dû abandonner sa carrière d'autrice-compositrice-interprète par manque d'exposition, alors c'est vraiment quelque chose qui me tient à cœur. J'ai franchement eu de la chance que le père de Remy me fasse confiance et croie en moi. Dans deux ou trois ans, je l'aurai complètement remboursé, et le bar sera enfin à moi ! Je connais Remy depuis qu'elle est ado, vu qu'elle bossait pour son daron le week-end. Il lui arrive de venir tenir le bar quand elle est en ville ou qu'elle a un besoin pressant d'argent. On s'entraide sans broncher, ici.

Voilà donc pourquoi j'avais décroché cette audition avec elle en moins de deux.

— On ne fait pas plus loyaux que les Archer. Si l'un d'eux t'a à la bonne, le reste d'entre eux sera aux petits soins pour toi un moment.

Après avoir pris une grande inspiration, je montai sur la petite scène. C'était mignon, un peu vieillot. J'étais d'accord avec elle : c'était l'endroit idéal pour moi.

Alors que je prenais place au micro, Suzy s'assit à une table haute. Elle commença aussitôt à tapoter sur la tablette devant elle, sans doute pour charger une appli d'enregistrement, ou se préparer à prendre des notes. En tout cas, elle ne donnait pas l'impression de m'avoir oubliée. C'était plutôt tranquille, comme audition, mais Suzy ne choisissait clairement pas les musiciens qu'elle faisait jouer dans son bar au hasard.

Fermant brièvement les paupières, je m'imprégnai de la sensation familière de ma guitare entre mes mains afin de me calmer un peu. La scène, c'était mon rêve. Peu importe la taille, c'était là que j'avais toujours voulu être. Je plaquai les tout premiers accords les yeux fermés, laissai la musique me transporter. À mesure que le morceau prenait vie sous mes doigts, ma nervosité se dissipait. Aucun autre instrument ne venait noyer mes mots ni l'émotion contenue dans mes paroles. Les notes vibraient haut et clair ; ma chanson sonnait enfin comme je le souhaitais, comme elle l'aurait dû dès le début.

Lorsque je rouvris les yeux, la propriétaire du bar n'était plus seule.

Remy était accoudée à la même table, et Daire était appuyée contre les grandes fenêtres au fond de la salle, téléphone en main. Nos regards se croisèrent, et la petite sœur de Ry m'adressa un petit signe de sa main libre, avant de m'encourager d'un pouce en l'air, tandis que Remy m'applaudissait.

Elles n'avaient beau être que toutes les trois, dans cette salle, j'avais l'impression de jouer devant le public le plus important de ma vie.

Oublié, mon père célèbre, que j'essayais si désespérément d'impressionner.

Oubliée, ma volonté de percer pour mieux apaiser les inquiétudes de ma mère.

Je ne voulais plus prouver quoi que ce soit à qui que ce soit, sinon à moi-même, et je jouais ma musique comme je l'entendais.

Je chantai les premières amours, les premières peines de cœur.

La voix débordant d'une émotion brute, je racontais la jeunesse, la difficulté d'une période où l'on pense tout savoir, sans vraiment rien connaître. Loin des rythmes enjoués et entraînants, j'optais pour la douceur, la mélancolie, et ma voix emplissait l'espace d'une manière qui me surprenait moi-même. J'avais eu peur de me sentir seule et abandonnée sans un groupe derrière moi sur scène, mais, comme Ry me l'avait promis, je me suffisais à moi-même.

Je jouai ensuite une chanson avec un peu plus de peps, puis une autre dans un genre plus blues traditionnel. Puisque Suzy avait dit avoir des goûts éclectiques, j'aimais autant lui présenter tout l'éventail. Sans que je ne m'en rende compte, trente minutes s'écoulèrent, soit bien plus que la plupart des auditions. Quand je lâchai enfin ma guitare, la laissant pendre à mon épaule, mes trois spectatrices me firent une ovation. Remy poussa jusqu'à taper des pieds et siffler entre ses doigts. Même les acclamations des centaines de gens présents lors de notre dernier concert ne m'avaient pas autant touchée. Pour la blague, je me fendis d'une révérence, puis je portai une main tremblante à mon visage. Ma joue était mouillée de larmes. Je ne m'étais pas rendu compte que je pleurais en chantant, mais je n'en fus pas surprise. L'expérience avait été cathartique. Ry avait vu juste. Ne pas tenter ma chance n'aurait été qu'une autre sorte d'échec. Si je n'avais pas pris ce risque et joué le tout pour le tout, j'aurais enterré tous mes espoirs, ce qui était bien pire que de risquer de décevoir mes parents.

Je rangeai ma guitare et sautai de la scène, plutôt que de redescendre par l'escalier. Remy traversa la grande salle vide avec un couinement pour me prendre dans ses bras et me serrer à m'en étouffer.

— Je suis si fière de toi. C'était génial. Je ne t'avais encore jamais entendue jouer aussi bien, Bowe.

Me prenant la tête entre les mains, elle essuya ce qu'il restait de mes larmes de ses pouces.

— Tu es faite pour être une star.

Elle m'arracha un petit rire mais, les jambes en coton, je ne pus me résoudre à m'écarter. Mes nerfs lâchaient.

— C'était terrifiant, mais je suis contente d'avoir été au bout.

J'accueillis Daire avec un grognement quand elle se jeta sur nous pour un câlin de groupe.

— Trop contente de t'avoir vue jouer, Bowe. Je sais que tu avais peur de te lancer en solo, mais franchement, t'as tout déchiré. T'as besoin de personne avec toi sur scène, en fait.

On aurait cru entendre son frère, mais ses encouragements et son enthousiasme sans filtre faisaient chaud au cœur.

— Comment tu peux savoir si j'ai tout déchiré ou non ? T'as passé tout le set sur ton portable.

Je disais ça pour la taquiner, mais Daire prit aussitôt la mouche. M'agitant son téléphone sous le nez, elle me toisa.

— J'enregistrais une vidéo à envoyer à une certaine personne, qui ne pouvait pas être là mais ne voulait pas en louper une miette.

J'écarquillai les yeux tandis que nous nous écartions en un petit cercle.

— Ry t'a demandé d'enregistrer mon audition ?

Ça n'aurait pas dû m'étonner, et pourtant…

Daire acquiesça, sa queue-de-cheval blond platine rebondissant de manière insolente dans son dos.

— Ouais. Il m'a envoyé un message hier soir, pour me demander ce que je faisais. Comme j'étais libre, il a supplié Remy de me laisser l'accompagner pour que je lui fasse une vidéo. Il avait un entraînement, aujourd'hui, ou une réunion d'équipe, j'en sais rien. Mais il tenait à être un peu là quand même.

— Oh c'est gentil de sa part.

Vraiment. Et peut-être qu'après avoir visionné mon audition, il se rendrait compte qu'il était toujours avec moi quand je me produisais, qu'il soit dans la salle ou non, parce que la plupart de mes chansons parlaient de lui, d'une manière ou d'une autre. Je n'aurais jamais pu monter sur cette scène sans ses encouragements, ni les sources inépuisables d'inspiration que représentaient sa simple existence ainsi que nos expériences communes.

Daire me sourit d'un air entendu.

— Il va être scotché par ta performance.

— Et s'il ne l'est pas, qui qu'« il » soit, je peux t'assurer que je l'ai été pour deux.

Suzy nous avait rejointes. Avec un petit coup d'épaule à Remy, elle me gratifia d'un sourire jusqu'aux oreilles.

— C'était vraiment super, et Remy avait raison quand elle m'a dit que tu collerais parfaitement à mon programme pour cet été. J'aimerais beaucoup t'accueillir sur notre scène, Bowe.

— Je...

J'allais avoir besoin d'une seconde pour encaisser toute cette gratitude et cette fierté.

— Ce serait un honneur de jouer chez toi.

Ça me semblait l'endroit parfait pour faire mes premiers pas en solo, puisque c'était la voie que j'avais visiblement choisie.

L'amie de Remy battit des mains et me promit de m'envoyer le contrat standard qu'elle faisait signer à tous ses artistes. On discuta un moment toutes les quatre, puis Daire fit une suggestion.

— Remy, Bowe, on est à deux pas du studio de papa. On devrait passer le voir, des fois qu'il soit partant pour lâcher le boulot et nous offrir à dîner, même s'il est encore un peu tôt.

Se frottant les mains à cette perspective, elle chercha notre approbation du regard.

— Je suis sûre qu'il serait content de vous voir, puisque vous êtes en ville. Et vous savez qu'il ne manquera pas une occasion de nous faire plaisir.

J'allais accepter volontiers, quand je vis le visage joyeux de Remy se fermer.

— Allez-y, si vous voulez. Moi, c'est bon. Je vais payer un truc à manger à Suzy pour la remercier de t'avoir fait passer cette audition, fit-elle en désignant son amie, à présent affairée au bar, s'apprêtant à ouvrir pour la soirée.

Daire fusilla sa cousine du regard, avant de pousser un petit soupir exaspéré.

— Ta mère ne sera pas au shop, Remy. Elle n'y bosse que les mardis et jeudis, parfois certains week-ends. Elle est occupée à faire la comptabilité de ton père. On ne l'a pas beaucoup vue, ces derniers temps, et tu saurais déjà tout ça, si tu l'appelais plus d'une fois par mois, et que tu n'en profitais pas à chaque fois pour te prendre la tête avec elle.

Elle croisa les bras sur sa poitrine avec un petit reniflement dédaigneux. Les deux cousines se défiaient du regard. Voyant qu'aucune ne céderait, je pris les choses en main et fis pivoter Daire en direction de la porte.

— On pourra passer dire bonjour à ton père une autre fois. Ce soir, on fête ça toutes les trois. Depuis que je suis là, je n'ai pas eu l'occasion de passer beaucoup de temps avec vous.

Remy avait toujours un truc sur le feu et, quand elle n'était pas occupée à courir par monts et par vaux, elle était au boulot. De son côté, Daire faisait ses préparatifs avant de démarrer ses études supérieures et d'emménager dans sa résidence universitaire. Elle tenait à passer autant de temps que possible avec ses amis avant qu'ils ne soient tous éparpillés à travers le pays, et c'était une fille particulièrement populaire. Son frère se doutait-il du nombre de jeunes garçons à qui elle donnait de faux espoirs ?

Une fois tout risque de croiser sa mère écarté, Remy se détendit à vue d'œil. Elle me rappela de récupérer ma guitare, le temps qu'elle aille dire au revoir à son amie. On confia le choix du resto à Daire ; après tout, elle connaissait les bonnes adresses mieux que nous.

— Il se passe quoi entre Remy et sa mère ? lui chuchotai-je en l'obligeant à m'accompagner vers la scène dès que Remy fut hors de portée de voix.

Je croyais qu'elle et moi partagions tout, mais, là, je ne comprenais vraiment pas pourquoi Remy semblait si à cran et remontée contre ce petit bout de femme.

— Pfff, s'agaça Daire avec un haussement d'épaules qui me fit penser à son frère. Je n'ai pas tous les détails, mais il s'est passé un truc la dernière fois qu'elle est revenue à Denver. J'ai essayé de cuisiner Zowen, mais tu le connais : il protège sa sœur. Ce que je peux te dire, en revanche, c'est que Hyde était en perm au même moment. Du coup, je me suis toujours dit qu'il y avait un lien, mais Remy est une tombe, et toute la bande des parents préfère éviter le sujet.

— Merde. Je ne me doutais de rien. Elle est en froid avec son père aussi, du coup ?

Je voyais mal sa baraque de père tolérer ce genre de comportement. Cela dit, je n'aurais jamais cru que sa mère se laisserait snober comme ça non plus. Quoi qu'il soit arrivé, ça devait être MASSIF.

— Je n'en sais rien. Elle a toujours été la fifille à son papa, mais quand il s'agit de Hyde, elle perd vite les pédales. Difficile de savoir jusqu'où elle pourrait bien aller à cause de lui. Je pensais que les choses se tasseraient une fois qu'il aurait été déployé, mais on dirait que non. Très franchement, je n'étais pas sûre qu'elle remettrait un jour les pieds dans le Colorado. Je suis contente que tu aies décidé de venir choper mon frère. Ça a permis de réparer des trucs, l'ordre des choses semble presque rétabli.

Je la pris par l'épaule et vins coller la tête contre la sienne.

— Tu m'avais manqué. Vous me manquiez tous. Je n'aurais pas dû refuser de revenir pendant si longtemps.

— C'est la faute de mon frangin, ça. Il n'a pas été aussi prudent qu'il aurait dû. Lui qui prend toujours mille précautions pour tout dans sa vie, il ne l'a pas fait avec toi, et ça lui est revenu bien comme il faut dans la tronche. Ah là là…, soupira-t-elle finalement en se tapotant le ventre. Je crève la dalle. Allons manger un truc.

— Moi non plus je n'ai pas assez fait attention, à l'époque ; il n'est pas le seul fautif, dans l'histoire. Il y a des choses qui doivent attendre le bon moment, ou elles n'ont aucune chance de marcher.

Et j'avais toujours eu quelques soucis de timing.

— Au fait, tu pourras m'envoyer la vidéo de l'audition ? J'aimerais la montrer à mon père.

Je voulais qu'il voie que j'avais surmonté ma peur de jouer mes chansons seule. C'était enfin une performance dont je pouvais être fière. Je comptais bien me démener et tirer pleinement parti de l'opportunité qui m'était offerte cet été. La prochaine fois qu'il serait dans mon public, il me verrait réaliser mes rêves pour de vrai. J'étais certaine qu'il saurait remarquer la différence.

Daire obtempéra aussitôt, et on se dirigea doucement vers la porte, attendant que Remy nous rejoigne avant de sortir. L'aînée des Archer beugla un dernier salut en direction de Suzy, puis passa un bras sous le coude de Daire et s'enquit du resto qu'on avait choisi comme si de rien n'était, et qu'elle ne venait pas de se décomposer devant nous à la simple mention de sa mère.

Un truc ne tournait pas rond, et, qu'elle le veuille ou non, elle allait devoir me faire le topo.

— Merci de m'avoir branchée sur cette audition, Remy. Je crois que tu me sauves la vie, là.

Elle me fit un clin d'œil par-dessus les cheveux blonds de Daire.

— De rien. Je t'avais prévenue que je ne te laisserais pas gâcher ton talent sans rien faire. Tu peux compter sur moi quoi qu'il arrive.

C'est vrai, elle avait toujours été là pour me soutenir. Et, le moment venu, elle pouvait être sûre que je lui renverrais l'ascenseur.

18

Ry

— Depuis combien de temps as-tu mal à cette épaule ?

Ma mère finissait de poser un réseau de bande kinésio tout autour de mon articulation, jusque sur mon biceps. Elle essayait clairement de rester imperturbable, mais à son front plissé et à sa manière de marmonner entre ses dents, je voyais bien qu'elle était tout sauf sereine.

Je fis mine de hausser les épaules, mais les bandes étaient trop ajustées pour me permettre de remuer librement.

— J'y ai été un peu fort avant de reprendre l'entraînement. Rowdy m'a fait manger le gazon, et deux semaines plus tard Dino en a remis une couche. J'ai pris un bon coup à l'entraînement d'aujourd'hui, et on dirait que ça l'a réveillée. Je n'arrête pas de retomber dessus. C'est juste pas de bol.

Je tentai de faire rouler mon articulation, mais la douleur fusa immédiatement dans tout mon bras, jusqu'au bout des doigts.

— À mon avis, tu devrais faire une pause et laisser ton épaule guérir tranquillement avant de reprendre, m'asséna-t-elle avec un regard sévère, alors qu'elle commençait à rassembler et ranger son matériel médical.

Elle avait tout déballé à l'instant où j'avais débarqué à la maison en me plaignant d'avoir du mal à bouger le bras.

J'avais heureusement pu convaincre Bowe de m'accompagner, donc mes parents s'étaient abstenus de m'incendier devant elle, et faisaient sans doute de leur mieux pour ne pas m'embarrasser, mais je ne pouvais m'empêcher d'être quand même un peu gêné que ma mère en fasse autant.

— Parce que si tu continues sur cette lancée, reprit-elle, tu risques une blessure qui pourrait bien mettre en péril ta carrière sur le long terme. Il serait peut-être judicieux d'en parler à Orlando pour voir s'il ne pourrait pas te programmer un peu de rééducation avant le début de la saison.

Je hochai le menton et récupérai mon T-shirt. Orlando Fredrick était un ami de la famille ; il avait bien connu le jumeau de mon père avant sa mort. En revanche, il ne bossait qu'avec des athlètes professionnels, c'était une vraie chance pour moi d'être en contact avec lui, sinon, il n'aurait jamais accepté de me voir pour une blessure aussi banale.

— Je lui ai déjà laissé un message pour lui demander de me rappeler quand il aurait une minute.

J'étais tête de mule et n'avais aucune envie d'arrêter de jouer, mais je savais aussi que ce petit souci d'épaule avait le potentiel de devenir un énorme problème à l'avenir si je choisissais de l'ignorer.

Assis à l'îlot de la cuisine, Bowe et mon père discutaient de son concert à venir. Mon père lui racontait la première scène catastrophique de Jet. Apparemment, celui-ci en était venu aux mains avec son bassiste avant même d'avoir commencé à jouer, et le groupe avait été banni de cette salle à vie. Il lui confia que

Jet n'avait pas trouvé les bons musiciens avec qui jouer tout de suite, et lui rappela que toute forme d'art ne cessait jamais de changer et d'évoluer. C'était à l'artiste de s'adapter et de grandir avec. Tous les deux s'entendaient si bien ; contrairement à moi, Bowe ne semblait avoir aucun mal à parler avec mon père.

Suivant mon regard, ma mère tapota mon épaule non blessée et se pencha à mon oreille.

— Elle est devenue encore plus jolie en grandissant, murmura-t-elle. Le parfait mélange de ses deux parents. Ayden répète souvent que c'est le portrait de Jet tout craché, mais à présent qu'elle devient adulte et doit faire des choix cruciaux pour son avenir, elle me rappelle tellement sa mère. Ayden avait la même détermination vis-à-vis de son avenir, elle a toujours obstinément refusé de revoir ses objectifs à la baisse. Pour ce que ça vaut, j'ai toujours trouvé que Bowe et toi alliez très bien ensemble, vous avez la même ambition, la même rage de réussir.

Je la dévisageai, éberlué.

— Pourquoi tu ne m'as jamais rien dit, si tu nous trouvais si bien assortis ? Pourquoi ne pas m'avoir arrêté quand j'ai décidé de sortir avec Aston ? J'ai l'impression que tout le monde savait depuis le début comment tout ça allait finir, sauf moi.

Ma mère me tira gentiment l'oreille et me sourit.

— Ces deux jeunes filles, je les ai vues grandir. Il était important pour moi que Daire et toi soyez proches de tous les enfants de nos amis. Ton père et moi avons tant mis en œuvre pour bâtir cette famille étendue qui vous entourerait et vous soutiendrait pour la vie. Je tenais à ce que vous disposiez du même filet de sécurité que nous. Il ne m'avait pas traversé l'esprit que ces amitiés puissent évoluer vers autre chose. Je ne voulais pas t'influencer, toutes les deux sont exceptionnelles. Mais ce sont deux personnes radicalement différentes, et si l'une répondait à tes besoins à une période de ta vie, ce n'était pas nécessairement ce que tu chercherais chez l'autre à un autre moment. Tant que tu te montrais juste et honnête, et que tu ne blessais aucune d'elles volontairement, ton père et moi ne voulions pas nous en mêler. Nous avons toujours pensé que, tant que la situation ne débordait pas sur notre bonne entente entre parents, il valait mieux vous laisser vous débrouiller tout seuls avec vos histoires.

Un éclat de rire fit pétiller ses yeux verts.

— Finalement, ton père a bien failli aller dire deux mots à Wheeler quand tu t'es évanoui dans la nature. Nous qui avions toujours cru que ce serait à nous de nous excuser parce que tu aurais pris tes premières amours à la légère, pas l'inverse ! Je me disais que tu serais un bourreau des cœurs, comme ton père, et non un cœur brisé, comme j'ai pu l'être en mon temps. Tu as de la chance que je sois encore capable de le raisonner quand il le faut. La communication n'est pas nécessairement son fort, mais sache qu'il ferait absolument tout pour te protéger.

— Je pense que je suis comme Daire, répondis-je. Un bon mélange de toi et papa. J'ai été le bourreau sans le savoir, avant de moi-même rejoindre le club des victimes.

Je regretterais à jamais d'avoir sous-estimé le mal que j'avais fait à Bowe par manque de courage.

— C'est du comportement de ta sœur que je vais finir par devoir m'excuser. Cette chipie pense que jouer avec les sentiments des garçons n'est qu'un jeu. Il ne se passe pas un jour sans qu'un nouveau gamin lui propose de faire ses dissertes ou la supplie de bien vouloir entamer une relation exclusive. Et elle a beau avoir l'air de ne s'intéresser à aucun d'entre eux, il est clair qu'elle n'a pas du tout l'intention de restreindre le choix qui s'offre à elle.

S'éclaircissant la voix, elle jeta un regard oblique au paternel, à l'autre bout de la cuisine.

— Pour ça, c'est bien la fille de son père. Avant que les choses deviennent sérieuses entre nous, il n'avait jamais voulu s'engager dans une quelconque relation.

— Le jour où elle tombera sur la bonne personne, elle en reviendra, comme papa… Tu veux que je range ça dans ton bureau ? offris-je.

Elle me tendit la grosse caisse en plastique pleine à craquer de tout ce dont elle pouvait avoir besoin pour traiter une blessure sportive à la maison. Cette boîte faisait partie du paysage depuis que j'avais intégré ma première équipe poussin, à l'école primaire.

— Ne va pas croire que je n'ai pas remarqué que tu ne me promettais pas de mettre ton entraînement en pause, reprit ma mère en croisant les bras sur sa poitrine. Quand je te dis que ça risque d'empirer, ce n'est pas en tant que mère inquiète, mais en tant que médecin. Tu crois sans doute que je ne me rends pas compte à quel point il va être difficile de lever le pied, mais détrompe-toi. Je sais aussi combien tu souffrirais de ne plus jamais pouvoir jouer à cause d'un accident bête. Il faut penser au-delà du court terme, Ry.

J'aurais bien voulu, mais, pour être franc, si je ne faisais pas mon maximum cet été, je n'avais aucune chance de faire le début de saison. Et le jour J approchait à grands pas. Je ne parlais jamais de la perspective d'être sélectionné et de passer pro, mais l'idée était toujours là, dans un coin de ma tête. J'avais fait tous les efforts pour le mériter. Si je n'étais pas obnubilé par chaque prochaine étape, c'était parce que je l'avais toujours tenu pour acquis. Pas une fois je n'avais douté devenir footballeur professionnel après la fac. Pourtant, à présent que je voyais Bowe s'adapter en temps réel à toutes les certitudes et à tous les absolus, je comprenais où ma mère voulait en venir.

— J'en parlerai à mes coachs et au préparateur quand j'aurai vu Lando. Je les préviendrai que je suis blessé et demanderai à ce qu'on allège mon entraînement pour les semaines à venir. Ça te va ?

Elle hocha la tête. Sur un sourire visant à la rassurer, j'allais enfin ranger le matériel de soin.

À mon retour, elle avait rejoint mon père face à Bowe. Papa l'avait attirée contre lui de son bras presque intégralement tatoué. Physiquement, ils avaient toujours formé un drôle de couple. Mon père était ténébreux, intense, quand ma mère était solaire et élégante. Pourtant, ils allaient tellement bien ensemble. Ils formaient un duo indestructible. Chacun d'eux révélait le meilleur de l'autre et avait appris à pardonner ses pires défauts. J'avais grandi avec cette certitude et pourtant, si j'y avais réellement prêté attention, je n'aurais pas cherché à forcer ce schéma avec la première personne venue. Mes parents n'avaient jamais caché que rester unis et heureux dans le mariage durant aussi longtemps nécessitait un travail acharné.

Je m'approchai de Bowe et m'appuyai moi aussi sur le plan de travail. Voyant mon bras strié de bandes musculaires, elle prit une mine inquiète.

— Ça a l'air plus sérieux que tu le laissais entendre, Archer.

Ma mère intervint avant que je n'aie pu la rassurer.

— Ça l'est. Et s'il ne fait pas attention, ça risque de s'aggraver.

Sourcils froncés, Bowe suivit du doigt l'adhésif noir qui me descendait jusqu'au coude.

— Ça ira, quand même ?

Je fis de mon mieux pour ne rien laisser paraître.

— Ça ira très bien. Je vais simplement devoir y aller un peu plus doucement sur la muscu et l'entraînement. Ça fait partie du jeu.

— Tss, répliqua-t-elle avec agacement. Un jeu, c'est censé être fun. Ça, ça n'a pas franchement l'air d'être la joie.

Puisqu'elle n'avait pas tort, je n'allais pas m'amuser à la contredire. Ce fut mon père qui vint à ma rescousse.

— Comment vont les jumelles, Bowe ? Ton père m'a dit qu'elles avaient décroché des petits jobs et que la famille ne pourrait pas venir nous voir, cet été.

Il avait l'air sincèrement déçu que les Keller ne viennent pas en vacances dans le Colorado, cette année. C'était un homme si taciturne qu'on oubliait facilement qu'il n'y avait pas que sa famille et ses collaborateurs qui comptaient pour lui. Il avait grandi avec le père de Bowe comme moi j'avais pu grandir avec Zowen, et je ne m'imaginais honnêtement pas ne pas voir mon cousin pendant si longtemps.

— Elles ne vont plus tarder à commencer les leçons de conduite. Quand on sait comme elles ont le don de rendre ma mère chèvre, ça va être comique quand elle va devoir faire l'auto-école. Au moins, elles ont le mérite de bien se débrouiller en cours. Maman a toujours eu du mal à encaisser que je me fiche de l'école. Tout ce qui m'intéressait, c'était d'apprendre à jouer de la guitare et à enregistrer de la musique. Je n'ai jamais vraiment réussi à tout concilier. Pas comme lui, là, lâcha-t-elle en me désignant, ce qui fit sourire mes parents.

Ma mère nous considéra tour à tour, l'air pensif.

— Ry était doué à la fois à l'école et en sport, mais, au bout du compte, il n'était jamais à la maison. On le voit davantage depuis qu'il est parti à l'université que quand il vivait ici.

Ce n'était pas faux. J'avais dû apprendre à cultiver un minimum de lien social quand je m'étais aperçu que j'étais à deux doigts de me couper de toutes les personnes qui m'aimaient.

— Il n'y a aucun mal à se consacrer à sa passion, déclara mon père. Trop souvent, des gens bourrés de talent sont forcés de tirer une croix sur ce qu'ils ont dans le cœur, sur ce qui les rend heureux, parce que la créativité est jugée moins importante que les savoirs et les compétences traditionnelles. C'est une mentalité tellement archaïque. Si mes propres parents avaient été un peu plus ouverts en ce sens, je n'aurais pas dû tant me battre pour leur reconnaissance et leur affection quand j'étais môme.

— Il n'y a qu'à voir Daire, renchéris-je. C'est une élève moyenne, mais une super artiste.

Depuis l'enfance, elle n'arrêtait pas de dessiner partout, tout le temps. Aucun mur de la maison n'avait été épargné.

— Papa a de la chance qu'au moins l'une de nous ait hérité de son talent. C'est bien la seule qui serait capable de marcher un jour sur ses traces si le métier de tatoueuse l'intéresse. Moi, je ne sais même pas dessiner un bonhomme bâton.

Ma voix dérailla un peu alors qu'une vague de gratitude et d'émotion me submergeait.

— Tous les deux, vous nous avez toujours permis de suivre notre propre chemin, sans jamais nous faire culpabiliser. Je crois que je n'avais encore jamais réalisé le privilège que ça représente. Ce n'est vraiment pas donné à tout le monde.

Mon père haussa un sourcil noir, sourire en coin.

— C'est maintenant que tu te rends compte que ta mère et moi, on assure ?

Je baissai les yeux sur le plan de travail.

— En ce moment, je me rends compte que je m'étais planté sur beaucoup de sujets, grognai-je.

Je ne m'étais jamais focalisé sur les bonnes choses ni les bonnes personnes.

— Raison de plus pour ne pas ajouter ton épaule à la liste, mon chat.

Pour rien au monde ma mère n'aurait manqué une si belle occasion de me rappeler que, oui, une mère a toujours raison.

— Ça vous intéresserait d'assister à mon premier concert ? lança Bowe. Ce serait cool de vous savoir là, vu que mes parents ne pourront pas venir.Elle semblait déçue, mais il était logique que sa famille ne puisse pas tout lâcher à Austin du jour au lendemain. Je trouvais ça chou qu'elle demande à mes parents de venir à leur place. Mon père m'interrogea du regard, mais je ne pus que hausser les épaules, elle ne m'avait jamais parlé de les inviter.

— Il ne faut pas vous sentir obligés, hein, mais je veux que vous sachiez que vous êtes les bienvenus. Les parents de Remy aussi, d'ailleurs… même si j'ai comme l'impression que ça risquerait d'être tendu je ne sais pas trop pourquoi.

Ma mère se crispa, et mon père resserra son étreinte. Je la

vis sciemment éviter de regarder Bowe dans les yeux, portant le regard sur un point derrière nous.

— Ce serait un vrai plaisir de venir te voir jouer. En revanche, je serai d'astreinte, donc il est possible que je manque une partie de ton set.

Elle fit une grimace indéchiffrable avant d'ajouter, incertaine :

— Tu devrais peut-être dire à Remy que ça ne te déplairait pas que ses parents viennent, et lui laisser le soin de les inviter ou non. Ce sera ta soirée. Tu n'auras pas besoin d'une quelconque distraction. Cela risque d'être suffisamment stressant pour toi de monter seule sur scène pour la première fois.

Bowe acquiesça du bout des lèvres, me jetant un regard entendu. Cette histoire ne se résumait en définitive pas à l'un des fameux accès de susceptibilité de ma cousine. Il faudrait que je tente de tirer les vers du nez à Zowen.

— Je vais faire comme ça, répondit-elle avec un sourire forcé. Tu as raison, je veux que tout se passe au mieux, surtout que, sans Remy, je n'aurais jamais passé cette audition.

Ma mère lui tapota la main par-dessus l'îlot.

— Ne t'en fais pas trop. Tout ira bien, pour toi comme pour Remy.

Puis, elle se tourna vers moi avec un haussement de sourcil ironique.

— Ainsi que pour mon cher fils, s'il suit le conseil de sa médecin.

Je levai les mains en signe de capitulation.

— Ça va, ça va, je ferai de mon mieux.

Mon père grogna et me gratifia d'un regard sans appel.

— Tu pourras faire attention tant que tu veux, mon gars,

tu restes la cible d'une pelletée de types sur le terrain. Et s'ils découvrent que tu as une faiblesse, ils ne vont pas se gêner pour l'exploiter. Je te préviens, si tu t'avises de refaire pleurer ta mère, je te flanquerai mon pied au cul.

Bowe éclata de rire, mais je devinais aux yeux du paternel qu'il ne plaisantait pas. Il m'en voulait encore d'avoir fait peur à maman en m'enfuyant au beau milieu de la nuit et en refusant de répondre au téléphone.

Ma mère lui donna un petit coup de coude dans les côtes, auquel il essaya d'échapper en se dandinant de manière cocasse.

— Ne fais pas comme s'il n'y avait que moi que ces gosses font pleurer, Rule.

Évidemment, qu'elle n'était pas la seule. Quand mon père se vantait qu'ils assuraient en tant que parents, il n'exagérait pas. Ni l'un ni l'autre ne craignait de laisser percer ses émotions, ni de nous dire à quel point nous comptions pour eux. Jamais ils n'avaient donné à penser que l'amour et l'affection étaient des sentiments honteux, pas plus qu'ils ne nous avaient inculqué qu'exprimer ses émotions était réservé aux filles. Au sein de notre foyer, chacun était encouragé à embrasser sa sensibilité et sa vulnérabilité, chose que j'avais toujours appréciée. Au quotidien, j'étais entouré de mecs qui se laissaient bouffer par leurs émotions ; n'ayant pas la chance d'avoir des parents aussi ouverts et tolérants que les miens, ils trouvaient dans leur sport leur seul exutoire. Ça faisait mal au cœur.

— Je ne veux faire pleurer personne, moi. Je ferai attention. Ne vous inquiétez pas.

Tous trois me dévisagèrent comme si j'avais dit une énormité.

Bien sûr qu'ils allaient s'inquiéter. C'était naturel quand on aimait quelqu'un, mais qu'on était forcé de le laisser faire sa vie.

L'amour n'était pas une question de contrôle.

C'était être là dans les bons moments comme les mauvais. Dans la victoire comme dans la défaite.

Dans la lumière ou les ténèbres.

C'était trouver l'équilibre et chérir toutes les facettes d'une personne, même quand cela semblait impossible.

19

Bowe

— Je n'avais jamais fait ce genre de trucs avant toi. Tu le sais, ça ?

Je redressai la tête pour regarder dans le miroir baroque qui agrémentait les toilettes des artistes.

Dans une heure, j'allais monter sur scène pour mon premier concert en solo et j'étais tout naturellement en panique. Heureusement, j'avais un moyen imparable de me vider la tête. Il me suffisait de convaincre Ry de m'aider à dépenser ce trop-plein d'énergie : les miracles dont était capable ce garçon me feraient tout oublier au-delà de lui l'espace de quelques minutes. Il avait d'abord émis quelques protestations quand je l'avais attiré dans la petite pièce, mais dès que j'avais commencé à l'embrasser et à faire courir mes mains sur sa braguette, le suppliant presque de me distraire, il avait oublié toutes ses réserves. J'étais contente qu'il soit toujours partant pour satisfaire mes appétits, en revanche, il se laissait encore beaucoup limiter par cet excès de prudence qui le caractérisait.

Les doigts accrochés au bord du lavabo, je l'observai contempler mon reflet. J'adorais la manière dont la glace de son regard se réchauffait et devenait plus éclatante quand il me caressait. J'aimais voir ses joues rosir, que ce soit d'embarras ou de désir. C'était adorable sur un visage autrement figé dans l'expression ardente de l'excitation masculine. Pourtant, « adorable » n'était pas exactement le mot qui aurait dû me venir à l'esprit alors qu'il me tenait d'une main posée à la base de mon cou, l'autre sur ma taille, et me pénétrait vigoureusement par-derrière. Pas le temps pour les préliminaires, dans sa crainte pas tout à fait infondée de se faire surprendre, Ry ne se préoccupait pas de faire dans la dentelle. Il me pilonnait dans le seul but de nous faire jouir tous les deux le plus rapidement possible, et je trouvais cette soudaine brusquerie craquante. Il était rare qu'il se départe de sa douceur et de sa tendresse, et je profitais avec joie de ce moment d'oubli.

Je fermai un instant les yeux, le corps submergé de chaleur et de plaisir. Il n'y avait plus de place pour l'angoisse ni la peur entre les innombrables sensations que faisaient naître les mains habiles de Ry. Je sentais sa queue enfler et palpiter un peu plus en moi chaque fois que je venais à la rencontre de ses hanches, l'accompagnant à un rythme effréné.

Je ne pus retenir un hoquet quand son érection fébrile vint frapper une zone particulièrement sensible au plus profond de moi. Perdant l'équilibre, je me penchai en avant et m'efforçai péniblement de trouver les mots, alors même que mon orgasme bouillonnait, prêt à éclater à la surface.

— Tu vois, tu dis toujours que je fais ressortir le meilleur, chez toi… Tu me remercieras plus tard.

Son reflet me gratifia d'un sourire en coin, ses yeux plus bleus que jamais.

— À ton service, en revanche, ne viens pas te plaindre si on se fait choper.

L'endroit minuscule qui tenait lieu de coulisses était pratiquement désert, mais des membres du personnel allaient et venaient tout de même non loin, et Remy devait arriver d'une minute à l'autre. J'avais pris des risques en traînant Ry dans les chiottes et en lui sautant dessus à peine la porte fermée… Ce n'était peut-être d'ailleurs pas mon idée la plus inspirée, mais je préférais de loin les frissons d'extase qui me parcouraient la peau au fourmillement désagréable du doute et de l'incertitude.

— Ce n'est pas comme si on risquait de se faire surprendre par mes parents. T'inquiète.

Avec un vague grondement pour toute réponse, il s'agrippa plus fortement à ma hanche. Je me cambrai contre lui, à la poursuite des étincelles de plaisir brut qui avaient explosé dans mon ventre quand il avait plongé au plus profond de mon vagin.

Sa main aux doigts calleux resserra sa prise au niveau de ma clavicule quand il insinua un genou entre mes jambes pour les écarter un peu plus.

Je portais l'un de ses maillots orné du logo de son équipe, que j'avais déchiré à quelques endroits stratégiques. Comme celui-ci était assez long pour faire office de robe, je l'avais cintré à la taille à l'aide d'une large ceinture de cuir cloutée. Un microshort de yoga dessous au cas où, et hop ! une petite tenue bien sympa. Point positif : la matière élastique et confortable de la chose autorisait les petits coups en douce, sans que je n'aie à craindre d'en sortir avec l'air de quelqu'un qui vient effectivement de s'envoyer en l'air dans les toilettes. Et puis, il faut aussi dire que l'air attendri de Ry en voyant laquelle de ses fringues j'avais choisie dans son placard avait rendu mon petit cœur tout chose, comme liquéfié.

Une fois satisfait de ma position, Ry se colla à mon dos, et je le sentis glisser une paume le long de ma hanche nue jusqu'à mon bas-ventre. La respiration haletante, j'arrachai mon regard au sien et baissai de nouveau la tête, concentrée sur sa main, qui progressait vers mon entrejambe. Un instant plus tard, ses doigts épais écartaient les plis de ma vulve trempée autour de lui, parcourant la peau sensible, déjà en feu sous l'action de son sexe. La pression qu'il appliqua au centre de mon clito faillit me faire quitter mon corps. Les genoux en coton, je me raccrochai éperdument au lavabo. Je gémis plus fort que je l'aurais voulu et j'entendis Ry glousser, avant de le sentir nicher la tête au creux de mes épaules. La chaleur de sa peau irradiait à travers mon T-shirt, et je percevais son souffle erratique tandis qu'il continuait de me prendre énergiquement, tout en repoussant les limites du supportable avec ses doigts.

Une exclamation me jaillit des lèvres pile à l'instant où on frappait à la porte.

Ry s'immobilisa, puis la voix de Remy résonna derrière le battant.

— Je sais ce que vous fabriquez, là-dedans, chantonna-t-elle d'une voix moqueuse, qui ne fit rien pour apaiser la bouffée de honte qui était en train de m'envahir. Suzy te cherche, elle aimerait que tu fasses un petit *soundcheck*, vite fait. Je vais la distraire cinq minutes, mais évitez de traîner, hein !

Je jurai entre mes dents. Ry, lui, rigolait doucement contre moi. Puis il cessa de titiller le pourtour de mon clitoris et le pinça un peu vivement. Une profonde vibration m'étreignit le ventre, et mon corps se contracta aussitôt sur son érection. Ry raffermit sa prise sur mon cou et vint planter les dents dans une zone plus érogène que de raison, juste derrière mon oreille. L'offensive sensuelle précipita mon orgasme. Je jouis sur son sexe et ses doigts, avec un gémissement sourd qui n'avait pu échapper à quiconque se trouvant aux environs.

Ry continua d'aller et venir en moi quelques instants, mais, lorsque je relevai la tête et croisai de nouveau son regard dans le miroir, il fut incapable de se retenir plus longtemps. Les yeux plongés dans les siens, je sentis sa verge lourde tressaillir et vis l'extase crisper ses traits. Soufflant mon nom, il s'avachit légèrement derrière moi. Je détachai rapidement ses doigts de ma gorge et lui ordonnai de se dépêcher de se rhabiller, frémissant un peu quand il se retira tant mon corps était encore électrisé. Il m'aida à remettre le peu de vêtements qu'il m'avait arrachés, puis on se remit un peu en ordre, pour être certains de ne pas éveiller les soupçons.

De toute évidence, cette petite toilette n'avait pas suffi car, à la seconde où l'on mit les pieds hors des toilettes, Remy m'agrippa le bras et m'y ramena aussitôt. Elle referma la porte au nez de son cousin médusé et me lança une grosse trousse à maquillage.

— Tu ne peux pas te montrer dans cet état. Assieds-toi et laisse-moi réparer ça, fit-elle en désignant le siège des toilettes.

Comme je ne bougeais pas assez vite à son goût, elle m'y poussa.

— Dans quel état ?

Je ne comprenais pas où elle voulait en venir.

— L'état d'une meuf qui vient de se faire sauter dans les

chiottes, lâcha-t-elle, avant de m'inviter à ouvrir la trousse pour pouvoir fouiller dedans. Je dois t'avouer que je n'aurais pas imaginé mon cul pincé de cousin capable de ce genre d'exploits. Je l'ai toujours cru trop coincé pour se risquer à tirer un coup en public.

Je lui jetai un regard en coin tandis qu'elle s'affairait à appliquer de la poudre sur mon cou avec des claquements de langue réprobateurs.

— Il est loin d'être aussi coincé que tu le penses, fis-je avec un petit sourire.

Remy eut une moue de dégoût.

— Clairement. Toujours est-il que t'as de la chance que je sois là pour t'empêcher de sortir parader alors que tu irradies encore le cul.

Elle m'appliqua un truc sur les joues, puis me réarrangea les cheveux.

— T'étais stressée ?

— Pfff, ouais, répondis-je comme elle s'écartait. Je le suis encore, mais au moins je ne rumine plus. Ry sait exactement comment me distraire.

— Tu vas tout déchirer. Ry est aussi une excellente source d'inspiration. Ne va pas croire que le fait que la moitié de tes chansons parlent de lui m'avait échappé. En revanche, je n'aurais pas cru que ce petit crush d'ado prendrait une telle envergure.

Récupérant la trousse à maquillage, elle m'aida à me remettre debout. Je retins sa main dans la mienne.

— Et pourquoi ça ? Ton crush d'ado à toi a défini le moindre de tes mouvements pendant une grosse partie de ta vie. Si quelqu'un devrait être à même de comprendre pourquoi c'est si dur de tirer une croix là-dessus et de tourner la page, c'est pourtant bien toi.

Elle cilla. La façon qu'elle eut de se racler la gorge m'indiquait qu'elle n'appréciait que moyennement que la conversation se retourne contre elle.

— Dans mon cas, ça n'a jamais été un crush, Bowe. Ça n'a jamais rien eu de mignon et craquant. C'était brutal, violent. Un vrai cauchemar, avoua-t-elle, avant de fermer brièvement les paupières, le temps de se reprendre. Ça l'est toujours. Mais ce soir, on s'en fout, de mes histoires. Tu t'apprêtes à faire tes premiers pas sur le chemin de la gloire, et tous les gens qui t'aiment sont présents pour t'encourager.

— Hein ?

Elle m'avait perdue en changeant de sujet de but en blanc. Pourquoi clamer une chose pareille, alors qu'elle savait très bien que la personne dont l'avis me tenait le plus à cœur serait à mille lieues de Denver.

— Tu n'as pas l'impression d'en faire un peu trop, là ? Je viens à peine de réussir à maîtriser mon trac ! râlai-je pour rire.

— Quoi qu'il arrive, aie l'air contente de les voir, même s'ils trouvent chelou que tu aies mis tant de temps à sortir de ces toilettes, siffla-t-elle entre ses dents.

Prise au dépourvu, j'écarquillai les yeux tandis que, un sourire forcé plaqué sur le visage, elle me dirigeait de force vers les deux dernières personnes que j'aurais pensé voir ce soir.

— Maman ? Papa ? Mais qu'est-ce que vous faites là ?

Mon père me prit dans ses bras tatoués et me serra plus fort que jamais. Surprenant le regard ultra-soupçonneux de ma mère, je déglutis avec peine.

— C'est une super surprise !

Vraiment. Sauf que je n'y étais absolument pas préparée.

À quelques pas de là, Ry avait été rejoint par ses parents. À son regard, je voyais bien qu'il mourait d'envie de me renvoyer mon assurance qu'on ne se ferait pas surprendre par les miens au nez, seulement sa mère était occupée à l'engueuler à voix basse, ponctuant ses chuchotements furax de petits coups de l'index dans son sternum. À côté, son père s'efforçait tant bien que mal de garder son sérieux. C'était un peu la honte que tous semblent avoir deviné ce qui venait de se passer, malgré tous les efforts de Remy pour nous couvrir.

— On a reçu un coup de fil des Archer pour nous prévenir que tu leur avais demandé de venir à notre place, on ne pouvait pas laisser passer ça. Alors on a laissé les jumelles aux bons soins de Rowdy et Salem pour te faire la surprise. Je sais combien cette soirée compte pour toi. Ta mère et moi, on aurait manqué ça pour rien au monde.

Il me serra une dernière fois avant de me relâcher. Au lieu de faire de même, ma mère me prit par les épaules et entreprit de m'inspecter minutieusement. Soudain, je revis Remy s'acharner à appliquer je ne sais combien de produits à la base de mon cou. Je n'avais pas eu le temps de me jeter un coup d'œil dans le miroir avant de sortir des toilettes, mais je comprenais maintenant qu'elle avait tenté de dissimuler les marques rouges laissées par les doigts de Ry. J'étais certaine qu'elle avait réussi à maquiller les preuves de mes ébats, mais les mamans avaient cette extraordinaire capacité à ne se laisser berner par rien.

La mienne m'adressa un clin d'œil, avant de me replacer une mèche de cheveux derrière l'oreille.

— Tu es magnifique. Ton père et moi sommes si fiers que tu aies décidé de te lancer, que tu n'aies rien lâché. Je n'ai jamais douté que tu trouverais ta voie.

— Bah… c'est Remy qui a tous les contacts, rétorquai-je en m'écartant. J'ai de la chance qu'elle connaisse la moitié de la planète.

Mon père secoua la tête d'un air réprobateur.

— Elle t'a peut-être ouvert la porte, mais c'est toi qui l'as franchie et qui t'es battue pour décrocher cette place sous les projecteurs. Tu mérites ta place sur cette scène et tu continueras de mériter toutes les opportunités qui s'offriront à toi.

Je leur souris, faisant de mon mieux pour ignorer le manège de Ry, qui tentait vainement d'échapper à ses parents, mais se faisait rattraper par sa mère dès qu'il faisait un pas. J'étais morte de rire de voir une femme si menue mener ces deux gaillards tatoués à la baguette sans le moindre effort. Et je n'étais pas la seule à observer le spectacle du coin de l'œil.

— Je suis heureuse que vous soyez là. Vous restez longtemps ?

Sans doute pas, mes sœurs les attendaient à Austin.

— Jusqu'à demain seulement. Je dois retourner au boulot et les filles doivent reprendre leur routine. Ton père a un rendez-vous d'affaires à Los Angeles, donc nous ne rentrons même pas ensemble.

Elle me caressa le bras avec un sourire, avant de poursuivre.

— Mais tant que nous serons là, tu auras toute notre attention. Nous pourrions aller dîner avec Ry et ses parents, avant notre départ. Parler du bon vieux temps, à l'époque où c'était ton père et moi qui faisions attendre tout le monde en backstage.

Je faillis m'étouffer. J'agitai une main devant mes yeux, comme si ça pouvait suffire à chasser l'image mentale qu'elle venait d'évoquer. Mon père haussa les sourcils et jeta un coup d'œil aux Archer par-dessus son épaule. Remy se tenait à présent à leurs côtés, et la mère de Ry semblait avoir un peu cessé de le malmener.

— On en discutera plus tard. Je dois aller faire un *soundcheck* vite fait avant mon set.

Comme je m'éloignais, mon père voulut me demander pourquoi ce n'était pas déjà fait, mais, coup de pot pour moi, une voix retentit :

— Hé, vous êtes Jet Keller, non ? Le mec d'Enmity ?

Mon père hésita un instant à répondre, mais, le temps qu'il trouve le moyen d'éviter de proclamer qu'il était effectivement une rock star, la personne hurlait déjà :

— Ma mère est une grande fan. Ça vous embêterait de me signer un autographe pour elle ?

J'entendis ma mère éclater de rire et vis les parents de Ry réprimer un sourire tandis que mon père, grognon, se prêtait à une inconfortable séance d'autographes. C'était là un rappel brutal de l'inconstance des choses. Rien n'était immuable, et si l'on ne saisissait pas les opportunités à l'instant où elles se présentaient à nous, quelqu'un risquait fort de débarquer pour nous souffler notre place.

Je bondis sur scène pour sortir ma guitare de sa housse, que j'avais posée au pied des amplis et des pédales. Prenant une grande inspiration, je balayai du regard la poignée de gens pour l'instant rassemblée dans la salle. Mes parents étaient partis s'installer à l'arrière avec les Archer, mais Ry et Remy avaient choisi de se poster plus près de la scène. Remy avait dégainé son téléphone et prenait des photos, tout en jacassant à l'oreille de son cousin. Lui était appuyé au mur, les bras croisés sur ses pectoraux, et me fixait si intensément qu'il semblait en oublier de cligner des yeux.

Ce concert s'annonçait déjà bien mieux que le précédent. Je n'avais pas à m'inquiéter de la performance du reste du groupe. Je n'avais pas la trouille que mes chansons perdent de leur dimension et de leur portée parce qu'elles n'étaient pas jouées de la bonne manière. Ni la crainte de décevoir mon père par une prestation médiocre ni la pression de vouloir prouver à ma mère que j'avais pris la bonne décision ne me pesaient plus sur les épaules. Que cette soirée s'achève sur une note parfaite ou désastreuse, tout dépendait de moi. Il n'y aurait personne d'autre sur qui rejeter la faute ou avec qui célébrer, et cela avait quelque chose d'extrêmement libérateur.

Ry me sourit lorsque que je me mis à gratter les cordes de ma guitare. C'était si doux de pouvoir le contempler en chantant les chansons qu'il m'avait inspirées. Peut-être y entendrait-il toutes les choses que j'avais voulu lui dire, durant toutes ces années, ainsi que ce que je ressentais pour lui.

Et, si Ry était trop bouché pour saisir, il ne faisait aucun doute que tous ceux qui nous connaissaient comprendraient, eux, comme en témoignaient les regards entendus échangés par nos parents.

20

Ry

Bowe était majestueuse, sur cette scène.

Elle était enfin dans son élément. La différence entre sa prestance ce soir et le concert durant lequel je l'avais vue tant galérer crevait les yeux. Elle se sentait bien. Elle était elle-même. Elle était en phase avec ce public plus restreint. Et sa musique n'avait plus rien à voir non plus. Maintenant que son propos n'était plus passé à la moulinette d'un groupe médiocre, j'entendais ce qu'elle avait voulu dire et comprenais à quel point elle était talentueuse. Avec son écriture ciselée, sa manière de peindre de véritables tableaux au fil de ses compositions, elle avait le don de plonger chaque auditeur au cœur même de ses récits. Je voyais bien comme elle transportait la plupart des gens qui l'écoutaient, ce soir. Comme les émois façon montagnes russes d'un cœur d'ado parlaient à la majorité de la salle, y compris mes parents et ma cousine.

Je m'abstins de me moquer de Remy en la voyant éponger des larmes. Elle était censée être la rigolote de la famille. L'insouciante, l'indomptable. Seulement je la savais aussi plus sensible que la moyenne.

Surprenant mon regard, elle me flanqua un coup de coude dans les côtes en désignant la scène.

— T'es au courant qu'elle parle de toi, là, hein ? fit-elle en s'essuyant les joues du dos de la main. Pfff, je ne comprendrai jamais qu'elle n'ait jamais vu que toi, mais voilà le travail. Tu as intérêt de la traiter à sa juste valeur, Ryier.

J'acquiesçai d'un air grave.

— Je sais. Je l'ai toujours su.

Chaque fois que Daire m'avait fait écouter les démos et autres chansons non abouties de Bowe, j'avais reconnu notre histoire au travers de ses paroles. Je n'avais jamais rien dit, car, longtemps, je m'étais demandé si c'était conscient de sa part. Elle ne me parlait plus. Je savais que je lui avais fait un sale coup et que j'avais vraiment pris des décisions de merde concernant notre relation naissante, et pourtant elle écrivait encore des chansons d'amour à mon sujet. Je n'allais pas m'aventurer à lui faire remarquer que cela signifiait peut-être qu'elle avait encore de sentiments pour moi. C'était le dernier lien, mince et fragile, qui continuait de nous unir, alors même que nos vies avaient pris des chemins différents. Ce qui bouclait proprement la boucle en m'assurant qu'elle ressentait la même chose que moi.

Nous étions sans doute encore trop jeunes pour avoir une vraie idée de l'amour, ou de la profondeur de nos sentiments l'un pour l'autre depuis toujours, mais nous aurions tout notre temps pour apprendre. Avec un peu de chance, Bowe m'offrirait la possibilité de lui inspirer beaucoup d'autres chansons d'amour à l'avenir. Ce soir, elle chantait tellement de morceaux tristes. J'espérais avoir l'occasion de lui prouver que s'attacher à moi pouvait lui apporter suffisamment de bonheur pour un jour éclipser son chagrin.

Mon portable se mit à vibrer. J'avais bien l'intention de l'ignorer ; ce soir, ma chérie avait toute mon attention. Mais à peine l'appel avait-il cessé que le téléphone recommença à danser dans ma poche. Seules deux personnes auraient eu le culot de rappeler aussitôt : Daire et Zowen. Tout le monde était au courant que cette soirée était importante pour moi et que je ne voulais pas qu'on me dérange.

Bingo, le nom de ma sœur apparut à l'écran, et, une promesse étant une promesse, je n'avais d'autre choix que de répondre. Elle était littéralement la seule personne de la planète que j'aurais autorisée à me distraire de Bowe à cet instant. Désignant mon téléphone, je fis comprendre à Remy qu'il s'agissait de ma petite sœur. La mine perplexe, elle hocha néanmoins la tête et me poussa à sortir régler les soucis dans lesquels Daire avait encore dû se fourrer.

Mes parents et ceux de Bowe s'étaient installés à l'arrière de la salle pour profiter du concert. Sur le chemin de la sortie, je croisai le regard de mon père. Je vis l'inquiétude se peindre sur son visage, mais, comme mon téléphone ne cessait plus de vibrer, je ne pris pas le temps de lui assurer que tout allait bien.

Toutes les salles du grand bar étaient trop bruyantes pour trouver un coin tranquille, aussi sortis-je dans la rue pour prendre l'appel.

— Qu'est-ce qui se passe ? C'était vraiment nécessaire de faire exploser le compteur d'appels ? Je suis au concert de Bowe, je te rappelle.

J'eus beau faire de mon mieux pour ne pas laisser transparaître mon agacement, l'impatience était quand même perceptible.

— Ry, il faut que tu viennes m'aider.

Elle semblait avoir peur et, au son de sa voix, je devinai qu'elle avait pleuré. Levant les yeux, je sentis une goutte d'eau s'écraser au sommet de mon crâne. Au loin, j'entendis gronder le tonnerre : un sérieux orage approchait. Le climat du Colorado était brutal, et je savais qu'on pouvait passer d'un temps clément et chaud à des pluies torrentielles en moins de deux.

— Calme-toi, et explique-moi ce qui ne va pas, Daire.

Alors qu'elle prenait une inspiration, un grand coup de klaxon résonna en fond.

— J'ai crevé. Je suis sur la bande d'arrêt d'urgence de l'autoroute. Je changerais bien la roue moi-même, mais il y a tellement de circulation… Un mec chelou s'est arrêté et a voulu m'aider, mais il me foutait trop les jetons, et maintenant il commence à pleuvoir. J'ai essayé d'appeler Zowen pour ne pas t'embêter, mais il avait une réunion à propos de son cursus à la fac, ou je ne sais quoi. Du coup, il n'est pas à Denver.

Le juron qui m'échappa fit sursauter un jeune couple qui entrait dans le bar. Mes pieds avaient pris la direction de mon pick-up avant même que je ne le réalise. Daire pleurait à présent à chaudes larmes.

— Je ne pouvais pas appeler papa ni Rome parce que j'ai un peu bu avec mes potes, et maintenant je sens la bière, murmura-t-elle en reniflant à mon oreille. Papa me tuerait, maman me priverait de sortie alors que c'est mon dernier été de liberté, et Rome me ferait la morale pendant des heures, après s'être assuré que les parents me reprennent ma voiture. Tu es le seul à pouvoir m'aider.

— Mais merde, Daire ! grondai-je en m'installant. T'es en train de me dire que tu es assez bête pour prendre le volant après avoir bu ?

Ce n'était pas mon père qui allait l'étrangler, c'était moi, oui.

Elle renifla de nouveau. Elle était vraiment terrifiée. Être en panne sur le bord de la route n'était jamais drôle, mais se retrouver bloqué sur le bas-côté de l'autoroute, ça craignait franchement. Et, sans même parler du danger, si un flic passait par là et s'arrêtait pour lui porter secours, elle risquait gros. Je devais à tout prix la rejoindre au plus vite.

— Bouge pas. J'arrive. Et ne sors pas de la voiture tant que je ne suis pas là.

Je ne lui précisai pas que n'importe quel savon de mon oncle lui paraîtrait doux en comparaison de l'engueulade que je lui réservais une fois qu'elle serait saine et sauve. Je la savais imprudente, voire un peu inconsciente, mais il n'était pas question que je la laisse volontairement risquer sa vie et celle des autres sans rien dire. C'était une insulte à son intelligence. Elle avait plus de bon sens que ça.

— Tu as intérêt à présenter de sacrées excuses à Bowe pour m'avoir fait manquer une soirée aussi importante pour elle.

— Je sais, j'ai fait de la merde. Je me sens mal.

Elle soupira, la voix tremblante.

— Tu veux bien rester avec moi au téléphone jusqu'à ce que tu arrives ?

Ses larmes redoublèrent alors que le ciel lâchait les vannes et que le déluge s'abattait sur moi. Le ballet frénétique des essuie-glaces ne m'était presque d'aucun secours tandis que je quittais le centre pour m'engager sur l'autoroute bondée, une fois que Daire m'eut donné une vague indication de sa position. La circulation était lente sur l'asphalte soudain trempé et glissant, mais de nombreux conducteurs tentaient quand même de rallier l'autre bout de la ville.

— Si tu veux, mais, dans ce cas, tu vas m'expliquer à quel moment tu as cru qu'il était OK de prendre la route alors que tu avais bu. S'enfiler une ou deux bières entre copains alors que tu n'as pas l'âge, c'est une chose. C'en est une autre de risquer de te blesser, ou pire, de blesser un innocent en prenant le volant ensuite.

Combien de fois ma mère était-elle rentrée d'une rude journée à l'hôpital, nous rappelant ce qui arrivait quand quelqu'un se montrait irresponsable après avoir fait la fête. Elle nous avait inculqué qu'il n'était pas juste de mettre en jeu non seulement notre vie, mais aussi celle des autres usagers de la route, par une décision aussi inconsidérée. Une fois, elle nous avait demandé si nous aimerions savoir que, par notre faute, un mari avait perdu son épouse, ou un enfant sa mère. Si nous pourrions vivre avec cette culpabilité, sachant que la tragédie aurait aisément pu être évitée. Ces questions m'avaient toujours fait réfléchir, mais il semblait que ma sœur ne se soit pas laissé autant émouvoir par cette idée.

— J'en sais rien. J'étais avec des amis, et tout le monde s'est mis à parler de son départ pour l'université, et de combien la vie allait changer. Tout fout le camp si vite, ça m'a déprimée, alors j'ai bu deux bières. Et là, un gars avec qui je suis sortie une ou deux fois s'est pointé, et c'est vite devenu gênant. Il arrêtait pas de me balancer des piques, de me reprocher de l'avoir oublié trop rapidement, alors qu'on s'est vus, genre, deux fois. Je ne comprends pas. Les mecs de mon âge peuvent changer de copine comme de caleçon, mais quand je fais pareil, on me dit que j'ai un problème. Fallait que je me casse. J'aurais dû demander à quelqu'un de me reconduire à la maison, ou appeler Aston pour qu'elle passe me chercher, mais je ne réfléchissais plus très clairement…

Je sursautai quand un autre gros coup de tonnerre gronda dans le ciel nocturne, et que Daire me transperça le tympan avec un hurlement.

— C'est la dernière fois, Daire, dis-je en m'efforçant d'y voir quelque chose à travers mon pare-brise dégoulinant. Je te jure, si tu t'avises un jour de refaire une connerie pareille, je t'étrangle.

— C'est promis. Je ne recommencerai pas. Comment était le concert ? Je suis dég' qu'il ait été strictement interdit aux moins de dix-huit ans, alors que mon anniversaire est dans un mois ! Son audition était tellement cool. Je parie que les gens d'ici vont l'adorer, et elle va repartir du bon pied ici, cet été.

Je lui répondis que Bowe était sensationnelle et mentionnai au passage que ses parents avaient débarqué pour lui faire la surprise. Je lui racontai aussi que nous nous étions plus ou moins fait surprendre en plein acte dans les toilettes, par nos quatre parents, ce qui eut le mérite de la faire rire et de sécher ses larmes. Elle commença alors à se foutre de moi, et je la laissai déblatérer ses âneries durant les vingt minutes qu'il me fallut pour la rejoindre.

Apercevant enfin sa voiture, je lui ordonnai de rester à l'intérieur car elle était bien trop proche de la voie, puis je raccrochai. Inutile d'être deux à nous faire saucer.

Le temps que je vienne me ranger sur le bas-côté et allume mes feux de détresse, de profondes flaques s'étaient formées dans les creux du bitume. Rien que de courir vers la petite voiture noire de ma sœur, mes baskets furent complètement détrempées. Depuis l'intérieur, Daire m'ouvrit le coffre pour me permettre d'en tirer la roue de secours et le cric. Je grommelai en me rendant compte que le pneu à plat se situait côté route. Chaque fois qu'un véhicule nous dépassait, il m'aspergeait d'une eau dégueu et glacée. Le déluge rendait également la poignée du cric glissante, transformant ce qui aurait dû être un jeu d'enfant en une galère sans nom qui allait me prendre trois fois plus de temps que nécessaire.

— Ry, laisse-moi t'aider.

Relevant vivement la tête, je jetai d'un regard noir à Daire qui était en train de s'extraire du siège conducteur, un parapluie à la main. Elle poussa un petit cri lorsqu'un semi passa à toute allure, l'éclaboussant de la tête aux pieds. Elle s'ébroua, puis dégagea des mèches de son visage.

— J'ai trop honte, tu te fais doucher à cause de moi, couina-t-elle en m'abritant sous son parapluie.

— Retourne à l'intérieur, lui intimai-je avec un geste autoritaire en direction de la portière conducteur. C'est trop dangereux, là.

Les voitures nous frôlaient, et la pluie semblait tomber plus dru chaque seconde. Le bruit des pneus tournoyant à toute vitesse me parvenait de beaucoup trop près et, de temps à autre, un connard soucieux de nous faire comprendre que nous l'avions obligé à changer de voie parce que nous débordions sur la sienne nous gratifiait d'un coup de klaxon.

Daire me fusilla du regard et tapa du pied, comme une gamine qui n'aurait pas obtenu ce qu'elle voulait.

— C'est tout ce que je peux faire pour t'aider. Ne sois pas si têtu.

Certes, le cric était plus facile à manœuvrer à l'abri de la pluie, seulement je ne voulais pas qu'elle reste à la merci de la première catastrophe venue.

— Je ne suis pas têtu, je me montre prudent. Tu devrais en prendre de la graine, d'ailleurs, maintenant que tu es presque majeure et que tu vas commencer à devoir te débrouiller toute seule dans la vie. Je ne serai pas toujours là pour me précipiter à la rescousse, Daire.

J'aurais voulu toujours pouvoir répondre présent, mais il fallait être réaliste : nous en étions à un point où nos vies allaient forcément emprunter des directions différentes. Elle allait devoir commencer à réfléchir plus sérieusement aux décisions qu'elle prenait, et cesser de croire que tout n'était qu'un jeu, arrêter de considérer les gens comme de simples pantins. Elle avait un petit côté princesse, que j'admettais volontiers avoir contribué à cultiver depuis l'enfance. Je lui avais toujours à peu près tout passé. Avec le recul, et une fois de plus plongé au beau milieu du chaos de sa vie, je comprenais qu'en la laissant donner libre cours à ses caprices d'enfant gâtée, j'avais servi mon propre syndrome du sauveur, puisque cela me permettait de jouer les héros, encore et encore.

Daire fit la moue et s'apprêtait à me rétorquer quelque chose quand un vacarme plus bruyant que le tonnerre et le sifflement des voitures filant à côté de nous retentit soudain. Le bruit de tôle et le crissement de pneus cherchant l'adhérence sur la route inondée me firent promptement tourner la tête. Un éclair de lumière aveuglante m'éblouit et, l'espace d'un instant, je n'y vis plus rien.

Mais je n'avais pas besoin de voir pour comprendre que le drame fonçait droit sur nous, trop vite pour nous permettre d'y échapper. Je n'eus pas le temps de voir ma vie défiler devant mes yeux. Pas le temps de penser à protéger Daire ni de m'inquiéter de mon sort. Pas plus que de m'imaginer ce que nos parents auraient à dire de la situation quand tout serait terminé.

Non, je ne pus que me reposer sur les réflexes durement acquis dont je faisais usage quasi quotidiennement sur le terrain pour éviter de me faire culbuter et enterrer sous la ligne de défense adverse. Sans me relever de ma position accroupie, je me jetai sur ma sœur, lui faisant perdre l'équilibre et la projetant en avant. Elle risquait moins d'être fauchée par une voiture que se retrouver piégée entre nos deux véhicules, alors qu'un SUV parti en toupie approchait inexorablement. J'entendis celui-ci télescoper l'aile de mon pick-up, puis le regardai avec horreur poursuivre sa course à travers plusieurs voies, projetant violemment un monospace et une petite berline dans notre direction. Dans un craquement de métal et un bris de verre terribles, mon pick-up s'encastra dans la voiture de Daire. Je percutai le sol de mon épaule blessée, et un faisceau d'étoiles aux mille couleurs de la douleur me jaillit devant les yeux. Divers véhicules dérapaient droit sur moi, je devais me lever et dégager de leur trajectoire. J'entendis ma sœur hurler mon nom. Tournant la tête, je la vis se précipiter à quatre pattes sur l'asphalte ruisselant.

Le problème, c'était qu'elle ne cherchait pas à se mettre en sécurité ; elle essayait de m'atteindre. Elle m'appela encore et me tendit la main. Le bruit était assourdissant et, en même temps, un étrange silence régnait. Je devais saigner de quelque part, un fluide plus chaud que la pluie battante qui me trempait jusqu'à l'os se répandait sur mon visage. J'avais atterri dans les débris au pied de la voiture de Daire. Des éclats de verre avaient transpercé mes vêtements et me déchiraient la peau. J'aurais voulu hurler à ma sœur de faire attention. Il fallait qu'elle se relève, qu'elle se mette hors du chemin.

— Je t'aime. Tu es ma personne préférée aussi, fut tout ce que je parvins à souffler.

Les genoux ensanglantés, elle avait un peu l'air d'un clown dérangé avec son maquillage barbouillé par la pluie et les larmes. En temps normal, j'aurais tenté d'esquisser un sourire et de lui assurer que tout irait bien, mais, ce soir, je ne pouvais pas lui mentir.

Surtout si c'étaient là les dernières paroles que je lui confiais.

Je n'aurais su dire si les mots finirent par sortir ou si je crus simplement les prononcer quand, soudain, une explosion de bruits et de sensations fit chavirer le monde autour de moi. D'un coup, la souffrance m'emporta, m'empêchant de garder les yeux ouverts plus longtemps. J'avais l'impression que mon corps était à la fois en feu et plongé dans un bain de glace. J'aurais pu croire qu'un troupeau d'éléphants me marchait sur le crâne, je ne pouvais plus respirer. J'avais perdu tous mes repères et, quand je voulus remuer, une décharge de douleur me vrilla jusqu'au moindre nerf.

Le monde ne disparut pas dans un fondu au noir tandis que je sombrais doucement dans l'inconscience.

Haha, non. Ce fut plus comme si mon cerveau avait décidé de tout débrancher pour que j'arrête de souffrir le martyre. À moins qu'il ne se soit mis en veille parce qu'entendre ma sœur hurler mon nom encore et encore était trop dur à supporter. Comment pouvais-je rester allongé là, pendant qu'elle me regardait mourir ? Cependant, tout pouvoir de décision me fut arraché lorsque je perdis brutalement connaissance.

Ça valait bien le coup d'avoir planifié mon avenir dans ses moindres détails… Dans mes savants calculs, j'avais omis un point crucial : Dame Fortune, cette garce, ne manquait jamais de foutre en l'air les plans de ceux qui croyaient tout mieux savoir qu'elle.

21

Bowe

Alors que je jouais la dernière note de mon set, je vis les Archer se précipiter vers la sortie. Ry avait quitté la salle peu de temps après le début du concert, mais, malgré la distance, j'avais bien vu qu'il n'était pas ravi. Il avait montré son téléphone avant de hausser les épaules d'un air démuni, avant de disparaître. J'aurais cru qu'il reviendrait avant la fin du concert, mais il n'avait toujours pas reparu. Et, à présent, ses parents se frayaient frénétiquement un passage dans la foule, tandis que Remy bousculait pratiquement tout le monde sur son passage dans ses efforts pour les rejoindre. Le portable vissé à l'oreille, elle faisait de grands gestes de sa main libre. Rule, le père de Ry, l'étreignit d'un bras, et tous les trois quittèrent mon champ de vision. Au bordel qu'ils avaient provoqué dans la salle, je devinai aussitôt que quelque chose n'allait pas. Ils ne seraient jamais tous venus me soutenir ce soir, pour ensuite se barrer sans même venir me féliciter. J'avais joué mieux que jamais, j'avais donné le ton de ma future carrière. Ce n'était pas rien, mais, visiblement, ce n'était pas aussi important que ce qui avait dû arriver pendant que j'étais sur scène. Je ne les imaginais pas une seconde perdre leur calme et détourner l'attention de la salle de ma performance si ce n'était pour une raison absolument impérieuse.

Toute à mon inquiétude, je ne pus vraiment apprécier les acclamations finales du public, et balbutiai de rapides remerciements. J'avais à la base prévu quelques chansons pour un éventuel rappel, mais déclinai finalement lorsqu'on me demanda de continuer encore un peu. L'artiste qui prenait la suite assurait, et tout le monde allait passer un super moment, promis-je au public. Cela n'empêcha pas certains de me huer, et quelques insultes fusèrent, mais c'est à peine si je les entendis pendant que je remballais ma guitare. Sans même prendre la peine de refermer la housse, je quittai la scène en hâte pour retrouver mes parents.

Suzy ainsi que quelques autres personnes rassemblées près de la scène voulurent me féliciter. Je passai au travers sans m'arrêter, annonçant que je devais aller m'occuper d'un souci personnel. C'était probablement plus abrupt et malpoli de ma part que nécessaire, mais maintenant que je m'étais assez rapprochée de mes parents pour déchiffrer leur expression, mon inquiétude laissait tout à coup place à l'affolement.

Ma mère était blême et semblait au bord des larmes. Tendu, mon père ne cessait de jeter des coups d'œil à son téléphone, comme s'il attendait des nouvelles. De son autre main, il massait ma mère dans le bas du dos à grands cercles apaisants. Je ne connaissais que trop bien ce geste. Durant toutes ces années où il leur avait été difficile de concevoir un autre enfant, après chaque déception, après chaque fausse joie, ça avait toujours été sa manière de la consoler. Une façon de lui faire savoir qu'il était là pour la soutenir, quoi qu'il arrive.

Mon cœur vacilla, et une angoisse d'un nouveau genre vint m'étreindre la gorge.

— Qu'est-ce qui se passe ? demandai-je en les observant tour à tour. Pourquoi est-ce que tout le monde a dû partir si vite ?

Maman me prit la main.

— Viens, allons discuter dehors.

Papa hocha la tête. Je les suivis hors du bar dans un silence assourdissant. J'aurais presque pu entendre chaque goutte s'écraser sur le sol individuellement alors que le ciel nocturne déversait sur nous ses minuscules larmes. Il avait dû pleuvoir des seaux pendant que je chantais. Le bitume était trempé, et les routes luisaient d'eau.

Alors que nous approchions du parking payant, ma mère fit halte et se tourna vers moi. Me caressant la joue, elle prit une grande inspiration, comme pour se donner du courage.

— Il y a eu un accident.

Je clignai des paupières, tentant d'assembler le puzzle, malgré les pièces manquantes.

— C'est Daire ? Elle va bien ?

Elle était à peu près la seule personne pour qui Ry aurait tout laissé tomber sans se poser de questions. Il faisait presque toujours passer sa petite sœur avant le reste.

Maman acquiesça brièvement avant de toussoter. À côté de nous, mon père faisait les cent pas, les yeux toujours rivés sur son téléphone.

— Oui. Ça concerne Daire, mais, mon ange… Ry a été touché aussi.

Portant la main à sa poitrine, elle inspira de nouveau profondément, puis s'efforça de trouver les mots.

— La pluie a provoqué une série de collisions sur l'autoroute. Daire était bloquée sur la bande d'arrêt d'urgence et Ry était allé lui prêter main-forte. Ils se sont retrouvés au beau milieu du carambolage. La mère de Ry a été rappelée à l'hôpital parce qu'ils étaient dépassés par le nombre de victimes à traiter. Peu après, Daire a appelé Remy pour la prévenir que Ry était dans un état grave et qu'il avait été envoyé aux urgences. Daire est un peu amochée, mais rien de sérieux. Ry, en revanche…

Du regard, elle chercha de l'aide auprès de mon père.

— D'après ce que les collègues de Shaw ont bien voulu lui dire, il est dans un état critique. Rule devrait me tenir au courant. Ils sont sans doute arrivés sur place, là, mais j'imagine que Shaw s'est immédiatement mise au travail.

À son ton rauque, je devinai qu'il était salement secoué.

— C'est Remy qui les a conduits à l'hôpital. Rule m'a laissé les clés de son pick-up pour qu'on puisse les y rejoindre au plus vite. Mais si tu as besoin d'un peu de temps pour digérer l'info, il n'y a pas de problème.

— Mais sa mère va le sauver, hein ?

Ma voix se brisa. Je tremblais si fort que ma mère devait me soutenir. Tout mon corps était comme anesthésié, à l'exception d'un point au creux de ma poitrine. L'emplacement de mon cœur semblait être en feu.

— Je crois que la plupart des médecins refusent de soigner les membres de leur propre famille, il s'agit de pouvoir garder son objectivité professionnelle, quoi qu'il arrive. Mais tu peux compter sur Shaw pour s'assurer qu'il sera traité par la crème de la crème. Personne ne veut perdre l'un des siens. Ils prendront tous soin de Ry comme s'il était leur propre môme. Tu m'entends ?

Je hochai la tête, même si j'avais du mal à faire répondre mon corps aux ordres de mon cerveau. Je me laissai guider par ma mère jusqu'à un énorme pick-up. On aurait dit celui de Ry, en plus neuf, et plus gigantesque encore. Maman dut attacher ma ceinture de sécurité, mes doigts étaient devenus ingérables.

— Tout va bien se passer, ma chérie, me murmura-t-elle à l'oreille en m'étreignant rapidement. Ce garçon a toujours eu de la chance. Il a quelqu'un là-haut qui veille sur lui.

Fermant les yeux, je plaquai les mains sur le noyau brûlant au centre de ma poitrine.

— Je suis si contente que vous soyez là, papa et toi. Sérieux.

Je n'imaginais même pas comment j'aurais pu faire face à ce qui m'attendait à l'hôpital sans eux pour m'aider à tenir le choc. C'était comme si tout mon monde s'effondrait, et que mon cœur se faisait lacérer au passage.

Ma mère me caressa les cheveux, puis alla prendre place à l'avant, aux côtés de mon père. Celui-ci me jeta un coup d'œil par-dessus son épaule en faisant marche arrière.

— Même si tu n'avais pas redonné une chance au petit Archer, ta mère et moi serions montés pour soutenir Rule et Shaw. On a tous traversé des coups durs, et chaque fois qu'il a fallu se serrer les coudes, pas une personne de la bande n'a jamais manqué à l'appel.

Il n'exagérait pas. Durant mon enfance, alors que ma mère faisait séjour sur séjour à l'hôpital suite à ses fausses couches, puis quand elle avait eu les jumelles, il y avait toujours eu du monde à la maison. Shaw, ma tante Royal, Salem, Saint, ainsi que la mère de Remy, Cora, avaient toutes séjourné un temps à la maison. Je me souvenais que maman n'était pas autorisée à lever le petit doigt ; alors qu'elle devait apprendre à gérer deux bébés à la fois, ses amies lui avaient apporté toute l'aide possible. Enfin, je commençais à comprendre pourquoi mes parents tenaient tant à ce que notre génération tisse elle aussi de puissants liens. Ils voulaient que nous ayons quelqu'un pour nous épauler nous aussi en cas de tragédie.

Le trajet se fit dans le silence et la nervosité. Plusieurs messages tombèrent sur le téléphone de papa, qui le tendit à ma mère pour qu'elle puisse les lire.

D'une voix douce, elle nous informa que Daire souffrait d'un poignet cassé et d'une légère commotion cérébrale. À part ça, elle était consciente et se portait bien. Ry, en revanche… Il venait d'être transféré au bloc avec une liste longue comme le bras de blessures qui, à mes oreilles de profane, semblaient toutes plus insurmontables et mortelles les unes que les autres.

Fracture de la clavicule.

Coude déboîté et rupture de ligaments aux deux genoux.

Fracture de la cheville et ligaments de l'épaule déchirés.

Côtes cassées et poumon perforé.

Lacérations de la rate et du foie.

Et ils attendaient encore l'arrivée d'un neurologue pour un examen plus poussé, car le bilan initial suggérait un potentiel traumatisme crânien sans fracture.

S'il s'en sortait, il mettrait du temps à se rétablir. Et il n'y avait pas la moindre chance qu'il puisse un jour retourner sur un terrain de football. En un clin d'œil, la vie qu'il avait toujours connue et tout ce pour quoi il avait tant travaillé étaient partis en fumée.

C'était une pensée terrible. Si je n'avais pas au aussi peur qu'il succombe à ses blessures, contempler tout qu'il risquait de perdre m'aurait crevé le cœur. À cet instant, toutefois, tant qu'il demeurait en vie, le reste ne me paraissait pas si important.

Le temps que nous arrivions à l'hôpital, la cavalerie avait déjà débarqué.

Le bras en écharpe, Daire était prise en sandwich entre son colosse d'oncle et sa minuscule tante. Elle était couverte d'égratignures et d'hématomes. On aurait dit une poupée cassée. Remy était assise de l'autre côté de sa mère, accrochée à sa main comme si sa vie en dépendait. Qu'importe à quel point leur relation était tendue, c'était le genre d'événements durant lesquels on avait toujours besoin de sa maman, à plus forte raison quand celle-ci savait, comme Cora, donner l'impression que même la situation la plus impossible n'avait rien d'insurmontable. Zowen n'était nulle part en vue, mais, où qu'il soit, j'étais prête à parier qu'il s'était mis en route dès qu'il avait été prévenu que son cousin était dans un état critique.

Le père de Ry faisait les cent pas, le regard rivé sur le sol. Il avait l'air absolument hagard, hyper secoué. Heureusement, un homme imposant en hoodie sombre marchait de long en large avec lui et le rassurait à voix basse. Depuis mon arrivée en ville, je n'avais pas encore eu l'occasion de croiser Nash Donovan, mais celui-ci n'était jamais très loin de Rule. En plus d'être partenaires en affaires, tous deux étaient les meilleurs amis du monde depuis toujours. Dire qu'ils étaient comme des frères aurait été plus juste : on m'avait raconté que c'était

Nash qui avait sauvé Rule de l'enfer, la dernière fois qu'il avait perdu un être cher dans un accident. Mon père nous reparlait souvent de cette période noire quand il voulait nous encourager à faire les bons choix, mes sœurs et moi, car rien n'était jamais certain, dans la vie. Ça devait être si rude pour le père et l'oncle de Ry de revivre une soirée étrangement similaire à celle qui leur avait arraché leur frère.

La femme de Nash travaillait dans le milieu médical, elle aussi. Je ne me rappelais pas exactement ce qu'elle faisait, mais j'étais à peu près sûre qu'elle était employée dans un établissement privé, et non dans un gros hôpital comme celui-ci. Je ne les voyais pas aussi fréquemment que les autres vieux potes de mes parents, ils voyageaient beaucoup et étaient l'un des rares couples de notre cercle proche à ne pas avoir d'enfants. Ils étaient rarement là quand nous venions à Denver pour l'été, en revanche, on avait souvent passé des fêtes de fin d'année ensemble. La jolie rousse n'était pas dans la salle pour le moment, mais elle ne devait pas être bien loin non plus. Selon toute probabilité, c'était elle qui communiquait toutes les infos médicales à la famille inquiète, puisque la mère de Ry était occupée ailleurs.

Il y avait aussi là des gens que je connaissais moins bien, comme les parents de Hyde, ou l'ex de Ry, accompagnée de sa mère et de son père. J'envisageais toujours de lui parler de ce qui s'était passé entre Ry et moi, mais, lorsque nos regards se croisèrent et que je perçus dans ses yeux l'écho de mes propres terreurs et angoisses, je sus qu'on s'était dit plus que ce que tous les mots de la terre ne pourraient jamais exprimer. Quand elle m'adressa un signe de son menton délicat, je vis sa lèvre trembler. Je lui rendis la pareille, et mon cœur se serra douloureusement. Elle ne l'aimait peut-être plus, si elle l'avait jamais aimé comme il l'aurait voulu, mais Ry demeurait une part incommensurable de sa vie. Si la tragédie devait frapper, elle serait tout aussi dévastée que moi. Il n'y avait aucune colère, aucune animosité dans son regard. Seulement de la compassion et de la tristesse.

Tout le monde arborait un visage sombre, et personne ne disait mot, comme si on retenait collectivement notre respiration.

Mes deux parents m'encadraient, presque comme s'ils espéraient me protéger physiquement de toute mauvaise nouvelle éventuelle. Daire finit par m'apercevoir et fondit aussitôt en larmes. Son oncle s'efforça de la réconforter, mais il était clair qu'elle était anéantie. La regarder sangloter si fort que son corps tout entier tremblait était au-dessus de mes forces. Demandant à mes parents de m'accorder une minute, je la rejoignis.

Comme je m'accroupissais à ses pieds, elle se contorsionna tant qu'elle put pour éviter mon regard. Elle était inconsolable. De près, ses blessures semblaient plus sérieuses que je l'avais initialement cru. Son arcade avait dû être refermée à l'aide de sutures adhésives, et des pans entiers de peau lui manquaient aux endroits exposés qui avaient frotté le bitume. Ses yeux tuméfiés ne tarderaient pas à virer de couleur, elle avait la lèvre fendue. Des blessures superficielles, mais la voir dans cet état-là me faisait encore plus craindre pour Ry.

Je ravalai la boule d'inquiétude qui menaçait de m'étouffer et posai une main sur l'épaule de Daire. La seule partie de son corps qui ne semblait pas avoir souffert.

— Hé, je suis heureuse que tu ailles bien.

Rome vint me placer une main réconfortante sur la tête. Il

me tapota un peu, en guise d'encouragement. Il était de toute évidence préoccupé par l'agitation de Daire. Si elle continuait sur cette lancée, elle risquait l'hyperventilation et on la collerait sous calmants.

— Tout est ma faute. Pardon, pardon. Je n'aurais jamais dû appeler Ry pour qu'il vienne me porter secours. Tu dois me détester. Et mes parents, hoqueta-t-elle en s'étouffant sur un nouveau sanglot. Jamais ils ne me le pardonneront.

Elle leva des yeux noyés de larmes en direction de son père qui ne semblait pas gérer beaucoup mieux qu'elle.

— Je ne te déteste pas. Je m'inquiète pour toi. Il faut que tu te ressaisisses et que tu sois forte pour ton frère. Pour une fois, ça va être à nous tous de prendre soin de lui.

Sourire m'était impossible, à ce stade, et je dus me contenter de lui caresser un peu le bras dans un effort pour la rassurer.

— Ton frère se précipitera toujours à ton secours, quoi qu'il arrive. Il a beau énormément remettre en question qui il est dans la vie, s'il y a bien une chose dont il n'est pas permis de douter, c'est qu'il a toujours été un héros.

Il avait ça dans le sang, et rien ne le changerait jamais .

— Je ne sais pas ce qui s'est passé ce soir, mais je peux t'assurer qu'il ne voudrait pas que tu te flagelles comme ça alors qu'il a tout donné pour que tu t'en tires.

Enfin, elle me regarda dans les yeux. La trouille et le désespoir au fond de ses prunelles me serrèrent le bide. Elle était encore plus mal en point psychologiquement que physiquement.

— Et s'il ne peut plus jamais marcher ? S'il ne se réveille pas ? Et sa carrière dans le football ? Et si jamais…

Elle se laissa gagner par un autre sanglot et crispa les mains dans ses cheveux sales et en bataille.

— Et s'il ne s'en sort pas ?

Sa tante lui enroula un bras couvert de tatouages autour des épaules pour l'attirer à elle et m'enleva les mots de la bouche.

— Chut. Ne dis pas des choses pareilles. N'y pense même pas. Ry va finir par rouvrir les yeux, un point c'est tout. Cette famille a assez de soucis comme ça ; inutile de s'en créer davantage.

Quelqu'un m'attrapa par le bras et me fit relever. À côté de moi, le père de Ry posait sur sa fille un regard qui aurait dû congeler n'importe qui sur place. Je m'écartai pour le laisser hisser Daire hors de son siège, pensant qu'il allait l'enlacer et la rassurer à son tour, mais je me trompais.

Au lieu de ça, il se laissa tomber sur la place libre à côté de son frère aîné et pris Daire sur ses genoux, comme une enfant. Elle posa la joue sur son épaule, et il se mit à lui caresser la tête d'une main.

— Tu connais ton frère, poussin. Il ne va aller nulle part. Il n'abandonnera pas sans se battre. Il est trop déterminé et tête de mule pour faire le choix de la facilité. Il va s'en sortir. Et ta mère t'a promis que, elle vivante, il ne lui arriverait rien. Tu peux lui faire confiance, OK ?

Il prononça ces derniers mots en accrochant mon regard, et j'eus le sentiment qu'ils étaient moins adressés à Daire qu'à moi. Avec un signe de tête, je retournai auprès de mes parents. Épaule contre épaule, les frères Archer se penchèrent l'un vers l'autre pour former un front uni. J'en avais mal au ventre. C'était la deuxième fois qu'ils faisaient face à un tel drame, et Daire était rongée par la culpabilité. Mais il était plus simple pour moi de me focaliser sur leur douleur que de me pencher sur la mienne. Je savais que si je leur en laissais l'opportunité, mes émotions allaient vite prendre le dessus et j'allais finir dans un état pire que celui de Daire. Je devais faire de mon mieux pour tenir le coup, ce n'était pas moi qui méritais d'être le centre de toutes les attentions, là. Contrairement à ce que je m'étais imaginé en ce grand soir.

Mon père m'accueillit entre ses bras et me serra fort. Ma mère se joignit à notre étreinte, et, entre eux deux, je me sentis entièrement enveloppée de leur amour et de leur protection. Fermant les paupières, je sentis ma première larme rouler.

— Il est vraiment très, très important pour moi, dis-je, la respiration hachée.

J'étais même presque prête à parler d'amour. Le vrai. Pas le truc tout mignon et innocent que j'avais pu ressentir la première fois que nous nous étions trouvés. Le genre d'amour qui s'insinuait jusqu'à ta moelle et prenait racine dans ton cœur. Il n'avait rien de brutal ni de violent comme celui de Remy, mais il n'en demeurait pas moins impressionnant, voire terrifiant.

— Je ne sais pas ce que je ferais sans lui.

Si Ry Archer n'avait pas fait partie de ma vie, je serais encore en train de vivre le rêve de quelqu'un d'autre, de faire semblant d'avoir décroché tout ce que je voulais, alors que je n'étais en réalité plus qu'une coquille vide.

— Tu vas continuer exactement comme avant, parce que rien ne va changer. Le garçon que tu retrouveras ne sera peut-être plus tout à fait le même, mais quoi qu'il arrive vous auriez tôt ou tard fini par devoir faire face à des évolutions ; c'est inévitable à mesure que l'on grandit et que l'on apprend l'un de l'autre.

Papa déposa un baiser au sommet de ma tête et me serra un peu plus fort encore.

— Il est plus difficile de s'accrocher que d'abandonner, Bowe. Et si je peux t'affirmer une chose à propos de la famille Archer, c'est qu'une fois qu'ils tiennent quelque chose qui leur est cher entre leurs mains, ils ne lâchent plus. Et il me semble que Ry s'accroche à toi depuis longtemps maintenant, mon ange. Il ne va pas lâcher prise aussi facilement, crois-moi.

Les mots de ma mère se faufilèrent sous le poids du chagrin qui menaçait de m'écraser.

— Et tu as entendu Rule. Shaw a juré de s'assurer qu'il ne lui arriverait rien. Elle soulèvera des montagnes pour que son fils s'en sorte. Si tu n'as pas la foi ou la force de croire à un miracle, tout de suite, tu peux en tout cas compter sur elle.

Dur de ne pas reprendre espoir au creux de leurs bras, à les entendre me dire tout ce que j'avais envie d'entendre. Je n'avais pas à être forte, mes parents l'étaient pour moi. Je me laissai alors aller aux larmes et permis au chagrin que j'avais jusque-là tenu à distance de m'envahir. Le feu continuait de brûler au centre de ma poitrine, et cette fois je pouvais dire que mon cœur était plus que meurtri. Si Ry ne se tirait pas de ce cauchemar, il n'y aurait pas assez de colle sur cette planète pour réunir les morceaux.

22

Ry

Si l'on m'avait demandé à quoi ressemblait le néant selon moi, j'aurais songé au calme, à la douceur et à la paix. Je pensais que tout serait noir et pépère. Qu'il y régnerait une certaine chaleur, une impression d'être en suspension dans l'eau, en apesanteur, léger.

J'aurais eu tout faux.

Tout était si aveuglant, si brûlant que c'en était insupportable. L'inconscience n'avait rien de tranquille. J'étais sollicité de partout, trop, sans discontinuer, et au lieu de me sentir flotter, j'avais l'impression d'être attiré vers le fond. À chaque minute qui passait, je m'enfonçais un peu plus dans la douleur et la confusion. Différentes voix me suppliaient d'ouvrir les yeux et m'interdisaient de mourir. On me touchait, beaucoup – ici un contact de réconfort, là une main qui soigne. Des bribes de souvenirs fusaient et s'entrechoquaient dans mon esprit, sans que je ne sois capable de me raccrocher à aucune d'elles. Des visions et des scènes de ma vie jusqu'à cet instant. D'autres qui semblaient vouloir me donner un aperçu de ce à quoi je pourrais aspirer, pourvu que je me batte, rien qu'un peu encore.

Je les sentais enfler, chercher à percer ma conscience, encore et encore, pour aussitôt s'évanouir dès j'essayais de me concentrer dessus. J'étais submergé. Et, pour la première fois de ma vie, je songeai à déclarer forfait.

J'étais à deux doigts d'abandonner.

Je ne voyais que ce moyen pour faire taire la douleur et échapper à l'intensité de cette implacable lumière.

Aucune de ces voix désincarnées ne parvenait à m'atteindre. Aucune des mains qui tentaient de me retenir n'avait assez de poigne pour m'empêcher de glisser plus loin dans l'abysse éclatant qui menaçait de m'engloutir. Je voulais que ça s'arrête.

Mais alors que je m'apprêtais à rendre les armes face à cette torture sans bornes, à suivre les étoiles ardentes là où elles me mèneraient, une image prit enfin corps et m'apparut nette.

Au premier coup d'œil, je crus reconnaître mon père. À tous les coups, il allait m'annoncer que, comme j'avais fait pleurer ma mère et ma sœur, il m'avait dans le collimateur. Je me doutais qu'il s'inquiétait lui aussi de ce qui allait m'arriver mais, à ses yeux, faire pleurer ma mère était impardonnable. J'étais tout prêt à lui présenter mes excuses, à lui assurer que je n'avais vraiment pas cherché à finir dans cet état, mais que tant que Daire était saine et sauve, je me fichais bien d'avoir l'impression d'être passé sous un rouleau compresseur. Les mots ne vinrent pas, mais comme la vision se rapprochait, je me rendis compte qu'il ne s'agissait pas vraiment de mon père. C'était son double parfait.

Les mêmes yeux.

Les mêmes cheveux bruns, la même taille.

Le même sourire en coin, qui semblait abriter tant de secrets.

Seule différence : le type qui se tenait devant moi n'avait pas le moindre tatouage.

C'était sans doute le portrait craché de mon père dans sa jeunesse, puisqu'il ne paraissait pas plus vieux que moi. Ce mec, c'était l'image que les gens devaient se faire de la personne qu'avait épousée ma mère quand ils apprenaient qu'elle était médecin et découvraient le milieu dans lequel elle avait grandi. Malgré la douleur et l'aveuglement, je sentis que cet homme aimait mes parents et était heureux de les savoir ensemble. Je compris qu'il m'aimait moi aussi et était venu me dire de ne pas baisser les bras.

L'heure n'était pas à la capitulation.

Il n'était pas question de renoncer.

Le temps était venu de lutter.

— On m'a comparé à toi toute ma vie. Et tu avais placé la barre haut. J'espère avoir été à la hauteur.

Avais-je prononcé ces mots tout haut, ou les avais-je seulement pensés ?

Quoi qu'il en soit, l'inconnu au visage familier m'entendit. Quand il acquiesça et sourit, sa ressemblance avec mon père devint plus frappante encore.

— Tu me surpasses sur beaucoup de points, Ry. Tu es plus courageux. Tu es plus intelligent. Tu es plus honnête et généreux que je ne l'ai jamais été. Tu as compris plus vite que moi que tu ne serais jamais heureux en cachant au monde la personne que tu es. J'ai manqué de temps pour intégrer la leçon.

Il haussa un sourcil noir de jais.

— Tu es aussi plus résistant que je ne l'étais. Je peux t'assurer que si tu jettes l'éponge maintenant, tu le regretteras. Si je pouvais tout recommencer, je n'arrêterais pas de me battre, même quand tout semble trop dur.

— J'ai toujours voulu te rencontrer. Tu sais à quel point tu manques à mon père ? À toute la famille, en fait ?

L'homme de qui Remy tenait son prénom et dans l'ombre de qui j'avais toujours évolué hocha la tête avec gravité.

— Je sais. Tout le monde me manque aussi. Mais j'ai une mission, ici. C'est mon rôle de m'assurer que nous ne soyons pas tous réunis avant l'heure. Nous nous reverrons, Ry. Mais le moment venu seulement. Je peux me montrer vraiment buté, quand je veux. Tu demanderas à ton oncle Rome, quand tu te réveilleras.

— J'ai si mal.

C'était atroce. Il fallait que ça s'arrête. Je voulais qu'on me plonge dans le noir, et que la pesanteur qui me broyait disparaisse.

— Je sais. Mais je te promets que ce n'est rien en comparaison de ce qui se passera si tu abandonnes. Ta sœur serait détruite. Ta mère ne s'en remettrait jamais, et ton père… Ton père a bien failli y passer quand je suis parti. Je ne suis pas sûr qu'il supporterait de vivre la même chose une seconde fois. Ils ont besoin de toi.

Il ne m'apprenait rien. Je savais tout ça. Je n'étais simplement pas certain que cela suffise à me tirer de ce vortex incandescent, qui semblait grandir à chaque minute que je passais baigné de lumière et de vide.

— Je ne serai plus le même si je me réveille, n'est-ce pas ?

Peut-être était-ce d'ailleurs pour cela que la tentation de céder à la facilité en lâchant prise était si forte. Tout serait si différent si je n'étais plus capable de faire la moitié des choses dont j'avais l'habitude, c'était une pensée terrifiante.

Comment réagirait ma famille ?

Comment réagirait Bowe ?

Nous commencions tout juste à progresser, et quel que soit le statut de notre relation à ce stade, elle n'en demeurait pas moins récente et fragile. Serait-ce trop lui demander d'apprendre à aimer un nouveau moi, quand elle venait à peine de se laisser aller à apprécier l'ancien ?

— Personne ne sera plus le même quand tu te réveilleras. On change forcément, quand on manque de perdre un être cher. Ça nous fait réfléchir et faire le tri entre ce qui a une réelle importance et ce dont on peut se passer. Il y avait une personne que j'aimais. Quelqu'un de vraiment très cher à mon cœur. Aujourd'hui, je sais que ma peur de devoir laisser tomber le sport et le masque derrière lequel je me terrais n'était rien en comparaison de la terreur de devoir abandonner cette personne. Ne prends pas exemple sur ce que j'ai fait de pire, Ry. Je ne te souhaite ça pour rien au monde. Les gens qui t'aiment ont besoin de toi, mais souviens-toi que c'est réciproque. Es-tu prêt à les laisser derrière toi ?

Il y avait une bonne et une mauvaise réponse, et quand on ne choisissait pas avec soin, les conséquences pouvaient être dévastatrices.

— Non.

J'avais encore trop de choses à découvrir et d'expériences à vivre. Mes projets venaient peut-être d'être pulvérisés, et mon avenir était peut-être plus flou que jamais, mais ma peur de l'inconnu ne justifiait pas que je tourne le dos à mes proches.

Remy avait raison. Je douillais des pieds à la tête, et pourtant ce n'était rien en comparaison de la souffrance qui m'étreignait le cœur quand je m'imaginais ne plus jamais revoir ni ma famille ni Bowe.

— Tu vois, tu ne me ressembles pas tant que ça. Tu es bien mieux. Réveille-toi, et vis ta meilleure vie. Rends-moi fier. Et prends soin de ton père pour moi.

Ma tête se fit cotonneuse et, enfin, la lumière qui m'aveuglait se dissipa. Les ténèbres grignotaient peu à peu mon champ de vision, et le poids qui me donnait l'impression de couler diminua un peu.

— Tu sais, pas un jour ne passe sans qu'on ne pense à toi.

Il eut un petit rire et me sourit de toutes ses dents. Bizarrement, il avait l'air encore plus triste que mon père dans ses mauvais jours.

— Je sais. Je le sens, dit-il en tapotant ce qui aurait été son cœur, si cette rencontre avait été réelle, et non un délire fiévreux ou une hallucination médicamenteuse. Je pense beaucoup à vous aussi. Dis à ta cousine que je suis désolé qu'elle ait hérité de ma chance en amour, en prime de mon nom. Je me sens un peu responsable de ses malheurs. Des petits Archer, c'est elle qui tient le plus de moi. Pauvre môme.

J'eus subitement l'impression de me prendre un seau d'eau glacée, et tous les feux de mon corps furent apaisés. Dans la lumière désormais supportable, la sensation de légèreté après laquelle j'avais tant couru se présenta à moi. Les voix étaient plus distinctes, et les personnes dont je sentais les mains partout sur moi faisaient tout ce qui était en leur pouvoir pour que je reste avec elles.

J'avais toujours mal, et tout était encore un peu difficile à supporter. Mais je m'estimais heureux : le plus infernal était derrière moi, et je savais que, quoi qu'il arrive, j'allais revenir à moi.

Je jetai un dernier regard à l'homme qui avait défini tant d'aspects de ma vie. La vision qui m'avait semblé si solide, si réelle, se brouillait et commençait à s'évaporer. J'aurais aimé avoir le temps de lui poser toutes les questions qui m'avaient toujours intrigué. Il m'avait promis qu'on se retrouverait, et même s'il n'était que le produit de mon imagination en mille morceaux, parasitée par la douleur, je choisis de le croire. Cela rendait la perspective du saut dans l'inconnu moins effrayante, et il était rassurant de me dire que je ne finirais jamais seul.

La sensation glacée qui m'avait arraché à l'abysse sans fond dans lequel j'avais bien failli disparaître était en train de se répandre dans tout mon corps. Sous son effet, mes doigts tressaillirent et mes poumons se contractèrent. Une lumière jaillit dans l'obscurité avant de s'éteindre de nouveau, menaçant de me faire craquer pour de bon. Puis j'ouvris les yeux sur le faisceau de lumière que ma mère, penchée sur moi, dirigeait droit sur ma prunelle. Ma première réaction fut de cligner frénétiquement des paupières et de détourner la tête. Je compris vite que les mouvements brusques n'étaient pas une bonne idée. Je me rendis aussi rapidement compte que j'étais dans l'incapacité de parler : j'avais un truc fourré dans la gorge. Et si j'avais cru souffrir le martyre lorsque j'étais prisonnier de la lumière aveuglante, ce n'était rien comparé à la douleur qui irradiait dans tout mon corps à présent que j'avais repris connaissance.

L'expression de ma mère changea du tout au tout lorsque nos regards se croisèrent, et je pus voir la concentration toute professionnelle de la médecin aguerrie laisser place au soulagement infini de la maman. Immédiatement, elle porta une main douce à mon visage, repoussant mes mèches de cheveux alors que ses yeux s'emplissaient de larmes. J'entendais d'autres voix, dans la pièce, mais je n'arrivais pas à détacher le regard du visage épuisé de ma mère.

Je ne pouvais ni parler ni bouger, mais heureusement elle me connaissait mieux que moi-même et répondit à toutes les questions que je lui aurais posées si j'avais pu.

— On t'a connu en meilleure forme, champion. Tu as de sérieuses blessures des pieds à la tête. Les calmants qu'on t'a donnés sont costauds, alors tu risques d'être à côté de tes pompes pendant un moment. Tu es resté inconscient deux jours. Tu as dû subir une lourde opération, et tes os sont maintenus en place par des plaques de métal et des vis, alors on t'a plongé dans un coma artificiel pour que tu n'aies pas trop mal.

Elle poussa un long soupir ; elle était si pâle.

— Il y a eu une complication lors de l'opération. La chirurgienne s'est trouvée face à une déchirure de ton foie plus compliquée à réparer que prévu. L'espace d'un instant, le pronostic n'a pas été brillant, mais heureusement l'équipe a pu contenir l'hémorragie. La bonne nouvelle, c'est que rien n'était irréparable et qu'on a pu te rafistoler. La rééducation sera longue, mais tout ira bien.

Elle renifla bruyamment et s'adressa au médecin qui avait fait son apparition à ses côtés. Elle se lança dans un discours bardé de jargon médical de plusieurs minutes, avant de reporter son attention sur moi.

— Ta sœur s'en est tirée avec plus de peur que de mal. Elle

est couverte de bleus, et malade d'inquiétude te concernant, mais elle s'en remettra elle aussi. Vous avez eu une chance incroyable, Ry. Trois personnes sont mortes dans ce carambolage, une autre en est sortie paraplégique, et on compte douze autres blessés graves. En poussant ta sœur hors du chemin, tu lui as sauvé la vie. Grâce à toi, elle a pu se mettre à l'abri de la circulation et des véhicules hors de contrôle. Elle a été touchée par des débris quand sa voiture a été pliée, mais à part ça je te promets qu'elle va bien. Quand je dis que ton ange gardien devait être avec toi, ce soir-là, je n'exagère pas. La collision a projeté ton pick-up contre toi, ce qui a causé la plupart de tes blessures. En revanche, l'angle était tel qu'il t'a protégé du reste des impacts. Tu t'es retrouvé au beau milieu de l'un des pires accidents que j'ai vus de ma vie et tu y as survécu. C'est un vrai miracle.

Essuyant une larme, elle vint me déposer un baiser sur la joue. Elle avait dû choisir avec soin, et se dire qu'un contact à cet endroit ne risquait pas de me faire trop mal… mauvaise pioche. L'intégralité de ma peau était comme un nerf à vif.

— Tout le monde attendait avec impatience que tu te réveilles. Ton père et ta sœur campent pratiquement dans la salle d'attente, et Bowe n'a pas quitté ton chevet, jusqu'à ce qu'on la chasse et qu'on la force à prendre soin d'elle. Tu as beaucoup de monde derrière toi, Ry. Merci d'être revenu.

Elle s'était mise à pleurer à chaudes larmes, je la voyais trembler. Une infirmière vint lui demander si tout allait bien, mais elle lui fit signe de ne pas s'inquiéter. Peinant à se reprendre, elle toussota un coup.

— Tu as fait un collapsus pulmonaire et un épanchement

pleural. Ton autre poumon présentait des contusions, c'est pour ça que tu es intubé. Tu ne vas pas pouvoir parler tout de suite, mais je leur demanderai de te retirer ça dès que possible. Maintenant que tu es réveillé, on va devoir te faire passer une batterie d'examens, d'accord ? Ça va être désagréable et pénible, mais il faut que l'on s'assure que tout guérit correctement, alors n'en veux pas trop au personnel qui va défiler ici toutes les heures.

J'aurais bien voulu hocher la tête, ou lever un pouce, mais je ne pouvais pas remuer d'un poil sans avoir l'impression d'être dévoré par une armée de fourmis rouges affamées. Je fus uniquement capable de cligner des paupières. J'ignorais même combien de temps je parviendrais encore à garder les yeux ouverts. Les lumières de la pièce étaient loin d'être aussi difficiles à supporter que celles de mon néant. Je ne tenais pas à retourner là où j'avais pu rencontrer mon oncle Remy, mais rester conscient alors que mon corps me faisait mal au point de m'en filer la nausée ne m'apparaissait pas non plus comme une partie de plaisir.

Je supportai néanmoins vaillamment les divers examens et piqûres qu'on me fit subir durant ce qui me parut une éternité, car ma mère m'avait promis de revenir avec Bowe dès qu'elle aurait informé le reste de la famille que j'étais réveillé.

Le plus immobile possible, je m'efforçai de tenir le coup jusqu'à ce que ces yeux dorés si familiers fassent leur apparition.

Bowe avait l'air aussi défait que ma mère. En revanche, elle était visiblement arrivée à court de larmes et n'en versa pas une seule en posant le regard sur moi. C'était aussi bien, j'étais à peu près sûr d'en avoir assez en stock pour deux. Je ne sais pas pourquoi poser les yeux sur elle fit céder les vannes, mais je sentis mes cils et mes joues ruisseler.

Bowe essuya mes larmes d'un geste doux. Un sourire frémissant sur les lèvres, elle poussa un long soupir et me caressa le visage.

— Ravie que tu aies décidé de revenir parmi nous, Archer. Tu m'as davantage manqué ces deux derniers jours que pendant les deux ans durant lesquels on ne s'est pas vus.

J'aurais voulu lui répondre que si j'avais rouvert les yeux, c'était en très grande partie pour elle. Lui faire savoir qu'elle valait le coup que je m'accroche à la vie. Je voulais la supplier de ne pas me quitter, même si elle n'avait pas signé pour ce que ce nouveau moi risquait de lui faire traverser. Lui promettre que quoi que l'avenir nous réserve, cela vaudrait forcément les efforts que la situation actuelle exigerait de nous.

Mais, plus que tout, je voulais lui avouer que je l'aimais, et ce, d'aussi loin que je me souvienne. J'étais revenu pour le lui dire.

Un gémissement sourd monta de sa gorge, et elle me prit la main.

— Heureusement pour nous, on nous a accordé le temps de découvrir comment nous aimer, murmura-t-elle en me caressant le bout des doigts. Toi et moi, on a toujours été à contretemps, mais cette fois l'horloge s'est arrêtée pour nous permettre de corriger le tir. Je ne t'aurais jamais pardonné de m'avoir abandonnée avant que je n'aie eu l'occasion de te dire je t'aime.

Elle me contempla avec un sourire doux.

— J'avais déjà ces mots sur le bout de la langue alors qu'on n'était que des gamins, mais d'avoir dû songer à ce que serait la vie sans toi, je me rends compte que ce que je ressens pour toi n'a rien de simple et que je ne pourrai jamais l'oublier. Tu as toujours été mon premier amour, Ry. Et je suis à peu près certaine que tu seras le dernier.

J'avais la haine de ne pas être en mesure de lui répondre. Je voulais qu'elle sache qu'elle était la seule, l'unique, la première et la dernière pour moi aussi. Que le seul endroit qui ne me faisait pas un mal de chien à cet instant, c'était le cœur. D'une manière ou d'une autre, je ne sais comment, alors que le reste de mon corps passait à la moulinette, elle l'avait préservé. J'espérais qu'à mon regard elle comprendrait tout ce que je ressentais et combien j'étais heureux d'être en vie. Qu'elle verrait ce qu'elle représentait pour moi.

L'éclat doré et apaisant de ses yeux me réchauffant jusqu'à l'âme fut la dernière chose dont j'eus conscience avant de replonger. Sauf que ce néant-là n'avait plus des airs d'enfer sur terre. Et j'allais pouvoir m'y attarder autant que nécessaire, car je savais qu'elle m'attendrait à l'autre bout.

23

Bowe
La fin de l'été…

— Enfin seuls, lâcha Ry dans un soupir de soulagement.

Il s'assit avec raideur sur le bord du lit, qui prenait une bonne partie de la chambre d'hôtel chic qu'il nous avait réservée pour les jours à venir.

L'été touchait à sa fin. L'air commençait à fraîchir dans le Colorado, et je redescendais officiellement à Austin le week-end suivant. Après huit semaines à récupérer chez ses parents, Ry n'avait pas voulu que l'on passe nos dernières journées ensemble à les esquiver eux, ou bien ses colocs. Il avait aussi proclamé qu'il refusait de me partager avec Remy durant ces derniers jours.

La guérison était plutôt en bonne voie : il avait de moins en moins de mal à se mouvoir et avait pu commencer à espacer les prises de ses antidouleurs. Alors quand il m'avait proposé d'aller passer deux nuits à l'hôtel, j'avais fini par accepter, principalement pour lui faire plaisir. Pour moi, c'était une dépense inutile. Ce n'était pas comme si ses blessures et le fait de vivre sous le même toit que ses parents avaient particulièrement bridé notre vie sexuelle. On avait simplement dû être créatifs et apprendre à se montrer très, très silencieux. Ça m'avait rappelé le temps où on devait se planquer, quand on était ados. Pourtant, à présent que l'on se retrouvait vraiment seuls tous les deux, et que je me rendais finalement compte du peu de temps qui nous restait, j'étais contente d'avoir cédé.

Je n'avais pas plus envie de lui dire au revoir que lui. Il avait occupé tellement de mon temps et de mes pensées, cet été ; je n'étais pas sûre d'être prête à revenir à la vraie vie. J'avais un peu peur de replonger dans la scène hyper compétitive et critique d'Austin après avoir été si chaleureusement accueillie par celle de Denver. À mesure de la saison, j'avais gagné à la fois en renommée et en confiance, mais il était temps pour moi de poursuivre ma tournée, afin de découvrir si oui ou non j'avais l'étoffe d'une artiste solo. J'allais devoir affronter les personnes que j'avais déçues et abandonnées pour faire mon propre trou. Il me fallait surmonter ma peur de l'échec, ainsi que celle de décevoir mes parents. Et je n'aurais pas l'impression d'avoir accompli tout ça avant d'avoir percé chez moi.

Je rejoignis Ry sur le lit. Plutôt que de m'asseoir à ses côtés, je choisis de m'installer avec précaution à califourchon sur ses genoux, un bras autour de son cou. On venait de lui enlever son plâtre à la cheville, et il m'assurait que ses côtes le faisaient de moins en moins souffrir. Il portait encore une drôle d'attelle autour des épaules pour aider à la consolidation de sa clavicule, et la zone luxée était maintenue par assez de bandes adhésives pour envelopper une momie, mais, dans l'ensemble, il était moins couvert d'hématomes et plus mobile qu'il ne l'avait été le reste de l'été. Il en avait encore pour des semaines de rééducation, sans parler des visites de contrôle, qui s'étaleraient sur de longs mois, mais, au premier coup d'œil, il aurait été difficile de s'imaginer que ce mec avait failli y passer si peu de temps auparavant. En revanche, à sa démarche pataude et à sa façon de bouger à deux à l'heure, comme sur des œufs, il aurait semblé tout aussi impensable qu'il ait un jour été susceptible d'être parmi les premiers joueurs sélectionnés en NFL.

Il était vachement plus en forme que quand je l'avais découvert allongé sur ce lit d'hôpital, branché à une batterie de fils et de tuyaux, mais il était indéniable qu'il n'était plus le même qu'au début de l'été.

Déjà, il avait dû faire une croix sur le football. Mais il avait également décidé de mettre ses études en pause pour le semestre, pour mieux se concentrer sur son rétablissement et réfléchir à ce qu'il voulait désormais faire de sa vie. Maintenant qu'il n'avait plus d'avenir en tant que joueur pro, il allait bien falloir qu'il fasse un choix de carrière ! Je ne pouvais que compatir, je savais ce que c'était que d'être obligé de changer son fusil d'épaule alors qu'on se pensait sur la bonne voie. Tout ce que je pouvais faire, c'était le soutenir dans ses décisions et lui promettre d'être là pour lui, de la même manière qu'il avait répondu présent pour moi quand j'avais balancé une chance en or à la poubelle.

On était jeunes, il en fallait plus que ça pour nous abattre. On en était à une période de notre vie où on était censés faire des erreurs et se constituer des souvenirs.

Je lui caressai la joue et m'appuyai contre lui lorsqu'il m'enlaça la taille.

— Je suis surprise que ta mère t'ait autorisé à sortir de la maison. Elle ne t'a pas laissé lever le petit doigt de tout le temps que tu as passé là-bas.

Une chose était sûre, Ry recevait les meilleurs soins possibles à Denver. Sa mère l'avait pris en charge dès qu'il avait ouvert les yeux et n'avait cessé de lui apporter une attention de tous les instants depuis. Elle se montrait un peu trop protectrice, toutefois Ry semblait comprendre son besoin de le couver après avoir eu si peur de le perdre. Tant pis si elle le maternait et ne le quittait pas des yeux une seconde, puisque c'était important pour elle.

— Elle sait que tu t'apprêtes à rentrer au Texas, et que j'ai besoin de te faire de vrais au revoir, sans interruptions ni public. De toute façon, mon père lui a dit que je n'en ferais qu'à ma tête, quoi qu'elle en dise. Il lui a aussi rappelé que j'allais réintégrer mon appart d'ici quelques semaines, et que ce serait une bonne manière de commencer à s'habituer à mon absence. Je la soupçonne d'avoir eu envie de m'envelopper de papier bulle avant de me permettre de franchir la porte, mais elle a su se retenir et tout s'est bien passé.

Il baissa la tête et me laissa poser le menton sur son crâne. Avec une plainte sourde, il me serra plus fort contre lui.

— Très franchement, c'est Daire qui a eu le plus de mal à gérer mon départ. Elle a pleuré et m'a supplié de ne pas partir. Et quand je lui ai dit qu'il le fallait, elle a piqué une crise et a filé s'enfermer dans sa chambre. Elle a toujours aimé faire dans le mélo, mais là c'était excessif, même pour elle. Je crois que mes parents feraient bien de lui faire consulter un professionnel.

Je basculai la tête pour frotter la joue contre ses cheveux soyeux.

— Elle t'a regardé te faire rouler dessus, avant d'être témoin de toutes ces collisions à la chaîne. C'est tout juste si elle en a réchappé elle-même, et en plus elle s'en veut de t'avoir mis en danger en t'appelant à son secours. Ça fait beaucoup à gérer. Il est possible qu'elle ait simplement besoin de temps, mais en parler à quelqu'un qui saura l'aider à accepter tout ça ne lui ferait pas de mal, c'est sûr.

Pour toute réponse, Ry grogna et leva vers moi une mine renfrognée.

— On est venus là pour échapper à ma famille, et on se retrouve à discuter d'eux non-stop. Contrairement à toi, leurs problèmes ne sont pas près de s'envoler, alors concentrons-nous sur nous, si tu veux bien. Tu es sûre que tu veux que ce soit Remy qui te dépose à l'aéroport ? Tu sais que je serais plus qu'heureux de t'accompagner.

Prenant son visage d'une beauté absurde entre mes mains, je déposai un petit baiser sur ses lèvres pincées. Comment arrivait-il à être séduisant même quand il faisait la tronche ? Un vrai mystère.

— Si c'est toi qui m'y amènes, je n'aurai jamais le courage de monter dans cet avion. Et je pourrais bien pleurer ; or, je déteste pleurer en public.

Avec un soupir, je l'embrassai derechef. Plus doucement, presque comme pour m'excuser.

— Je ne crois pas avoir la force de te quitter de nouveau sans me retourner, Ry.

C'était principalement pour cette raison que j'avais demandé à Remy de faire le taxi.

Au départ, j'avais pensé qu'elle rentrerait avec moi à Austin, au moins pour un temps, mais à la surprise générale elle avait décidé de rester un peu plus longtemps à Denver. De toute évidence, elle avait encore quelques affaires à régler avant de repartir pour d'autres cieux.

Un juron aux lèvres, Ry pivota avec précaution pour nous faire basculer sur le matelas. Chacun de ses mouvements était désormais lent et calculé. Ça avait été si étrange de le traiter comme une petite chose fragile tout l'été. Plutôt romantique, en un sens. Être mignon et doux l'un avec l'autre représentait une toute nouvelle dynamique pour nous. Il avait fallu apprendre la patience et la prudence pour éviter qu'il ne se blesse davantage. On n'avait pas non plus eu d'autre choix que de communiquer et dire sans détour ce qui fonctionnait ou non pour nous ; sans même parler des semaines qui avaient suivi l'accident, durant lesquelles nous avions été forcés de nous en tenir à la conversation, puisqu'il ne pouvait physiquement faire que ça.

Heureusement pour moi, j'avais découvert que j'aimais vraiment bien la personne qu'était Ry Archer. Si on ne pouvait être plus différents l'un de l'autre en surface, certains de nos traits communs, qui faisaient de nous ce que nous étions, rendaient la compréhension mutuelle évidente. Par le passé, ces similarités m'avaient échappé ; pour moi, elles faisaient partie intégrante du rôle qu'il s'obstinait à jouer. J'avais été soulagée de constater que les facettes de lui qui m'avaient fait craquer à l'époque n'étaient pas du vent.

L'accident avait précipité notre relation et nous avait contraints à prendre le temps de vraiment faire connaissance. C'est pourquoi je le crus quand il me répondit dans un souffle :

— Je ne suis pas sûr d'avoir la force de te laisser partir de nouveau moi non plus.

— Je t'aime grave, Archer.

Il me sourit, les yeux étonnés. Il avait toujours l'air un peu interloqué quand je prononçais ces mots. À tel point que j'avais fini par lui demander s'il doutait de ma sincérité. « Rien à voir », m'avait-il répondu. Il ressentait simplement l'impact de mes paroles jusque dans ses tripes,et n'était pas habitué à une telle réaction viscérale. Certes, je n'étais pas la première fille à le lui dire. En revanche, son expression dans ces moments-là ne manquait jamais de me rappeler que j'étais la première de qui il *voulait* l'entendre.

— Je t'aime fort aussi, Bowe.

Chargé d'une émotion brute, sa voix s'était un peu brisée.

Je ne doutais pas une seconde de ses sentiments. Pas parce qu'il me disait qu'il m'aimait avec une telle conviction, ni qu'il me regardait avec le cœur débordant de ses yeux bleus ardents, mais parce qu'il s'apprêtait à me laisser partir, sans me faire culpabiliser et sans chercher à m'en dissuader. Bien au contraire, il m'encourageait à poursuivre mon chemin, même si celui-ci m'éloignait de lui. Il m'avait assuré qu'il comprenait que ce n'était pas définitif ; après tout, nous avions déjà su braver le temps, la distance, et même les malentendus pour finalement nous retrouver quand même. Nous survivrions à tout, tant que nous faisions le choix l'un de l'autre et envisagions cette relation avec sérieux, sur le long terme. Il me poussait à aller de l'avant sans jamais essayer de me retenir, et ça, c'était une vraie preuve d'amour.

— Tu vas vraiment me manquer.

Je ressentais déjà le vide de son absence, la torture de ne pas pouvoir le voir ni le toucher quand j'en avais envie.

Ry s'allongea, incapable de rester plus longtemps en appui sur son épaule blessée.

— Mais pour l'instant, je suis là, alors profitons du temps qu'il nous reste.

Quelle meilleure façon de se dire au revoir que de partager le plus intime des moments avec la personne que l'on aime ? De partager tout ce que l'on a avec elle ? Et puis, qui savait quand on se reverrait ? J'allais devoir tirer un trait sur ce kiff immense pendant un temps indéfini, et ça ne m'enchantait pas. Donc il avait raison. Il fallait qu'on fasse le plein l'un de l'autre tant qu'on en avait l'occasion.

— OK, OK. On remballe le vague à l'âme.

C'était plus fort que moi. L'artiste en moi, sans doute. Poussant sur son épaule valide, je le fis rouler sur le dos.

— Mais il va falloir me laisser faire le gros du boulot. Il est hors de question que je te renvoie chez toi dans un pire état que je ne t'ai trouvé. Ta sœur ne me le pardonnerait jamais.

Sans compter que je crèverais probablement de honte.

Ry fit la moue et secoua la tête.

— Non. J'en ai marre de te laisser faire tout le travail. Cette fois, il va falloir qu'on fasse tous les deux des efforts.

J'avais la nette impression qu'il ne parlait pas que de sexe. Et, en effet, si on voulait que les choses marchent entre nous malgré la distance, il allait falloir qu'on s'y emploie tous les deux.

— Très bien. On va s'y mettre à deux pour y arriver, alors. Il faudra juste éviter de faire n'importe quoi.

Mon but, c'était que personne ne soit blessé dans la bataille.

— Y aller mollo, ça me va.

Sa confiance en lui avait toujours été l'une de ses caractéristiques les plus craquantes. Il avait su prendre son temps tout au long de l'été, il n'y avait pas de raison que ça change aujourd'hui.

Je lui volai un baiser et me relevai afin de l'aider à se déshabiller. À l'heure actuelle, la tâche nécessitait un peu de temps et beaucoup de douceur. J'avais toujours un peu les boules de voir son corps autrefois parfait à présent barré des cicatrices de l'accident. Ça n'avait beau rien enlever à son charme, c'était un rappel criant de la brutalité avec laquelle il avait failli m'être arraché.

Un peu obligé de se laisser faire pour ne pas forcer sur ses articulations, Ry s'installa, nu, au centre du grand lit, et me regarda ôter mes propres vêtements les yeux brillants. Quand j'eus à mon tour tout retiré, il me fit signe d'approcher.

— Viens là.

C'était l'un des rares ordres auxquels je ne rechignais pas à obéir. Je le rejoignis à quatre pattes, et l'embrassai avec toute la fougue et la passion dont j'étais capable. Je voulais qu'il sente combien ça allait être dur de lui dire au revoir. Et que, s'il était vital pour moi de partir, c'était bien la dernière chose dont j'avais envie.

Il répondit par un baiser vorace, la langue ravageuse, la pointe de ses dents cherchant à marquer mes lèvres en souvenir de lui. Il me retournait comme une crêpe, mes muscles ne répondaient plus. Mes tétons pointaient dur, mon sexe frémissait d'excitation. Je me penchai au plus près pour me frotter à son large torse, avide de son contact. Alors que je trouvais mon rythme et commençais à mouiller, les mamelons tendus comme jamais, Ry remua sous moi et me demanda avec douceur de me retourner.

Je ne saisis pas tout de suite ce qu'il attendait de moi, jusqu'à ce qu'il désigne sa bouche, puis la mienne.

— Chacun doit y mettre du sien, on a dit. Tu as déjà oublié ?

Je déglutis. C'était un peu déconcertant de lui coller mon derrière comme ça, sous le nez, mais, voyant l'effet de cette position sur son érection déjà impressionnante, je me délestai volontiers de ma gêne. Une main de chaque côté de mes hanches, il me guida. Son souffle était chaud entre mes cuisses, et plus il approchait le visage de ma vulve trempée et impatiente, plus il bandait.

Au premier coup de langue, je crus défaillir. Je refermai les lèvres sur son membre, bien décidée à ne pas le laisser prendre une quelconque avance. Quitte à me lancer, j'entendais lui rendre tout le plaisir qu'il me donnait déjà.

Je mis un peu de temps à trouver une cadence à laquelle je ne risquais pas de m'étouffer à chaque fois que sa langue venait explorer les replis enflés de mon intimité. Ce n'était pas si simple de le sucer de mon mieux, alors qu'il faisait son possible pour me faire perdre la tête. Je le sentis écarter mes lèvres tendres à l'aide de ses doigts, avant de plonger la langue en moi. Il n'aurait pas fallu grand-chose pour que je m'effondre sur lui, tout près de jouir. Je choisis de riposter en redoublant d'efforts, me servant de ma bouche et de mes mains pour caresser le moindre recoin sensible de son anatomie.

Je l'engloutissais, il me dévorait. Ses doigts trouvèrent mon clitoris, je lui glissai une main entre les jambes. Je lapais la minuscule fente d'où s'échappaient des gouttes salées. Lui me faisait l'amour de sa langue avec presque autant de virtuosité qu'avec le sexe que je m'efforçais présentement de plonger jusqu'à la garde dans ma gorge. C'était une première pour moi, et ça demanda un temps d'adaptation. Petit à petit, on parvint à s'accorder sur un rythme qui me faisait chavirer autant qu'il amenait Ry à se déhancher sous moi. Ce que je préférais dans cette configuration, c'était la manière dont les râles qui lui échappaient chaque fois que je faisais quelque chose d'irrésistible se répandaient en moi par vibration. Et vice versa. Plus il me pénétrait profondément, plus il m'embrassait, et plus il titillait mon point névralgique, plus je gémissais autour de lui. On œuvrait en équipe pour atteindre le même sommet, en quête du plaisir ultime. Chacun cherchait à pousser l'autre à bout. C'était l'échange le plus incroyable auquel il m'ait été donné de participer.

Comme je faisais tournoyer ma langue sur le pourtour de son gland, avant de tracer un chemin sur toute la longueur de son pénis, là où pulsait son désir, Ry s'interrompit enfin pour murmurer :

— Si tu continues comme ça, je ne vais plus pouvoir me retenir très longtemps.

J'empoignai la base de son sexe et pressai gentiment.

— Pas de problème. Je ne suis plus très loin non plus.

Je voulais qu'on jouisse ensemble, ou du moins de manière aussi synchronisée que possible. J'étais sûre que ça adoucirait un peu le déchirement de nos adieux. Il était rare d'être aussi en phase avec quelqu'un du début à la fin, pourtant, c'est ce qui se passait depuis le départ avec Ry. Certes, on avait connu des ratés, mais on avait toujours fini par se rejoindre d'une manière ou d'une autre.

Ry remit sa bouche et ses doigts à l'œuvre, et je l'imitai. Très vite, on en arriva au point de non-retour. Je sentais son corps se contracter, ses jambes tressaillir de façon incontrôlable. Il cramponna involontairement ma cuisse et crispa les doigts dans ma chair avec une force qui laisserait des traces. Il gémit contre mes lèvres dégoulinantes, et l'écho de sa voix se propagea comme une onde de choc dans tout mon corps. Sa queue en bouche, je gémis à mon tour et sentis son scrotum se rétracter en même temps qu'il se cabrait. Dans le même mouvement, il m'assena une bonne grosse claque sur les fesses. La double offensive m'avait prise au dépourvu, mais je dus me concentrer pour avaler et éviter de m'étouffer. Avec un mouvement de recul, Ry avait pratiquement rugi mon nom.

Alors que je reprenais tant bien que mal mes esprits et terminais d'éliminer les preuves que j'apprenais vite, je sentis les mains de Ry prendre le relais de sa langue. Il me doigtait avec une précision diabolique. Chaque caresse était calculée pour me faire décoller et grimper aux rideaux en moins de deux. Je ne tardai pas à me liquéfier sous ses mains. Délaissant son pénis HS, je chevauchai les doigts profondément enfouis en moi jusqu'au bout. Le front posé sur sa cuisse je me laissais aller à un orgasme bruyant et dévastateur qui constituerait sans aucun doute un excellent souvenir de nos derniers moments en amoureux à Denver.

Repue, je me laissai retomber sur lui, à l'envers. D'une paume douce, Ry vint effleurer l'endroit de ma fesse où devait à présent s'afficher la trace de sa main.

— Tu sais, on a vraiment du pot, en fait.

Je tournai la tête, paupières closes, le temps de retrouver mon souffle, tandis que mon corps vibrait encore du plaisir que je venais de prendre. Nous avions encore toute la nuit pour nous faire des souvenirs, et le moins qu'on puisse dire, c'est qu'on avait démarré sur les chapeaux de roues.

— Comment ça ?

Je m'attendais à une remarque cucul à propos de l'alchimie entre nous, ou de notre entraînement intensif qui avait fait de nous des pros à tous les niveaux quand il s'agissait de fonctionner ensemble.

Mais on parlait d'un Archer, là. Et un bon Archer ne faisait ni ne disait jamais rien d'attendu.

— On a du bol que ce soit si dur de se quitter. Si c'était facile, ça voudrait dire que rien de tout ça ne vaut le coup. Donc j'espère qu'on aura toujours autant de mal à se dire au revoir quand on devra passer du temps loin l'un de l'autre.

Avec un profond soupir de satisfaction, je me perdis dans sa douce caresse.

— Ma mère déteste toujours autant voir partir mon père, et il a dû s'absenter un paquet de fois depuis qu'ils sont ensemble. Le bon côté, c'est qu'elle adore le voir rentrer. Elle ne se lasse pas de le retrouver. Peut-être que ce sera la même chose pour nous, plus tard.

C'était sympa, comme perspective d'avenir.

Ry n'avait pas tort, on avait beaucoup de chance, et j'espérais ne jamais l'oublier.

Et ma manière de me rappeler tout ce dont j'étais reconnaissante, c'était d'écrire. Chacune de mes chansons immortalisait et témoignait de ma gratitude pour tout ce que la vie m'avait offert.

Ry Archer compris.

Épilogue

Ry

Je contemplai la stèle, gravée d'un grand fer à cheval. Pour la première fois de ma vie, je venais visiter cette tombe délesté du poids de la rancœur et de la frustration. J'avais désormais mon existence propre, je n'essayais plus d'entrer dans le moule laissé par la personne dont le nom ornait cette imposante et austère pierre tombale.

— Tu es sûr de toi ? Tu en as traversé de belles, cette année. Ce ne serait peut-être pas un mal de réfléchir encore un peu avant de prendre une décision aussi importante.

L'hiver approchant, le froid était descendu sur le Colorado, et le souffle de mon père resta en suspension dans l'air, tandis qu'il me demandait une énième fois si j'étais certain de ma décision. Le bout du nez tout rose, il avait plongé les mains au fond des poches de son gros blouson Carhartt. Ses yeux brillaient d'un éclat plus glacial que la terre du cimetière où mon oncle Remy avait été enterré il y avait bien longtemps.

Celui-ci était la dernière personne à qui j'avais tenu à dire au revoir, à présent que je quittais Denver pour aller vivre au Texas. J'avais gardé ces adieux pour la fin, car je savais que ce seraient les plus simples. Il n'y aurait ni larmes ni questions qui fusent de tous côtés concernant mon choix de me rapprocher de Bowe, et de démarrer des études de médecine, même si cela impliquait de reprendre un cursus à zéro. Les sessions d'au revoir précédentes avaient été difficiles et j'étais vidé, émotionnellement. J'avais cru que passer saluer mon oncle m'offrirait un moment de répit, mais papa m'avait surpris en débarquant auprès de la tombe quelques minutes à peine après moi. Simple coïncidence, m'avait-il assuré, mais je n'en étais pas si sûr. Il avait eu plus de mal à encaisser la nouvelle de mon départ que je ne l'avais envisagé. Comme quoi ! J'allais lui manquer, et il ne savait pas comment le gérer. Il allait se retrouver en minorité face aux femmes de la famille, et il flippait à mort.

— J'y ai déjà énormément réfléchi, papa. Je n'ai fait que ça, ces derniers mois.

Dès l'instant où Bowe était partie, et à mesure que les minutes loin d'elle s'égrenaient, il m'était apparu évident que, quoi que je décide pour mon avenir, il faudrait que cela me porte dans sa direction. Les longues visios, les petits séjours chez l'un chez l'autre, c'était loin de me suffire. J'avais besoin de savoir qu'on pourrait se rejoindre en moins de deux heures, et puisque ce n'était pas demain la veille que j'arriverais à lui faire quitter le Texas, c'était à moi de faire le grand saut.

Après de nombreux mois de rééducation et de suivi afin de retaper mon corps en morceaux, j'avais décrété vouloir faire médecine. J'avais été fasciné par tout le processus et m'étais passionné par la médecine du sport de manière générale. Je n'étais plus d'aucune utilité sur un terrain, mais je pourrais peut-être aider mes camarades blessés plus superficiellement à en reprendre le chemin.

J'avais donc fait le tri parmi les universités proches de Bowe susceptibles de m'offrir la meilleure éducation et les meilleures perspectives d'avenir. J'avais multiplié les chances en envoyant un dossier de candidature à plusieurs établissements, mais un seul m'intéressait réellement, situé entre Dallas et Austin. Coup de bol, j'y avais décroché une place. Ma mère ne manquait d'ailleurs jamais une occasion de me rappeler la chance inouïe que cela représentait. Je crois qu'elle était secrètement ravie que j'aie décidé de marcher sur ses traces, mais, à choisir, elle aurait préféré me voir rester dans le Colorado.

— Ça me déprime d'être séparé de Bowe. Et je crois qu'un nouveau départ me fera du bien. Tout ici me rappelle ce dont je ne suis plus capable. En plus, je pense que ça pourrait être bon pour Daire de mettre un peu de distance entre nous. Elle doit réapprendre à vivre une vie normale.

Ma petite sœur ne tournait plus très rond. Depuis le soir de l'accident, elle avait changé du tout au tout. Elle avait arrêté la fac au bout d'une semaine, et mes parents avaient eu beau tenter de la faire aider pendant des mois, rien ne semblait fonctionner. Elle était encore obsédée par les moindres de mes faits et gestes, et n'était plus que l'ombre de la jeune fille brillante et vive que l'on connaissait. Pour Rome, c'était peut-être une histoire de stress post-traumatique ; il avait déjà vu des symptômes similaires chez ses compagnons d'armes. Mais, quel que soit le mal qui la ronge, il me semblait que ça ne s'arrangerait pas si je continuais de la couver et de céder à ses moindres caprices pour ne pas qu'elle crise. Chaque fois que l'on se voyait, j'avais l'impression de devoir marcher sur des œufs.

Même chose avec mes potes de l'équipe ou mes anciens camarades de classe. Maintenant que je ne jouais plus et que je n'avais plus rien d'une star, j'étais un peu un OVNI parmi eux. Même Zowen était un peu bizarre, en ce moment. Bowe m'avait raconté qu'il avait été le dernier à les rejoindre à l'hôpital après l'accident. Quand Remy avait voulu lui faire cracher pourquoi il avait mis tout ce de temps à arriver, il s'était muré dans le silence et la mauvaise humeur. Il n'avait jamais voulu dire d'où il venait ni ce qu'il y faisait, et depuis mon réveil il s'était montré vague et pas franchement communicatif chaque fois que j'avais voulu lui parler.

On aurait dit que toutes les personnes que j'aimais avaient besoin de souffler, et ce serait impossible tant que je serais constamment sous leur nez pour leur rappeler ce qui aurait pu se passer ce soir-là.

— Bowe passe son temps en tournée. Je ne comprends pas, tu vas emménager là-bas, et puis ? Elle sera bookée à Nashville ou va savoir où, et tu te retrouveras tout aussi seul…, grogna mon père, avant de porter le regard sur la stèle avec un soupir. Je n'aime pas l'idée de te savoir si loin, en cas de souci.

Bowe revenait justement tout juste d'un showcase de jeunes artistes à Nashville. Elle bougeait pas mal, mais on s'appelait, et quand elle savait qu'elle n'avait rien de prévu avant un moment, elle essayait toujours de me rendre visite, ou m'invitait à passer quelque temps chez elle. Selon moi, c'était un bon moyen de trouver notre équilibre, en prévision du moment où elle deviendrait une star. Parce qu'il ne faisait aucun doute qu'elle deviendrait célèbre. C'était aussi pour cela que je préférais m'installer à quelques centaines de kilomètres d'elle, plutôt que dans sa poche.

— Bowe me manque, mais je dois quand même me concentrer sur mes études et mon avenir. Ce n'est pas une mauvaise chose de ne pas être l'un sur l'autre en permanence, ça nous permet de faire nos vies sans nous gêner dans nos projets. Vivre à quelques heures d'autoroute l'un de l'autre, c'est gérable. Ce que je déteste, c'est savoir que plusieurs États nous séparent. Je veux être là pour elle à mesure que sa carrière décolle et, comme toi, je préfère être sur place en cas de souci.

Je posai une main sur la stèle glacée.

— Et si j'ai besoin de quoi que ce soit, les parents de Bowe ne sont pas loin, sans parler de Rowdy et Salem. Maman et toi avez fait en sorte que Daire et moi soyons entourés d'amis sûrs. Avec eux à portée, et toi et maman dans ma vie, je ne serai jamais seul. Tout se passera bien, papa.

Je toquai contre la pierre en guise d'au revoir silencieux à la personne qui m'avait aidé à me forger et à m'accrocher à la vie que je m'apprêtais à vivre pleinement.

— Quand on m'opérait, j'aurais pu jurer voir oncle Remy. J'imagine que ce n'était qu'une hallucination, mais il semblait si réel ; et il m'a dit tout ce que j'avais besoin d'entendre à cet instant. Je croyais mourir, mais il ne m'a pas laissé renoncer aussi facilement. Il m'a dit que c'était son rôle de s'assurer que les personnes qu'il aimait ne le rejoignent pas avant l'heure.

Je m'écartai et rangeai les mains dans les poches de mon bomber en mouton retourné.

— Il y aura toujours quelqu'un pour me protéger, où que j'aille.

Avec un profond soupir, mon père donna un coup de botte dans une plaque de neige.

— Tu devrais en discuter avec Rome. Il dit qu'il lui est arrivé quelque chose de similaire la dernière fois qu'il a été grièvement blessé. Ce n'était peut-être pas qu'une hallucination, fiston.

Puis, relevant la tête vers moi, il ajouta :

— J'imagine qu'il faut bien que tu grandisses. C'est dur de te voir partir, mais tu sais que, quoi qu'il arrive, tu seras toujours le bienvenu à la maison.

Je hochai la tête, un nœud dans la gorge.

— Je sais. Je n'en ai jamais douté. Même quand c'était tendu entre nous. Je n'ai jamais perdu de vue tout ce que vous faites pour Daire et moi, ni combien vous tenez à nous.

Un gros « ouf » s'échappa de mes poumons lorsqu'il m'attira brutalement dans ses bras. Je venais à peine d'être déclaré pleinement guéri, alors je n'étais plus habitué à me faire malmener par des gaillards du même gabarit que moi. Ce qui ne m'empêcha pas de l'étreindre moi aussi de toutes mes forces. Les épreuves que nous avions traversées tout au long de l'été nous avaient rapprochés, et il me semblait que nous nous comprenions mieux. Il ne parut même pas embarrassé lorsqu'il me lâcha.

— Bon. C'est assez de niaiseries pour aujourd'hui. Mets-toi en route avant que le temps ne change. Tiens-nous au courant de ta progression, et préviens-moi ou ta mère quand tu arriveras à Austin. Tu es certain que c'est une bonne idée de débouler sans prévenir ? Je croyais que Bowe n'aimait pas trop les surprises ?

Je me frottai la nuque avec un haussement d'épaules.

— Je compte sur le fait qu'avec un peu de chance, elle sera toujours heureuse de me voir, peu importe les circonstances.

Ou le peu de temps que nous parvenions à grappiller ensemble. Il ne tenait qu'à nous de profiter de chaque instant.

Elle était au courant de mon déménagement, mais elle ne savait pas encore que je prévoyais de passer un peu de temps avec elle avant le début du semestre.

— Tant qu'il y aura des retrouvailles pour remplacer la tristesse des adieux, tout ira bien. Si tu as besoin de quelque chose dans l'intervalle, n'hésite pas. Je ne suis pas sûr que tu te rendes compte à quel point tu vas nous manquer, Ry.

Je m'efforçai de sourire.

— Si. Juste ce qu'il faut pour que vous compreniez que je dois partir, mais pas assez pour que vous me forciez à rester.

Je connaissais le topo, c'était exactement ce que je vivais chaque fois que Bowe et moi devions nous quitter.

Dame Fortune m'avait vraiment gâté ; question amour et famille, j'avais tiré le gros lot.

Papa m'enlaça de nouveau très fort, avant de me chasser. Je pense qu'il cherchait à se débarrasser de moi avant que je ne le voie verser une petite larme. C'était mignon, et vraiment pas dans son caractère. Mon père était un homme bon, avec un cœur en or. C'était pourtant évident. Mais il m'avait fallu du temps pour comprendre. Pour le voir tel qu'il était, et non comme la personne que je m'étais imaginé vouloir qu'il soit.

Il me raccompagna à mon pick-up, me rappelant d'être prudent et de donner de mes nouvelles tout au long du trajet. Il faisait froid, mais ils ne prévoyaient pas de neige avant deux jours. Si tout se passait bien, je pourrais faire la route d'une traite, tout comme la première fois que mon cœur m'avait traîné jusqu'au Texas. Mais si Mère Nature décidait de ne pas coopérer, je n'étais pas à l'abri d'un changement de plan.

Au bout de cinq heures de route, alors que le soleil se couchait, je reçus un appel de ma sœur. Mon premier instinct fut de la rediriger sur le répondeur, car dernièrement nos interactions avaient été cauchemardesques, mais je lui avais fait la promesse de toujours décrocher. Il était trop tard pour revenir sur ma parole.

— Salut, toi. Je te manque déjà ? lançai-je d'une voix calme et posée, pour masquer mon irritation.

— Je n'arrive pas à croire que tu m'abandonnes, Ry. J'ai besoin de toi, moi. Tu ne pouvais pas attendre un peu avant de te barrer ?

À ses reniflements, je devinais qu'elle pleurait.

Je tapotai sur le volant avec un soupir.

— Daire, ça n'aurait jamais été le bon moment. J'ai envie d'être avec Bowe et j'ai besoin de me fixer de nouveaux objectifs. Rien de tout ça n'est envisageable à Denver pour le moment. Tu t'habitueras à ne plus me voir sans arrêt, et je viendrai vous rendre visite bientôt de toute façon. Profite de ce temps pour te recentrer sur toi et trouver une solution pour aller mieux.

— Je ne veux pas aller mieux. Je veux que tu sois là au cas où j'aurais besoin de toi, et pour veiller sur toi.

Las, je contemplai la route monotone qui se déroulait à l'infini devant moi.

— Je n'ai pas besoin que tu veilles sur moi. J'aimerais que tu t'efforces de débugger ce cerveau qui déconne et que tu redeviennes ma petite sœur qui n'avait peur de rien. C'était un accident, Daire. Ce qui s'est passé n'était pas ta faute. Et que je sois à Denver ou au Texas, ça n'y changera rien. Aujourd'hui, j'ai plus envie d'être avec la personne que j'aime que de me montrer prudent. Bowe vaut toutes les prises de risque. Tu pourrais te réjouir que j'aie trouvé quelqu'un pour qui ressentir ce genre de choses.

— Je la déteste ! C'est sa faute si tu t'en vas. Et d'ailleurs si tout le monde n'était pas allé voir Bowe chanter ses chansons de merde, ce soir-là, je me serais pas retrouvée à déprimer toute seule.

Si à cet instant elle était à deux doigts de péter les plombs, l'argumentaire n'avait rien de nouveau. Pour une raison qui m'échappait, Daire avait redirigé la colère et les angoisses de l'accident sur Bowe. C'était usant, et ça me faisait de la peine pour ma copine qui n'avait rien demandé. Leur amitié en avait largement pâti, et si Daire continuait comme ça, elle finirait par se mettre Bowe à dos pour de bon.

— Je dois te laisser. Il faut que je me concentre sur la route. Je te préviens quand j'arrive. En revanche, si c'est pour me faire gueuler dessus et t'écouter dire des choses ignobles à propos de gens que j'aime, je risque de devoir prendre un peu de recul, Daire. La méchanceté gratuite, ça va bien cinq minutes.

Je n'aurais jamais pensé devoir un jour poser des limites fermes à ma personne préférée de la planète, mais il allait falloir prendre des mesures avant que Daire n'aille trop loin.

Celle-ci raccrocha, et je me retrouvais une fois de plus seul avec mes pensées, et un trajet qui n'en finissait pas, se poursuivant le reste de la nuit, jusqu'au petit matin. Je fis presque les mêmes arrêts que lors de mon premier voyage. Ces pauses nostalgiques avaient un petit côté réconfortant après ma dispute avec ma petite sœur, et je noyai ma culpabilité sous la malbouffe et les bonbons au fur et à mesure des heures.

Cette fois encore, je ralliai Austin avant le lever du soleil. Je pouvais à peine garder les yeux ouverts quand je me garai enfin dans l'allée de Bowe. J'aurais pu m'arrêter en chemin pour me reposer, mais j'avais trop hâte de la serrer dans mes bras. Mon cerveau aurait refusé de me laisser dormir et mon cœur n'aurait pas cessé de me tanner pour que je me grouille. Je n'avais donc pas fermé l'œil, et c'est avec une impression de déjà-vu que j'aperçus Bowe qui semblait rentrer de répète ou d'une nuit en studio. Pour ne pas changer, elle était encore debout alors que le reste du monde dormait à poings fermés. Cette fois, néanmoins, elle n'eut pas du tout l'air surprise de me voir descendre du pick-up pour la rejoindre.

Elle portait le maillot qu'elle m'avait piqué, sur une paire de leggings en cuir. Chaussée de ses bottes favorites, elle avait comme d'habitude ramassé ses cheveux sur le sommet de sa tête. Mais exit le noir et violet. Quelque temps auparavant, elle avait choisi de les décolorer d'un blond polaire, rehaussé de mèches menthe à l'eau. J'avais été surpris, la première fois qu'elle était apparue avec cette tête en visio, mais maintenant que je le voyais en personne, je trouvais que cela lui allait bien. La teinte claire mettait en valeur l'éclat brûlant de ses yeux ; ses iris ambrés flamboyaient à mon approche. Le sourire incertain qui jouait aux commissures de ses lèvres s'élargissait et s'affirmait à chacun de mes pas.

Dès que je fus à portée, elle se jeta à mon cou. Les jambes enroulées autour de ma taille, elle me serra de toute la force de ses bras. Elle était là, la joie des retrouvailles qui anéantissait la douleur de tous les adieux.

— Ça fait un mal de chien, soufflai-je, répétant les premiers mots que j'avais prononcés en me parachutant brutalement dans sa vie.

Bowe s'écarta et plongea les yeux dans les miens.

— Ton cœur, encore ? Tu devrais peut-être voir un médecin pour ça, Archer.

Avec un petit rire, je lui soulevai les fesses pour l'attirer tout contre moi.

— J'ai déjà le remède : toi. Ça a toujours été toi. Heureuse de me voir, alors ?

— Toujours.

Aucune hésitation. Pas le moindre doute. Pas de questions.

Remerciements

Tout d'abord, merci à vous, vous, et vous qui avez choisi ce livre. Que vous soyez là pour un second service ou bien une nouvelle recrue, je vous suis reconnaissante d'avoir consacré votre temps et votre argent à mes mots, à mes univers.

Un merci tout particulier à celles et ceux d'entre vous qui ont ou auront pris le temps de laisser un avis. Je fais vieux disque rayé à le répéter à chaque livre, mais vos commentaires sont réellement d'une grande aide, et en lâcher un est l'action la plus généreuse que vous puissiez faire pour une nouvelle publication et son autrice. Si vous avez détesté et que vous craignez qu'une mauvaise critique soit mal accueillie, ça ne sera pas le cas. Toute critique honnête est bienvenue, et même encouragée. Un bouquin qui n'a aucune critique négative, ce n'est pas bon signe… lol.

Bien évidemment, ce livre – qu'il soit bon, mauvais ou pire – n'existerait pas sans le coup de pouce de mon équipe créative. L'une des choses que je préfère dans le fait de publier mes propres romans, c'est que je suis libre de choisir avec qui je collabore. Je pense avoir sélectionné la crème de la crème et je vous jure que Hang, Elaine et Beth sont de vraies perles. Sans elles, mes livres ne seraient jamais aussi cohérents, bien mis en page et beaux. Ce n'est pas pour rien que je fais appel à leurs services sans arrêt : ELLES SONT EXTRA !

Un grand merci aussi à Jessica d'InkSlinger, qui s'est occupée de la promo de ce bouquin. Je ne suis pas commerçante pour deux sous – trop la flemme –, et je déteste avoir à faire ma pub. Je suis donc bien contente qu'elle soit là pour faire le sale boulot à ma place. Mon infinie gratitude également à toutes les blogueuses, bookstagrammeuses, booktokeuses et autres lectrices qui ont donné de leur temps et utilisé leur plate-forme pour aider ma petite personne à faire connaître son nouveau roman. Je sais que vous avez parfois l'impression de parler dans le vide, mais je vous vois et je vous suis reconnaissante.

Mon équipe de bêta-lectrices, elle, mérite tous les remerciements du monde. Au bout de quasiment dix ans et plus de trente titres publiés, je me dis que je commence à maîtriser le job. Pourtant, ça ne manque jamais : à chaque fois qu'elles me rendent mon premier manuscrit, j'apprends quelque chose de neuf, je deviens meilleure et trouve une nouvelle manière d'améliorer mon écriture. Elles font tant pour moi. Ce n'est pas rien d'offrir de son temps et de ses compétences à quelqu'un. Sans rire, elles répondent toujours présentes, même quand les délais sont ultra-serrés, ou que mon premier jet est ignoble. Ce sont les meilleures. Je les adore, même quand leurs suggestions me donnent envie de m'arracher les cheveux. Pam, Traci, Alexandra, Kelly, Cheron, Sarah, et Karla apportent chacune quelque chose de précieux à mon travail, et je ne m'imagine pas publier un texte sur lequel elles n'auraient pas auparavant posé les yeux. Merci infiniment pour votre aide, les filles. Je vous dois ÉNORMÉMENT !

Enfin, et surtout, ma gratitude éternelle à mon assistante Melissa. Elle est toujours prête à relever les défis que je lui lance, généralement avec le sourire, parfois avec un gros mot ou deux. Sachant qu'elle vient du Sud, c'est bien évidemment une pro quand il s'agit de distribuer les premiers, et on ne fait pas plus adorable quand elle lâche les seconds. Elle m'oblige à voir le verre à moitié plein, même dans les mauvais jours. Je trouve qu'on a tant accompli, on est devenues une sacrée équipe au fil des ans, toutes les deux. On bosse ensemble depuis longtemps, et je crois qu'on a fini par déteindre l'une sur l'autre, mais dans le bon sens seulement ! Elle reste l'une des humaines les plus douces et empathiques qu'il m'ait été donné de rencontrer, même quand le monde semble ne jamais vouloir s'arrêter de cramer. Merci d'être la voix de la raison, l'oasis de calme dans le chaos de ma vie.

Je n'oublie pas non plus mon super groupe de lecture, le Crownover's Crowd. Ce sont vraiment les personnes les plus cool et encourageantes d'Internet, et je suis si heureuse que l'on ait cet espace sain dans lequel nous retrouver et échanger. Si vous n'en faites pas déjà partie, qu'est-ce que vous attendez ?

Ci-dessous, la liste des endroits où je traîne mes basques :

Facebook.com/groups/crownoverscrowd

Bookbub : bookbub.com/authors/jay-crownover

Site web : jaycrownover.com

Mon shop : shop.spreadshirt.com/100036557

Page Facebook : Facebook.com/AuthorJayCrownover

Twitter : twitter.com/jaycrownover

Instagram : instagram.com/jay.crownover

Pinterest : pinterest.com/jaycrownover

Spotify : https ://open.spotify.com/user/1287425941

et Snapchat : Jay Crownover

Email : JayCrownover@gmail.com

1

Bax

Peu de choses peuvent flinguer les effets planants d'un orgasme. Mais se prendre un coup de poing dur comme l'acier en plein dans la tempe, ça oui. Mon tympan a résonné quand ma tête a valdingué sous l'impact. J'aurais répliqué aussi sec si un autre uppercut tout aussi puissant n'avait pas envoyé mon crâne cogner violemment contre le mur. Des taches noires sont apparues devant mes yeux et j'ai avalé mon propre sang. C'était pas comme si ces types-là en avaient quelque chose à foutre de se battre dans les règles, mais qu'ils me laissent le temps de reprendre mes esprits et j'allais leur montrer qui j'étais. J'ai craché le sang qui avait envahi ma bouche et j'ai pris la cigarette que me tendait mon agresseur.

— Ça fait longtemps, Bax, il a dit.

J'ai vérifié que ma mâchoire n'était pas brisée. Rien de tel que de se prendre une branlée par une bande de demeurés et la peur de perdre quelques dents pour te sortir du trip post-orgasme.

— Comment tu m'as retrouvé, Benny ?

J'ai tiré une taffe, adossé au mur du bâtiment dont je venais de sortir. Le goût acide et cuivré du sang a de nouveau rempli ma bouche et j'en ai profité pour cracher en plein sur ses pompes.

— Cinq ans en taule sans baiser, c'est long pour un homme, il a répondu, tout en remuant les poignets comme pour s'échauffer les mains (ces mains dont je savais d'expérience qu'elles étaient capables de bien pire que le coup qu'il venait de me balancer). Pas de meuf, pas de picole, il a poursuivi, pas de pétards, pas de super bagnole et personne pour en avoir quelque chose à foutre de toi. Je te connais, mec, et je savais très bien que ce que tu irais chercher en premier une fois sorti de taule, ce serait du cul. J'ai demandé à Roxie de m'appeler si tu te pointais par ici.

En premier ? Raté. Le premier truc que j'avais été chercher, c'était la bagnole. OK, je m'en étais servi pour tracer direct vers un plan cul. N'empêche, c'était pas ma priorité numéro un.

— Et donc, j'ai lancé, t'as décidé de me réserver le comité d'accueil le plus merdique possible.

— Comme je connais Roxie, et crois-moi, je la connais, ton retour a pas dû être aussi merdique que ça.

Toute sa bande s'est mise à ricaner. Je me suis contenté de lever les yeux au ciel. On pouvait compter sur Roxie, c'était vrai. Tous. Même moi après cinq ans de taule.

— Je suis pas là pour le plaisir de voir ta gueule, il a repris. C'est Novak qui m'envoie. Lui, il veut te voir.

Novak. Un nom qui à lui seul donnait des frissons à tout le monde. Un nom synonyme de meurtres, de massacres et de toutes les saloperies qui se tramaient dans les rues. C'était un homme froid. Impitoyable. Intouchable. Une légende dans The Point et bien au-delà. Le roi des ombres et des allées sombres.

Personne ne l'avait jamais doublé et personne ne pouvait lui échapper. Et à part moi, personne n'osait le défier. Novak voulait me voir ? Il se trouve que moi aussi j'avais besoin de le voir, mais on allait faire ça à ma manière.

J'ai terminé ma clope et je l'ai écrasée sous la semelle de ma ranger noire. J'étais bien plus baraqué maintenant que quand je m'étais fait prendre. Pas sûr que ces débiles l'aient remarqué. Peu importe que tu sois jeune ou sportif : l'alcool, les drogues et les filles faciles, ça ramollit. Mais quand on t'enlève tout ça du jour au lendemain pour te mettre dans une piaule où ta forme physique devient ta seule arme pour ne pas crever, ça te change un homme. Mentalement comme physiquement.

— Et moi, j'ai balancé, j'ai pas envie de le voir, Novak.

Du moins, pas maintenant. Mes oreilles ne sifflaient plus, mais j'avais un mal de crâne carabiné. L'effet de surprise n'était plus en leur faveur et s'ils voulaient forcer leur chance, ça n'allait pas tarder à salement dégénérer. Rien à foutre qu'ils soient en surnombre.

Benny s'est mis à me dévisager et j'ai soutenu son regard. Je n'étais plus un gosse qui devait faire ses preuves. Voir cinq ans de sa vie s'envoler pour des conneries, ça a tendance à laisser des traces. Novak aurait dû savoir ça.

— Race a disparu, Benny a lâché.

Là, ils avaient mon attention. J'ai plissé les yeux et les muscles de mes épaules se sont contractés. Je me suis relevé et j'ai passé la main sur mon crâne rasé. Les cheveux longs, en taule, c'est pas un bon plan, et malgré la cicatrice qui courait sur la moitié de mon crâne, j'avais pas l'intention de les laisser repousser. Dans mon milieu – enfin, mon ancien milieu –, il fallait la jouer discret. Mais je n'avais pas envie de penser à ça pour l'instant. Ni plus tard.

— Comment ça, disparu ? j'ai demandé. Genre en voyage ou genre Novak l'a fait disparaître ?

Ça ne serait pas la première fois que Novak se débarrasserait d'un problème encombrant avec une balle entre les deux yeux.

Benny a fait genre qu'il avait pas entendu et ça m'a fait péter un câble. Je l'ai chopé par le col de sa chemise de tapette. Fini, le gamin d'autrefois. Je n'avais plus dix-huit ans, et niveau physique, j'avais changé de catégorie. Le gars n'en menait pas large, une fois soulevé de terre, les yeux dans les yeux. Il m'a pris par les poignets pour essayer de se libérer, mais malgré le bruit d'un flingue qu'on dégainait dans mon dos, je ne l'ai pas quitté du regard une seconde.

— Réponds, Benny. Disparu comment ?

Race Hartman était un bon pote, et globalement un type bien. Trop bien et trop futé pour ce genre de vie en tout cas. Jamais il n'aurait dû se retrouver mêlé aux histoires de Novak, pas plus qu'il n'aurait dû être avec moi le soir où tout avait mal tourné. Faire cinq ans de prison pour arracher un mec comme Race des griffes d'une raclure comme Novak ne m'avait pas paru un grand sacrifice. Mais si cet imbécile était resté dans le coin au lieu de suivre mon conseil et de se barrer au moment où on m'avait passé les menottes, j'allais devoir retourner la ville entière pour le retrouver.

Benny a tenté de me coller un coup de pompe dans le tibia et je l'ai repoussé loin de moi.

J'ai jeté un regard mauvais à son pote qui braquait le flingue sur moi, puis je lui ai tourné le dos comme si de rien n'était.

Extrait

Benny s'est mis à masser son cou rougi où on distinguait les empreintes de mes doigts – il avait enfin percuté que j'avais pris du muscle. Et il a fini par lâcher :

— Race s'est taillé à la minute même où tu t'es fait choper. Personne l'a revu et personne savait où il était. Les filles l'ont pas vu non plus. Novak l'a guetté partout au cas où tout le bordel que vous avez foutu tous les deux nous retomberait dessus, mais aucune trace de lui en cinq ans. Et voilà que la semaine dernière, la rumeur de ta sortie de prison courait à peine qu'il a refait surface. Il a menacé Novak, comme quoi t'aurais jamais dû te retrouver en taule. Faut être taré pour dire un truc pareil à Novak ! Et puis d'un coup, il a de nouveau disparu, juste après avoir commencé à remuer la merde. T'aurais pas une idée de ce qui lui a pris ?

S'il avait vraiment disparu, ça puait les emmerdes. A part Race, je n'avais personne en qui je pouvais avoir confiance.

— Dis à Novak de se calmer, j'ai répondu. Je vais me renseigner. Mais s'il a quoi que ce soit à voir avec la « disparition » de Race, dis-lui bien que je vais le lui faire regretter.

— T'as une bien grande gueule, pour un mec qui est dehors depuis moins de vingt-quatre heures.

J'ai reniflé avec dédain et me suis détourné de Benny, comme s'il ne méritait pas mon attention. Ce qui était exactement le cas.

— Cinq ans en taule sans baiser, t'as raison, c'est long. Mais ça laisse aussi plein de temps pour penser vengeance et grandir dans sa tête. Tu me connais pas, Benny. Novak non plus, et je me fous pas mal de ce qu'il compte me faire. Que ce soit bien clair : s'il a quoi que ce soit à voir avec la disparition de Race, je lui ferai payer. Et remercie Roxie de ma part pour m'avoir balancé.

Extrait

— On en a toujours pour son argent.

J'ignorais si cette remarque était destinée à Roxie ou à moi.

— Je sais pas pour toi et ta sale tronche, j'ai répliqué, mais perso, j'ai jamais eu besoin de payer pour ça.

Benny a éclaté de rire et j'ai profité de l'occasion pour lui mettre un coup de boule appuyé en plein sur le nez. Le craquement de son os m'a bien fait plaisir, tout comme de voir toute sa clique se précipiter sur lui pour l'empêcher de tomber à genoux alors qu'il hurlait à la mort. J'ai secoué la tête pour me replacer les yeux en face des trous. Ce coup de boule n'avait pas arrangé ma migraine. J'ai contourné Benny et son nez qui pissait le sang et me suis dirigé vers le bout de l'allée.

— Tu ferais bien de ne pas me sous-estimer, Benny. Ça a toujours été ton problème.

Je m'appelle Shane Baxter. Mais tout le monde m'appelle Bax. Je suis un voleur.

Vous avez une copine ? Je vous la piquerai. Une belle bagnole tout juste retapée ? Je vous la piquerai. Des appareils électroniques très chers que vous croyez à l'abri dans un coffre ? Je viendrai et je vous les piquerai, parce que, de toute façon, vous n'en avez pas besoin.

D'ailleurs, il n'y a rien qui soit à vous qui ne puisse être à moi, à moins que vous vous l'attachiez au corps avec des chaînes ultra-solides.

C'est la seule chose pour laquelle j'aie jamais été doué. Prendre aux autres ce qui est pas à moi, c'est comme une seconde nature. Enfin, ça et me retrouver mêlé aux pires embrouilles. J'ai seulement vingt-trois ans et je m'étais fait choper à même pas dix-huit. Et encore, c'était pas mes premiers ennuis avec la justice, loin de là. Je suis pas un mec clean, ni un pro des bons choix, mais je connais mes points forts et je me débrouille avec pour m'en sortir. Quel que soit le prix.

Dans ma vie, il n'y a que deux personnes qui comptent : ma mère et Race. Il y en avait une troisième, mais il m'a trop souvent laissé tomber et je me suis juré de me le faire la prochaine fois que je le croiserais. Ma mère est du genre buté et a pas mal morflé, mais elle m'a toujours soutenu. Niveau mecs, elle a toujours eu mauvais goût. Elle a aussi un gros penchant pour l'alcool et des difficultés à garder le moindre boulot. Elle est l'incarnation de l'alcoolo paumée, limite SDF, malgré tous mes efforts pour l'aider.

Lorsque j'ai commencé à voler des trucs, je savais pas ce que je faisais. J'en avais juste marre de me priver de tout. En grandissant, je suis devenu de plus en plus doué et je me suis mis à voler pour payer les factures et garder un toit au-dessus de nos têtes. Ma mère ne m'a jamais jugé : elle est même la seule personne au monde qui se réjouirait d'apprendre que je suis sorti de taule.

Quant à Race… lui et moi on était les amis les plus improbables qui soient. Vif, intelligent et doué pour tous les trucs technos, il avait étudié dans les meilleures écoles et venait d'une famille avec un super pedigree et des putains de relations. Il causait et présentait bien, toujours fringué comme pour un entretien d'embauche. Un mec charmeur, patient et malin avec ça. Bref, un éclat de soleil dans mon ciel noir de The Point. Moi, j'avais jamais fini le lycée – je pouvais à peine lire une phrase entière –, j'avais pas grand-chose à part ma mère et le taudis dans lequel on vivait, et je ressemblais à un voyou. Ce que j'étais. Même avant que je me forge un physique de brute, personne ne venait m'emmerder. Personne, sauf Race.

Une nuit, alors qu'on n'était encore que deux ados, j'ai essayé de lui piquer sa caisse, une sublime Mustang Roush avec une blonde tout aussi sublime sur le siège passager. Je n'avais pas la moindre idée de ce qu'un gars aussi classe venait foutre dans le quartier, mais je n'allais pas laisser passer une si belle occasion. J'ai sorti mon couteau et j'ai viré Race de la bagnole. Sauf qu'il avait pas du tout l'intention de se laisser faire. J'ai jamais su si c'était la caisse ou la fille qu'il protégeait mais, ce jour-là, on s'est tous les deux mis une grosse branlée. Je lui ai pété le poignet, il m'a défoncé plusieurs côtes et mes deux dents de devant. C'était sanglant. Epique, même. Le genre de baston où, si tu butes pas ton adversaire, ça devient ton meilleur pote. C'est ce qui s'est passé.

J'ai pris la place de la blonde sur le siège avant et on est allés à l'hôpital. Race est devenu mon frère de sang. Je ne suis jamais allé à la baraque de ses vieux, ni à son école. Ça aurait terni sa réputation. Il ne traînait pas non plus avec moi dans le ghetto et j'avais pas envie de lui faire subir la présence de ma mère, souvent complètement cuite. Quand j'ai commencé à retaper des bagnoles pour Novak, j'avais besoin d'aide pour les systèmes électroniques de certaines caisses de grand luxe. Race était le seul à qui je faisais confiance pour me couvrir. On passait du bon temps ensemble, on sautait des meufs ultra-chaudes et on prenait des trucs que des gamins de notre âge n'auraient pas dû connaître. Chaque jour en taule, j'ai regretté de l'avoir embarqué dans ce merdier, de l'avoir entraîné si bas. Cinq longues années durant lesquelles j'ai préparé ce que j'allais lui dire pour m'excuser. Cinq putains d'années pendant lesquelles j'ai attendu les excuses qu'il me devait, en espérant que le jour venu, elles m'empêcheraient de lui broyer la gorge. Lui et moi, on avait fait beaucoup d'erreurs. Il allait falloir qu'on s'explique.

Je devais le retrouver. Le problème, c'est que je ne savais pas par où commencer. Quand je m'étais fait choper, Race venait d'être accepté dans une fac très réputée de l'Ivy League, dans l'Est. Je ne savais pas s'il y était allé. Je m'étais sacrifié pour qu'il le fasse, mais dans la vie, rien n'est garanti. J'avais appris cette leçon au prix fort.

J'ai sorti une clope du paquet piqué chez Roxie, et le téléphone à carte prépayée que j'avais récupéré en même temps que ma caisse. J'avais garé la beauté quelques rues plus haut, loin de toute main baladeuse et de tout regard indiscret. J'étais bien placé pour repérer les bagnoles qui attiraient les voleurs et celles qui tentaient les amateurs de belles carrosseries. Ma Plymouth Road Runner de 1970, jaune à rayures noires, avec son moteur Hemi et sa capote, entrait dans les deux catégories. C'était une voiture puissante et qui avait de la gueule. C'était tout ce qui me restait. Quand j'étais en taule, j'avais demandé à ma mère de la vendre mais elle avait refusé. Elle savait combien de temps, de larmes et de sueur j'avais donnés pour entretenir cette voiture. Alors aujourd'hui, même si elle attirait les regards, hors de question d'en conduire une autre.

J'ai aspiré une bonne bouffée de fumée toxique et j'ai regardé vers le ciel. J'aurais tué pour une aspirine, mais j'avais des affaires urgentes à régler. Sans parler du fait que malgré quelques heures passées avec Roxie, j'avais pas eu ma dose de cul. J'aimais les filles et elles me le rendaient bien. Quand on grandit dans la misère et qu'on est livré à soi-même, baiser est un moyen comme un autre de passer le temps et d'oublier son quotidien merdique. Il suffit d'être deux et on se sent mieux après, alors pourquoi s'en priver ? Avant la prison, je n'aurais jamais pu m'en passer. Baiser, c'était comme respirer. Ça ne demandait aucune réflexion et aucun effort.

J'étais plutôt grand, plus d'un mètre quatre-vingts. Mes cheveux et mes yeux noirs avaient toujours plu aux filles. Genre, ça me donnait des airs mystérieux. Je n'étais pas un grand bavard, à moins d'avoir un truc vraiment important à dire, ce qui entretenait mon image – fondée – de dur. Je savais que j'avais une belle gueule. Pas le mannequin de l'année, mais les filles faisaient comme si. Et ça, malgré la cicatrice sur mon crâne et mon nez mille fois pété. Le détail qui me différenciait du reste des beaux gosses, c'était ma petite étoile noire tatouée juste à côté de mon œil droit. A seize ans, alors que j'étais en plein trip, ce dessin m'était apparu comme l'idée du siècle. Avec le recul, ça me paraissait encore assez intimidant et provocateur, genre je-suis-assez-taré-pour-me-faire-tatouer-le-visage. J'avais l'air d'un mec dangereux. Un mec qui présentait assez bien, mais un mec dangereux.

Il fallait que je retrouve Race, puis que je me débrouille pour choper une nouvelle meuf. Si Roxie devait me balancer chaque fois que je débarquais chez elle, autant l'oublier. Je n'avais jamais eu confiance en elle, de toute façon. Elle jouait trop bien la jeune vierge innocente pour être honnête. D'autant qu'elle n'avait strictement rien d'innocent. Ou de vierge.

Extrait

Enervé par les emmerdes accumulées dès mes premières heures de liberté, j'ai appelé un vieux contact.

— Salut.

Silence à l'autre bout du fil. J'ai écrasé ma clope sur le bitume et je me suis installé derrière le volant. Cette bagnole m'apportait plus de réconfort que m'envoyer Roxie ou coller une droite à Benny.

— C'est qui ?

Tous mes contacts étaient en permanence en mode parano. C'était encore plus vrai quand j'appelais un dealer.

— C'est Bax.

— T'es sorti quand ?

— Aujourd'hui.

— Déjà besoin de came ?

Carrément pas. Cinq années de sevrage m'avaient convaincu de plus jamais toucher à cette saloperie. La came, c'est le genre de truc qui te fait prendre les pires décisions possibles. Quitte à merder, autant le faire en étant *clean*.

— Non, je lui ai répondu, d'un ton neutre. Je cherche Race. Il paraît qu'il a fait une apparition il y a quelques jours, qui a fait péter un câble à Novak. Personne l'a revu depuis. Toi non plus ?

Nouveau silence. J'avais une chance sur deux d'obtenir une réponse honnête. J'espérais que ma réputation planait encore assez sur le quartier pour effrayer Dieu lui-même. Si ce n'était plus le cas, j'allais devoir défoncer quelques gueules pour refaire passer l'info.

— Non, pas vu. Quand t'as été arrêté, j'ai essayé de le choper plusieurs fois. Je voulais qu'il me fasse entrer dans ses fêtes de bourges mais il a bloqué mes appels.

Race avait bien fait.

— Il va toujours en cours ?

— Personne ne sait. Novak a essayé de garder un œil sur lui quand tout est parti en couille, mais il a disparu.

— Faut que je le trouve, je lui ai dit, avec assez de gravité pour lui faire comprendre l'urgence de la situation.

J'ai entendu quelqu'un marmonner et un bruit de draps froissés. A croire que même les dealers ont besoin de pioncer.

— Ecoute, il a fini par répondre, la dernière fois que j'ai entendu parler de lui, il traînait avec une fille de The Point. Une rousse. Benny est passé chez elle avec sa bande, mais il n'y était déjà plus.

Une meuf de The Point ? Moi, j'avais grandi à The Point, tout le contraire de The Hill, où avait grandi Race. Je la sentais de moins en moins, cette histoire.

— Une pute ? j'ai demandé.

— Non, juste une fille ordinaire. Pas une coincée de son bahut, ni un plan cul. Une fille, c'est tout. Benny et ses potes lui ont foutu la trouille, et c'est pour ça que Race a rendu visite à Novak. Cette petite merde sait parler comme nous, mais est-ce que tu lui as aussi appris à assurer derrière ?

Je n'en avais pas eu besoin. Race tournait toujours sept fois sa langue dans sa bouche avant de l'ouvrir. Sans parler du fait qu'il avait des choses à perdre. Ce qui en faisait un gars dangereux. Quelqu'un qui a quelque chose à défendre est toujours dangereux.

— Cette fille, je la trouve comment ?

— J'en sais rien, Bax. T'as pas le Net ?

J'allais devoir aller en défoncer certains plus tôt que prévu.

— Si t'as aucune adresse à me filer, je te conseille de mettre un froc rapidos, parce que je peux être là en moins de dix minutes pour traîner ton cul en ville, histoire de voir si la mémoire te revient sur place.

D'autres marmonnements, froissements de draps, puis un briquet qu'on allume.

— Passe voir dans le quartier de Skylark. C'est là que j'ai entendu parler de tout ça.

— Tu crois vraiment que je vais aller frapper aux portes en plein milieu de la nuit ?

Ça commençait sérieusement à me gonfler. Il le savait. Et il n'avait pas intérêt à ce que je débarque chez lui vu mon humeur.

— Il y a un restaurant de l'autre côté de la rue. Pointe-toi là-bas et demande. La fille, c'est une rouquine, genre poil de carotte. Même Benny l'a trouvée, et dans sa bande, c'est pas des flèches.

Je me suis marré. J'aurais pas mieux dit. J'ai mis le contact et le moteur a ronronné. Putain, ce bruit m'avait trop manqué.

— J'ai entendu dire que tu lui avais ramoné la tronche, il a repris.

— C'est lui qui a commencé.

— Benny, c'est pas le genre de mec à laisser pisser, tu sais.

— Benny, je l'emmerde.

Le dealer s'est marré.

— Tu te prends toujours pour la terreur du quartier, pas vrai ? Beaucoup de choses ont changé en cinq ans, Bax.

Pas besoin de répondre à ça. J'ai raccroché et balancé le téléphone sur le siège passager. Vu que j'étais déjà dans The

Point, Skylark n'était qu'à quelques minutes en voiture de là. Je n'avais plus qu'à trouver le restau en question.

Une fois sur le parking, je me suis garé sous un réverbère, et j'ai enfilé un bonnet. J'ai claqué la portière et j'ai repéré un groupe de gosses qui n'avaient rien à foutre dehors à une heure pareille. J'ai lancé un regard noir à chacun d'entre eux et j'ai attendu qu'ils aient tous bien capté le message avant d'entrer dans le restau.

J'étais crevé. Ma sortie de prison me semblait remonter à des mois alors que je n'étais dehors que depuis quelques heures. Même si j'en avais déjà plein le cul de ma vie, il y avait des choses dont je devais m'occuper.

Dans la salle, une serveuse m'a lancé un regard inquiet et m'a indiqué d'un petit hochement de tête qu'elle allait s'occuper de moi dans quelques secondes. Serveuse, c'est vraiment un métier de merde. Mais serveuse dans un rade ultra-glauque d'un des quartiers les plus craignos de The Point, ça, c'était vraiment la grosse loose. Je me sentais mal pour elle.

— Qu'est-ce que je peux pour toi, mon chou ?

Son regard a bloqué sur les marques de mon tête-à-tête avec Benny. Ça ne devait pas être beau à voir mais, vu sa gueule à elle, elle était mal placée pour l'ouvrir.

— Je cherche un pote à moi.

— Je te mets une table pour deux alors ?

— Non. Mon pote est sûrement passé plusieurs fois. Un grand type, genre ma taille mais plus maigre. Blond aux yeux verts, avec des airs de mannequin d'Abercrombie & Fitch. Accompagné d'une rouquine qui vit dans le coin.

Extrait

Elle a jeté un coup d'œil par-dessus mon épaule et engueulé deux mecs bourrés qui se balançaient des serviettes dans le box du fond.

— Des beaux blonds, je n'en croise pas souvent, mais je connais une fille rousse. Dovie Pryce. Elle passe ici chaque matin. On prend le café toutes les deux quand je termine mon service. Elle vit de l'autre côté de la rue.

— Et t'es sûre que t'as jamais vu mon pote ? On m'a dit qu'il traînait souvent avec elle.

— Avec Dovie ? Impossible, elle vit comme une nonne. Elle suit des cours du soir en plus d'un job à plein temps, sans parler d'un temps partiel le week-end. Elle n'a pas la place pour un mec… Aussi mignon soit-il, elle a ajouté en me regardant droit dans les yeux.

Je lui ai souri et j'ai checké ma mâchoire du bout des doigts. J'allais avoir un putain de bleu.

— Tu es toujours aussi bavarde quand on parle de tes amis ? je lui ai dit.

Ça expliquerait comment Benny avait pu retrouver la fille aussi facilement.

— Non. D'ailleurs, le dernier type qui est venu me demander des infos sur elle a dû se débrouiller tout seul. Un type en costume dans un quartier pareil, ça vient jamais pour les bonnes raisons. Notre cuistot est un ancien marine. Il s'en est occupé.

— Et moi, tu trouves que j'ai l'air honnête, comme type ?

Ce n'était pas ironique. La serveuse m'a vu venir à des kilomètres.

Elle s'est contentée de secouer la tête et de faire claquer sa langue.

Extrait

— Non, chéri, mais tu as tout l'air de quelqu'un qui a passé une sale journée.

Je me suis marré de nouveau. Un rire blasé.

— Crois-le ou pas, ça fait longtemps que j'en ai pas passé d'aussi bonne.

— Humm, elle a lâché, avant de regarder une dernière fois mon visage défoncé. Bonne chance pour retrouver ton copain, chéri, mais laisse Dovie tranquille. C'est une fille bien, elle ne mérite pas qu'on lui attire des problèmes.

— Et comment tu sais que j'attire les problèmes ?

Elle a pris un air méprisant.

— Je vis dans le quartier depuis un bail, mon cœur. Un garçon qui cache autant de secrets dans un regard noir comme le tien, ça sent toujours les ennuis. Ceux du genre dont on ne réchappe pas.

Elle avait pas tort, et j'avais toutes les infos dont j'avais besoin. Je lui ai fait un signe de tête et je me suis dirigé vers la porte en verre, qui a claqué derrière mon dos. J'ai vérifié que ma caisse était intacte et j'ai observé discrétos l'immeuble que je m'apprêtais à visiter.

— Hé mec, t'as pas une clope ?

Le plus massif des gamins avait eu assez de couilles pour venir me parler. Treize ans à tout péter. On aurait dit moi au même âge.

— T'es pas un peu jeune pour fumer ?

— Tu te fous de moi ?

Un simple froncement de sourcils l'a fait reculer direct.

— J'ai l'air de me foutre de ta gueule ? j'ai répondu avant

de pointer l'immeuble du doigt. Tu connais une fille rousse qui habite là ?

Les yeux du gamin se sont étrécis.

— Pourquoi ?

— Parce que je te le demande.

Est-ce que j'avais été aussi relou quand je zonais dans les rues ?

— Si je te réponds, j'ai droit à une clope ?

Je me suis retenu de soupirer.

— Ça marche, mec.

Il s'est mis à marmonner et a raclé l'asphalte du bout de sa basket trouée.

— Dovie. Elle habite au même étage que moi. Elle est super cool. Des fois, elle fait à manger pour moi et Paulie.

Du pouce, il m'a montré un autre gamin de dix ou onze ans. C'était quoi ce monde de merde où des gosses me négociaient des clopes au lieu de pioncer bien tranquillement avant d'aller à l'école ?

— Quel étage ?

— Pourquoi ?

Je lui ai lancé un regard noir.

— On va jouer à ce petit jeu toute la nuit ?

Il s'est agité avant de jeter un coup d'œil sur ma voiture.

— Belle bagnole.

— Ouais, j'ai répondu en grinçant des dents.

— Tu l'as volée ?

Ce gosse me connaissait ou quoi ? Avant, j'étais une légende. Aujourd'hui, j'étais tout juste bon à faire flipper les gamins pas sages.

— Non. Et c'est peut-être le seul truc dans ma vie que j'ai pas volé.

— Tu m'emmènes faire un tour ?

Je devais bien lui reconnaître ça, à ce gosse : gonflé comme il était, il avait de quoi se faire un nom dans le quartier.

— Ça se négocie. Si je vois la fille et qu'elle m'aide à retrouver mon pote, on en discutera.

Pendant un moment, on s'est dévisagés, lui et moi. Sa bande de petites frappes s'impatientait. Ma tête leur revenait pas : ils avaient peur de moi mais n'avaient pas envie de m'aider pour autant.

— Tu promets ?

Est-ce que j'avais l'air d'un mec qui fait des promesses ? J'ai haussé les épaules.

— OK, mec.

— Elle habite au deuxième. Appartement 12. Le dernier gars qui voulait la voir m'a promis cent dollars. Il mentait.

Putain, Benny avait tenté de soutirer l'info à ces gosses. C'était chacun pour soi ici, et ce salaud le savait. J'ai soupiré et sorti un bifton de cent de ma poche. Quand je m'étais fait prendre, j'avais un peu de fric sur moi et ça me dérangeait pas d'en faire profiter ce morveux. Il a pris son billet et je suis parti en direction de l'immeuble miteux de l'autre côté de la rue.

— Les clopes, c'est mauvais pour la santé, j'ai lancé. Va t'acheter de la bouffe, des pompes ou n'importe quoi.

— Et ma balade ?

— On verra plus tard.

J'ai couru tranquillement vers l'immeuble, enjambant au passage le clochard qui dormait devant l'entrée. J'ai poussé la porte de sécurité couverte de rouille et j'ai avancé vers les escaliers. La cage d'escalier sentait la bière bon marché et un autre truc que je préférais pas identifier. Même si le couloir était désert, j'ai fait le moins de bruit possible et j'ai rabattu ma capuche par-dessus mon bonnet. Vu ma dégaine, personne ne ferait l'erreur de m'ouvrir. Pas grave, aucune serrure ne m'avait jamais résisté, mis à part celle de ma cellule.

L'immeuble était pourri, la porte de l'appart aussi. J'aurais pu la crocheter avec une simple carte de crédit, mais un bon coup d'épaule bien placé a suffi.

Malgré un craquement sourd, aucun voisin ne s'est pointé pour voir ce qu'il se passait. En général, les gens qui vivent dans ce genre d'endroits n'ont pas de quoi attirer les voleurs. Et les filles forcées d'habiter ces taudis, elles se payent de nouvelles serrures.

Une fois la porte ouverte, je me suis glissé dans l'appartement plongé dans le noir. La fille allait flipper, mais j'avais besoin de l'effet de surprise. Rien ne m'empêcherait de retrouver Race.

J'avais une très bonne vision nocturne. A force de vivre la nuit, de traîner dans des endroits sombres et de sauver mon cul en prison, mes yeux s'étaient habitués à l'obscurité. J'ai repéré l'objet qui volait dans ma direction avant même qu'il ne m'atteigne. Quelqu'un a lâché un : « Merde ! » J'ai évité un poing et bloqué un Taser qui menaçait de s'enfoncer dans mon flanc. J'ai chopé un poignet dans ma main et j'ai serré jusqu'à ce que j'entende le Taser tomber par terre. J'ai fini par distinguer la fille sur le point de crier, et lui ai collé aussitôt ma main sur la bouche. Je l'ai embarquée plus loin dans l'appart pour l'éloigner de l'entrée et elle n'a pas arrêté de se débattre.

Extrait

— T'as appelé les flics ?

Elle a secoué vivement la tête pour me signaler que non. Si ç'avait été le cas, elle aurait lutté davantage pour gagner du temps avant qu'ils se pointent. Les flics mettaient toujours une plombe pour venir dans ce quartier.

— Tout ce que je veux, c'est l'endroit où crèche mon pote Race. Je sais que tu sais où il est.

D'un coup, elle s'est figée et ses ongles ont arrêté de me déchirer la main. Elle avait les cheveux très roux, et ses mèches m'ont touché le visage quand elle a redressé la tête pour me faire face.

— Je n'ai rien à voir avec le gars en costard, je lui ai dit. Je suis un vieux pote de Race. S'il a des ennuis, je veux juste l'aider. OK ?

Au bout d'un long moment, elle a hoché la tête.

— Si je te relâche, tu vas pas me la mettre à l'envers, hein ?

Elle a secoué vivement la tête pour me faire comprendre que non. J'ai enlevé ma main de sa bouche et j'ai relâché ses poignets. Plutôt grande, pour une fille. On pouvait quasiment se regarder dans les yeux.

— Je commence à en avoir marre des gens qui s'invitent chez moi pour poser des questions. La prochaine fois, je tire dans le tas !

Sa peau pâle contrastait avec l'obscurité. Ses cheveux étaient une masse de boucles couleur cuivre et son visage était couvert de taches de rousseur. Elle avait l'air d'une gamine, genre seize ou dix-sept ans. Avec son baggy, sa chemise à carreaux et ses joues roses de fille en bonne santé, elle avait rien d'une meuf de The Point. On aurait dit qu'elle débarquait de sa campagne.

— Trouve-toi une serrure plus solide, j'ai dit.

Extrait

Elle m'a dévisagé et a remis en place ses mèches rebelles.

— Les bonnes serrures, c'est cher. Et je ne connais personne du nom de Race. Donc toi et ton pote en costard, vous pouvez aller vous faire foutre.

Courageuse. Grande gueule. Une combinaison dangereuse face à un mec qui n'avait rien à perdre, et surtout pas du temps. D'un pas menaçant, je me suis avancé vers elle. Elle s'est retournée et a allumé la lumière. J'ai cligné des yeux pendant un instant et elle s'est figée en me voyant, les yeux bloqués sur le tatouage près de mon œil.

— Carmen m'a appelée à la seconde où tu as quitté le restaurant, elle a dit. Tu n'as tout de même pas cru qu'elle n'allait pas me prévenir de l'arrivée d'un type dans ton genre ? Marco et Paulie ont relevé ta plaque d'immatriculation. Si je n'allume pas toutes les lumières dans moins de cinq minutes, les flics débarquent. Sans parler de ce qui arrivera à ta jolie voiture.

J'ai bloqué comme un con. Putain, jamais on ne m'avait doublé comme ça. Jamais. Et cette fille avec son air de bouseuse n'aurait pas dû être la première à y arriver.

— Pourquoi je suis encore là, alors ?

Je craignais pas les flics. Par contre, les gamins autour de ma bagnole…

La fille a croisé les bras sur sa poitrine toute plate et m'a observé de ses yeux verts. Cette meuf me disait quelque chose.

— Dans quoi s'est fourré Race ? elle a demandé.

— Je croyais que tu ne connaissais personne de ce nom-là ?

Ses yeux se sont étrécis et elle a lancé :

— Tu as quatre minutes pour m'expliquer.

— Y a pas grand-chose à expliquer. J'ai été pas mal occupé

ces derniers temps et là, j'essaye juste de comprendre ce qui s'est passé en mon absence.

Elle s'est mordu la lèvre inférieure, ce qui lui a donné l'air encore plus gamine. Je savais pas ce que cette fille venait foutre dans l'histoire mais j'avais beaucoup, beaucoup de mal à comprendre ce que Race avait pu lui trouver. Il aimait les meufs à longues jambes et à grosses poitrines, et un peu connes. Cette fille avait peut-être de jolies jambes mais de ce que je pouvais voir de son visage anguleux, y avait pas de quoi s'exciter. Elle dégageait un truc trop doux ; et Race, les gentilles, c'était pas son truc. Pas plus que le mien, d'ailleurs, mais j'avais jamais vraiment essayé. Quand une fille gentille me croise, elle change de trottoir.

— Est-ce que tu peux l'aider ? elle a demandé.

— Je peux essayer.

— Tu es Bax, c'est ça ?

J'ai essayé de ne pas avoir l'air surpris qu'elle me connaisse et je me suis contenté d'acquiescer. La fille s'est encore mordu la lèvre et a enroulé une de ses mèches autour de son doigt.

— Il m'a dit que si on venait me poser des questions à son sujet, je devais faire comme si je ne le connaissais pas. Ça m'a inquiétée. Après, le gars en costard a débarqué avec sa bande. Quand j'en ai parlé à Race, il a pété les plombs. Il m'a dit de faire profil bas, qu'il s'en occuperait. Il m'a aussi dit que si un gars venait me voir, un gars avec une étoile tatouée sur le visage, alors je devrais lui faire confiance. Il m'a dit qu'il s'appelait Bax.

OK, mais ça ne me disait pas dans quel merdier Race s'était foutu et ce que cette fille venait faire là.

— T'es qui ?

— Dovie.

J'ai plissé les yeux et croisé les bras, comme elle.

— Et pour Race, t'es quoi ?

Si elle me répondait qu'elle était sa meuf, Race allait devoir m'expliquer ce qu'il avait foutu pendant que j'étais au trou.

Elle m'a observé d'un air concentré, ses sourcils formant deux traits couleur rouille.

— Je suis sa sœur.

Après une longue minute, j'ai éclaté de rire. Je me marrais tellement que j'en ai eu mal au crâne. Je me suis pincé l'arête du nez et j'ai secoué la tête.

— Ecoute, je sais pas qui t'es et d'où tu connais Race, mais j'ai pas le temps pour ces conneries. Je sors de cinq ans de taule, j'ai besoin de pioncer, de baiser, et surtout faut que je comprenne dans quelle embrouille s'est foutu Race. Si tu veux pas m'aider, je vais devenir nettement moins sympa.

Je me suis approché d'elle ; elle s'est protégé direct le visage avec sa main.

— C'est la vérité ! C'est mon grand frère !

J'ai gueulé un bon coup.

— Je connais Race depuis un bail, et il est fils unique.

La rouquine a rigolé avant de partir vers l'espace cuisine pas plus grand qu'un placard pour prendre un truc sur la porte du frigo. Elle m'a tendu une photo ; elle datait de quelques années mais impossible de ne pas reconnaître Race et sa belle gueule, le bras passé autour des épaules de cette fille bizarre.

— T'en connais toi, des hommes riches et puissants qui arrivent à garder leur braguette fermée ? Je suis le secret honteux de Hartman. Un secret pas si bien gardé puisque

Race m'a retrouvée il y a quatre ans, juste après mon seizième anniversaire. Pas la même mère, pas le même nom, mais le même salaud de père. Si tu peux vraiment aider Race, alors je te dirai tout ce que tu veux savoir. Sinon, je le trouverai toute seule. Il est ma seule famille et je tiens à lui plus que tout. Il m'a sauvé la vie.

J'ai détourné mes yeux de la photo et j'ai regardé la fille. Race était un beau gosse, raffiné et classe. A l'exception de sa crinière rousse et de ses lèvres sexy – et de ses beaux yeux, il fallait l'avouer –, cette fille était carrément banale, à côté. Son regard a accroché le mien et c'est là que j'ai percuté. Des yeux verts. Profonds. Qui te transpercent. Les mêmes yeux que Race.

— Tu vas te contenter de me balancer tout ce que tu sais. Race est ma famille aussi, et je ferai tout ce que je peux pour le tirer de ce merdier.

Après tout, j'avais déjà tiré cinq ans pour lui. Après ça, une confrontation avec Novak serait easy.

2

Dovie

J'avais vécu assez longtemps dans les pires quartiers de The Point pour faire la différence entre un bad boy et un mec vraiment dangereux. Et ce Shane Baxter avait clairement un panneau « Attention, mec très dangereux » qui clignotait au-dessus de sa tête. Ce n'était pas tellement à cause de l'étoile tatouée au coin de son œil ou de sa façon inquiétante de bouger, comme s'il était prêt à vous injecter son venin au premier mouvement. Non, ça venait de son regard. Ses yeux étaient noirs et froids, comme si toute émotion les avait désertés depuis longtemps et qu'il n'avait aucune intention de ressentir quoi que ce soit.

J'ai grandi dans la misère. Le genre de misère où être juste « pauvre » est un luxe, parce que ça veut dire qu'on a au moins un peu d'argent à dépenser. J'avais croisé ce genre de regard vide plus d'une fois, mais jamais encore je ne l'avais vu sur un visage qui affichait la promesse silencieuse de pouvoir détruire tout ce que vous aimiez sans sourciller. Ce gars avait sûrement vécu – et vu – plus de choses au cours de son existence que la plupart des gens dans toute leur vie. Dans le monde de Bax, on ne survivait qu'en étant capable du pire, et je ne doutais pas que c'était ce qu'il avait fait.

D'accord, Race m'avait dit et répété que Bax était quand même un type bien. Qu'il n'avait pas eu de chance, qu'il avait dû faire avec ce qu'il avait. Qu'une fois sorti de prison, il pourrait l'aider à se tirer de ses ennuis avec Benny et Novak. Mais en le voyant au milieu de mon minuscule appartement, j'ai tout de suite compris combien mon frère se plantait. Race n'avait pas eu la même vie que moi, il n'avait jamais manqué de rien ; il n'avait pas pu voir ce que moi je voyais dans ce type en face de moi. Une froide détermination à faire n'importe quoi pour rester en vie. Cinq années de prison avaient transformé ce qui devait être un ado effrayé en un homme plus fort, plus menaçant et – à moins que je ne me trompe – en un dangereux criminel. Je ne voulais rien avoir à faire avec lui, mais s'il était mon unique chance d'aider mon frère, j'étais prête à faire tout ce qu'il me demanderait. Race comptait tellement pour moi.

Bax a sorti une cigarette et s'est mis à fumer, sans même prendre la peine de me demander mon avis. Sa lèvre inférieure était enflée et fendue, il s'était sûrement pris un coup. De ses yeux sombres, il a passé en revue mon mobilier, comme s'il établissait un rapide inventaire. Ça m'a énervée. Tout ici était à moi. Je travaillais comme une folle pour m'en sortir, et j'étais parfaitement capable de me défendre dans le quartier. Pas question qu'il me juge ou me traite comme je ne sais quelle assistée indigne de son monde. Après tout, il avait été arrêté pour vol. Je n'avais peut-être pas grand-chose mais au moins, moi, je l'avais obtenu honnêtement.

— Qu'est-ce que tu sais ? a-t-il demandé.

Sa voix était enrouée, comme s'il ne parlait pas souvent. Il a avancé vers la fenêtre cassée et a écarté les rideaux pour jeter un coup d'œil vers le restaurant de l'autre côté de la rue. Il voulait sans doute vérifier que rien n'était arrivé à sa précieuse voiture.

— Pas grand-chose, ai-je répondu. Race a débarqué au foyer où j'habitais après le déménagement de ma dernière famille d'accueil, c'était juste après ton emprisonnement. Il m'a annoncé qu'il était mon frère et m'a tout dit sur les Hartman. C'est comme ça que j'ai appris que mon père était lui aussi une ordure, comme ma mère. Race m'a sortie d'une situation vraiment pourrie. Pendant quelque temps, lui et moi, on a formé une famille, on menait la belle vie, puis il m'a ramenée ici et m'a demandé d'attendre.

— Attendre quoi ?

J'ai haussé les épaules et me suis affalée sur mon vieux canapé.

— Toi, j'imagine.

J'ai envoyé un texto à Carmen pour lui dire que tout allait bien. Cela faisait une semaine que tout le voisinage guettait l'arrivée du fameux voleur au tatouage en forme d'étoile. Malgré son entrée plutôt brutale, j'étais presque soulagée de le voir enfin. Mais j'étais dégoûtée de l'avoir loupé avec le Taser. J'allais devoir reprendre des cours de self-defence. Quand on est une fille et qu'on vit dans ce genre de quartier, on n'est jamais trop prudente.

— J'ai grandi dans un endroit au moins aussi craignos que The Point, ai-je repris. De ce que j'ai compris en écoutant les conversations de Race, lord Hartman, mon père, a payé ma mère pour qu'elle se débarrasse de moi. Ce qu'elle n'a pas fait. Elle a pris le fric et elle s'est tirée ; je ne valais pas quelques grammes de poudre, apparemment. J'ai été trimbalée de foyer d'accueil en foyer d'accueil. Race m'a retrouvée juste avant que je ne sois placée dans une famille à la réputation douteuse. Le père avait les mains baladeuses et la mère alcoolique se foutait de tout. J'ai voulu m'enfuir, mais Race m'en a dissuadée. Il a dit qu'il s'occuperait de moi. Il a payé un pot-de-vin et a fait jouer son lien de parenté pour me sortir de là. Lui et moi, on a vécu ensemble jusqu'à ce que j'aie mon bac. Il ne voulait pas revenir à The Point, et comme il ne voulait pas me dire pourquoi, j'ai arrêté de demander. Et d'un coup, il y a un an de ça, tout a changé. On est revenus vivre ici. C'était comme s'il était chargé d'une mission. Comme s'il avait un plan. Je l'ai suivi sans poser de questions ; je lui devais bien ça.

J'ai secoué la tête et j'ai croisé nerveusement mes doigts avant de reprendre :

— Je ne savais pas ce qu'il avait en tête, mais les gens du coin étaient sympas et le centre universitaire me plaisait. Alors je suis restée. Race a été très discret sur ses allées et venues. J'ai pensé qu'il attendait qu'on te libère. Puis le type en costume a débarqué. Il m'a un peu secouée et j'ai flippé. Race est devenu fou, quand il l'a su. Je ne l'avais jamais vu dans cet état. Je sais qu'il est allé voir Novak. Puis il a dit qu'il en avait marre d'être un pantin dont on tire les ficelles, qu'il se sentait responsable pour ce qui t'était arrivé et que si tu venais, je devais te faire confiance. C'était il y a des semaines et personne ne l'a revu depuis.

Bax a soufflé une bouffée de fumée et a rabattu sa capuche en arrière, révélant un gros bonnet de laine qui lui donnait un air encore plus inquiétant. En fait, tout chez lui le rendait inquiétant. Le bleu sur le visage, son pantalon et ses rangers noirs, le tatouage de Bip Bip sur le dos de sa main, ses sourcils épais qui assombrissaient encore son regard noir, et ses lèvres, bien trop belles pour un visage aussi intimidant. Il émanait de lui tant de force brute que pour rien au monde je ne me serais retrouvée coincée avec lui sans issue de secours – sans compter que je détestais profondément son mutisme et l'obscurité de son regard.

— Il est jamais allé à son école, finalement ? a-t-il demandé.

Une question bien étrange, et sans rapport avec tout ce que je venais de lui confier. Mais je devais jouer son jeu.

— Non, il a utilisé son argent pour nous faire vivre pendant quelques années. Pour mes deux dernières années d'études, il m'a retirée de l'école publique et m'a inscrite dans une école privée.

— Quel altruiste à la con.

Ce type commençait sérieusement à m'énerver.

— A l'école où j'étais, il y avait des détecteurs de métaux. Les élèves comme les profs étaient armés et une fille a été violée dans un vestiaire. Je ne savais jamais si on allait me donner des devoirs ou des coups de couteau. C'était horrible. Race voulait mieux pour moi, et comme lord Hartman n'a rien fait pour m'aider, Race s'est occupé de tout.

— Il n'a pas pu me sauver, alors il t'a sauvée toi, hein ?

Chaque fois que Race avait parlé de son meilleur ami qui avait fini en prison, j'avais pensé la même chose : les types dans le genre de Bax étaient juste des gros durs sans rien dans la cervelle. Je m'étais trompée. Bax était bien plus malin et perspicace que je ne l'avais supposé. Ce qui le rendait mille fois plus dangereux.

— Je ne sais pas pourquoi il a fait tout ça, et je m'en fous, ai-je poursuivi. J'avais quelqu'un qui m'aimait, et qui se souciait de moi. Race m'a donné une chance de vivre une vie normale ; il m'a montré ce que pouvait être une vraie famille. Il s'est démené pour moi et je ferai tout – j'ai bien dit *tout* – pour lui rendre la pareille.

Race était plus que mon frère. C'était mon héros. Mon sauveur. Le seul et unique élément essentiel à ma vie. L'argent, les meubles et même ma sécurité, rien de tout cela n'avait d'importance, comparé à Race. Il avait fait irruption dans mon existence et prouvé à l'ado seule et désespérée que j'étais que la vie valait la peine d'être vécue. Je ne pourrais jamais assez le remercier pour ça. J'étais prête à tout donner pour qu'il soit en sécurité à son tour.

Bax a écrasé sa cigarette sous la semelle de sa chaussure et s'est approché de la fenêtre. Il a remis sa capuche en place et s'est éloigné de moi de quelques pas. Il m'a toisée, de ses yeux insondables et sombres. Des yeux dont j'étais certaine de me souvenir toute ma vie.

— Fais-toi discrète, m'a-t-il dit. Si Benny ou un mec louche traîne dans le coin, appelle ce numéro.

Il m'a montré un numéro de téléphone griffonné à la hâte et dont je n'allais sûrement pas me souvenir, mais j'ai tout de même acquiescé.

— Si Race te contacte, peu importe comment, tu lui dis que je suis sorti, a-t-il repris. Dis-lui de me trouver et que Novak c'est mon problème, plus le sien. Dis-lui que jusqu'à ce que je dise le contraire, il ne me doit rien. T'as pigé, Red[1] ?

Je détestais ce surnom. Vivre dans des endroits craignos, c'est une chose, mais quand en plus on a une couleur de cheveux rouge pétant qui fait rire tout le monde, ça devient vraiment lourd. Mais Bax n'était pas le genre de mec que j'allais pouvoir rembarrer avec un surnom encore plus ridicule. En fait, il n'avait pas l'air d'être le genre de mec que l'on rembarrait tout court.

Il s'est dirigé vers la porte et j'ai bondi.

— C'est tout ?

1. Diminutif de *redhead*, qui en anglais signifie « rouquine ».

Extrait

Il m'a regardée par-dessus son épaule et a ouvert la porte d'entrée.

— A moins que t'aies un truc utile à me dire, ouais, c'est tout.

— Mais qu'est-ce qui va se passer maintenant ? ai-je demandé sans le quitter des yeux. On fait quoi pour retrouver Race ?

Bax a levé un sourcil.

— *On* ne fera rien. *Je* vais me rencarder et faire parler quelques personnes. Il faut que je sache ce que Race a fait pour que Novak et Benny se fassent autant chier pour le retrouver. Toi, tu te contentes de me prévenir s'il te contacte.

Puis il est sorti si vite et si silencieusement que j'ai dû courir pour le rattraper. Je suis grande et avec mes longues jambes, je suis plutôt rapide. Mais pas autant que lui. Son ombre gigantesque s'est fondue dans l'obscurité de la cage d'escalier.

— Je veux t'aider ! Je dois t'aider ! Je dois au moins ça à Race !

Il m'a lancé un regard tandis que je me figeais quelques marches au-dessus de lui. J'ai frissonné. Ses yeux étaient si froids, et sans vie. Personne n'aurait dû avoir de tels yeux.

— Race n'est peut-être pas mon vrai frère, mais c'est comme si, a-t-il rétorqué. Et je le connais assez pour savoir que tout ce qu'il a fait pour toi, il l'a fait parce qu'il en avait envie, pas parce qu'il le devait. Jouer les héros, c'est son délire.

Je ne savais pas comment j'étais supposée le prendre.

J'ai eu à peine le temps de me remettre les idées en place que Bax était déjà en bas des marches. S'il disparaissait, je ne le reverrais jamais – et ça, c'était hors de question. Que ça me plaise ou non, Bax était la seule piste pouvant me mener à Race.

— Il faut que je t'aide !

Son regard m'a dissuadée de m'approcher davantage.

Extrait

— Regarde-toi, a-t-il dit, tu ne peux même pas t'aider toi-même. Tu penses sérieusement sauver Race avec un Taser et une poêle ?

Race m'avait aussi laissé un neuf millimètres chargé. Il m'avait appris à m'en servir. Mais je jugeais préférable de garder cette information pour moi.

— Je t'attendais, ai-je répliqué. Je t'ai reconnu.

— Et si ça n'avait pas été moi ? Tu te serais bien fait baiser. Je bosse mieux en solo. Déjà que je sais pas ce qui se passe, j'ai pas besoin en plus d'une bouseuse qui me ralentira et fera foirer mes recherches.

J'en suis restée muette. J'avais déjà entendu mille remarques sur mon apparence, certaines moins flatteuses que d'autres, mais jamais encore on ne m'avait traitée de bouseuse.

— Pardon ?

Il s'est marré – ou du moins, il a fait un bruit que j'ai interprété comme un rire – et il a descendu quelques marches de plus.

— C'est les taches de rousseur et ta peau toute blanche, a-t-il dit. Ça te donne des airs de campagnarde. T'as vraiment pas l'air d'une fille de la ville, et t'as même pas l'air d'avoir vingt piges.

De son côté, Bax ne faisait pas son âge non plus. Par contre, il avait le look typique du criminel.

— Je n'ai jamais mis les pieds dans une ferme de ma vie, ai-je dit. Et je ramènerai Race à la maison avec ou sans ton aide.

Il fallait que j'aie l'air sûre de moi. Que je lui prouve que je n'étais pas un poids mort. Mais c'était raté. Je n'avais pas confiance en moi et j'avais peur. Et il l'avait senti.

— Sans moi, Red.

L'instant d'après, il était parti. Volatilisé. Disparu dans la nuit comme le voleur qu'il était.

Extrait

J'ai soupiré et suis rentrée chez moi. Ce soir, plus de raison d'avoir peur ; toute possibilité de visite surprise était écartée, maintenant. Lester, le sans-abri qui dormait sur le perron, ne laissait aucun inconnu entrer dans l'immeuble. En échange de sa vigilance, je lui descendais un repas chaud et un pack de bières de temps en temps. La fois où Benny et sa bande m'étaient tombés dessus, c'était un dimanche matin, le seul jour où Lester se déplaçait ; il traînait ses loques jusqu'à l'église. Ils avaient eu du bol. Moi pas. Et j'avais eu la trouille de ma vie.

J'avais peur pour Race. Peur pour moi. Et pour être honnête, j'étais complètement terrifiée par Bax. Je connaissais bien le monde de la rue et je savais comment me protéger, mais je n'avais aucune idée de la manière de gérer un type pareil. Il était vraiment flippant.

Seulement voilà, j'avais quand même besoin de lui, moi qui n'avais jamais eu besoin de qui que ce soit à l'exception de Race depuis qu'il avait fait irruption dans ma vie.

J'avais à peine tiré les verrous de la porte – maintenant bien inutiles en cas d'intrusion nocturne – que mon portable s'est mis à sonner dans ma chambre. J'ai décroché et suis allée à la fenêtre pour faire signe à Carmen.

Je l'ai entendue rire et me suis écroulée sur le lit. Carmen était adorable. Elle était mère célibataire et ses fils, Marco et Paulie, lui menaient la vie dure. Ces gamins étaient de braves gosses et Carmen était une bonne mère, mais leur vie n'avait rien d'un conte de fées. Surtout depuis que Marco avait eu ses treize ans. Carmen n'avait que six ans de plus que moi. On veillait les uns sur les autres mais, dans ce genre de quartier, c'est surtout chacun pour soi. Plus tôt on apprend cette règle, mieux on s'en sort.

Extrait

C'était stupide d'attendre autre chose des gens. La réalité de nos situations respectives ne nous permettait pas de nous attacher les uns aux autres.

— Alors, qu'est-ce qu'il t'a dit ? a demandé Carmen.

J'ai soupiré et tortillé une mèche de cheveux autour de mes doigts, les yeux rivés sur le plafond jauni. Cet appart n'était pas le grand luxe, mais c'était loin d'être le pire endroit où j'avais vécu.

— Pas grand-chose, ai-je répondu.

— Il ne sait vraiment pas où peut se trouver Race ?

— Non, et il n'a pas l'air plus inquiet que ça.

— Ton frère t'a bien dit que ce type était du genre à « régler les embrouilles », non ? Tu devrais lui faire confiance. Race a toujours été franc avec toi, même quand tu ne voulais rien entendre.

— Il ne reviendra pas, ai-je dit. Je ne saurai sûrement jamais ce qu'il se passe. Race est sans doute là, dehors. Blessé, ou même pire, et je n'en saurai rien !

Carmen a marmonné quelque chose et j'ai entendu des bruits de vaisselle.

— Ce Novak, c'est pas un rigolo, a-t-elle repris. Ton frère était bien conscient que se brouiller avec lui a été la pire erreur de sa vie. Je déteste avoir à te dire ça, ma chérie, mais c'est peut-être le genre d'affaire que les criminels doivent régler entre eux. Il n'y a pas de place pour les héros dans ce genre de combat. C'est œil pour œil, dent pour dent. Et on dit que dans The Point, il n'y a pas plus rancunier que Novak.

Je savais bien que Race n'était pas parfait et qu'il avait parfois pris de mauvaises décisions – de celles qui changent une vie ; n'empêche, il était MON héros, et si je devais vendre mon âme au diable pour l'aider, je le ferais.

Extrait

— Si ce Novak est bien ce qu'on dit, ai-je rétorqué, je ne vois pas comment deux garçons qui ont à peine l'âge légal pour boire de l'alcool pourraient avoir la moindre chance contre lui. Ni comment ce Bax aurait assez d'influence en ville pour obtenir des infos sur Race. Il sort à peine de prison ! C'est déjà surprenant qu'il tienne debout.

D'accord, il émanait de lui quelque chose de suffisamment brutal pour que, en moins d'une heure, je me mette à espérer qu'il pourrait sauver mon frère. Mais son regard me hantait encore. Il avait l'air d'être si… indifférent à tout ce qui l'entourait. Comment allait-il pouvoir aider Race ? Il fallait d'abord qu'il comprenne à quel point aider mon frère était important pour moi. Personne n'avait plus envie que moi de le savoir sain et sauf.

— Ma chérie, a répondu Carmen, tu as bien vu comment Race parlait de ce Bax. Comme s'il était une sorte de super-héros. C'est le meilleur ami de ton frère et le lien qui les unit est si fort qu'il a même été en prison pour lui. Ça, Dovie, ça veut tout dire.

Je savais bien qu'elle avait raison. Mais entre ma peur, la panique et l'adrénaline, il n'y avait plus de place pour la logique.

— Il faut que je file, a-t-elle ajouté. J'ai une bande de gosses qui viennent d'entrer et je ne crois pas que leurs parents soient au courant qu'ils traînent dehors à cette heure.

Son ton était grinçant : elle savait très bien que ses deux fils à elle n'étaient pas non plus dans leurs lits.

— Je te l'ai déjà dit, mon chou, a-t-elle continué. Les gens finissent toujours par devenir ce qu'ils sont destinés à être. Si ce Bax cherche les ennuis, alors peut-être qu'il en créera à Novak. Reste vigilante et surveille tes arrières. Je n'aime pas le gars en costume, et ce que j'ai vu dans les yeux de Bax ne me dit rien qui vaille.

Extrait

— Moi je n'y ai vu que du vide, ai-je ironisé.

— Oh ! mon chou, si tu regardes bien, tu y verras beaucoup de choses, au contraire. C'est pour ça qu'ils sont si sombres. Pleins de promesses, de secrets et de tentations qui peuvent rendre une fille sans histoires complètement accro jusqu'à l'entraîner sur la mauvaise pente. Fais attention à toi, Dove, ou ça pourrait très vite mal tourner pour toi.

C'était déjà le cas : mon appartement était retourné, un gangster notoire savait où j'habitais, mon frère était aux abonnés absents et mon seul espoir de le retrouver, c'était un criminel tout juste sorti de prison… J'ai dit au revoir à Carmen et me suis roulée en boule contre l'édredon déplumé. Je ne contrôlais plus rien et je détestais ça. Depuis toute petite, je m'étais toujours débrouillée pour survivre dans ce monde et pour me tenir à l'écart des ennuis. Puis Race était entré dans ma vie, tout avait changé et j'avais pu me reposer entièrement sur lui. Je lui avais fait confiance et je l'avais aimé, deux sentiments que je n'avais jamais éprouvés pour un être humain. Alors, me retrouver aussi impuissante et n'avoir que ce Bax sur lequel miser pour régler la situation me rendait folle.

On a frappé à la porte, ce qui m'a fait sortir de mes idées noires. C'étaient sûrement les gosses ; ces derniers temps, mes autres visiteurs ne se donnaient même pas la peine de frapper avant d'entrer. J'ai ouvert et trouvé Marco et Paulie sur le seuil. Marco était en bonne voie pour devenir un vrai caïd, mais c'était tout de même un bon garçon qui veillait sur son petit frère et me considérait comme quelqu'un de sa famille grâce aux gâteaux que je leur préparais de temps à autre.

— Ça va ? ai-je demandé.

— Je voulais juste être sûr que t'allais bien, a-t-il dit en se tortillant. Ce gars, il plaisante vraiment pas, c'est pas comme l'autre avec son costume.

— Je sais, Marco, t'inquiète pas. Il va essayer de retrouver Race.

— Ouais. Il en parlait au téléphone avant de partir. Elle est belle, sa caisse ! a-t-il ajouté avec envie.

— Qu'est-ce qu'il racontait au téléphone ? ai-je demandé en me mordant la lèvre.

Je n'aime pas cuisiner les gosses, mais comme Bax ne voulait pas que je l'aide, je n'avais pas le choix.

— Il parlait d'un endroit dans le District, le Spanky's.

Le District était le quartier des prostituées. Elles y vivaient et y travaillaient. On y trouvait tous les clubs de strip-tease et les bars où les filles pouvaient se faire de l'argent facile. C'est un de ces quartiers de The Point où on échoue quand la vie ne nous laisse plus d'autre choix.

— Qu'est-ce qu'il a dit sur le Spanky's ?

Marco m'a dévisagée d'un air dubitatif et j'ai voulu lui sourire pour le rassurer. Mais j'étais tellement angoissée que je n'ai pu sortir qu'une grimace. Il m'a répondu tout de même.

— Il a demandé si une fille qui s'appelle Honor y travaillait encore. Je sais pas à qui il parlait, mais il a dit qu'il viendrait demain pour la voir et lui causer.

Bax avait parlé du sexe comme une de ses priorités absolues, et cette fille n'était peut-être que son plan cul. Mais si elle avait un rapport quelconque avec mon frère, je ne pouvais pas me permettre de laisser passer une telle occasion d'en savoir plus.

J'ai ébouriffé les cheveux de Marco, qui a râlé avant de prendre son petit frère par le bras pour le ramener dans leur appartement.

Extrait

— Fais gaffe, Dovie. Il pue l'embrouille, ce gars.

Si un gosse de son âge pouvait sentir tout le mal qui irradiait de Shane Baxter, alors peut-être que me mettre en travers de la route de ce gars n'était pas l'idée du siècle. Peut-être que je risquais gros. Mais je n'avais malheureusement pas le choix.

— T'as l'air pressée de partir, ce soir, toi !

J'ai jeté un rapide coup d'œil à la collègue près de laquelle j'étais assise. Brysen Carter et moi étions serveuses au même restaurant situé entre The Point et The Hill. J'étais originaire du premier et elle de l'autre, mais nous nous entendions à merveille. Si j'avais été du genre à avoir des amies, j'aurais considéré Brysen comme telle. Elle était sympa, ne se mêlait jamais de mes affaires et se montrait toujours disponible pour me remplacer si j'avais cours ou si mon autre employeur avait besoin de moi. Et elle n'était pas du genre à se laisser faire. Comme elle venait des quartiers chics et qu'elle était petite et jolie, les gars de The Point la prenaient pour une fille facile. Ils se plantaient complètement.

— Assez pressée, oui.

J'avais compté ma caisse bien avant la fin de mon service et laissé mes deux dernières tables à une petite nouvelle. J'allais perdre de l'argent mais tant pis, je pouvais me laver à l'eau froide pendant un mois, ça ne me dérangeait pas. Race devait passer en priorité.

— Tu as des devoirs à faire ? m'a demandé Brysen d'un ton amical.

Je n'avais pas le temps de discuter. Je n'avais toujours aucune idée de l'heure à laquelle Bax se rendrait au Spanky's, il fallait donc que j'y sois le plus tôt possible pour guetter son arrivée.

— Pas ce soir, non.

Extrait

Le week-end, je travaillais dans un foyer pour des jeunes en attente de placement, comme je l'avais été. Malgré le nombre de familles d'accueil, beaucoup n'étaient pas recommandables. Je voulais apporter mon aide à ces gosses, leur donner une chance de mener une vie normale, comme Race l'avait fait pour moi. Je suivais des cours du soir pour avoir mon diplôme d'assistante sociale. Ainsi, les gamins dont je m'occuperais auraient une chance de s'en sortir, eux aussi.

— Comme les poules n'ont pas encore de dents, ce n'est pas pour un rencard, a ironisé Brysen. Donc, tu vas où ?

Je l'ai regardée avant de lever les yeux au ciel. Brysen était une fille sympa. Je m'étais toujours demandé ce qu'elle faisait ici au lieu de faire partie d'une des confréries étudiantes de la fac. Sa couleur de cheveux oscillait entre le blond platine et le blond cendré. Sa tenue de travail – jupe et T-shirt noir cintré – s'accordait à merveille avec ses beaux yeux bleus et son visage. Une fille adorable et d'un naturel curieux, mais je ne pouvais pas me confier à elle. Je n'avais pas besoin qu'une personne de plus me mette en garde contre le danger que Bax représentait. J'avais saisi, merci, c'était un gars dangereux. Et je ne pouvais rien y changer. J'ai incliné la tête et regardé Brysen d'un air interrogatif.

— Est-ce que j'ai l'air d'une bouseuse ?

Pendant un moment, elle m'a fixée comme si des cornes venaient de me pousser sur le front, puis elle a finalement éclaté de rire.

— Quoi ? Mais qui t'a dit une chose pareille ?

J'ai fourré dans l'enveloppe de dépôt la recette du jour et les reçus pour la banque, et j'ai glissé mes pourboires du soir dans mes poches.

— Un mec. J'en reviens toujours pas.

Brysen m'a examinée pendant quelques instants, puis a replacé ses cheveux derrière son oreille.

— Eh bien, tu as un petit côté innocent et frais, mais je te connais et je sais que tu n'es pas comme ça. Il a sûrement dit ça à cause de tes fringues trop larges et parce que tu ne portes pas de maquillage. Sans oublier que tu négliges tes cheveux. Ils sont tellement en désordre que ça te donne des airs de gamine de cinq ans, parfois.

Pour une fille, être bien habillée, bien coiffée et maquillée, ça attire trop l'attention dans The Point. Mes cheveux me rendaient déjà reconnaissable au milieu d'une foule. Autant ne pas en rajouter.

— C'est ce qu'il a dit, oui.

— C'est qui, ce gars ?

J'ai haussé les épaules avec autant de nonchalance que possible.

— Un ami de mon frère. Il est passé pour le voir et je lui ai dit que je n'avais pas eu de visite de Race depuis un moment.

Brysen a fait une drôle de moue. Elle n'aimait pas Race et je n'avais jamais compris pourquoi. Ils avaient pourtant le même passé et s'étaient tous les deux retrouvés dans des situations compliquées, mais étrangement, ils ne s'entendaient pas. Elle était toujours très sèche et cassante avec lui, et Race l'évitait le plus possible. Ça restait un mystère pour moi. J'appréciais sincèrement Brysen, et ce n'était pas le genre de choses que je disais souvent.

— Est-ce qu'il sait où Race peut être ?

J'ai secoué la tête et me suis éloignée de la table.

— Non, et s'il le savait, il ne me dirait sûrement rien. Il ne m'a pas paru du genre à partager ses infos.

— Vu ce qu'il t'a dit sur ton physique, il n'a pas l'air très sympa, en tout cas.

Extrait

— T'as pas idée… Bon, il faut que je me sauve. On se voit plus tard, d'accord ?

Je n'ai pas attendu sa réponse et j'ai filé.

J'avais une voiture – enfin, celle de Race – mais pas question de m'en servir pour aller dans The Point. J'avais autant de risques de me la faire voler que de tomber sur un dealer à chaque coin de rue. J'ai rassemblé mes cheveux rebelles en queue-de-cheval et les ai planqués sous un large bonnet gris. Seule ma chevelure pouvait me trahir ; sinon, avec ma tenue basique – jean, grand sweat-shirt et Converse usées –, je ressemblais à un ado parmi tant d'autres. Comme Bax n'avait pas eu l'air le moins du monde impressionné par ma dégaine, il ne risquait pas de me repérer.

A chaque coin de rue du District, on croisait des hommes et des femmes venus gagner leur vie grâce au plus vieux métier du monde. Au milieu de tous ces bars et clubs de strip-tease, dont les enseignes et les noms se ressemblaient à s'y méprendre, le Spanky's ne se démarquait pas vraiment et j'ai eu plus de mal à le trouver que je ne l'aurais cru.

Du fluo et des néons. L'endroit respirait la débauche et le sexe. Rien que de me tenir sur le trottoir me hérissait le poil. Ma vie n'était pas toute rose, mais jamais je n'avais envisagé de vendre mon corps pour subvenir à mes besoins. Après avoir rassemblé mon courage, je me suis forcée à entrer. Dans le genre criard, c'était encore pire que vu de dehors. J'ai passé les lieux en revue pour trouver un endroit discret où me dissimuler, quand j'ai senti une main se poser sur mon épaule et m'obliger à faire volte-face.

Extrait

— T'es sûre que t'as l'âge d'être ici, ma p'tite ? m'a demandé un Black taillé comme une armoire à glace.

Son crâne rasé luisait sous les lumières flashy. J'ai senti ma gorge se serrer. En dehors de son air hargneux et de ses incisives ornées d'un grill de diamants, ce qui m'effrayait le plus chez lui, c'était le flingue qu'il portait fièrement à sa ceinture. La violence et les types pas recommandables, j'avais l'habitude, mais les armes à feu, non. Il fallait pourtant que j'essaye de faire illusion.

— Ouais, j'ai l'âge.

— Toi, tu bosses pas là et t'es pas venue pour le spectacle, a-t-il deviné. T'es venue pour quoi ?

J'ai essayé de libérer mon bras mais il me tenait fermement.

— Je cherche quelqu'un.

Mauvaise réponse. Le videur a froncé les sourcils et m'a secouée. Mes dents se sont entrechoquées et j'ai senti un goût de sang sur ma langue.

— Ecoute-moi bien, si ton mec te fait des crasses, c'est pas mon problème. Mais si tu dois te mettre sur la gueule avec une des danseuses, tu fais pas ça ici pendant qu'elles bossent, c'est clair ?

Si ce gorille prenait ce genre de précautions à l'avance, c'est que des bagarres entre filles devaient souvent se produire.

— Allez, la rousse, casse-toi. Va te ravaler la façade et peut-être que ton mec aura pas à venir ici, la prochaine fois.

Mon orgueil a failli l'emporter sur ma volonté. J'ai de nouveau essayé de me dégager. J'allais envoyer le videur se faire voir quand la porte d'entrée s'est ouverte derrière moi. L'air frais de la nuit s'est engouffré à l'intérieur du club et l'atmosphère s'est chargée d'électricité.

— Salut, Chuck, faut que je voie Honor.

Extrait

Aucun doute sur l'identité de l'homme à qui appartenait cette voix autoritaire, enrouée par le tabac.

— Deux secondes, Bax, je raccompagne ça à l'entrée.

Génial. Moi qui espérais passer inaperçue, c'était raté. Je sentais déjà Bax me fusiller du regard. De sa poigne d'acier, le videur m'a traînée vers la sortie, faisant tomber mon bonnet au passage. Ma queue-de-cheval m'a fouetté le visage. J'ai soufflé pour ôter une mèche de ma bouche, et mes yeux ont croisé le regard furieux de Bax. L'étoile tatouée près de son œil a été agitée d'un tic nerveux en même temps que sa joue. Il était aussi terrifiant que fascinant.

Le videur s'est écarté de moi, ce qui m'a fait heurter Bax de plein fouet.

— Qu'est-ce que tu fous là, toi ? s'est énervé Bax.

— Tu la connais ? a demandé sèchement le videur.

Bax m'a lancé un regard suspicieux avant de me pousser à son tour si brusquement que j'ai eu du mal à rester debout. Je me sentais comme un enfant qu'on punit de n'avoir pas fini son assiette. J'ai ramassé mon bonnet et l'ai enfoncé sur mon crâne avant de croiser les bras.

— Non, a répondu Bax. C'est Race qui la connaît.

— Ah… Niveau meuf, il a meilleur goût, d'habitude, a dit le videur d'une voix traînante.

S'il n'avait pas été si baraqué, je l'aurais giflé.

— Lâche-la, c'est sa frangine.

— Désolé, a fait Chuck.

Une excuse adressée à Bax et non à moi. Allez comprendre.

— Honor a encore cinq minutes de scène, a précisé Chuck. Elle savait pas que tu étais sorti de taule. Je lui ai dit que tu passerais la voir ce soir.

Extrait

— J'ai été un peu occupé.

— C'est moche, ce qui t'est arrivé, Bax. On était tous tristes quand t'es allé au trou.

Bax a eu un petit rire sans joie et m'a tirée vers lui.

— Quand les flics ont débarqué, j'étais au volant de la bagnole, a expliqué Bax. Ça, plus mon casier, c'est le genre de trucs qui pardonne pas. J'ai eu du bol de prendre que cinq ans.

— J'ai entendu dire qu'il y avait bien plus que ça, dans l'histoire.

Bax m'a toisée de son regard sombre avant de se tourner vers le videur.

— Eh ben t'as mal compris. J'ai été chopé pour trafic de bagnoles pour Novak. Rien de plus. Maintenant je suis libre, et Novak peut aller se faire foutre. Je veux juste trouver Race, puis je continuerai mon chemin. Cinq ans sans rien faire, c'est trop long.

Le videur a hoché la tête pour indiquer qu'il comprenait et j'ai de nouveau tenté de libérer mon bras. Visiblement, Bax n'avait pas plus l'intention de lâcher prise que Chuck avant lui. Il me faisait mal et, à en juger par le regard qu'il avait, il en était tout à fait conscient.

— Dis à Honor que j'arrive dans deux minutes. Je dois d'abord gérer ça.

Ça, c'était moi, la fille qu'il était en train de traîner dehors. J'ai émis un petit cri de douleur doublé de surprise ; je n'avais pas l'habitude qu'on me malmène de cette façon, pas plus que d'être la cible d'autant de fureur. Si j'avais réussi à survivre, c'était parce que je ne me mêlais pas des affaires des autres. Me retrouver sur le chemin de Bax n'allait pas être sans conséquence.

— Qu'est-ce que tu fous là ? a répété Bax. Comment tu connais ce club ?

Extrait

Pas question que je lui réponde. Je n'allais pas le laisser m'intimider. Je me suis libérée de sa poigne avec la ferme intention de m'éloigner le plus possible. Mais c'était sans compter qu'il s'agissait de Bax. Ce n'est pas le genre de gars qu'on peut ignorer. En un clin d'œil, je me suis retrouvée plaquée contre le mur de briques d'un club de strip-tease glauque dans l'un des quartiers les plus flippants de la ville, par un type tout aussi flippant. J'ai hoqueté et tenté de me dégager de son emprise. Il m'a quasiment soulevée de terre et je me suis retrouvée avec les yeux plongés dans les siens : deux trous noirs comme un ciel de minuit, qui brûlaient de rage.

— Tu penses que tu peux jouer à ça avec moi ? T'as cru que j'avais l'air d'un mec peinard et sans histoires ? Maintenant, je vais te le demander une dernière fois et si j'ai pas de réponse satisfaisante, alors on va le regretter tous les deux. Qu'est-ce que tu es venue foutre ici ?

Je tenais toujours ses poignets. Deux chaînes brisées y étaient tatouées. Comme s'il s'était libéré de ses propres liens, prêt à lâcher sa rage sur un monde qui ne se doutait encore de rien.

— Je suis inquiète pour mon frère, ai-je dit. Il pense que tu peux l'aider, il te fait confiance. Il faut que je sache ce que tu sais. Marco t'a entendu dire au téléphone que tu viendrais ici ce soir, alors je suis venue. J'aime mon frère.

Ma voix s'était brisée. Montrer mon émotion à mon ennemi était une faiblesse que je ne pouvais pas me permettre, mais impossible de retenir mes larmes.

— T'as pas la moindre idée de ce que t'es en train de foutre, a-t-il déclaré. Tu ne feras que me gêner. Chuck n'oublie jamais un visage. Si quelqu'un l'interroge sur une rouquine, il se souviendra direct de toi. Retourne à tes cours et à ton restau, à ton appart. S'il n'est pas trop tard, et que je trouve Race, je te préviendrai.

Il m'a relâchée. Je me suis laissée glisser le long du mur et mes cheveux se sont accrochés aux briques. Bax m'a tourné le dos pour s'en aller mais je l'ai rattrapé par le poignet. Je connaissais le désespoir, ce terrible besoin de vouloir quelque chose sans pouvoir l'obtenir. Mais là, c'était différent. J'étais prête à tout.

— Je t'en prie, Shane, laisse-moi t'aider. C'est mon frère, je ferais n'importe quoi pour lui. S'il te plaît. Je te donnerai tout ce que tu veux.

Je n'avais jamais supplié quelqu'un de ma vie, et je savais bien que Bax était le genre de type à qui il valait mieux ne rien devoir. Mais Race méritait bien une dette, il fallait que Bax le comprenne.

J'ai tenté de lui faire voir tout ce que je ressentais d'un regard, mais ses yeux noirs n'ont pas flanché. Il a fait claquer sa langue et m'a contemplée du haut de mon bonnet jusqu'à mes tennis usées.

— T'es vierge, Red ?

J'ai eu un mouvement de recul. Quel rapport avec le reste ? Une vague de chaleur a embrasé mes joues et j'ai croisé les bras.

— Pourquoi ? Qu'est-ce que ça vient faire là-dedans ?

Bax a sorti un paquet de cigarettes de la poche de son sweat et m'a lancé un regard équivoque.

— T'as dit que tu me filerais tout ce que je veux. Je pense pas que tu aies ce qui m'intéresse, mais j'ai passé cinq longues années seul en taule, alors…

Je n'aurais pas su dire s'il essayait vraiment de me draguer ou s'il était volontairement blessant et vulgaire. Est-ce qu'il était sérieux ? Ç'aurait été la pire des options.

— Ce n'est pas drôle, ai-je grincé.

Extrait

Il s'est marré et a soufflé une bouffée de fumée avant de me tourner autour en passant son pouce sur sa lèvre inférieure.

— Déjà, personne m'appelle Shane. Pour toi, ça sera Bax et rien d'autre. Et ne dis pas que tu es prête à tout donner si tu ne peux pas assumer derrière. Les gens de cette ville, ils te prendront tout, avec ou sans ton accord. Allez, rentre chez toi.

Bax a posé sa main sur la porte, prêt à retourner à l'intérieur du club. Il allait de nouveau m'échapper. Je ne savais toujours pas quel échange il risquait de me proposer mais j'envisageais d'accepter. Pour Race. Quitte à haïr Bax de tout mon être.

— Je ne suis plus… vierge, ai-je finalement lâché. On ne peut plus me prendre ma virginité, je l'ai déjà donnée à Billy Clark. On avait bu. Une bouteille de vin volée. J'avais seize ans et il me trouvait jolie. C'était bien le seul. Je n'ai pas peur de toi, Bax. Mais je suis terrifiée pour Race. Alors, dis-moi ce que je dois faire.

J'avais dû être très persuasive car il a jeté sa cigarette et a ouvert la porte du club en grand.

— On va tous les deux le regretter, Red. Et tu pourras pas dire que je t'ai pas prévenue.

Il m'a laissée entrer dans le club et j'ai senti son regard peser sur moi. J'ignorais ce pour quoi je venais de signer, et ce qui m'attendait au tournant. Mais en cet instant, ce que je savais au plus profond de moi-même, c'est que j'allais sans doute y laisser une partie de mon âme.

Retrouvez les romans de Jay Crownover en poche

Harper
Collins
POCHE

Composé et édité par HarperCollins France.

Achevé d'imprimer en mai 2022.

FIRMIN-DIDOT

à Mesnil-sur-l'Estrée (Eure)

Dépôt légal : juin 2022.

Pour limiter l'empreinte environnementale de ses livres, HarperCollins France s'engage à n'utiliser que du papier fabriqué à partir de bois provenant de forêts gérées durablement et de manière responsable.

Imprimé en France